이렇게 하면 나도 프로그램을 잘 만들 수 있다

알고리듬을 만들 때 레코드가 어떻게 사용될까?

김석현 지음

머리말

알고리듬은 프로그램의 주춧돌입니다.

많은 알고리듬 책들이 출간되어 있습니다. 어떻게 알고리듬을 만드는지를 설명하는 것이 아니라 이미 선배들에 의해서 만들어진 많은 정렬과 검색 알고리듬을 개념적으로 설명합니다. 그리고 특정 프로그래밍 언어로 코드를 구현해 놓고, 빅오 표기법 (Big-Oh Notation)으로 알고리듬의 수행 소요시간에 대한 수학적인 평가만을 강조하고 있습니다.

보통 사람들을 위해 쓰인 책이 아니라 소위 천재라고 하는 사람들을 위해 쓰인 책이라는 느낌이 듭니다. 알고리듬 책을 읽다 보면, 잘 이해가 되지 않습니다. 따라서 모든 알고리듬을 외우고자 합니다. 이러한 상황이다 보니 알고리듬은 어려운 것이고 프로그래밍과 상관이 없는 것처럼 보이고, 등한시하는 경향이 있습니다.

실제 예로 컴퓨터 공학 전공 학생에게 알고리듬 과목은 전공 필수 과목인데도 기피과목 중 하나가 되어 버렸습니다. 학생들 사이에는 흔히 "학점 받고 싶으면, 알고리듬은 듣지 마라.", "프로그램을 만드는 데 쓸모도 없는 걸 왜 배우는지 모르겠다.", "외우고, 산술계산만 잘하면 성적은 나올 것이다." "어차피 회사 가면 알아서 배운다." 등등 말들이 나돌고 있고, 알고리듬 과목은 매우 지루하고 단순한 암기 과목에 불과하다는 인식이 팽배합니다.

매우 잘못된 생각입니다. 왜냐하면, 프로그래밍은 문제를 풀어 알고리듬을 만들고, 만들어진 알고리듬으로 프로그래밍 언어를 사용하여 프로그램을 만드는 일입니다. 따라서 프로그래밍과 알고리듬을 떼려야 뗄 수 없는 것입니다. 프로그래밍을 잘하기 위해서는 먼저 알고리듬을 잘 이해해야 합니다. 그리고 문제를 풀어 알고리듬을 만들 수 있어야 합니다. 알고리듬은 프로그래밍의 기초입니다. 알고리듬은 프로그래밍의 시작이자 프로그램의 주춧돌이고 받침돌입니다.

이 책은 왜 알고리듬이 중요한 것인지, 어떻게 문제를 풀어 알고리듬을 만드는지, 어떻게 알고리듬으로 프로그램을 만드는지를 누구나 이해할 수 있도록 설명하고 있습니다. 그래서 나만의 프로그램을 만들고자 하는 사람이면, 나이, 성별, 학력, 전공과 상관없이 누구나 알고리듬을 만드는 방법을 배워 훌륭한 프로그램을 만들어 보다 편한 세상을 만들 수 있기를 바라는 것입니다.

이 책을 집필하는 데 있어 많은 분에게 도움을 받았습니다. 그분들에게 지면을 통해서라도 감사하다는 말씀을 드리고 싶습니다.

2016년 3월

김 석 현

"이렇게 하면 나도 프로그램을 잘 만들 수 있다(나프잘)" 시리즈로 공부란?

나프잘 시리즈로 공부한다는 것은 소프트웨어 개발 분야를 체계적으로 배우고 자주 경험하여 문제를 익숙하게 잘 다루는 방법과 문제 해결 능력을 갖추도록 하는 것입니다.

시험을 대비해서 성적을 잘 받기 위해 많은 문제 유형의 패턴을 머리로 외워서 정답을 찾는 능력을 갖추도록 하는 것이 아닙니다. 우리가 살아가는 데 있어 부닥치는 복잡한 문제를 풀어 컴퓨터가 처리하도록 하는 프로그램을 만들어 보다 편한 세상을 만드는 법을 배우는 것입니다. 따라서 새로운 방법으로 공부해야 합니다. 나무를 보고 숲을 보고자 했다면, 숲을 보고 나무를 보는 방법으로 바꾸어야 합니다.

1. 나에게 투자하십시오.

공부하려고 하면 책은 사야 합니다. 공부하고자 하면서 책은 사지 않으려고 합니다. 이미 공부할 마음이 없는 것입니다. 하다가 어렵고 힘들면 하지 않겠다는 생각이면 공부할 마음이 없는 것입니다. 처음 하는 것이라 낯설어서 익숙하지 않으므로 어려운 것은 당연합니다. 또한, 어려우므로 배우는 것 아닙니까.

끝까지 최선을 다하지 못하고, "어렵다!", "어렵다!"라면서 자신에게 최면을 걸다 보면, 어느 순간 어렵다는 이유로 변명하고 도중에 그만두게 됩니다. 이러한 생각이면 시작하지 마십시오. 돈, 시간, 노력 낭비입니다. 차라리 다른 분야를 공부하는 것이 좋습니다.

익숙해지는 데 시간과 노력이 필요합니다. 책도 사고, 많은 시간 동안 노력해야 합니다. 자신에게 투자해야 합니다. 투자 없이 이익을 챙기고자 한다면, 도둑놈이거나 사기꾼입니다. 세상에 공짜는 없다는 것을 명심하십시오.

2. 나 자신을 알아야 합니다.

누구나 자신은 항상 천재라고 생각하는 경향이 있습니다. 처음이라면서 한 번 읽으면 이해해야만 한다고 생각하는 것 같습니다. 소설이나 만화책처럼 누구나 알고 있는 지식과 경험으로 읽으면 머릿속에 그림이 그려지면서 이해가 잘 되면 얼마나 좋겠습니까?

누구나 알고 있는 지식과 경험만으로 이해할 수 없는 전문분야를 다루는 책을 한 번 읽고 이해하려는 것은 과욕입니다. 내가 알고 있는 지식과 경험으로 이 책을 보는 데 한참 부족하다는 것을 인정하십시오.

3. 내 것인 체하지 마십시오.

책을 사서 책꽂이에 장식한다고 내 것이 되지 않습니다. 책을 읽고 머리로만 이해했다고 내 것이 되지 않습니다. 책을 읽고 읽어 머리로 이해하고, 몸으로 실천할 수 있어야 비로소 책은 내 것이 됩니다.

4. 숲을 봅시다.

정독하지 마시고, 빠르게 훑어보기로 여러 번 읽도록 하세요. 전체 그림을 그려야 합니다. 최소한 세 번 이상을 빠르게 읽어 어떠한 내용이 어떠한 순서로 어디에 있는지를 확인하고, 자신에 맞게 어떠한 내용을 어떠한 순서로 읽어야 하는지를 목차로 만드십시오. 또한, 용어들에 익숙해지도록 해야 합니다. 용어 사전을 만들어 보는 것도 좋은 방법입니다.

5. 나무를 봅시다.

책의 내용을 개략적으로 이해했다면, 문제를 풀어 생각을 정리한 결과물을 만들어 내십시오. 문제를 풀어 결과물을 만들 때 모르는 부분이 있으면 나무를 보듯이 책에서 관련 부분을 찾아 정독하고 적용하십시오.

아는 것이 없어 못 한다든지, 모르기 때문에 못한다든지 핑계를 대지 마십시오. 책에서 제시하는 대로 따라서 해 보세요. 도전하십시오. 도전하지 않으면, 절대 하나도 얻지 못합니다. 그리고 문제를 풀 때 머리로 다 푼 다음 종이와 연필로 정리하지 마십시오.

논리는 상식, 세계인이 이해하도록 하고자 하면, 보편적 사고에 맞게 정리된 것을 말합니다. 결과물을 만들 때는 상식에 맞게 생각하고 정리되는지를 점검하십시오.

알고 있는 범위에서 최고의 결과물을 만든다는 생각으로 최선을 다하세요. 설령 결과물이 책의 내용과 많이 다를지라도 결과물을 만들 때는 나 자신을 바치세요.

6. 발표합시다.

자신이 만든 결과물을 사람들에게 이야기해 보세요. 환자와 학생이 가져야 하는 자세는 나의 상태를 의사나 선생에게 정확하게 알리는 것입니다. 책에서 제시한 것에 따라 만든 결과물을 친구, 선배 혹은 선생에게 발표하세요. 발표할 때는 가르친다는 생각으로 하세요. 가장 많이 배울 수 있는 것은 내 생각을 다른 사람에게 정확하게 전달해 보는 것입니다. 다시 말해서 가르치는 것입니다. 따라서 가르치는 것은 배우는 것입니다.

7. 피드백을 즐겨야 합니다.

나의 결과물을 본 사람에게 반드시 느낌이나 조언을 구하세요. 설령 칭찬이 아니라 쓴소리일지라도 조언을 구하세요. 칭찬보다는 쓴소리를 달게 받아들여야 합니다. 이때는 조용히 듣기만 하세요.

그렇게 함으로써 결과물에서 잘된 부분과 잘못된 부분, 비효율적인 부분과 효율적인 부분을 명확하게 찾을 수 있을 것입니다. 다시 말해서 내가 아는 것과 모르는 것을 명확하게 구분할 수 있을 것입니다. 또한, 남의 생각을 듣다 보면 새로운 생각을 할 수 있게 됩니다.

8. 시나브로 되풀이하십시오.

피드백으로 알게 된 잘못된 부분과 비효율적인 부분을 바로 잡거나 개선해야 합니다. 그렇게 하려면, 이해하지 못한 것을 집중적으로 공부해야 합니다. 이때 책에 관련 내용을 찾아 정독하고 적용하십시오.

잘못된 부분과 비효율적인 부분을 없애고자 하거나 피드백에서 얻은 새로운 생각으로 문제를 풀기 위해서 4, 5, 6, 7번을 반복해야 합니다. 이렇게 여러 번 하게 되면, 책의 내용이 머리로 기억되는 것이 아니라 몸으로 기억하게 될 것입니다. 따라서 몸으로 기억하기 위해서는 많은 노력과 시간이 필요합니다. 몸으로 기억하면, 작업 환경이 만들어 지면, 몸이 스스로 움직이게 되고, 훌륭한 결과물을 만들어 내게 됩니다. 창의적인 혹은 창조적인 작업은 이러한 방식으로 순환적입니다.

사람의 기억력이란 영원하지 않는데, 몇 시간 공부하고, 며칠 후에 머리에 기억되어 있는지 없는지를 확인하는 바보 멍청이가 되지 않도록 하십시오.

9. 나만의 방법을 만듭시다.

책에서 배운 방법이 가장 효율적인 것이 아닐 것입니다. 많은 문제에 적용해 보면, 비효율적인 부분이 발견되거나, 적용되지 않을 수 있습니다. 이럴 때는 책에서 배운 방법을 개선하거나 재구성해서 효율적인 나만의 방법을 만들어야 합니다.

10. 우리를 사랑합시다.

성공하고자 하거나 삶의 의미를 찾고자 한다면, 나를 위해 살기 보단 다른 이들을 위해 살아야 합니다. 다른 이들을 위하다 보면 좋은 아이디어를 찾을 수 있습니다. 좋은 아이디어를 찾았으면, 다른 이들을 위해 "내가 하지 않으면 누구도 할 수 없다"는 의무감을 갖고, 나만의 방법으로 일을 즐겨야 합니다. 그래서 소비적인 가치보다는 생산적인 가치를 만들어, 우리 모두 더 살기 좋은 세상을 만들도록 노력하십시오.

>> 일러두기

1. 이 책을 읽기가 어렵다고 생각되시면, "C & JAVA 프로그래밍 입문" 편 세 권을 먼저 읽어 보세요. 최소한 1권인 노랑은 반드시 읽어 보고, 알고리듬 편을 읽을 때 찾아 읽고 적용하도록 하십시오.

2. 발표와 피드백은 네이버 카페 "프로그래밍을 배우자"를 이용하십시오. cafe.naver.com/parkcom1990

3. C언어나 JAVA언어 같은 프로그래밍 언어를 공부하는 방법은 1장부터 마지막 장까지 정독하지 마십시오. 미친 짓입니다. 기필코 1장부터 마지막 장까지 정독하면서 공부하고자 한다면, 프로그래밍 언어를 배울 때는 어떠한 기능을 언제, 어떻게 사용하는지를 공부하십시오. "왜 이렇게 해야 할까?"라는 생각을 완전히 지우십시오. 왜냐하면, 문법은 반드시 지켜야 하는 약속이기 때문입니다.

4. 나프잘로 공부할 때 C언어나 JAVA언어로 구현하는 부분에서 C언어나 JAVA언어의 문법을 모른다고 C언어나 JAVA 언어의 문법부터 공부하고 하겠다는 생각을 버리고 철저하게 제시되는 알고리듬마다 구현 방법에 집중하십시오. 이때 C언어나 JAVA언어 같은 프로그래밍 언어로 알고리듬을 프로그램으로 변환할 때 필요한 기능을 설명하고 구현 방법을 설명하고 있습니다. 필요한 기능에 대해 설명이 부족하다고 생각되면, 그때 C언어나 JAVA언어 책에서 찾아 읽고 적용하도록 하십시오. 그렇게 많은 문제를 C언어나 JAVA 언어로 구현해 보면 C언어나 JAVA언어의 문법이 몸에 체득되어 있을 것입니다.

Contents

> 우리가 앞으로 만나게 되는 문제들은 알고 있는 지식만으로 해결할 수 없는 경우가 허다할 것이다. 내가 알고 있는 지식만으로 해결할 수 없는 문제만 주어진다고 생각하는 것이 몸에 좋을 것이다. 그러면 어떻게 할 것인가? 이럴 때 다양한 출처들에서 필요한 지식을 구해서 정리하여 문제를 해결하는데 필요한 지식을 쌓는 시간이 필요하다. 그래서 어떠한 사람은 문제를 해결하는 데 있어 중요한 능력으로 검색과 정리 능력이 중요하다고 한다.

algorithm

필드를 이용하여 문제를 풀 때는 어떻게 할까?

01 필드를 이용하여 문제를 풀 때는 어떻게 할까?

자료형이 다르고, 자료형이 같더라도 의미가 다른 데이터들이 많이 입력된다면, 어떻게 문제를 풀어 프로그램을 만들어야 할까? 여러분이 다음 문제를 먼저 배운 대로 직접 풀어 보자.

문제

5명의 학생의 성명, 국어, 수학, 영어점수가 입력될 때, 평균을 구하고, 평균이 90점 이상이면, "EXCELLENT", 60점 미만이면 "FAIL"이라는 메시지를 입력 데이터와 함께 출력하고, 각 과목의 평균도 구하여 출력하는 프로그램을 작성하시오.

[입력]
5명의 학생의 성명과 국어 점수, 영어 점수, 수학 점수가 입력된다.

[출력]
입력받았던 데이터들과 함께 총점, 평균, 평가 그리고 국어 평균, 수학 평균, 영어 평균들을 출력한다.

[예시]
홍길동 100 100 100 [Enter ↵]

고길동 50 50 50 [Enter ↵]

최길동 70 80 60 [Enter ↵]

정길동 50 40 44 [Enter ↵]

김길동 80 90 50 [Enter ↵]

성명	국어	영어	수학	총점	평균	평가
홍길동	100	100	100	300	100.0	EXCELLENT
고길동	50	50	50	150	50.0	FAIL
최길동	70	80	60	210	70.0	
정길동	50	40	44	134	44.7	FAIL
김길동	80	90	50	220	73.3	

국어평균 : 70.0

영어평균 : 72.0

수학평균 : 60.8

1 모델구축

문제를 해결하는 데 있어 필요한 개념들, 점수, 총점, 평균을 모르는 분은 없을 것이다. 모른다면, 지금 당장 백과사전이나 산수책을 이용하여 개념들을 정리하고, 총점과 평균을 구하는 방식을 먼저 공부하자.

우리가 앞으로 만나게 되는 문제들은 알고 있는 지식만으로 해결할 수 없는 경우가 허다할 것이다. 내가 알고 있는 지식만으로 해결할 수 없는 문제만 주어진다고 생각하는 것이 몸에 좋을 것이다. 그러면 어떻게 할 것인가? 이럴 때 다양한 출처들에서 필요한 지식을 구해서 정리하여 문제를 해결하는데 필요한 지식을 쌓는 시간이 필요하다. 그래서 어떠한 사람은 문제를 해결하는 데 있어 중요한 능력으로 검색과 정리 능력이 중요하다고 한다.

또한, 문제를 해결하는 데 필요한 지식이 충분하더라고, 지식을 활용하여 문제를 해결하는 데 있어 지식을 정리하는 경험이 부족하다면, 문제를 쉽게 해결할 수 없을 것이다. 이러한 경험은 직접 해 보는 것이 중요하지만, 그렇지 않은 경우는 간접 경험으로 많은 경험을 쌓아야 한다. 그래서 다양한 분야의 책을 많이 읽어야 한다.

예를 들어 제시된 문제를 해결하는 과정을 아래 표들로 정리할 때는 경험이 필요하다. 자, 그럼 풀어보자. 아래 표들을 이용하여 문제를 풀 수 있을 것이다.

번호	1	2	3	4	5
성명					

번호	1	2	3	4	5
국어점수					

번호	1	2	3	4	5
영어점수					

번호	1	2	3	4	5
수학점수					

번호	1	2	3	4	5
총점					

번호	1	2	3	4	5
평균					

번호	1	2	3	4	5
평가					

국어총점		영어총점		수학총점	
국어평균		영어평균		수학평균	

종이와 연필로 문제를 직접 풀어 보자. 입출력 예시에서 제시되는 데이터를 이용하여 종이와 연필로 표를 작성하자. 첫 번째 학생에 대해 성적을 처리해 보도록 하자. 한 학생에 대해 성명과 국어점수, 영어점수 그리고 수학점수를 각각의 표의 첫 번째 칸에 차례대로 적는다. 국어점수, 영어 점수 그리고 수학점수를 더하여 총점을 구하여 적는다. 총점을 3으로 나누어 평균을 구한다. 평균은 소수점 한 자리까지 표현하기로 하자. 그리고 평균이 90점 이상이므로 평가에 "EXCELLENT"를 적는다.

번호	1	2	3	4	5
성명	홍길동				

번호	1	2	3	4	5
국어점수	100				

번호	1	2	3	4	5
영어점수	100				

번호	1	2	3	4	5
수학점수	100				

번호	1	2	3	4	5
총점	300				

번호	1	2	3	4	5
평균	100.0				

번호	1	2	3	4	5
평가	EXCELLENT				

국어총점		영어총점		수학총점	
국어평균		영어평균		수학평균	

그리고 국어, 영어 그리고 수학 과목의 총점을 구해서 적는다. 첫번째이므로 국어점수, 영어점수, 수학점수를 그대로 적는다.

번호	1	2	3	4	5
성명	홍길동				

번호	1	2	3	4	5
국어점수	100				

번호	1	2	3	4	5
영어점수	100				

번호	1	2	3	4	5
수학점수	100				

번호	1	2	3	4	5
총점	300				

번호	1	2	3	4	5
평균	100.0				

번호	1	2	3	4	5
평가	EXCELLENT				

국어총점 [100]   영어총점 [100]   수학총점 [100]

국어평균 [   ]   영어평균 [   ]   수학평균 [   ]

두 번째 학생에 대해 성적을 처리해 보자. 두 번째 칸들에 성명, 국어점수, 영어점수, 수학점수를 차례로 적고, 국어점수, 영어점수, 수학점수를 더하여 총점을 구해 적고, 총점을 3으로 나누어 평균을 구해 적는다. 평균이 50.0이므로 이번에는 평가가 "FAIL"이 된다.

번호	1	2	3	4	5
성명	홍길동	고길동			

번호	1	2	3	4	5
국어점수	100	50			

번호	1	2	3	4	5
영어점수	100	50			

번호	1	2	3	4	5
수학점수	100	50			

번호	1	2	3	4	5
총점	300	150			

번호	1	2	3	4	5
평균	100.0	50.0			

번호	1	2	3	4	5
평가	EXCELLENT	FAIL			

국어총점	100	영어총점	100	수학총점	100
국어평균		영어평균		수학평균	

그리고 국어, 영어 그리고 수학 과목의 총점을 구해서 적는다. 국어 총점에 두번째 학생의 국어 점수를 더해서 구한 값을 적는다. 마찬가지로 영어 총점과 수학 총점을 구해 적는다.

번호	1	2	3	4	5
성명	홍길동	고길동			

번호	1	2	3	4	5
국어점수	100	50			

번호	1	2	3	4	5
영어점수	100	50			

번호	1	2	3	4	5
수학점수	100	50			

번호	1	2	3	4	5
총점	300	150			

번호	1	2	3	4	5
평균	100.0	50.0			

번호	1	2	3	4	5
평가	EXCELLENT	FAIL			

국어총점	100/150		영어총점	100/150		수학총점	100/150
국어평균			영어평균			수학평균	

세 번째 학생의 성적을 처리해 보자. 세 번째 칸들에 먼저 성명, 국어점수, 영어점수, 수학점수를 예시로 제시된 데이터들을 참고하여 차례로 적는다. 그리고 국어점수, 영어점수, 수학점수를 더하여 총점을 구해 적고, 총점을 3으로 나누어 평균을 적는다. 평균이 70.0이므로 90.0점 이상도 아니고, 60.0점 미만도 아니므로 이번에는 평가에 적는 것은 없다.

번호	1	2	3	4	5
성명	홍길동	고길동	최길동		

번호	1	2	3	4	5
국어점수	100	50	70		

번호	1	2	3	4	5
영어점수	100	50	80		

번호	1	2	3	4	5
수학점수	100	50	60		

번호	1	2	3	4	5
총점	300	150	210		

번호	1	2	3	4	5
평균	100.0	50.0	70.0		

번호	1	2	3	4	5
평가	EXCELLENT	FAIL			

국어총점	100/150		영어총점	100/150		수학총점	100/150
국어평균			영어평균			수학평균	

그리고 국어, 영어 그리고 수학 과목의 총점을 구해서 적는다. 각 과목 총점에 세 번째 학생의 과목 점수를 더하여 과목 총점을 구해 적는다.

번호	1	2	3	4	5
성명	홍길동	고길동	최길동		

번호	1	2	3	4	5
국어점수	100	50	70		

번호	1	2	3	4	5
영어점수	100	50	80		

번호	1	2	3	4	5
수학점수	100	50	60		

번호	1	2	3	4	5
총점	300	150	210		

번호	1	2	3	4	5
평균	100.0	50.0	70.0		

번호	1	2	3	4	5
평가	EXCELLENT	FAIL			

국어총점 [100/150/220]   영어총점 [100/150/220]   수학총점 [100/150/220]

국어평균 [   ]   영어평균 [   ]   수학평균 [   ]

입출력 예시에서 주어지는 입력데이터를 가지고, 네 번째와 다섯 번째 학생에 대해서 직접 해 보자.

번호	1	2	3	4	5
성명	홍길동	고길동	최길동	마길동	김길동

번호	1	2	3	4	5
국어점수	100	50	70	50	80

번호	1	2	3	4	5
영어점수	100	50	80	40	90

번호	1	2	3	4	5
수학점수	100	50	60	44	50

번호	1	2	3	4	5
총점	300	150	210	134	220

번호	1	2	3	4	5
평균	100.0	50.0	70.0	44.7	73.3

번호	1	2	3	4	5
평가	EXCELLENT	FAIL		FAIL	

국어총점 350   영어총점 360   수학총점 304

국어평균 [ ]   영어평균 [ ]   수학평균 [ ]

다음은 국어 총점을 학생 수 5로 나누어 국어평균을 구해 적고, 영어 총점을 학생 수 5로 나누어 영어평균을 구해 적고, 마지막으로 수학 총점을 학생 수 5로 나누어 평균을 구해서 수학평균을 구해 적어야 한다. 이렇게 해서 모든 처리가 끝나게 되고, 최종적으로 정리된 표는 다음과 같다.

번호	1	2	3	4	5
성명	홍길동	고길동	최길동	마길동	김길동

번호	1	2	3	4	5
국어점수	100	50	70	50	80

번호	1	2	3	4	5
영어점수	100	50	80	40	90

번호	1	2	3	4	5
수학점수	100	50	60	44	50

번호	1	2	3	4	5
총점	300	150	210	134	220

번호	1	2	3	4	5
평균	100.0	50.0	70.0	44.7	73.3

번호	1	2	3	4	5
평가	EXCELLENT	FAIL		FAIL	

국어총점 350   영어총점 360   수학총점 304

국어평균 70.0   영어평균 72.0   수학평균 60.8

어렵지 않게 표를 작성할 수 있을 것이다. 어떻게 문제를 풀어야 할지를 이해했을 것이다. 이러한 작업은 알고리듬과 프로그램을 만들 때 반드시 필요하다. 이러한 작업을 하지 않으면, 절대로 좋은 알고리듬과 프로그램을 만들 수 없다는 것을 명심하도록 하자.

이렇게 이해된 내용을 개략적으로 정리하자.

모듈 기술서			
명칭	한글	성적을 평가하다	
	영문	Evaluate	
기능		5명의 학생의 성명, 국어점수, 영어점수 그리고 수학점수가 입력되면 성적을 평가하고, 과목별 평균을 구한다.	
입·출력	입력	성명들, 국어점수들, 영어점수들, 수학점수들	
	출력	총점들, 평균들, 평가들, 국어평균, 영어평균, 수학평균	
관련 모듈			

자료 명세서					
번호	명칭		자료유형	구분	비고
	한글	영문			
1					
2					
3					
4					
5					
처리 과정					

2 분석

2.1. 배경도

다음은 문제에서 키보드로 외부 입력과 모니터로 외부 출력이 있는지, 키보드 입력과 모니터 출력이 있으면 어떠한 데이터들인지를 명확하게 하자. 문제와 주변 간의 경계를 정하여 문제를 명확하게 정의하도록 하자. 그래서 어떠한 문제를 풀어야 하는지를 정의하는 것이다. 배경도로 정리하자.

다섯 명의 학생의 성명, 국어점수, 영어점수 그리고 수학점수를 입력해야 한다. 따라서 names, koreanScores, englishScores, mathScores으로 여러 개의 성명, 국어점수, 영어점수 그리고 수학점수를 입력받는다는 것을 복수로 표현하고 있다.

그리고 학생의 총점, 평균 그리고 평가를 출력하고, 각 과목의 평균을 구해 출력해야 한다. 학생 관련 총점, 평균 그리고 평가는 다섯 개가 출력되어야 하므로 sums, averages, grades로 복수형으로 이름을 짓고, 각 과목의 평균은 단수형으로 koreanAverage, englishAverage 그리고 mathAverage라고 했다.

2.2. 시스템 다이어그램

다음은 키보드 입력과 모니터 출력에 관한 처리를 배제하여 문제의 본질에 집중하도록 하자. 입력 기능과 출력 기능을 배제하고, 연산 기능만을 강조하기 위해 시스템 다이어그램으로 더욱더 문제를 명확하게 정의하도록 하자.

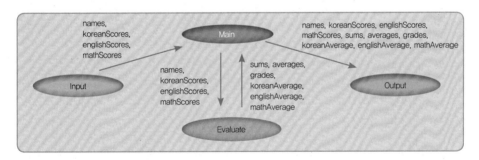

배경도에서 출력되는 데이터들이 연산 기능에서 출력 데이터들일 것이다. 왜냐하면, 연산 모듈이란 입력 데이터들로 처리하여 정확한 값을 구하여 출력하는 것이기 때문이다. 따라서 Evaluate 연산 모듈로 입력 데이터들은 names, koreanScores, englishScores, mathScores가 되어야 하고, 출력 데이터들은 sums, averages, grades, koreanAverage, englishAverage, mathAverage가 되어야 한다.

입력과 출력 모듈에 대해서는 대부분 알고리듬을 적용하지 않는 것이 일반적이고, 연산

모듈에 대해서는 반드시 알고리듬을 적용해야 한다. 다음은 연산 모듈에 대해 알고리듬을 작성해 보자.

2.3. 자료명세서

먼저, 시스템 다이어그램에서 연산 모듈의 입력과 출력을 정할 때 정리된 데이터들을 자료명세서로 정리해야 한다. 다음 표와 같이 정리할 수 있다.

다섯 명의 성적을 평가해야 한다. 그래서 5를 프로그램에서 사용하는 값으로 자료형은 정수형으로 기호상수로 정리한다. 학생수이므로 STUDENTS로 하자. 특히 배열의 크기로 사용될 값은 될 수 있으면 기호상수로 정리하도록 하자. 이러한 방식은 코드에 대한 이해력을 높일 뿐만 아니라 코드를 손쉽게 고칠 수 있도록 한다. 그래서 매우 유용한 방식이다.

모듈 기술서			
명칭	한글	성적을 평가하다	
	영문	Evaluate	
기능		5명의 학생의 성명, 국어점수, 영어점수 그리고 수학점수가 입력되면 성적을 평가하고, 과목별 평균을 구한다.	
입·출력	입력	성명들, 국어점수들, 영어점수들, 수학점수들	
	출력	총점들, 평균들, 평가들, 국어평균, 영어평균, 수학평균	
관련 모듈			

자료 명세서					
번호	명칭		자료유형	구분	비고
	한글	영문			
1	학생수	STUDENTS	정수	상수	5
2	성명들	names	문자열 배열	입력	
3	국어점수들	koreanScores	정수 배열	입력	
4	영어점수들	englishScores	정수 배열	입력	
5	수학점수들	mathScores	정수 배열	입력	
6	총점들	sums	정수 배열	출력	
7	평균들	averages	실수 배열	출력	
8	평가들	grades	문자열 배열	출력	
9	국어평균	koreanAverage	실수	출력	
10	영어평균	englishAverage	실수	출력	
11	수학평균	mathAverage	실수	출력	

처리 과정

시스템 다이어그램의 연산 모듈에서 정리된 입력 데이터와 출력 데이터를 정리해 보자. 학생 관련 데이터들은 다섯 개씩이므로 같은 이름으로 입력, 처리 그리고 출력을 할 수 있도록 기억장소들에 저장하도록 하자. 다시 말해서 배열로 기억장소를 관리하자. 따라서 이름은 복수형으로 짓고, 자료형은 배열로 하여야 한다. 배열요소의 자료형을 먼저 적는다.

성명에 대해서는 이름은 "성명들(names)" 그리고 성명은 자료형이 문자열이므로 "성명들"은 자료형이 문자열 배열이어야 한다. 국어점수, 영어점수, 수학점수 그리고 총점은 각각 "국어점수들(koreanScores)", "영어점수들(englishScores)", "수학점수들(mathScores)" 그리고 "총점들(sums)"로 이름들을 짓고, 점수와 총점은 소수점이 없는 숫자형인 정수형이므로 정수 배열이어야 한다. 평균은 소수점이 있는 숫자형인 실수형이므로 "평균들(averages)"은 실수 배열이어야 한다. 평가는 "EXCELLENT"와 "FAIL"과 같은 문자열 상수를 저장해야 하므로 문자열이어야 하고, "평가들(grades)"은 문자열 배열이어야 한다. 그리고 과목 평균들은 실수형이고, 단수형으로 이름을 지었다.

2.4. 처리 과정

순차 구조로 처리 과정을 작성하자. 문제 풀이 표를 참고하여 작성하면 학생 한 명의 성명과 국어점수, 영어점수 그리고 수학점수를 차례로 적어야 한다. 이는 처리 과정에서 입력으로 처리되어야 한다. 그리고 차례대로 세 과목의 점수를 더하여 총점을 구한다. 구해진 총점을 과목 개수로 나누어 평균을 구한다. 평균에 따라 평가한다.

과목 평균을 구하기 위해서 각각 과목별 총점을 구해야 한다. 과목별 총점을 학생 수로 나누어 과목별 평균을 구한다.

알고리듬이 성립되기 위해서 출력에 대해 처리단계로 추가해야 하고, 마지막 처리단계로 유한성에 대해 "끝낸다"가 추가되어야 한다.

이렇게 해서 순차 구조로만 작성된 처리 과정은 다음과 같다.

1. 성명들, 국어점수들, 영어점수들 그리고 수학점수들을 입력받는다.
2. 총점을 구한다.
3. 평균을 구한다.
4. 평가한다.
5. 국어 총점을 구한다.
6. 영어 총점을 구한다.
7. 수학 총점을 구한다.
8. 국어평균을 구한다.
9. 영어평균을 구한다.
10. 수학평균을 구한다.
11. 총점들, 평균들, 평가들, 국어평균, 영어평균, 수학평균을 출력한다.
12. 끝낸다.

다음은 반복 구조를 추가해 보자. 문제 풀이 표를 보면, 다섯 명의 학생에 대해 총점, 평균 그리고 평가를 하게 된다. 또한, 과목별 총점을 구해야 한다. 처리단계 "2. 총점을 구한다."부터 처리단계 "7. 수학 총점을 구한다."까지는 다섯 번 반복해야 한다. 따라서 처리단계 "2. 총점을 구한다." 앞에 반복 처리단계를 삽입해야 한다. 반복 처리단계의 번호는 2이어야 하고, "다섯 번 반복한다."라고 처리단계의 이름을 지어, 처리단계 "1. 성명들, 국어점수들, 영어점수들, 수학점수들을 입력받는다." 처리단계 바로 아래에 적는다. 그리고 하위 처리단계들은 들여쓰기와 가우스 번호 체계에 따라 번호가 다시 매겨져야 한다. 다음과 같이 정리되어야 한다.

1. 성명들, 국어점수들, 영어점수들 그리고 수학점수들을 입력받는다.
2. STUDENTS만큼 반복한다.
    2.1. 총점을 구한다.
    2.2. 평균을 구한다.
    2.3. 평가한다.
    2.4. 국어 총점을 구한다.
    2.5. 영어 총점을 구한다.
    2.6. 수학 총점을 구한다.
8. 국어평균을 구한다.
9. 영어평균을 구한다.
10. 수학평균을 구한다.
11. 총점들, 평균들, 평가들, 국어평균, 영어평균, 수학평균을 출력한다.
12. 끝낸다.

반복 처리단계가 추가되었으면, "8. 국어평균을 구한다."부터 마지막 "12. 끝낸다." 처리단계까지 번호가 다시 매겨져야 한다. "8. 국어평균을 구한다."는 "3. 국어평균을 구한다."로 다시 매겨져야 하고, 이후 처리단계들도 같은 방식으로 다시 매겨져야 한다. 그렇게 해서 정리된 처리 과정은 다음과 같다.

처리 과정
1. 성명들, 국어점수들, 영어점수들 그리고 수학점수들을 입력받는다.
2. STUDENTS만큼 반복한다.
2.1. 총점을 구한다.
2.2. 평균을 구한다.
2.3. 평가한다.
2.4. 국어 총점을 구한다.
2.5. 영어 총점을 구한다.
2.6. 수학 총점을 구한다.
3. 국어평균을 구한다.
4. 영어평균을 구한다.
5. 수학평균을 구한다.
6. 총점들, 평균들, 평가들, 국어평균, 영어평균, 수학평균을 출력한다.
7. 끝낸다.

다음은 선택 구조를 추가해야 한다면 추가한다. 문제 풀이 표의 평가 열을 보면, 각각의 값이 평균에 따라, 90점 이상이면 "EXCELLENT", 60점 미만이면 "FAIL", 그렇지 않으면 공란이어야 한다. 따라서 처리단계 "2.3. 평가한다."는 조건에 따라 다른 값으로 결정되어야 한다. 물론 "평가한다." 말 자체가 선택구조를 함축하고 있지만, 더욱더 명확하도록 평가하는 기준을 앞에 적어보자. "평균에 따라"라는 어구를 처리단계의 이름에 추가해 보자.

처리 과정
1. 성명들, 국어점수들, 영어점수들 그리고 수학점수들을 입력받는다.
2. STUDENTS만큼 반복한다.
2.1. 총점을 구한다.
2.2. 평균을 구한다.
2.3. 평균에 따라 평가한다.
2.4. 국어 총점을 구한다.
2.5. 영어 총점을 구한다.
2.6. 수학 총점을 구한다.
3. 국어평균을 구한다.
4. 영어평균을 구한다.
5. 수학평균을 구한다.
6. 총점들, 평균들, 평가들, 국어평균, 영어평균, 수학평균을 출력한다.
7. 끝낸다.

처리 과정이 정리되었으면 자료명세서를 다시 정리해야 한다. 처리 과정에서 찾을 수 있는 데이터들을 처리로 구분하여 정리하여야 한다. 과목별 총점을 구하는 처리단계들에서 "국어 총점", "영어 총점" 그리고 "수학 총점"을 찾을 수 있다. 그래서 자료명세서에 추가하고, 자료형은 정수 그리고 구분은 "처리"로 적어야 한다.

모듈 기술서

명칭	한글	성적을 평가하다
	영문	Evaluate
기능		5명의 학생의 성명, 국어점수, 영어점수 그리고 수학점수가 입력되면 성적을 평가하고, 과목별 평균을 구한다.
입·출력	입력	성명들, 국어점수들, 영어점수들, 수학점수들
	출력	총점들, 평균들, 평가들, 국어평균, 영어평균, 수학평균
관련 모듈		

자료 명세서

번호	명칭 한글	명칭 영문	자료유형	구분	비고
1	학생수	STUDENTS	정수	상수	5
2	성명들	names	문자열 배열	입력	
3	국어점수들	koreanScores	정수배열	입력	
4	영어점수들	englishScores	정수배열	입력	
5	수학점수들	mathScores	정수배열	입력	
6	총점들	sums	정수배열	출력	
7	평균들	averages	실수배열	출력	
8	평가들	grades	문자열 배열	출력	
9	국어평균	koreanAverage	실수	출력	
10	영어평균	englishAverage	실수	출력	
11	수학평균	mathAverage	실수	출력	
12	국어총점	koreanSum	정수	처리	
13	영어총점	englishSum	정수	처리	
14	수학총점	mathSum	정수	처리	

처리 과정

1. 성명들, 국어점수들, 영어점수들 그리고 수학점수들을 입력받는다.
2. STUDENTS만큼 반복한다.
   2.1. 총점을 구한다.
   2.2. 평균을 구한다.
   2.3. 평균에 따라 평가한다.
   2.4. 국어 총점을 구한다.
   2.5. 영어 총점을 구한다.
   2.6. 수학 총점을 구한다.
3. 국어평균을 구한다.
4. 영어평균을 구한다.
5. 수학평균을 구한다.
6. 총점들, 평균들, 평가들, 국어평균, 영어평균, 수학평균을 출력한다.
7. 끝낸다.

3 설계

3.1. 나씨-슈나이더만 다이어그램

알고리듬의 성립 조건에서 유한성을 만족하도록 표현된 처리단계 "7. 끝낸다."에 대해서 순차 구조 기호를 가장 위쪽과 가장 아래쪽에 그리고 각각 start와 stop을 적는다.

자료명세서에 정리된 데이터들을 상수, 변수 그리고 배열로 선언 및 정의해야 한다. start가 적힌 순차 구조 기호 바로 아래쪽에 순차 구조 기호를 그리고, 자료명세서에 적힌 데이터들을 쉼표로 구분하여 차례대로 옮겨 적는다.

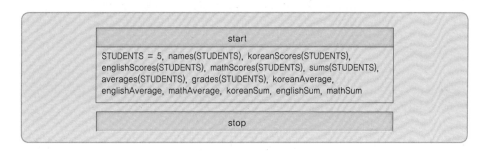

기호상수는 이름을 적고, 등호를 적고 상수를 적는다. 그리고 자료형이 배열이면, 이름 뒤에 소괄호를 여닫아 배열형이라는 것을 강조하고, 소괄호에는 배열 크기, 즉 배열요소의 개수를 적어야 한다. 반드시 상수이거나 상수로 구성된 식이어야 한다.

다시 처리 과정에 정리된 순서대로 작도하면 된다. "1. 성명들, 국어점수들, 영어점수들, 수학점수들을 입력받는다." 처리단계에 대해 작도해 보자. 처리단계의 이름에서 알 수 있듯이 입력 기능이다. 전형적인 순차 구조이므로 상수, 변수 그리고 배열을 선언하는 순차 구조 기호 아래에 순차 구조 기호를 그린다. 그리고 read를 적고, 입력한 데이터들을 저장할 변수나 배열을 적으면 된다. 물론 여러 개이면 쉼표로 구분하여 적는다.

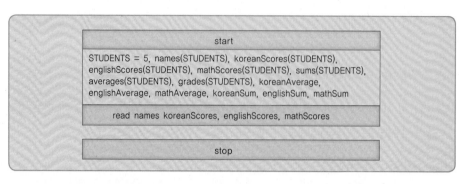

처리단계 "2. STUDENTS만큼 반복한다."에 대해 작도해 보자. 반복 구조이므로 선 검사 반복 구조 기호를 그린다.

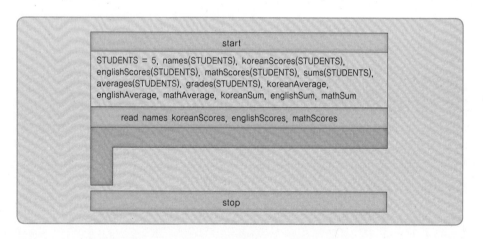

반복 구조이므로 반복할지 말지를 결정하기 위해서는 반복횟수를 알아야 한다. 그래서 반복횟수를 저장하는 기억장소가 하나 필요하다. 반복횟수를 저장하는 변수를 반복제어변수라고 한다. 먼저 자료명세서에 반복제어변수를 추가해야 한다. 영문 이름은 관습적으로 i로 하고, 자료형은 정수, 그리고 구분은 "추가"로 하여 정리한다.

모듈 기술서

명칭	한글	성적을 평가하다
	영문	Evaluate
기능		5명의 학생의 성명, 국어점수, 영어점수 그리고 수학점수가 입력되면 성적을 평가하고, 과목별 평균을 구한다.
입 · 출력	입력	성명들, 국어점수들, 영어점수들, 수학점수들
	출력	총점들, 평균들, 평가들, 국어평균, 영어평균, 수학평균
관련 모듈		

자료 명세서

번호	명칭 (한글)	명칭 (영문)	자료유형	구분	비고
1	학생수	STUDENTS	정수	상수	5
2	성명들	names	문자열 배열	입력	
3	국어점수들	koreanScores	정수배열	입력	
4	영어점수들	englishScores	정수배열	입력	
5	수학점수들	mathScores	정수배열	입력	
6	총점들	sums	정수배열	출력	
7	평균들	averages	실수배열	출력	
8	평가들	grades	문자열 배열	출력	
9	국어평균	koreanAverage	실수	출력	
10	영어평균	englishAverage	실수	출력	
11	수학평균	mathAverage	실수	출력	
12	국어총점	koreanSum	정수	처리	
13	영어총점	englishSum	정수	처리	
14	수학총점	mathSum	정수	처리	
15	반복제어변수	i	정수	추가	

처리 과정

1. 성명들, 국어점수들, 영어점수들 그리고 수학점수들을 입력받는다.
2. STUDENTS만큼 반복한다.
   2.1. 총점을 구한다.
   2.2. 평균을 구한다.
   2.3. 평균에 따라 평가한다.
   2.4. 국어 총점을 구한다.
   2.5. 영어 총점을 구한다.
   2.6. 수학 총점을 구한다.
3. 국어평균을 구한다.
4. 영어평균을 구한다.
5. 수학평균을 구한다.
6. 총점들, 평균들, 평가들, 국어평균, 영어평균, 수학평균을 출력한다.
7. 끝낸다.

자료명세서에 반복제어변수가 추가되었으므로 상수, 변수 그리고 배열을 선언하는 순차 구조 기호에서 맨 뒤에 반복제어변수 i를 적는다.

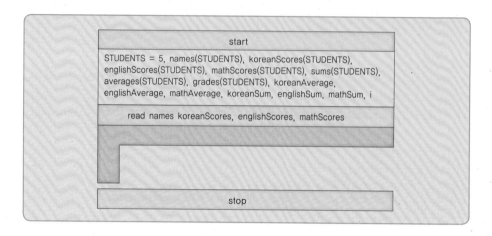

다음은 for 반복구조로 할 것인지 while 반복구조로 할 것인지를 결정한다. 반복횟수가 정해졌다. 다섯 번 반복해야 한다. 따라서 for 반복구조로 작도해야 한다. 반복 구조 기호에 for를 적고 소괄호를 여닫아야 한다. 소괄호에 차례대로 초기식, 조건식 그리고 변경식을 적어야 한다. for 반복구조에서는 초기식만 식의 형식을 갖추고, 조건식과 변경식은 단지 마지막 최댓값과 더해지거나 뺄 때 사용하는 값만을 쉼표로 구분하여 적어야 한다.

다섯 번 반복해야 하므로 초기식에 초깃값으로 1을 설정하고, STUDENTS 5보다 작거나 같은 동안 반복하는데 1씩 증가하도록 하면 다섯 번을 반복하게 된다. 따라서 소괄호 안에 초기식에서 i = 1을 적고, 조건식에는 STUDENTS만 적고, 변경식에서는 1만을 쉼표로 구분하여 적으면 된다.

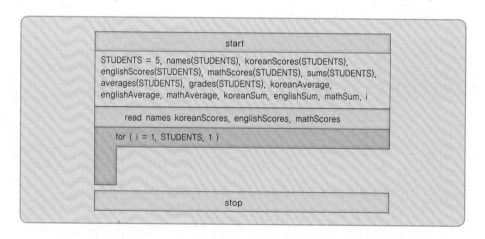

처리단계 "2.1. 총점을 구한다."에 대해 작도해 보자. 처리단계의 번호에서도 알 수 있듯

이 반복해서 처리해야 하는 내용이다. 따라서 반복 구조 기호 내에 작도되어야 한다. 총점을 구하는 것은 세 과목의 점수를 더하여야 한다. 따라서 컴퓨터의 기본 기능에서는 산술 연산 기능으로 처리해야 한다. 산술 연산 기능은 전형적인 순차 구조이다. 따라서 반복 구조 기호의 안쪽 크기에 맞게 순차 구조 기호를 그린다. 그리고 식을 작성해야 하는데, 산술식과 치환식으로 구성되어야 한다. 첨자를 이용하여 해당 번째의 배열요소의 값을 읽어 더하는 산술식을 작성해야 한다. 그리고 구해진 값을 첨자를 이용하여 해당 번째의 배열요소에 저장해야 한다.

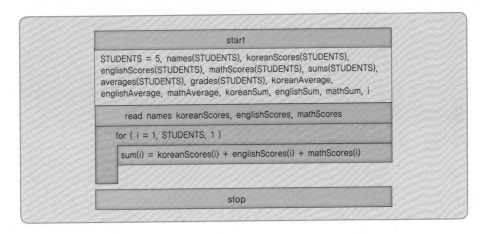

반복제어변수 i를 첨자로도 사용하여 소괄호로 표현되는 첨자 연산자를 사용하면 해당 번째의 배열요소에 저장된 값을 참조할 수 있다. koreanScores 배열에서 i번째 배열요소에 저장된 값을 표현하기 위해서는 koreanScores(i)로 표현해야 한다. englishScores 배열에서는 englishScores(i) 그리고 mathScores 배열에서는 mathScores(i)로 i번째의 배열요소에 저장된 값을 참조할 수 있다.

치환 연산자의 오른쪽에 적히면 i번째의 배열요소에 저장된 값을 읽어 중앙처리장치의 레지스터에 저장하라는 표현이다. 그리고 왼쪽에 적히면 중앙처리장치의 레지스터에 저장된 값을 읽어 주기억장치에 할당된 기억장소에 저장하라는 표현이다. 따라서 배열요소도 변수처럼 사용하면 된다. 단지 같은 이름으로 첨자로 구분하는 변수라고 생각하면 된다.

처리 단계 "2.2. 평균을 구한다."에 대해 작도해 보자. 평균은 세 과목의 점수들의 합을 과목의 개수로 나누면 구해진다. 따라서 산술과 기억 기능이다. 따라서 합을 구하는 순차 구조 기호 아래쪽에 순차 구조 기호를 작도한다. 위쪽 합을 구하는 순차 구조 기호에서 구해진 합을 과목의 개수 3으로 나누는 식을 작성하고, 왼쪽 값으로는 averages 배열에 해당 배열요소를 적으면 된다. sums 배열의 i 번째 배열요소에 저장된 값 sums(i)를 3이 아니라 3.0으로 나누어 평균을 구한다. 정수를 정수로 나누면, 전산에서는 정수이므로 실수형 평균을 구하기 위해서는 합이 정수이므로 나누는 값이 3.0 실수형으로 해야 한다. averages 배열의 i번째 배열요소 averages(i)에 저장하면 된다.

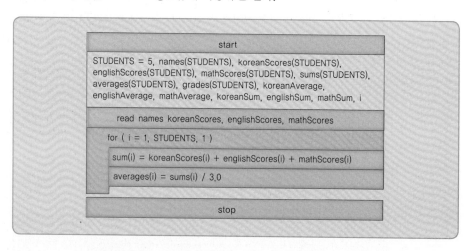

처리 단계 "2.3. 평균에 따라 평가한다."에 대해 작도해 보자. "평균에 따라"에서 알 수 있 듯이 선택구조이다. 평균이 90.0 이상이면 "EXCELLENT", 60.0 미만이면 "FAIL"로 평가 해야 한다. 경우의 수가 3개이므로 다중 선택구조로 작도해야 한다.

평균을 구하는 순차 구조 기호 아래에 선택 구조 기호를 작도한다. 그리고 조건식으로 averages 배열의 i번째 배열요소 averages(i)에 저장된 값이 90.0보다 크거나 같은지(≧) 의 관계식을 작성해야 한다. 관계식에 사용되는 값 90.0도 90으로 적지 않도록 하자. 기 본적으로 식에 사용되는 값들에 대해서는 같은 자료형을 사용하도록 해야 하기 때문이다.

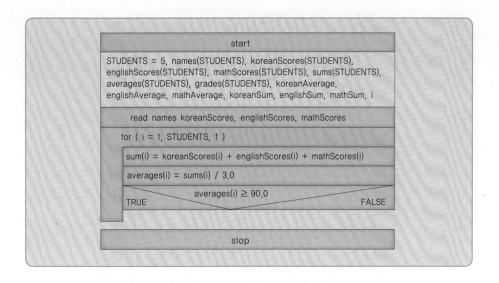

관계식을 평가했을 때 참이면 grades 배열의 i번째 배열요소 grades(i)에 "EXCELLENT" 문자열 상수를 저장해야 한다. 기억이다. 순차구조이다. 따라서 TRUE 가 적힌 삼각형 아래쪽에 삼각형 크기만큼 순차 구조 기호를 작도한다. 문자열 상수 EXCELLENT는 큰따옴표로 싸서 오른쪽에 적고 치환 연산자로 배열요소에 저장하는 식을 작성한다.

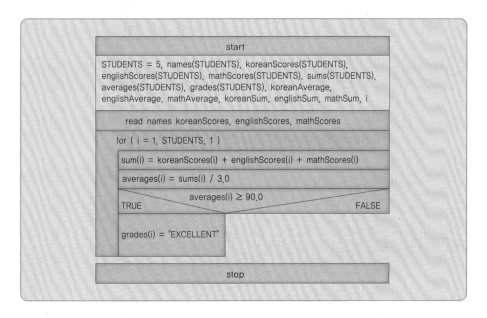

평균이 60.0 미만이면 "FAIL"로 평가해야 한다. 따라서 FALSE 가 적힌 삼각형 아래쪽에 삼각형 크기만큼 선택 구조 기호를 작도해야 한다. 그리고 조건식은 averages 배열의 i번

째 배열요소에 저장된 값이 60.0보다 작은지(〈)에 대해 관계식이어야 한다.

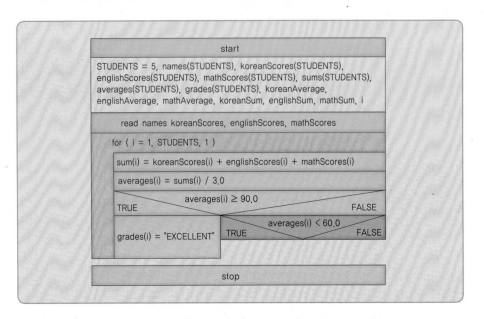

조건식을 평가했을 때 참이면, grades 배열의 i번째 배열요소 grades(i)에 문자열 상수
"FAIL"을 저장해야 한다. 따라서 TRUE가 적힌 삼각형 아래쪽에 순차 구조 기호를 작도한
다. 그리고 grades 배열의 i번째 배열요소 grades(i)에 문자열 상수를 치환하는 식을 적는다.

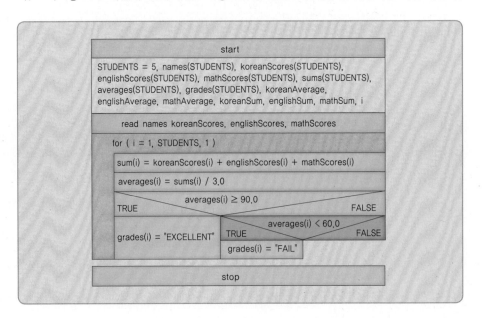

평균이 90.0 이상이거나 60.0 미만이 아닌 경우는 어떻게 처리될까? grades 배열의 모든 요소에 저장된 값은 초기화되지 않았으므로 쓰레기이다. 따라서 두 번째 선택 구조 기호에서 관계식을 평가했을 때 거짓이면 아무런 처리가 없으면 해당 배열요소에 저장된 값은 쓰레기이므로 유효하지 않다. 따라서 유효한 값으로 처리해야 한다. 공란으로 처리되어야 한다. 문자열 상수 ""가 치환되어야 한다. 따라서 FALSE가 적힌 삼각형 아래쪽에 순차 구조 기호를 작도한다. 그리고 문자열 상수로 큰따옴표를 등호 뒤에 적어 치환하는 식을 작성해야 한다.

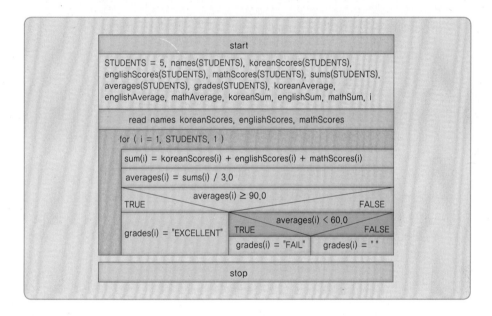

이렇게 해서 처리 단계 "2.3. 평균에 따라 평가한다."에 대해 다중 선택구조로 작도되었다.

처리 단계 "2.4. 국어 총점을 구한다."에 대해 작도해 보자. koreanScores 배열의 i번째 배열요소 koreanScores(i)에 저장된 값을 koreanSum에 더하면 된다. 다시 말해서 koreanSum에 누적하여야 한다. 따라서 순차 구조 기호를 작도하고, koreanSum에 저장된 값에 koreanScores 배열의 i번째 배열요소 koreanScores(i)에 저장된 값을 더하여 다시 koreanSum에 치환하여 저장한다.

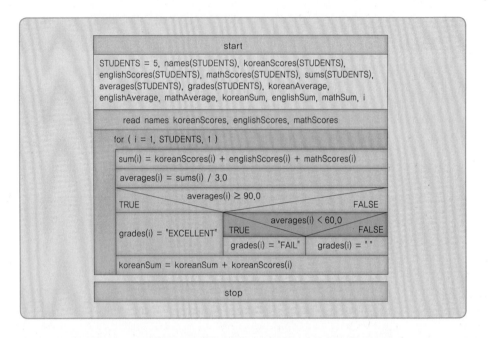

koreanSum는 누적에 사용되었으므로 초기화를 해야 한다. 초깃값은 얼마일까? 첫 번째 더해지는 값이 왼쪽 값이 되어야 하므로 koreanSum의 초깃값은 0이어야 한다.

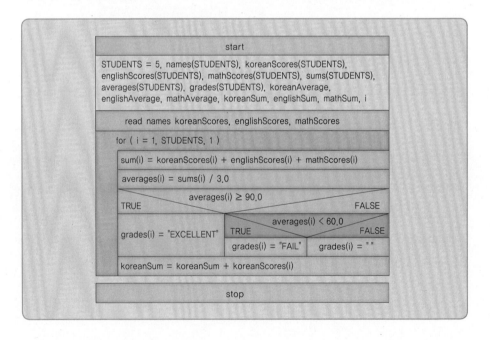

● 처리 단계 "2.5. 영어 총점을 구한다."와 처리 단계 "2.6. 수학 총점을 구한다."에 대해
서는 여러분이 직접 작도해 보자.

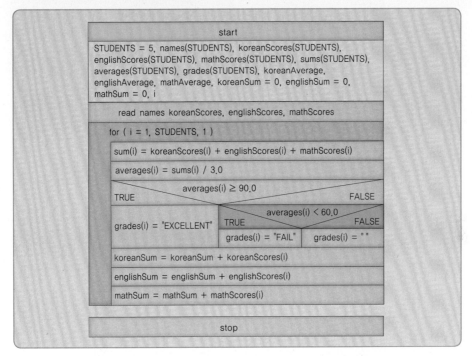

처리 단계 "3. 국어평균을 구한다."에 대해 작도해 보자. 과목의 평균은 반복해서 구해진
과목의 총점을 학생 수로 나누어 구하면 된다. 따라서 산술과 기억 기능이다. 반복이 끝난
후에 처리되어야 하므로 반복 구조 기호 아래쪽에 순차 구조 기호를 작도한다. 국어 총점
을 학생 수 STUDENTS로 나눈다. 이때 STUDENTS는 정수형 상수이고 국어 총점도 정
수이므로 정수를 정수로 나누는 것이 되어 정수형 평균을 구하게 된다. 소수점 이하 자릿
값들이 없어지게 된다. 그러면 정확하게 처리되지 않았다. 따라서 STUDENTS에 1.0을 곱
하여 5.0을 구한 다음 국어 총점을 나누게 해야 한다. 따라서 STUDENTS에 1.0을 곱하는
식을 소괄호로 싸서 처리를 먼저 하도록 하여야 한다.

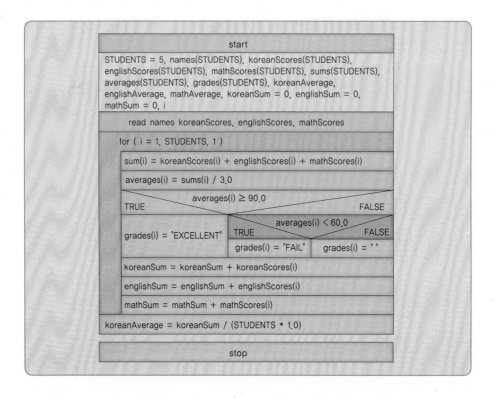

start
STUDENTS = 5, names(STUDENTS), koreanScores(STUDENTS), englishScores(STUDENTS), mathScores(STUDENTS), sums(STUDENTS), averages(STUDENTS), grades(STUDENTS), koreanAverage, englishAverage, mathAverage, koreanSum = 0, englishSum = 0, mathSum = 0, i

read names koreanScores, englishScores, mathScores

for (i = 1, STUDENTS, 1)

- sum(i) = koreanScores(i) + englishScores(i) + mathScores(i)
- averages(i) = sums(i) / 3.0
- averages(i) ≥ 90.0 — TRUE / FALSE
  - grades(i) = "EXCELLENT"
  - averages(i) < 60.0 — TRUE / FALSE
    - grades(i) = "FAIL"
    - grades(i) = " "
- koreanSum = koreanSum + koreanScores(i)
- englishSum = englishSum + englishScores(i)
- mathSum = mathSum + mathScores(i)

koreanAverage = koreanSum / (STUDENTS * 1.0)

stop

● 처리 단계 "4. 영어평균을 구한다."와 처리 단계 "5. 수학평균을 구한다."도 여러분이 직접 작도하자.

```
┌─────────────────────────────────────────────────────────────────┐
│                            start                                  │
├───────────────────────────────────────────────────────────────────┤
│ STUDENTS = 5, names(STUDENTS), koreanScores(STUDENTS),            │
│ englishScores(STUDENTS), mathScores(STUDENTS), sums(STUDENTS),    │
│ averages(STUDENTS), grades(STUDENTS), koreanAverage,             │
│ englishAverage, mathAverage, koreanSum = 0, englishSum = 0,      │
│ mathSum = 0, i                                                   │
├───────────────────────────────────────────────────────────────────┤
│      read names koreanScores, englishScores, mathScores          │
├───────────────────────────────────────────────────────────────────┤
│  for ( i = 1, STUDENTS, 1 )                                       │
│  ┌──────────────────────────────────────────────────────────┐   │
│  │ sum(i) = koreanScores(i) + englishScores(i) + mathScores(i) │  │
│  ├──────────────────────────────────────────────────────────┤   │
│  │ averages(i) = sums(i) / 3.0                                 │  │
│  ├──────────────────────────────────────────────────────────┤   │
│  │              averages(i) ≥ 90.0                             │  │
│  │ TRUE                                             FALSE      │  │
│  │                         averages(i) < 60.0                  │  │
│  │ grades(i) = "EXCELLENT"  TRUE              FALSE            │  │
│  │                     grades(i) = "FAIL"   grades(i) = " "    │  │
│  ├──────────────────────────────────────────────────────────┤   │
│  │ koreanSum = koreanSum + koreanScores(i)                     │  │
│  ├──────────────────────────────────────────────────────────┤   │
│  │ englishSum = englishSum + englishScores(i)                  │  │
│  ├──────────────────────────────────────────────────────────┤   │
│  │ mathSum = mathSum + mathScores(i)                           │  │
│  └──────────────────────────────────────────────────────────┘   │
├───────────────────────────────────────────────────────────────────┤
│ koreanAverage = koreanSum / (STUDENTS * 1.0)                      │
├───────────────────────────────────────────────────────────────────┤
│ englishAverage = englishSum / (STUDENTS * 1.0)                    │
├───────────────────────────────────────────────────────────────────┤
│ mathAverage = mathSum / (STUDENTS * 1.0)                          │
├───────────────────────────────────────────────────────────────────┤
│                            stop                                   │
└───────────────────────────────────────────────────────────────────┘
```

처리 단계 "6. 총점들, 평균들, 평가들, 국어평균, 영어평균, 수학평균을 출력한다." 에 대해 작도해 보자. 출력 기능이다. 따라서 수학평균을 구하는 순차 구조 기호 아래쪽에 순차 구조 기호를 작도한다. 그리고 print를 적고 한 칸 띄우고, 출력데이터들을 쉼표로 구분하여 적는다.

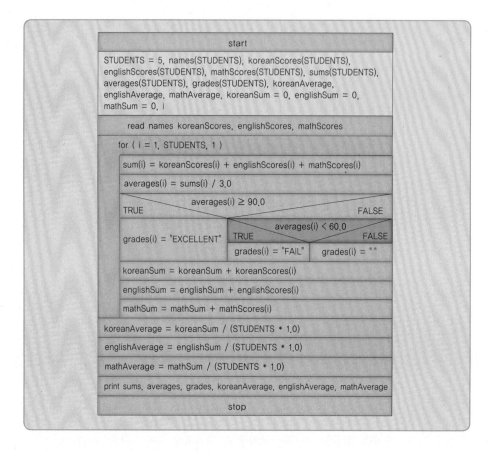

start
STUDENTS = 5, names(STUDENTS), koreanScores(STUDENTS), englishScores(STUDENTS), mathScores(STUDENTS), sums(STUDENTS), averages(STUDENTS), grades(STUDENTS), koreanAverage, englishAverage, mathAverage, koreanSum = 0, englishSum = 0, mathSum = 0, i

```
                                    start
  STUDENTS = 5, names(STUDENTS), koreanScores(STUDENTS),
  englishScores(STUDENTS), mathScores(STUDENTS), sums(STUDENTS),
  averages(STUDENTS), grades(STUDENTS), koreanAverage,
  englishAverage, mathAverage, koreanSum = 0, englishSum = 0,
  mathSum = 0, i
      read names koreanScores, englishScores, mathScores
      for ( i = 1, STUDENTS, 1 )
          sum(i) = koreanScores(i) + englishScores(i) + mathScores(i)
          averages(i) = sums(i) / 3.0
                         averages(i) ≥ 90.0
          TRUE                                          FALSE
                                  averages(i) < 60.0
          grades(i) = "EXCELLENT"  TRUE                 FALSE
                                   grades(i) = "FAIL"   grades(i) = " "
          koreanSum = koreanSum + koreanScores(i)
          englishSum = englishSum + englishScores(i)
          mathSum = mathSum + mathScores(i)
      koreanAverage = koreanSum / (STUDENTS * 1.0)
      englishAverage = englishSum / (STUDENTS * 1.0)
      mathAverage = mathSum / (STUDENTS * 1.0)
      print sums, averages, grades, koreanAverage, englishAverage, mathAverage
                                    stop
```

이렇게 해서 처리 과정에 대해 방법적인 측면을 정리해서 나씨–슈나이더만 다이어그램이 완성되었다.

4 검토

다음은 이렇게 작성된 알고리듬이 정확한지를 확인해야 한다. 검토해야 한다. 검토하기 위해서는 몇 가지를 준비해야 한다.

검토할 때 사용할 나씨–슈나이더만 다이어그램을 준비하자. 식(Expression)마다 평가해야 하는 순서대로 번호를 매기자. 여러분이 직접 해보자.

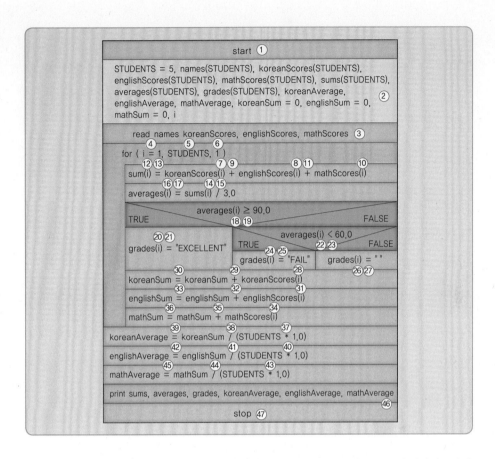

다음은 검토표를 작성한다. 배열을 빼고 기호상수와 변수만으로 검토표를 작성한다. 배열은 검토표와 따로 일차원 배열인 경우 한 줄로 배열 크기만큼 칸을 그린다. 일곱 개의 배열이 있으므로 일곱 개의 줄을 그리고, 줄마다 다섯 칸을 그린다. 그리고 왼쪽에 배열 이름을 적는다.

명칭	초기	1	2	3	4	5	6
STUDENTS							
koreanAverage							
englishAverage							
mathAverage							
koreanSum							
englishSum							
mathSum							
i							

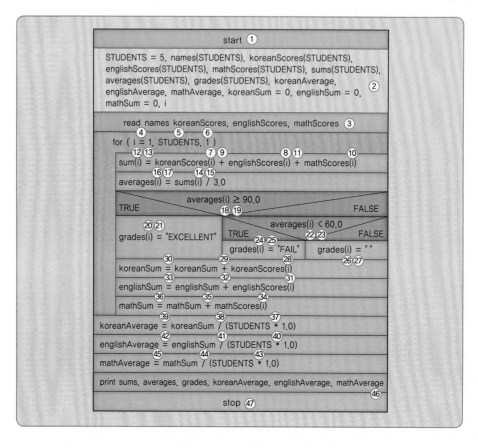

names					
koreanScores					
englishScores					
mathScores					
sums					
averages					
grades					

다음은 입력이 있으므로 입력 데이터를 설계한다. 모델 구축에서 사용한 데이터들을 그대로 사용한다. 최소한 3회 이상 진행할 수 있도록 설계되어야 한다.

성명	국어	영어	수학
홍길동	100	100	100
고길동	50	50	50
최길동	70	80	60
정길동	50	40	44
김길동	80	90	50

다음은 제어논리를 추적해야 한다. 자 시작해 보자.

①번 start가 적힌 순차 구조 기호부터 시작하자. start가 의미하는 것처럼 시작하자. 그리고 순차 구조이므로 아래쪽으로 이동하자. ②번 변수와 배열을 선언한 순차 구조 기호로 이동한다. 선언된 변수와 배열들을 참조하여 검토표에서 초기 열에 값을 적는다. 초기화되어 있으면 초깃값을 적고, 그렇지 않으면 쓰레기가 저장되어 있으므로 물음표를 적는다.

초기화되어 있는 변수들, koreanSum, englishSum 그리고 mathSum에 대해 0을 적는다. 초기화되지 않는 배열과 변수들에 대해서는 쓰레기이므로 물음표를 적는다.

명칭	초기	1	2	3	4	5	6
STUDENTS	5						
koreanAverage	?						
englishAverage	?						
mathAverage	?						
koreanSum	0						
englishSum	0						
mathSum	0						
i	?						

names	?	?	?	?	?
koreanScores	?	?	?	?	?
englishScores	?	?	?	?	?
mathScores	?	?	?	?	?
sums	?	?	?	?	?
averages	?	?	?	?	?
grades	?	?	?	?	?

③번 순차 구조 기호로 이동하자. 배열들을 입력받는 순차 구조이다. 따라서 설계한 입력

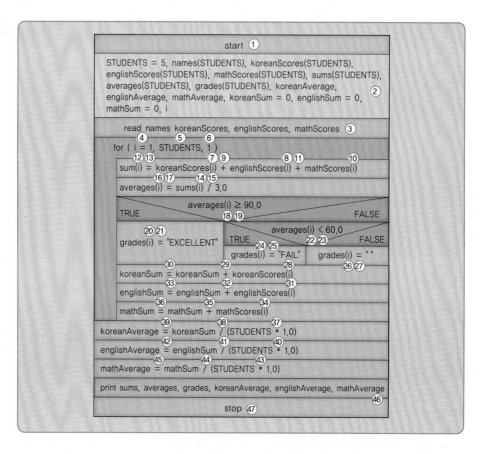

데이터를 참고하여 names, koreanScores, englishScores 그리고 mathScores에 차례로 적는다. 학생 한 명의 성명, 국어 점수, 영어 점수 그리고 수학 점수순으로 적는다.

명칭	초기	1	2	3	4	5	6
STUDENTS	5						
koreanAverage	?						
englishAverage	?						
mathAverage	?						
koreanSum	0						
englishSum	0						
mathSum	0						
i	?						

names	홍길동	?	?	?	?
koreanScores	100	?	?	?	?

englishScores	100	?	?	?	?
mathScores	100	?	?	?	?
sums	?	?	?	?	?
averages	?	?	?	?	?
grades	?	?	?	?	?

이러한 방식으로 4번 더 계속한다. 프로그램으로 만들었을 때 입력하는 방식이므로 검토할 때도 정확하게 연습해 두는 것이 좋다. 또한, 입력데이터들, 성명, 국어점수, 수학점수, 영어점수가 서로 관련이 있다는 의미이기도 한다. 이점은 반드시 기억해 두자.

명칭	초기	1	2	3	4	5	6
STUDENTS	5						
koreanAverage	?						
englishAverage	?						
mathAverage	?						
koreanSum	0						
englishSum	0						
mathSum	0						
i	?						

names	홍길동	고길동	최길동	정길동	김길동
koreanScores	100	50	70	50	80
englishScores	100	50	80	40	90
mathScores	100	50	60	44	50
sums	?	?	?	?	?
averages	?	?	?	?	?
grades	?	?	?	?	?

다음은 반복 구조 기호로 이동한다. for 반복구조이다. 소괄호에 적힌 세 개의 식에서 초기식을 평가해야 한다. ④번 초기식을 평가하면, 반복제어변수 i에 1을 저장한다. 따라서 검토표가 정리되어야 한다.

```
                              start ①

STUDENTS = 5, names(STUDENTS), koreanScores(STUDENTS),
englishScores(STUDENTS), mathScores(STUDENTS), sums(STUDENTS),
averages(STUDENTS), grades(STUDENTS), koreanAverage,       ②
englishAverage, mathAverage, koreanSum = 0, englishSum = 0,
mathSum = 0, i

       read names koreanScores, englishScores, mathScores ③
          ④        ⑤        ⑥
     for ( i = 1, STUDENTS, 1 )
       ⑫ ⑬              ⑦ ⑨          ⑧ ⑪            ⑩
     sum(i) = koreanScores(i) + englishScores(i) + mathScores(i)
          ⑯ ⑰      ⑭ ⑮
     averages(i) = sums(i) / 3.0

                    averages(i) ≥ 90.0
     TRUE              ⑱ ⑲              FALSE

       ⑳ ㉑                  averages(i) < 60.0
     grades(i) = "EXCELLENT"  TRUE        ㉒ ㉓      FALSE
                                 ㉔ ㉕
                              grades(i) = "FAIL"   grades(i) = " "
                ㉚          ㉙          ㉘              ㉖ ㉗
     koreanSum = koreanSum + koreanScores(i)
           ㉝          ㉜          ㉛
     englishSum = englishSum + englishScores(i)
           ㊱          ㉟          ㉞
     mathSum = mathSum + mathScores(i)
       ㊳          ㊲          ㊲
     koreanAverage = koreanSum / (STUDENTS * 1.0)
           ㊷          ㊶          ㊵
     englishAverage = englishSum / (STUDENTS * 1.0)
           ㊺          ㊹          ㊸
     mathAverage = mathSum / (STUDENTS * 1.0)

     print sums, averages, grades, koreanAverage, englishAverage, mathAverage
                                                              ㊻
                              stop ㊼
```

명칭	초기	1	2	3	4	5	6
STUDENTS	5						
koreanAverage	?						
englishAverage	?						
mathAverage	?						
koreanSum	0						
englishSum	0						
mathSum	0						
i	?	1					

names	홍길동	고길동	최길동	정길동	김길동
koreanScores	100	50	70	50	80
englishScores	100	50	80	40	90
mathScores	100	50	60	44	50

sums	?	?	?	?	?
averages	?	?	?	?	?
grades	?	?	?	?	?

그리고 조건식을 평가해야 한다. ⑤번 STUDENTS는 i가 STUDENTS보다 작거나 같은지 관계식을 의미한다. 따라서 초기식으로 i에 저장된 값 1과 STUDENTS 5로 1이 5보다 작거나 같은지 관계식을 평가해야 한다. 참이다. for 반복구조는 조건식을 평가했을 때 참이면 계속하는 선 검사 반복구조, 다른 말로는 진입 조건 반복구조이므로 반복구조 내로 이동한다. 총점을 구하는 순차 구조 기호로 이동한다. ⑦번 첨자 연산자로 koreanScores 배열의 i번째 배열요소에 저장된 값을 읽어 중앙처리장치의 레지스터로 복사하여 저장한다. i에 저장된 값이 1이므로 첫 번째 배열요소에 저장된 값은 100이다. 100을 읽어 중앙처리장치의 레지스터에 복사하여 저장한다. ⑧번 첨자 연산자로 englishScores 배열의 i번째 배열요소에 저장된 값을 읽는다. i에 저장된 값이 1이므로 englishScores 배열의 첫 번째 배열요소에 저장된 값인 100을 읽는다. ⑨번 더하기 연산자로 중앙처리장치에 저장된 값 100에 100을 더하여 구한 값 200을 중앙처리장치의 레지스터에 저장한다. ⑩번 첨자 연산자로 mathScores 배열의 i번째 배열요소에 저장된 값을 읽는다. i에 저장된 값이 1이므로 첫 번째 배열요소에 저장된 값 100을 읽는다. ⑪번 더하기 연산자로 읽은 값 100을 중앙처리장치에 저장된 값 200에 더하여 300을 구하고 중앙처리장치의 레지스터에 저장한다. 이렇게 해서 오른쪽 값이 구해졌다. ⑫번 첨자 연산자로 sums 배열의 i번째 배열요소를 참조하고, ⑬번 치환연산자로 중앙처리장치의 레지스터에 저장된 값 300을 복사하여 sums 배열의 i번째 배열요소에 저장한다. i에 저장된 값이 1이므로 sums 배열의 첫 번째 배열요소에 300을 저장한다. 따라서 검토표가 정리되어야 한다.

명칭	초기	1	2	3	4	5	6
STUDENTS	5						
koreanAverage	?						
englishAverage	?						
mathAverage	?						
koreanSum	0						
englishSum	0						
mathSum	0						
i	?	1					

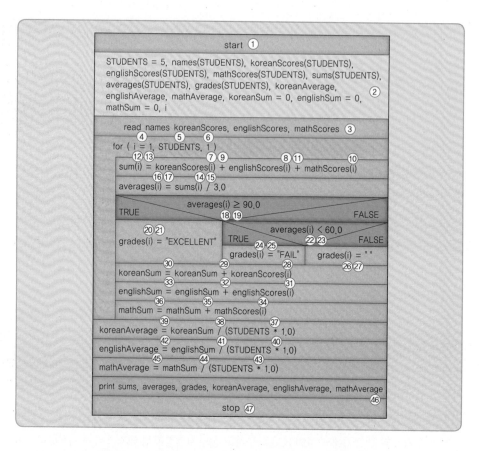

	start ①				

STUDENTS = 5, names(STUDENTS), koreanScores(STUDENTS),
englishScores(STUDENTS), mathScores(STUDENTS), sums(STUDENTS),
averages(STUDENTS), grades(STUDENTS), koreanAverage, ②
englishAverage, mathAverage, koreanSum = 0, englishSum = 0,
mathSum = 0, i

read names koreanScores, englishScores, mathScores ③
④ ⑤ ⑥
for (i = 1, STUDENTS, 1)
⑫⑬ ⑦⑨ ⑧⑪ ⑩
sum(i) = koreanScores(i) + englishScores(i) + mathScores(i)
⑯⑰ ⑭⑮
averages(i) = sums(i) / 3.0

averages(i) ≥ 90.0
TRUE   FALSE
⑱⑲
averages(i) < 60.0
⑳㉑   TRUE   ㉒㉓   FALSE
grades(i) = "EXCELLENT"   ㉔㉕
grades(i) = "FAIL"   grades(i) = " "
㉚ ㉙ ㉘ ㉖㉗
koreanSum = koreanSum + koreanScores(i) ㉛
㉝ ㉜
englishSum = englishSum + englishScores(i)
㊱ ㉟ ㉞
mathSum = mathSum + mathScores(i)
㊴ ㊳ ㊲
koreanAverage = koreanSum / (STUDENTS * 1.0)
㊷ ㊶ ㊵
englishAverage = englishSum / (STUDENTS * 1.0)
㊺ ㊹ ㊸
mathAverage = mathSum / (STUDENTS * 1.0)

print sums, averages, grades, koreanAverage, englishAverage, mathAverage
㊻
stop ㊼

names	홍길동	고길동	최길동	정길동	김길동
koreanScores	100	50	70	50	80
englishScores	100	50	80	40	90
mathScores	100	50	60	44	50
sums	300	?	?	?	?
averages	?	?	?	?	?
grades	?	?	?	?	?

평균을 구하는 순차 구조 기호로 이동한다. ⑭번 첨자 연산자로 sums 배열의 첫 번째 배열요소에 저장된 값 300을 읽어 중앙처리장치의 레지스터에 저장한다. ⑮번 나누기 연산자로 3.0으로 나누어 구한 값 100.0을 중앙처리장치의 레지스터에 저장한다. ⑯번 첨자 연산자로 averages 배열의 첫 번째 배열요소를 참조하게 되고, ⑰번 치환 연산자로 중앙처리장치의 레지스터에 저장된 값 100.0을 읽어 저장하게 된다. 따라서 averages 배열의 첫

번째 배열요소에 100.0이 저장된다. 주기억장치에 할당된 기억장소에 저장된 값이 변경되었으므로 검토표가 정리되어야 한다.

명칭	초기	1	2	3	4	5	6
STUDENTS	5						
koreanAverage	?						
englishAverage	?						
mathAverage	?						
koreanSum	0						
englishSum	0						
mathSum	0						
i	?	1					

names	홍길동	고길동	최길동	정길동	김길동
koreanScores	100	50	70	50	80
englishScores	100	50	80	40	90
mathScores	100	50	60	44	50
sums	300	?	?	?	?
averages	100.0	?	?	?	?
grades	?	?	?	?	?

다음은 선택 구조 기호로 이동한다. ⑱번 첨자 연산자로 averages 배열의 i번째 배열요소에 저장된 값을 읽어 중앙처리장치의 레지스터에 저장한다. i에 저장된 값이 1이므로 첫 번째 배열요소에 저장된 값 100.0을 읽어 레지스터에 저장한다. ⑲번 크거나 같은지 관계 연산자로 레지스터에 저장된 100.0과 실수형 상수 90.0으로 관계식을 평가한다. 100.0이 90.0보다 크므로 참이다. 따라서 왼쪽으로 실행 제어가 이동되어 TRUE가 적힌 삼각형 아래쪽 순차 구조 기호로 이동한다. ⑳번 첨자 연산자로 grades 배열의 i번째 배열요소를 참조하고, ㉑번 치환 연산자로 문자열 상수 "EXCELLENT"를 저장한다. i에 저장된 값이 1이므로 grades 배열의 첫 번째 배열요소에 문자열 상수를 저장한다.

```
                              start ①

STUDENTS = 5, names(STUDENTS), koreanScores(STUDENTS),
englishScores(STUDENTS), mathScores(STUDENTS), sums(STUDENTS),
averages(STUDENTS), grades(STUDENTS), koreanAverage,        ②
englishAverage, mathAverage, koreanSum = 0, englishSum = 0,
mathSum = 0, i

      read  names koreanScores, englishScores, mathScores  ③
        ④           ⑤        ⑥
for ( i = 1, STUDENTS, 1 )
    ⑫⑬              ⑦⑨              ⑧⑪              ⑩
    sum(i) = koreanScores(i) + englishScores(i) + mathScores(i)
        ⑯⑰          ⑭⑮
    averages(i) = sums(i) / 3.0

                    averages(i) ≥ 90.0
    TRUE                  ⑱⑲                          FALSE
                                 averages(i) < 60.0
    ⑳㉑                   TRUE          ㉒㉓          FALSE
    grades(i) = "EXCELLENT"   ㉔㉕
                              grades(i) = "FAIL"   grades(i) = " "
                                                          ㉖㉗
          ㉚              ㉙
    koreanSum = koreanSum + koreanScores(i)
       ㉝             ㉜              ㉛
    englishSum = englishSum + englishScores(i)
       ㊱             ㉟              ㉞
    mathSum = mathSum + mathScores(i)
       ㊴             ㊳              ㊲
koreanAverage = koreanSum / (STUDENTS * 1.0)
       ㊷             ㊶              ㊵
englishAverage = englishSum / (STUDENTS * 1.0)
       ㊺             ㊹              ㊸
mathAverage = mathSum / (STUDENTS * 1.0)

print sums, averages, grades, koreanAverage, englishAverage, mathAverage
                                                          ㊻
                              stop ㊼
```

명칭	초기	1	2	3	4	5	6
STUDENTS	5						
koreanAverage	?						
englishAverage	?						
mathAverage	?						
koreanSum	0						
englishSum	0						
mathSum	0						
i	?	1					

names	홍길동	고길동	최길동	정길동	김길동
koreanScores	100	50	70	50	80
englishScores	100	50	80	40	90
mathScores	100	50	60	44	50

sums	300	?	?	?	?
averages	100.0	?	?	?	?
grades	EXCELLENT	?	?	?	?

이렇게 해서 학생 한 명의 성적을 처리하게 된다. 다음은 국어 총점을 구하는 순차 구조 기호로 이동한다. koreanSum에 저장된 값 0을 읽어 중앙처리장치의 레지스터에 저장한다. ㉘번 첨자 연산자로 koreanScores 배열의 i번째 배열요소에 저장된 값을 읽는다. i에 저장된 값이 1이므로 koreanScores 배열의 첫 번째 배열요소에 저장된 값 100을 읽는다. ㉙번 더하기 연산자로 중앙처리장치에 저장된 값 0에 100을 더하여 구한 값 100을 중앙처리장치의 레지스터에 저장한다. ㉚번 치환 연산자로 중앙처리장치에 저장된 값 100을 주기억장치에 할당된 koreanSum에 저장한다. 따라서 100이 저장된다.

명칭	초기	1	2	3	4	5	6
STUDENTS	5						
koreanAverage	?						
englishAverage	?						
mathAverage	?						
koreanSum	0	100					
englishSum	0						
mathSum	0						
i	?	1					

names	홍길동	고길동	최길동	정길동	김길동
koreanScores	100	50	70	50	80
englishScores	100	50	80	40	90
mathScores	100	50	60	44	50
sums	300	?	?	?	?
averages	100.0	?	?	?	?
grades	EXCELLENT	?	?	?	?

다음은 영어 총점을 구하는 순차 구조 기호로 이동한다. englishSum에 저장된 값 0을 읽어 중앙처리장치의 레지스터에 저장한다. ㉛번 첨자 연산자로 englishScores 배열의 i번째 배열요소에 저장된 값을 읽는다. i에 저장된 값이 1이므로 englishScores 배열의 첫 번

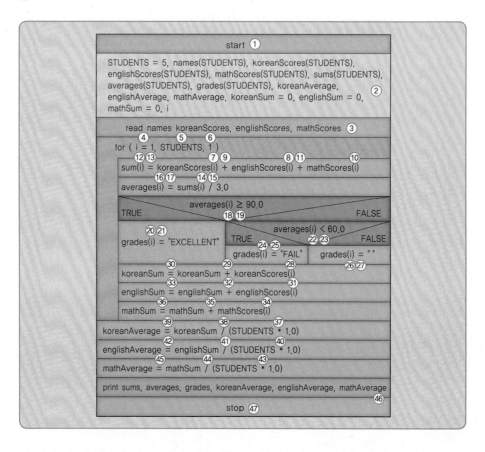

start ①

STUDENTS = 5, names(STUDENTS), koreanScores(STUDENTS), englishScores(STUDENTS), mathScores(STUDENTS), sums(STUDENTS), averages(STUDENTS), grades(STUDENTS), koreanAverage, englishAverage, mathAverage, koreanSum = 0, englishSum = 0, mathSum = 0, i ②

read names koreanScores, englishScores, mathScores ③

for (i = 1, STUDENTS, 1) ④ ⑤ ⑥

sum(i) = koreanScores(i) + englishScores(i) + mathScores(i) ⑫⑬ ⑦⑨ ⑧⑪ ⑩

averages(i) = sums(i) / 3.0 ⑯⑰ ⑭⑮

averages(i) ≥ 90.0

TRUE   FALSE
        ⑱ ⑲

grades(i) = "EXCELLENT" ⑳㉑

averages(i) < 60.0

TRUE   FALSE
    ㉒㉓

grades(i) = "FAIL" ㉔㉕   grades(i) = " " ㉖㉗

koreanSum = koreanSum + koreanScores(i) ㉚ ㉙ ㉘

englishSum = englishSum + englishScores(i) ㉝ ㉜ ㉛

mathSum = mathSum + mathScores(i) ㊱ ㉟ ㉞

koreanAverage = koreanSum / (STUDENTS * 1.0) ㊴ ㊳ ㊲

englishAverage = englishSum / (STUDENTS * 1.0) ㊷ ㊶ ㊵

mathAverage = mathSum / (STUDENTS * 1.0) ㊹ ㊸ ㊷

print sums, averages, grades, koreanAverage, englishAverage, mathAverage ㊻

stop ㊼

째 배열요소에 저장된 값 100을 읽는다. ㉜번 더하기 연산자로 중앙처리장치에 저장된 값 0에 100을 더하여 구한 값 100을 중앙처리장치의 레지스터에 저장한다. ㉝번 치환 연산자로 중앙처리장치에 저장된 값 100을 주기억장치에 할당된 englishSum에 저장한다. 따라서 100이 저장된다.

명칭	초기	1	2	3	4	5	6
STUDENTS	5						
koreanAverage	?						
englishAverage	?						
mathAverage	?						
koreanSum	0	100					
englishSum	0	100					
mathSum	0						
i	?	1					

names	홍길동	고길동	최길동	정길동	김길동
koreanScores	100	50	70	50	80
englishScores	100	50	80	40	90
mathScores	100	50	60	44	50
sums	300	?	?	?	?
averages	100.0	?	?	?	?
grades	EXCELLENT	?	?	?	?

다음은 수학 총점을 구하는 순차 구조 기호로 이동한다. mathSum에 저장된 값 0을 읽어 중앙처리장치의 레지스터에 저장한다. ㉞번 첨자 연산자로 mathScores 배열의 i번째 배열요소에 저장된 값을 읽는다. i에 저장된 값이 1이므로 mathScores 배열의 첫 번째 배열요소에 저장된 값 100을 읽는다. ㉟번 더하기 연산자로 중앙처리장치에 저장된 값 0에 100을 더하여 구한 값 100을 중앙처리장치의 레지스터에 저장한다. ㊱번 치환 연산자로 중앙처리장치에 저장된 값 100을 주기억장치에 할당된 mathSum에 저장한다. 따라서 100이 저장된다.

명칭	초기	1	2	3	4	5	6
STUDENTS	5						
koreanAverage	?						
englishAverage	?						
mathAverage	?						
koreanSum	0	100					
englishSum	0	100					
mathSum	0	100					
i	?	1					

names	홍길동	고길동	최길동	정길동	김길동
koreanScores	100	50	70	50	80
englishScores	100	50	80	40	90
mathScores	100	50	60	44	50
sums	300	?	?	?	?
averages	100.0	?	?	?	?
grades	EXCELLENT	?	?	?	?

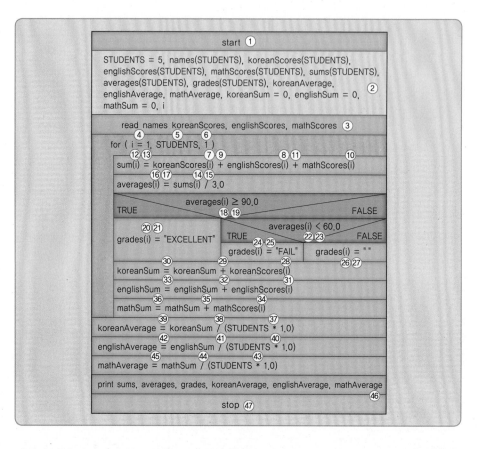

start ①

STUDENTS = 5, names(STUDENTS), koreanScores(STUDENTS), englishScores(STUDENTS), mathScores(STUDENTS), sums(STUDENTS), averages(STUDENTS), grades(STUDENTS), koreanAverage, englishAverage, mathAverage, koreanSum = 0, englishSum = 0, mathSum = 0, i ②

read names koreanScores, englishScores, mathScores ③
④   ⑤   ⑥

for (i = 1, STUDENTS, 1)
⑫ ⑬   ⑦ ⑨   ⑧⑪   ⑩
sum(i) = koreanScores(i) + englishScores(i) + mathScores(i)
⑯ ⑰   ⑭ ⑮
averages(i) = sums(i) / 3.0

averages(i) ≥ 90.0
TRUE   ⑱ ⑲   FALSE

⑳ ㉑   averages(i) < 60.0
grades(i) = "EXCELLENT"   TRUE   ㉔ ㉕   ㉒ ㉓   FALSE
                                grades(i) = "FAIL"   grades(i) = " "
                                        ㉘   ㉖ ㉗

                    ㉚   ㉙
koreanSum = koreanSum + koreanScores(i)
        ㉝   ㉜   ㉛
englishSum = englishSum + englishScores(i)
    ㊱   ㉟   ㉞
mathSum = mathSum + mathScores(i)

        ㊴   ㊳   ㊲
koreanAverage = koreanSum / (STUDENTS * 1.0)
    ㊷   ㊶   ㊵
englishAverage = englishSum / (STUDENTS * 1.0)
㊺   ㊹   ㊸
mathAverage = mathSum / (STUDENTS * 1.0)

print sums, averages, grades, koreanAverage, englishAverage, mathAverage
                                                            ㊻
stop ㊼

이렇게 해서 반복해야 하는 마지막 처리를 했다면, 다음은 반복제어변수를 변경해야 한다. 따라서 for 반복 구조 기호로 이동한다. 소괄호에서 마지막에 적힌 ⑥번 1은 반복제어변수 i에 저장된 값 1에 1을 더해서 구한 값 2를 반복제어변수에 저장하라는 의미이다.

명칭	초기	1	2	3	4	5	6
STUDENTS	5						
koreanAverage	?						
englishAverage	?						
mathAverage	?						
koreanSum	0	100					
englishSum	0	100					
mathSum	0	100					
i	?	1	2				

names	홍길동	고길동	최길동	정길동	김길동

koreanScores	100	50	70	50	80
englishScores	100	50	80	40	90
mathScores	100	50	60	44	50
sums	300	?	?	?	?
averages	100.0	?	?	?	?
grades	EXCELLENT	?	?	?	?

그리고 반복구조이므로 조건식을 평가해서 제어 흐름을 정해야 한다. ⑤번 STUDENTS 는 조건식을 의미하는 것으로 i에 저장된 값 2가 STUDENTS 5보다 작거나 같은지 관계식을 평가해야 한다. 참이다. 따라서 반복해야 한다. 반복 구조 기호 내로 이동해야 한다.

총점을 구하는 순차 구조 기호로 이동한다. i에 저장된 값이 2이므로 배열마다 두 번째 배열요소를 참조해야 한다. 다시 말해서 쓰거나 읽어야 한다. ⑦번 첨자 연산자로 koreanScores 배열의 두 번째 배열요소에 저장된 값 50을 읽어 중앙처리장치의 레지스터로 복사하여 저장한다. ⑧번 첨자 연산자로 englishScores 배열의 두 번째 배열요소에 저장된 값 50을 읽는다. ⑨번 더하기 연산자로 중앙처리장치에 저장된 값 50에 50을 더하여 구한 값 100을 중앙처리장치의 레지스터에 저장한다. ⑩번 첨자 연산자로 mathScores 배열의 두 번째 배열요소에 저장된 값 50을 읽는다. ⑪번 더하기 연산자로 읽은 값 50을 중앙처리장치에 저장된 값 100에 더하여 150을 구하여 중앙처리장치의 레지스터에 저장한다. 이렇게 해서 오른쪽 값이 구해졌다. ⑫번 첨자 연산자로 sums 배열의 두 번째 배열요소를 참조하고, ⑬번 치환 연산자로 중앙처리장치의 레지스터에 저장된 값 150을 복사하여 sums 배열의 두 번째 배열요소에 저장한다. i에 저장된 값이 2이므로 sums 배열의 두 번째 배열요소에 150을 저장한다. 따라서 검토표가 정리되어야 한다.

명칭	초기	1	2	3	4	5	6
STUDENTS	5						
koreanAverage	?						
englishAverage	?						
mathAverage	?						
koreanSum	0	100					
englishSum	0	100					
mathSum	0	100					
i	?	1	2				

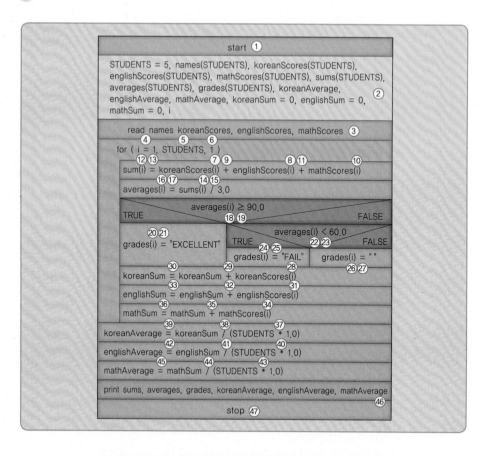

names	홍길동	고길동	최길동	정길동	김길동
koreanScores	100	50	70	50	80
englishScores	100	50	80	40	90
mathScores	100	50	60	44	50
sums	300	150	?	?	?
averages	100.0	?	?	?	?
grades	EXCELLENT	?	?	?	?

다음은 평균을 구하는 순차 구조 기호로 이동한다. ⑭번 첨자 연산자로 sums 배열의 두 번째 배열요소에 저장된 값 150을 읽어 중앙처리장치의 레지스터에 저장한다. ⑮번 나누기 연산자로 3.0으로 나누어 구한 값 50.0을 중앙처리장치의 레지스터에 저장한다. ⑯번 첨자 연산자로 averages 배열의 두 번째 배열요소를 참조하게 되고, ⑰번 치환 연산자로 중

앙처리장치의 레지스터에 저장된 값 50.0을 읽어 저장하게 된다. 따라서 averages 배열의 두 번째 배열요소에 50.0이 저장된다. 주기억장치에 할당된 기억장소에 저장된 값이 변경되었으므로 검토표가 정리되어야 한다.

명칭	초기	1	2	3	4	5	6
STUDENTS	5						
koreanAverage	?						
englishAverage	?						
mathAverage	?						
koreanSum	0	100					
englishSum	0	100					
mathSum	0	100					
i	?	1	2				

names	홍길동	고길동	최길동	정길동	김길동
koreanScores	100	50	70	50	80
englishScores	100	50	80	40	90
mathScores	100	50	60	44	50
sums	300	150	?	?	?
averages	100.0	50.0	?	?	?
grades	EXCELLENT	?	?	?	?

다음은 선택 구조 기호로 이동한다. i에 저장된 값이 2이므로 ⑱번 첨자 연산자로 averages 배열의 두 번째 배열요소에 저장된 값 50.0을 읽어 중앙처리장치의 레지스터에 저장한다. ⑲번 크거나 같은지 관계 연산자로 레지스터에 저장된 50.0과 실수형 상수 90.0으로 관계식을 평가한다. 50.0이 90.0보다 작으므로 거짓이다. 따라서 오른쪽으로 실행 제어가 이동되어 FALSE가 적힌 삼각형 아래쪽 선택 구조 기호로 이동한다. ㉒번 첨자 연산자로 averages 배열의 두 번째 배열요소에 저장된 값 50.0을 읽어 중앙처리장치의 레지스터에 저장한다. 50.0과 실수형 상수 60.0으로 ㉓번 작다 관계 연산자로 관계식을 평가해야 한다. 50.0이 60.0보다 작으므로 참이다. 따라서 왼쪽으로 실행 제어가 이동된다. 왼쪽 TRUE가 적힌 삼각형 아래쪽 순차 구조 기호로 이동한다. i에 저장된 값이 2이므로 ㉔번 첨자 연산자로 grades 배열의 두 번째 배열요소를 참조하고 ㉕번 치환 연산자로 grades 배열의 두 번째 배열요소에 문자열 상수 "FAIL"을 저장한다.

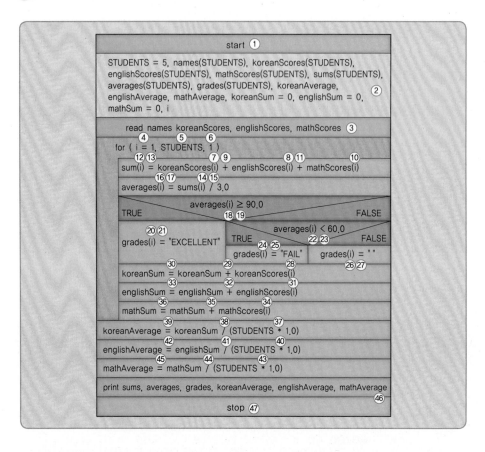

명칭	초기	1	2	3	4	5	6
STUDENTS	5						
koreanAverage	?						
englishAverage	?						
mathAverage	?						
koreanSum	0	100					
englishSum	0	100					
mathSum	0	100					
i	?	1	2				

names	홍길동	고길동	최길동	정길동	김길동
koreanScores	100	50	70	50	80
englishScores	100	50	80	40	90
mathScores	100	50	60	44	50

sums	300	150	?	?	?
averages	100.0	50.0	?	?	?
grades	EXCELLENT	FAIL	?	?	?

이렇게 해서 두 번째 학생의 성적을 처리하게 된다. 다음은 국어 총점을 구하는 순차 구조 기호로 이동한다. koreanSum에 저장된 값 100을 읽어 중앙처리장치의 레지스터에 저장한다. ㉘번 첨자 연산자로 koreanScores 배열의 두 번째 배열요소에 저장된 값 50을 읽는다. ㉙번 더하기 연산자로 중앙처리장치에 저장된 값 100에 50을 더하여 구한 값 150을 중앙처리장치의 레지스터에 저장한다. ㉚번 치환 연산자로 중앙처리장치에 저장된 값 150을 주기억장치에 할당된 koreanSum에 저장한다. 따라서 150이 저장된다.

명칭	초기	1	2	3	4	5	6
STUDENTS	5						
koreanAverage	?						
englishAverage	?						
mathAverage	?						
koreanSum	0	100	150				
englishSum	0	100					
mathSum	0	100					
i	?	1	2				

names	홍길동	고길동	최길동	정길동	김길동
koreanScores	100	50	70	50	80
englishScores	100	50	80	40	90
mathScores	100	50	60	44	50
sums	300	150	?	?	?
averages	100.0	50.0	?	?	?
grades	EXCELLENT	FAIL	?	?	?

다음은 영어 총점을 구하는 순차 구조 기호로 이동한다. englishSum에 저장된 값 100을 읽어 중앙처리장치의 레지스터에 저장한다. i에 저장된 값이 2이므로 ㉛번 첨자 연산자로 englishScores 배열의 두 번째 배열요소에 저장된 값 50을 읽는다. ㉜번 더하기 연산자로 중앙처리장치에 저장된 값 100에 50을 더하여 구한 값 150을 중앙처리장치의 레지스터

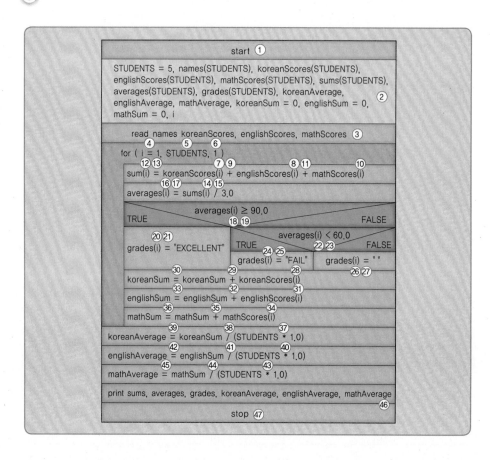

에 저장한다. ㉝번 치환 연산자로 중앙처리장치에 저장된 값 150을 주기억장치에 할당된 englishSum에 저장한다. 따라서 150이 저장된다.

명칭	초기	1	2	3	4	5	6
STUDENTS	5						
koreanAverage	?						
englishAverage	?						
mathAverage	?						
koreanSum	0	100	150				
englishSum	0	100	150				
mathSum	0	100					
i	?	1	2				

names	홍길동	고길동	최길동	정길동	김길동
koreanScores	100	50	70	50	80

englishScores	100	50	80	40	90
mathScores	100	50	60	44	50
sums	300	150	?	?	?
averages	100.0	50.0	?	?	?
grades	EXCELLENT	FAIL	?	?	?

다음은 수학 총점을 구하는 순차 구조 기호로 이동한다. mathSum에 저장된 값 100을 읽어 중앙처리장치의 레지스터에 저장한다. i에 저장된 값이 2이므로 ㉞번 첨자 연산자로 mathScores 배열의 두 번째 배열요소에 저장된 값 50을 읽는다. ㉟번 더하기 연산자로 중앙처리장치에 저장된 값 100에 50을 더하여 구한 값 150을 중앙처리장치의 레지스터에 저장한다. ㊱번 치환 연산자로 중앙처리장치에 저장된 값 150을 주기억장치에 할당된 mathSum에 저장한다. 따라서 150이 저장된다.

명칭	초기	1	2	3	4	5	6
STUDENTS	5						
koreanAverage	?						
englishAverage	?						
mathAverage	?						
koreanSum	0	100	150				
englishSum	0	100	150				
mathSum	0	100	150				
i	?	1	2				

names	홍길동	고길동	최길동	정길동	김길동
koreanScores	100	50	70	50	80
englishScores	100	50	80	40	90
mathScores	100	50	60	44	50
sums	300	150	?	?	?
averages	100.0	50.0	?	?	?
grades	EXCELLENT	FAIL	?	?	?

세 번째 학생과 네 번째 학생에 대해서는 여러분이 직접 검토해 보자.

- **세 번째 학생의 성적 처리에 대해 직접 검토해 보자.**

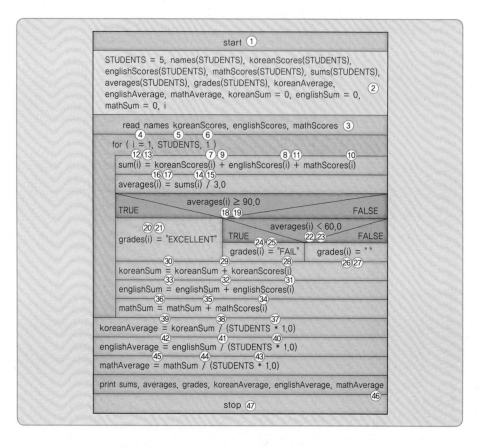

● 네 번째 학생의 성적 처리에 대해 직접 검토해 보자.

네 번째 학생까지 성적이 처리되었다면 검토표는 어떻게 작성되어야 할까? 직접 검토를 하지 않았다면 네 번째 학생까지 처리되었을 때 검토표를 작성해 보고, 아래쪽에 있는 검토표와 비교해 보자.

명칭	초기	1	2	3	4	5	6
STUDENTS	5						
koreanAverage	?						
englishAverage	?						
mathAverage	?						
koreanSum	0	100	150	220	270		
englishSum	0	100	150	230	270		
mathSum	0	100	150	210	254		
i	?	1	2	3	4		

names	홍길동	고길동	최길동	정길동	김길동
koreanScores	100	50	70	50	80
englishScores	100	50	80	40	90
mathScores	100	50	60	44	50
sums	300	150	210	134	?
averages	100.0	50.0	70.0	44.7	?
grades	EXCELLENT	FAIL		FAIL	?

이렇게 해서 반복해야 하는 마지막 처리를 했다면, 다음은 반복제어변수를 변경해야 한다. 따라서 for 반복 구조 기호로 이동한다. 소괄호에서 마지막에 적힌 ⑥번 1은 반복제어변수 i에 저장된 값 4에 1을 더해서 구한 값 5를 반복제어변수에 저장하라는 의미이다.

명칭	초기	1	2	3	4	5	6
STUDENTS	5						
koreanAverage	?						
englishAverage	?						
mathAverage	?						
koreanSum	0	100	150	220	270		
englishSum	0	100	150	230	270		
mathSum	0	100	150	210	254		
i	?	1	2	3	4	5	

names	홍길동	고길동	최길동	정길동	김길동
koreanScores	100	50	70	50	80
englishScores	100	50	80	40	90
mathScores	100	50	60	44	50
sums	300	150	210	134	?
averages	100.0	50.0	70.0	44.7	?
grades	EXCELLENT	FAIL		FAIL	?

반복구조이므로 조건식을 평가해서 제어 흐름을 정해야 한다. ⑤번 STUDENTS는 조건식을 의미하는 것으로 i에 저장된 값 5가 STUDENTS 5보다 작거나 같은지 관계식을 평가해야 한다. 참이다. 따라서 반복해야 한다. 반복 구조 기호 내로 이동해야 한다. 총점을 구하는 순차 구조 기호로 이동한다. i에 저장된 값이 5이므로 배열마다 다섯 번째 배열요소를

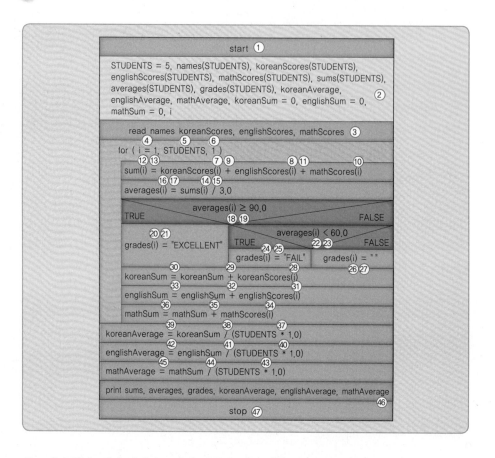

참조해야 한다. 다시 말해서 쓰거나 읽어야 한다. ⑦번 첨자 연산자로 koreanScores 배열의 다섯 번째 배열요소에 저장된 값 80을 읽어 중앙처리장치의 레지스터로 복사하여 저장한다. ⑧번 첨자 연산자로 englishScores 배열의 다섯 번째 배열요소에 저장된 값 90을 읽는다. ⑨번 더하기 연산자로 중앙처리장치에 저장된 값 80에 90을 더하여 구한 값 170을 중앙처리장치의 레지스터에 저장한다. ⑩번 첨자 연산자로 mathScores 배열의 다섯 번째 배열요소에 저장된 값 50을 읽는다. ⑪번 더하기 연산자로 읽은 값 50을 중앙처리장치에 저장된 값 170에 더하여 220을 구하여 중앙처리장치의 레지스터에 저장한다. 이렇게 해서 오른쪽 값이 구해졌다. ⑫번 첨자 연산자로 sums 배열의 다섯 번째 배열요소를 참조하고, ⑬번 치환연산자로 중앙처리장치의 레지스터에 저장된 값 220을 복사하여 sums 배열의 다섯 번째 배열요소에 저장한다. 따라서 검토표가 정리되어야 한다.

명칭	초기	1	2	3	4	5	6
STUDENTS	5						
koreanAverage	?						
englishAverage	?						
mathAverage	?						
koreanSum	0	100	150	220	270		
englishSum	0	100	150	230	270		
mathSum	0	100	150	210	254		
i	?	1	2	3	4	5	

names	홍길동	고길동	최길동	정길동	김길동
koreanScores	100	50	70	50	80
englishScores	100	50	80	40	90
mathScores	100	50	60	44	50
sums	300	150	210	134	220
averages	100.0	50.0	70.0	44.7	?
grades	EXCELLENT	FAIL		FAIL	?

다음은 평균을 구하는 순차 구조 기호로 이동한다. i에 저장된 값이 5이므로 ⑭번 첨자 연산자로 sums 배열의 다섯 번째 배열요소에 저장된 값 220을 읽어 중앙처리장치의 레지스터에 저장한다. ⑮번 나누기 연산자로 3.0으로 나누어 구한 값 73.3을 중앙처리장치의 레지스터에 저장한다. ⑯번 첨자 연산자로 averages 배열의 다섯 번째 배열요소를 참조하게 되고, ⑰번 치환 연산자로 중앙처리장치의 레지스터에 저장된 값 73.3을 읽어 저장하게 된다. 따라서 averages 배열의 다섯 번째 배열요소에 73.3이 저장된다. 주기억장치에 할당된 기억장소에 저장된 값이 변경되었으므로 검토표가 정리되어야 한다.

명칭	초기	1	2	3	4	5	6
STUDENTS	5						
koreanAverage	?						
englishAverage	?						
mathAverage	?						
koreanSum	0	100	150	220	270		
englishSum	0	100	150	230	270		
mathSum	0	100	150	210	254		
i	?	1	2	3	4	5	

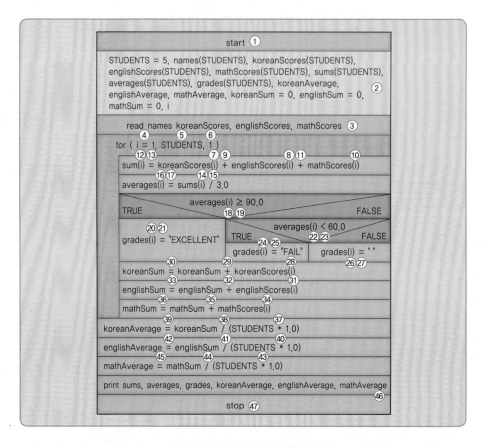

names	홍길동	고길동	최길동	정길동	김길동
koreanScores	100	50	70	50	80
englishScores	100	50	80	40	90
mathScores	100	50	60	44	50
sums	300	150	210	134	220
averages	100.0	50.0	70.0	44.7	73.3
grades	EXCELLENT	FAIL		FAIL	?

다음은 선택 구조 기호로 이동한다. i에 저장된 값이 5이므로 ⑱번 첨자 연산자로 averages 배열의 다섯 번째 배열요소에 저장된 값 73.3을 읽어 중앙처리장치의 레지스터에 저장한다. ⑲번 크거나 같은지 관계 연산자로 레지스터에 저장된 73.3과 실수형 상수 90.0으로 관계식을 평가한다. 73.3이 90.0보다 작으므로 거짓이다. 따라서 오른쪽으로 실행 제어가

이동되어 FALSE가 적힌 삼각형 아래쪽 선택 구조 기호로 이동한다. ㉒번 첨자 연산자로 averages 배열의 다섯 번째 배열요소에 저장된 값 73.3을 읽어 중앙처리장치의 레지스터에 저장한다. 73.3과 실수형 상수 60.0으로 ㉓번 작다 관계 연산자로 관계식을 평가해야한다. 73.3이 60.0보다 크므로 거짓이다. 따라서 오른쪽으로 실행 제어가 이동된다. 오른쪽 FALSE가 적힌 삼각형 아래쪽 순차 구조 기호로 이동한다. i에 저장된 값이 5이므로 ㉖번 첨자 연산자로 grades 배열의 다섯 번째 배열요소를 참조하고 ㉗번 치환 연산자로 grades 배열의 다섯 번째 배열요소에 문자열 상수 ""을 저장한다. 다시 말해서 공란으로 처리한다.

명칭	초기	1	2	3	4	5	6
STUDENTS	5						
koreanAverage	?						
englishAverage	?						
mathAverage	?						
koreanSum	0	100	150	220	270		
englishSum	0	100	150	230	270		
mathSum	0	100	150	210	254		
i	?	1	2	3	4	5	

	names	홍길동	고길동	최길동	정길동	김길동
koreanScores		100	50	70	50	80
englishScores		100	50	80	40	90
mathScores		100	50	60	44	50
sums		300	150	210	134	220
averages		100.0	50.0	70.0	44.7	73.3
grades		EXCELLENT	FAIL		FAIL	

이렇게 해서 다섯 번째 학생의 성적을 처리하게 된다. 다음은 국어 총점을 구하는 순차 구조 기호로 이동한다. koreanSum에 저장된 값 270을 읽어 중앙처리장치의 레지스터에 저장한다. ㉘번 첨자 연산자로 koreanScores 배열의 다섯 번째 배열요소에 저장된 값 80을 읽는다. ㉙번 더하기 연산자로 중앙처리장치에 저장된 값 270에 80을 더하여 구한 값 350을 중앙처리장치의 레지스터에 저장한다. ㉚번 치환 연산자로 중앙처리장치에 저장된 값 350을 주기억장치에 할당된 koreanSum에 저장한다. 따라서 350이 저장된다.

start ①

STUDENTS = 5, names(STUDENTS), koreanScores(STUDENTS), englishScores(STUDENTS), mathScores(STUDENTS), sums(STUDENTS), averages(STUDENTS), grades(STUDENTS), koreanAverage, englishAverage, mathAverage, koreanSum = 0, englishSum = 0, mathSum = 0, i ②

read names koreanScores, englishScores, mathScores ③

for (i = 1, STUDENTS, 1) ④ ⑤ ⑥

sum(i) = koreanScores(i) + englishScores(i) + mathScores(i) ⑫⑬ ⑦⑨ ⑧⑪ ⑩

averages(i) = sums(i) / 3.0 ⑯⑰ ⑭⑮

averages(i) ≥ 90.0 ⑱⑲
TRUE / FALSE

TRUE: grades(i) = "EXCELLENT" ⑳㉑

FALSE:
averages(i) < 60.0 ㉒㉓
TRUE: grades(i) = "FAIL" ㉔㉕
FALSE: grades(i) = " " ㉖㉗

koreanSum = koreanSum + koreanScores(i) ㉚ ㉙ ㉘

englishSum = englishSum + englishScores(i) ㉝ ㉜ ㉛

mathSum = mathSum + mathScores(i) ㊱ ㉟ ㉞

koreanAverage = koreanSum / (STUDENTS * 1.0) ㊴ ㊳ ㊲

englishAverage = englishSum / (STUDENTS * 1.0) ㊷ ㊶ ㊵

mathAverage = mathSum / (STUDENTS * 1.0) ㊺ ㊹ ㊸

print sums, averages, grades, koreanAverage, englishAverage, mathAverage ㊻

stop ㊼

명칭	초기	1	2	3	4	5	6
STUDENTS	5						
koreanAverage	?						
englishAverage	?						
mathAverage	?						
koreanSum	0	100	150	220	270	350	
englishSum	0	100	150	230	270		
mathSum	0	100	150	210	254		
i	?	1	2	3	4	5	

names	홍길동	고길동	최길동	정길동	김길동
koreanScores	100	50	70	50	80
englishScores	100	50	80	40	90
mathScores	100	50	60	44	50

sums	300	150	210	134	220
averages	100.0	50.0	70.0	44.7	73.3
grades	EXCELLENT	FAIL		FAIL	

다음은 영어 총점을 구하는 순차 구조 기호로 이동한다. englishSum에 저장된 값 270을 읽어 중앙처리장치의 레지스터에 저장한다. i에 저장된 값이 5이므로 ㉛번 첨자 연산자로 englishScores 배열의 다섯 번째 배열요소에 저장된 값 90을 읽는다. ㉜번 더하기 연산자로 중앙처리장치에 저장된 값 270에 90을 더하여 구한 값 360을 중앙처리장치의 레지스터에 저장한다. ㉝번 치환 연산자로 중앙처리장치에 저장된 값 360을 주기억장치에 할당된 englishSum에 저장한다. 따라서 360이 저장된다.

명칭	초기	1	2	3	4	5	6
STUDENTS	5						
koreanAverage	?						
englishAverage	?						
mathAverage	?						
koreanSum	0	100	150	220	270	350	
englishSum	0	100	150	230	270	360	
mathSum	0	100	150	210	254		
i	?	1	2	3	4	5	

names	홍길동	고길동	최길동	정길동	김길동
koreanScores	100	50	70	50	80
englishScores	100	50	80	40	90
mathScores	100	50	60	44	50
sums	300	150	210	134	220
averages	100.0	50.0	70.0	44.7	73.3
grades	EXCELLENT	FAIL		FAIL	

다음은 수학 총점을 구하는 순차 구조 기호로 이동한다. mathSum에 저장된 값 254를 읽어 중앙처리장치의 레지스터에 저장한다. i에 저장된 값이 5이므로 ㉞번 첨자 연산자로 mathScores 배열의 다섯 번째 배열요소에 저장된 값 50을 읽는다. ㉟번 더하기 연산자로 중앙처리장치에 저장된 값 254에 50을 더하여 구한 값 304를 중앙처리장치의 레지스터

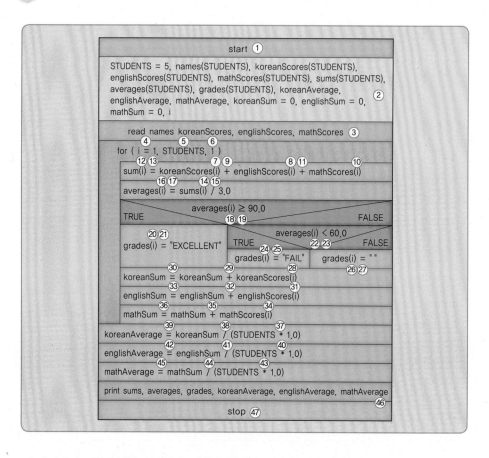

start ①

STUDENTS = 5, names(STUDENTS), koreanScores(STUDENTS),
englishScores(STUDENTS), mathScores(STUDENTS), sums(STUDENTS),
averages(STUDENTS), grades(STUDENTS), koreanAverage,
englishAverage, mathAverage, koreanSum = 0, englishSum = 0,
mathSum = 0, i ②

read names koreanScores, englishScores, mathScores ③

for (i = 1, STUDENTS, 1) ④ ⑤ ⑥

sum(i) = koreanScores(i) + englishScores(i) + mathScores(i) ⑫⑬ ⑦⑨ ⑧⑪ ⑩

averages(i) = sums(i) / 3.0 ⑯⑰ ⑭⑮

averages(i) ≥ 90.0 ⑱⑲

TRUE   FALSE

grades(i) = "EXCELLENT" ⑳㉑

averages(i) < 60.0 ㉒㉓

TRUE   FALSE

grades(i) = "FAIL" ㉔㉕   grades(i) = " " ㉖㉗   ㉘

koreanSum = koreanSum + koreanScores(i) ㉚ ㉙

englishSum = englishSum + englishScores(i) ㉝ ㉜ ㉛

mathSum = mathSum + mathScores(i) ㊱ ㉟ ㉞

koreanAverage = koreanSum / (STUDENTS * 1.0) ㊴ ㊷ ㊲

englishAverage = englishSum / (STUDENTS * 1.0) ㊸ ㊶ ㊵

mathAverage = mathSum / (STUDENTS * 1.0) ㊺ ㊹ ㊸

print sums, averages, grades, koreanAverage, englishAverage, mathAverage ㊻

stop ㊼

에 저장한다. ㊱번 치환 연산자로 중앙처리장치에 저장된 값 304를 주기억장치에 할당된 mathSum에 저장한다. 따라서 304가 저장된다.

명칭	초기	1	2	3	4	5	6
STUDENTS	5						
koreanAverage	?						
englishAverage	?						
mathAverage	?						
koreanSum	0	100	150	220	270	350	
englishSum	0	100	150	230	270	360	
mathSum	0	100	150	210	254	304	
i	?	1	2	3	4	5	

names	홍길동	고길동	최길동	정길동	김길동
koreanScores	100	50	70	50	80

englishScores	100	50	80	40	90
mathScores	100	50	60	44	50
sums	300	150	210	134	220
averages	100.0	50.0	70.0	44.7	73.3
grades	EXCELLENT	FAIL		FAIL	

이렇게 해서 반복해야 하는 마지막 처리를 했다면, 다음은 반복제어변수를 변경해야 한다. 따라서 for 반복 구조 기호로 이동한다. 소괄호에서 마지막에 적힌 ⑥번 1은 반복제어변수 i에 저장된 값 5에 1을 더해서 구한 값 6을 반복제어변수에 저장하라는 의미이다.

명칭	초기	1	2	3	4	5	6
STUDENTS	5						
koreanAverage	?						
englishAverage	?						
mathAverage	?						
koreanSum	0	100	150	220	270	350	
englishSum	0	100	150	230	270	360	
mathSum	0	100	150	210	254	304	
i	?	1	2	3	4	5	6

names	홍길동	고길동	최길동	정길동	김길동
koreanScores	100	50	70	50	80
englishScores	100	50	80	40	90
mathScores	100	50	60	44	50
sums	300	150	210	134	220
averages	100.0	50.0	70.0	44.7	73.3
grades	EXCELLENT	FAIL		FAIL	

반복구조이므로 조건식을 평가해서 제어 흐름을 정해야 한다. ⑤번 STUDENTS는 조건식을 의미하는 것으로 i에 저장된 값 6이 STUDENTS 5보다 작거나 같은지에 대해 관계식을 평가해야 한다. 거짓이다. 따라서 반복을 탈출해야 한다.

반복 구조 기호를 건너뛰어 국어 평균을 구하는 순차 구조 기호로 이동해야 한다. 소괄호로 싸인 식부터 먼저 평가해야 하므로 ㊲번 곱하기 연산자로 STUDENTS 5와 실수형 상수

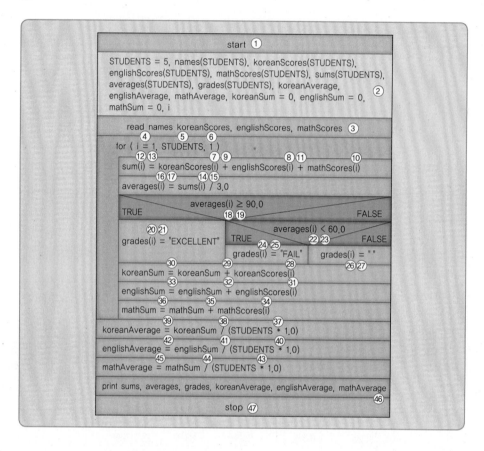

start ①

STUDENTS = 5, names(STUDENTS), koreanScores(STUDENTS),
englishScores(STUDENTS), mathScores(STUDENTS), sums(STUDENTS),
averages(STUDENTS), grades(STUDENTS), koreanAverage,
englishAverage, mathAverage, koreanSum = 0, englishSum = 0,
mathSum = 0, i ②

read names koreanScores, englishScores, mathScores ③
④ ⑤ ⑥
for (i = 1, STUDENTS, 1)
⑫⑬ ⑦ ⑨ ⑧⑪ ⑩
sum(i) = koreanScores(i) + englishScores(i) + mathScores(i)
⑯⑰ ⑭⑮
averages(i) = sums(i) / 3.0

averages(i) ≥ 90.0
⑱⑲
TRUE   FALSE
⑳㉑
grades(i) = "EXCELLENT"   averages(i) < 60.0
                              ㉒㉓
                    TRUE   FALSE
                    ㉔㉕
                    grades(i) = "FAIL"   grades(i) = " "
                              ㉘   ㉖㉗
⑳ ㉙
koreanSum = koreanSum + koreanScores(i)
㉝ ㉜ ㉛
englishSum = englishSum + englishScores(i)
㊱ ㉟ ㉞
mathSum = mathSum + mathScores(i)
㊴ ㊳ ㊲
koreanAverage = koreanSum / (STUDENTS * 1.0)
㊷ ㊶ ㊵
englishAverage = englishSum / (STUDENTS * 1.0)
㊺ ㊹ ㊸
mathAverage = mathSum / (STUDENTS * 1.0)

print sums, averages, grades, koreanAverage, englishAverage, mathAverage
㊻
stop ㊼

1.0을 곱하여 5.0을 구해서 중앙처리장치의 레지스터에 저장한다. koreanSum에 저장된 값 350을 읽어 레지스터에 저장된 값 5.0으로 ㊳번 나누기 연산자로 350을 5.0으로 나누어 값을 구한다. 구해지는 값은 70.0이고 중앙처리장치의 레지스터에 저장된다. ㊴번 치환 연산자로 중앙처리장치의 레지스터에 저장된 값 70.0을 읽어 koreanAverage에 저장한다.

명칭	초기	1	2	3	4	5	6
STUDENTS	5						
koreanAverage	?						70.0
englishAverage	?						
mathAverage	?						
koreanSum	0	100	150	220	270	350	
englishSum	0	100	150	230	270	360	
mathSum	0	100	150	210	254	304	
i	?	1	2	3	4	5	6

names	홍길동	고길동	최길동	정길동	김길동
koreanScores	100	50	70	50	80
englishScores	100	50	80	40	90
mathScores	100	50	60	44	50
sums	300	150	210	134	220
averages	100.0	50.0	70.0	44.7	73.3
grades	EXCELLENT	FAIL		FAIL	

다음은 영어 평균을 구하는 순차 구조 기호로 이동해야 한다. 소괄호로 싸인 식부터 먼저 평가해야 하므로 ㊵번 곱하기 연산자로 STUDENTS 5와 실수형 상수 1.0을 곱하여 5.0을 구해서 중앙처리장치의 레지스터에 저장한다. englishSum에 저장된 값 360을 읽어 레지스터에 저장된 값 5.0으로 ㊶번 나누기 연산자로 360을 5.0으로 나누어 값을 구한다. 구해지는 값은 72.0이고 중앙처리장치의 레지스터에 저장된다. ㊷번 치환 연산자로 중앙처리장치의 레지스터에 저장된 값 72.0을 읽어 englishAverage에 저장한다.

명칭	초기	1	2	3	4	5	6
STUDENTS	5						
koreanAverage	?						70.0
englishAverage	?						72.0
mathAverage	?						
koreanSum	0	100	150	220	270	350	
englishSum	0	100	150	230	270	360	
mathSum	0	100	150	210	254	304	
i	?	1	2	3	4	5	6

names	홍길동	고길동	최길동	정길동	김길동
koreanScores	100	50	70	50	80
englishScores	100	50	80	40	90
mathScores	100	50	60	44	50
sums	300	150	210	134	220
averages	100.0	50.0	70.0	44.7	73.3
grades	EXCELLENT	FAIL		FAIL	

다음은 수학 평균을 구하는 순차 구조 기호로 이동해야 한다. 소괄호로 싸인 식부터 먼저

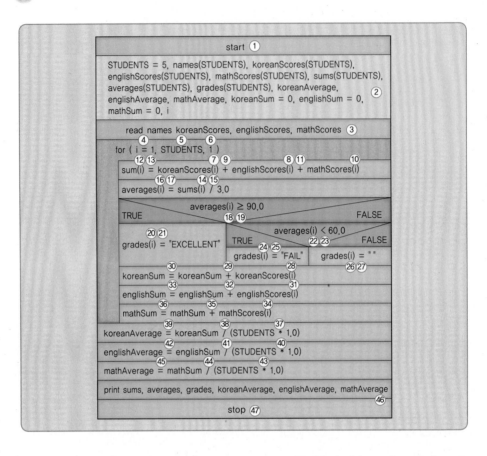

start ①

STUDENTS = 5, names(STUDENTS), koreanScores(STUDENTS),
englishScores(STUDENTS), mathScores(STUDENTS), sums(STUDENTS),
averages(STUDENTS), grades(STUDENTS), koreanAverage,
englishAverage, mathAverage, koreanSum = 0, englishSum = 0, ②
mathSum = 0, i

read names koreanScores, englishScores, mathScores ③
④ ⑤ ⑥
for (i = 1, STUDENTS, 1)
⑫⑬ ⑦ ⑨ ⑧⑪ ⑩
sum(i) = koreanScores(i) + englishScores(i) + mathScores(i)
⑯⑰ ⑭⑮
averages(i) = sums(i) / 3.0

averages(i) ≥ 90.0
TRUE   FALSE
⑱ ⑲
⑳㉑   averages(i) < 60.0
grades(i) = "EXCELLENT"   TRUE   FALSE ㉒㉓
㉔㉕
grades(i) = "FAIL"   grades(i) = " "
㉚ ㉙ ㉘ ㉖㉗
koreanSum = koreanSum + koreanScores(i)
㉝ ㉜ ㉛
englishSum = englishSum + englishScores(i)
㊱ ㉟ ㉞
mathSum = mathSum + mathScores(i)
㊴ ㊳ ㊲
koreanAverage = koreanSum / (STUDENTS * 1.0)
㊷ ㊶ ㊵
englishAverage = englishSum / (STUDENTS * 1.0)
㊺ ㊹ ㊸
mathAverage = mathSum / (STUDENTS * 1.0)

print sums, averages, grades, koreanAverage, englishAverage, mathAverage
㊻
stop ㊼

평가해야 하므로 ㊸번 곱하기 연산자로 STUDENTS 5와 실수형 상수 1.0을 곱하여 5.0을
구해서 중앙처리장치의 레지스터에 저장한다. mathSum에 저장된 값 304를 읽어 레지스
터에 저장된 값 5.0으로 ㊹번 나누기 연산자로 304를 5.0으로 나누어 값을 구한다. 구해
지는 값은 60.8이고 중앙처리장치의 레지스터에 저장된다. ㊺번 치환 연산자로 중앙처리
장치의 레지스터에 저장된 값 60.8을 읽어 mathAverage에 저장한다.

명칭	초기	1	2	3	4	5	6
STUDENTS	5						
koreanAverage	?						70.0
englishAverage	?						72.0
mathAverage	?						60.8
koreanSum	0	100	150	220	270	350	
englishSum	0	100	150	230	270	360	
mathSum	0	100	150	210	254	304	
i	?	1	2	3	4	5	6

names	홍길동	고길동	최길동	정길동	김길동
koreanScores	100	50	70	50	80
englishScores	100	50	80	40	90
mathScores	100	50	60	44	50
sums	300	150	210	134	220
averages	100.0	50.0	70.0	44.7	73.3
grades	EXCELLENT	FAIL		FAIL	

다음은 ㊻번 출력하는 순차 구조 기호로 이동한다. 구해진 총점들, 평균들, 평가들, 국어 평균, 영어 평균 그리고 수학 평균을 출력한다. 그리고 ㊼번 stop이 적힌 순차 구조 기호로 이동하면, 알고리듬의 실행이 끝난다.

성명	국어	영어	수학	총점	평균	평가
홍길동	100	100	100	300	100.0	EXCELLENT
고길동	50	50	50	150	50.0	FAIL
최길동	70	80	60	210	70.0	
정길동	50	40	44	134	44.7	FAIL
김길동	80	90	50	220	73.3	
총점	350	360	304			
평균	70.0	72.0	60.8			

검토표와 모델 구축에서 종이와 연필로 작성된 표와 비교해 보면, 정확하다는 것을 확인할 수 있다. 따라서 작성된 알고리듬은 정확하다고 평가되어야 한다.

5 구현

알고리듬이 정확하다는 것이 확인되었으므로 배경도, 시스템 다이어그램, 모듈 기술서 그리고 나씨–슈나이더만 다이어그램을 참고하여 C언어로 구현해보자.

5.1. 원시 코드 파일 만들기

배경도나 시스템 다이어그램을 참고하여 원시 코드 파일을 만들어야 한다. 모듈 이름을 적고, 확장자를 .c로 해서 원시 코드 파일의 이름을 짓자. 그리고 첫 번째 줄에 한 줄 주석 기능으로 원시 코드 파일 이름을 적는다.

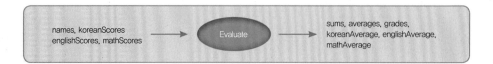

모듈 이름이 Evaluate이므로 원시 코드 파일의 이름을 Evaluate.c로 짓는다.

C코드

```
// Evaluate.c
```

5.2. 프로그램에 대해 설명 달기

모듈 기술서			
명칭	한글		성적을 평가하다
	영문		Evaluate
	기능		5명의 학생의 성명, 국어점수, 영어점수 그리고 수학점수가 입력되면 성적을 평가하고, 과목별 평균을 구한다.
입·출력	입력		성명들, 국어점수들, 영어점수들, 수학점수들
	출력		총점들, 평균들, 평가들, 국어평균, 영어평균, 수학평균
	관련 모듈		

모듈 기술서를 참고하여 개략적으로 프로그램을 설명하는 글귀를 적도록 하자. 설명하는 글귀를 주석(Comment)이라고 한다. 여러 줄에 걸쳐 작성될 때는 /*로 시작하여 */로 끝나는 블록 주석 기능을 사용한다.

C코드

```
// Evaluate.c
/* ************************************************************
 파일 이름 : Evaluate.c
 기      능 : 5명의 학생의 성명, 국어점수, 영어점수 그리고 수학점수가 입력되면 성적을 평가하고,
            과목별 평균을 구한다.
 작 성 자 : 김 석 현
 작성 일자 : 2013년 8월 14일
 ************************************************************/
```

5.3. 자료형 설계하기

자료 명세서					
번호	명칭		자료유형	구분	비고
	한글	영문			
1	학생수	STUDENTS	정수	상수	5
2	성명들	names	문자열 배열	입력	
3	국어점수들	koreanScores	정수 배열	입력	
4	영어점수들	englishScores	정수 배열	입력	
5	수학점수들	mathScores	정수 배열	입력	
6	총점들	sums	정수 배열	출력	
7	평균들	averages	실수 배열	출력	
8	평가들	grades	문자열 배열	출력	
9	국어평균	koreanAverage	실수	출력	
10	영어평균	englishAverage	실수	출력	
11	수학평균	mathAverage	실수	출력	
12	국어총점	koreanSum	정수	처리	
13	영어총점	englishSum	정수	처리	
14	수학총점	mathSum	정수	처리	
15	반복제어변수	i	정수	추가	

자료명세서를 참고하여 C 언어에서 사용할 수 있는 자료형을 정리해야 한다. 자료명세서에 정리된 데이터들의 자료형은 문자열 배열, 정수 배열, 실수 그리고 정수이다.

문자열 자료형부터 정리하자. C 언어에서는 문자열 자료형을 제공하지 않는다. 대신에 1차원 문자 배열의 특수한 경우, 즉 널 문자('\0')로 끝나는 문자 배열로 문자열을 표현한다. 1차원 문자 배열의 구조와 같으나, 문자열의 각 요소를 차례차례 저장한 다음, 맨 마지막에 문자열의 끝을 알려주는 일종의 표시로서 널 종료문자('\0' Terminator)를 추가로 저장하여, 문자열의 첫 바이트부터 널 종료 문자까지를 하나의 문자열로 간주한다는 것이다.

따라서 C 언어에서 문자열은 기본 자료형이 아니라 응용 자료형이므로 문자열 조작에는 C 언어에서 제공하는 연산자들을 사용할 수 없다. 문자열을 복사할 때 치환 연산자를 사용할 수 없으며, 문자열을 비교할 때는 관계 연산자들을 사용할 수 없다는 것이다. 그러면 문자열 조작은 어떻게 할 수 있을까? 라이브러리 함수를 이용할 수 있게끔 C 컴파일러 개발자들에 의해서 문자열을 조작하는 함수들이 제공된다.

번호	함수 명칭	기능	비고
1	strcpy	문자열을 복사하다	
2	strcmp	문자열을 비교하다	

여기서 반드시 기억할 것은 C언어에서 문자열을 처리할 때, 문자열을 입력받아 저장해야 하는 기억장소는 반드시 문자 배열이어야 하고, 문자열을 복사하거나 비교하는 것처럼 문자열을 조작할 때는 문자 배열 포인터이어야 한다는 것이다.

다시 본문으로 돌아가자. "성명들"에서 성명 name 하나는 자료형이 문자열로 정리되어야 한다. C 언어는 문자열 자료형을 제공하지 않는다. 문자형 char를 응용한 자료형으로 문자열을 취급한다. 다시 말해서 어차피 문자열이란 문자들의 모임이므로 문자 배열로 표현된다는 것이다. "홍길동"을 기억장소에 저장한다면 어떻게 저장될까? 한글 한 자는 2바이트가 필요하므로 최소한 6바이트에 "홍길동"이 저장되고, 문자열 표시 문자인 널 문자가 저장되어야 한다.

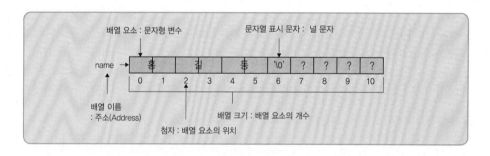

그런데 그림에서는 7바이트의 배열이 아니라 11바이트 배열이 할당되고, 7바이트만 사용했다. 왜 이렇게 했을까? 우리나라에서 이름은 법적으로 유효한 글자 수는 5자이다. 한글 5자이므로 10바이트이고 널 문자 저장 공간 1바이트까지 생각해야 하므로 11바이트 배열이 할당되었다. 배열 크기를 설정하는 데 있어 애매할 때는 워드 크기로 설정하도록 하자. 2, 4, 8, 16, 32, 64, 128, 256, 512로 설정하도록 하자.

C언어에서 문자열을 이처럼 문자 배열의 구조를 가지지만 항상 문자열 표시 문자, 즉 널 문자('\0')를 마지막 문자로 저장한다는 것이 문자 배열과 차이점이다.

C언어에서는 문자열을 만들기 위해서는 어떠한 경우이든지 간에 충분한 크기의 문자 배열이 우선 할당되어 있어야 한다. 할당된 배열 크기를 벗어나도록 문자를 저장하고 널 문자

를 할당된 배열 요소에 저장하지 못한다면 문자열로 취급되지 않는다.

배열이란 옆 쪽 그림과 같이 어떤 특정 주소에서 시작해서 연속적으로 할당된 기억장소들을 말한다. 배열을 선언하는 절차에 따라 그림처럼 할당된 배열을 선언 및 정의해 보자.

(1) 배열 이름을 적는다. name
(2) 배열형을 강조하는 대괄호를 배열 이름 뒤에 적는다. name[]
(3) 배열 이름 앞에 공백을 두고 배열요소의 자료형을 적는다. char name[]
(4) 대괄호에 배열 크기를 적는다. char name[11]
(5) 배열을 선언하는 문장으로 처리되도록 줄의 끝에 세미콜론을 적는다.
    char name[11];

C언어에서 배열도 하나의 자료형이다. 선언된 배열의 자료형은 선언문에서 배열 이름과 세미콜론을 지우면 된다. 따라서 char [11]가 name 배열의 자료형이다. char [11]는 문자 배열형에 대한 C언어 코드이다. 의미는 연속적으로 할당되는 변수의 자료형이 문자형이고, 문자형 변수의 개수가 11개이다. 11를 배열 크기라고 하는데 특히 문자 배열과 문자열을 구분하기 위해서 문자열인 경우에는 실제 문자를 저장할 개수에다가 1을 더한 수만큼 지정해야 한다. 왜냐하면, C언어에서는 문자열 취급하는 데 실제로 저장된 문자들에다가 뒤에 '\0' 널 문자가 저장되어야만 하기 때문이다.

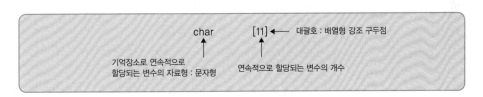

C언어의 정수 자료형을 정리해 보자. C언어에서 제공하는 정수형 관련 키워드를 조합하여 표현할 수 있는 데이터 범위를 정리하면 다음과 같다.

번호	자료형	크기	범위
1	signed short int	2	−32768 ~ 32767
2	signed long int	4	−2147483648 ~ 2147483647
3	unsigned short int	2	0 ~ 65535
4	unsigned long int	4	0 ~ 4294967295

표현해야 하는 데이터를 분석해서 결정해야 한다. 점수와 총점은 음수에는 적용되지 않는다. 따라서 unsigned를 사용하여야 한다. 입력할 수 있는 데이터들의 범위는 0에서 500점 이하이어야 하므로 제한하도록 하자. 따라서 short를 사용하자. 그래서 unsigned short int로 자료형을 정하자.

세 개의 키워드로 변수나 배열을 선언하기가 번거롭다. 따라서 typedef 키워드로 자료형 이름을 새로 만들어 사용하자. typedef로 자료형 이름을 선언하는 형식은 다음과 같다.

C코드

```
typedef 자료형 자료형이름;
```

unsigned short int를 대신하는 자료형 이름으로 UShort를 선언하여 사용하자. typedef 키워드를 적고 공백문자를 두고 unsigned short int를 적고, 공백문자를 두고 새로운 자료형 이름인 UShort를 적는다. 선언이므로 문장으로 처리해야 하므로 줄의 끝에 세미콜론을 적는다.

C코드

```
// Evaluate.c
/* ************************************************************
 파일 이름 : Evaluate.c
 기      능 : 5명의 학생의 성명, 국어점수, 영어점수 그리고 수학점수가 입력되면 성적을 평가하고,
             과목별 평균을 구한다.
 작 성 자 : 김 석 현
 작성 일자 : 2013년 8월 14일
 ************************************************************/
typedef unsigned short int UShort;
```

C언어의 실수 자료형을 정리해 보자. C언어에서 제공하는 실수형 관련 키워드를 조합하여 표현할 수 있는 데이터 범위를 정리하면 다음과 같다.

번호	자료형	크기	지수부	가수부	유효숫자(정밀도)
1	float	4 Byte	8	23	7 자리
2	double	8 Byte	11	52	15 자리
3	long double	10 Byte	17	64	19 자리

앞에서 정리된 대로 float과 double을 사용할 수 있는데 여기서 사용되는 평균은 엄청나게 큰 수를 다루는 것이 아니라 유효숫자가 1자리 이하인 작은 수들을 취급하기 때문에 double

형 보다는 float 형으로 자료형을 결정하도록 하자.

배열형은 대괄호를 여닫고 대괄호 앞에 배열요소의 자료형, 대괄호에 배열요소의 개수, 다른 말로는 배열 크기를 상수로 적어야 한다.

자료 명세서					
번호	명칭		자료유형	구분	비고
	한글	영문			
1	학생수	STUDENTS	정수	상수	signed long int
2	성명들	names	문자열 배열	입력	char [5][11]
3	국어점수들	koreanScores	정수 배열	입력	UShort [5]
4	영어점수들	englishScores	정수 배열	입력	UShort [5]
5	수학점수들	mathScores	정수 배열	입력	UShort [5]
6	총점들	sums	정수 배열	처리	UShort [5]
7	평균들	averages	실수 배열	출력	float [5]
8	평가들	grades	문자열 배열	출력	char [5][10] *
9	국어평균	koreanAverage	실수	출력	float
10	영어평균	englishAverage	실수	출력	float
11	수학평균	mathAverage	실수	출력	float
12	국어총점	koreanSum	정수	처리	UShort
13	영어총점	englishSum	정수	처리	UShort
14	수학총점	mathSum	정수	처리	UShort
15	반복제어변수	i	정수	추가	UShort

5.4. 매크로 작성

자료명세서에 기호상수가 정리되어 있으면, 전처리기로 처리되어야 하는 매크로이다. 이럴 때 매크로부터 작성하자. 자료명세서에 보면 배열 크기인 기호상수 STUDENTS가 있다. C언어로 구현할 때는 매크로로 작성해야 한다. 나씨-슈나이더만 다이어그램에서 STUDENTS = 5 기호상수부터 구현해보자. 기호상수는 C언어에서는 #define 전처리기 지시자로 매크로로 구현되어야 한다. 한 줄에 하나씩 다음과 같은 형식으로 구현되어야 한다.

C코드

#define 매크로이름 치환문자열

원시 코드 파일에서 매크로 위치는 사용하는 줄보다 앞줄에 구현되면 된다. 그러나 대부분은 프로그램을 설명하는 주석 단락 바로 아래쪽에 구현된다.

줄의 처음에 #define 전처리기 지시자를 적고, 공백문자를 두고 기호상수 이름을 매크로 이름으로 적고 다시 공백문자를 두고 정수형 상수 5를 적는다.

```
// Evaluate.c
/* ************************************************************
   파일 이름 : Evaluate.c
   기    능 : 5명의 학생의 성명, 국어점수, 영어점수 그리고 수학점수가 입력되면 성적을 평가하고,
            과목별 평균을 구한다.
   작 성 자 : 김 석 현
   작성 일자 : 2013년 8월 14일
   ************************************************************/
// 매크로
#define STUDENTS   5

// 자료형 이름 선언
typedef unsigned short int UShort;
```

5.5. 함수 선언하기

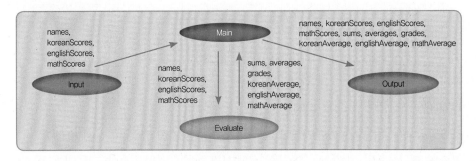

다음은 시스템 다이어그램을 참고하여 함수들을 선언해야 한다. C언어에서 프로그래머에 의해서 만들어지는 이름은 반드시 선언과 정의가 되어야 한다. 따라서 시스템 다이어그램에 정리된 모듈은 C언어에서 논리적 모듈인 함수로 구현되어야 한다. 이때 함수 이름에 대해서 선언과 정의가 되어야 한다. 함수를 선언하는 형식은 다음과 같다.

```
반환형 함수이름([매개변수 목록]);
매개변수 목록 : 매개변수, ...
매개변수 : 자료형 매개변수이름
```

함수를 선언하는 절차는 다음과 같다.

1. 반환형을 결정하여 줄의 맨 처음 적는다. 출력데이터가 한 개이면 출력데이터의 자료형을 반환형으로 정한다. 그리고 출력데이터가 없거나 출력데이터가 2개 이상이거나 배열형이면 반환형은 void로 한다.

2. 함수 이름을 적고, 소괄호를 여닫아 함수형이라는 것을 강조한다.

3. 소괄호에 매개변수 목록을 작성한다. 입력데이터나 출력데이터가 2개 이상이거나 배열형에 대해서 매개변수를 선언한다. 매개변수는 자료형과 이름으로 구성되며, 여러 개이면 쉼표로 구분한다.

4. 선언이므로 문장으로 처리되도록 줄의 마지막에 세미콜론을 적는다.

이러한 절차로 함수를 선언하여 구현된 결과물을 함수 원형(Function Prototype)이라고 한다.

시스템 다이어그램에서 정리된 순서대로 모듈에 대해 함수를 선언해야 한다. 그래서 Main 모듈부터 선언해야 한다. 제어모듈 Main에 대해서는 C언어로 작성된 프로그램이 실행되기 위해서는 반드시 작성해야 하는 함수인 main 함수로 구현해야 한다. main 함수는 운영체제에 의해서 호출되는 함수이므로 입력데이터와 출력데이터에 대해 약속이 되어 있다. 그래서 컴파일러 개발자에 의해서 권장되는 main 함수 원형은 다음과 같다. 반환형과 매개변수 목록에 대해서는 따로 설명하지 않도록 하겠다. 공부하고 싶으면 "C를 배우면 함수를 잘 만들어야 한다(C잘)" 책을 참고하도록 하자.

C코드

```
// Evaluate.c
/* ***********************************************************
파일 이름 : Evaluate.c
기     능 : 5명의 학생의 성명, 국어점수, 영어점수 그리고 수학점수가 입력되면 성적을 평가하고,
            과목별 평균을 구한다.
작 성 자 : 김 석 현
작성 일자 : 2013년 8월 14일
*********************************************************** */
// 매크로
#define STUDENTS  5

// 자료형 이름 선언
typedef unsigned short int UShort;

int main( int argc, char *argv[] );
```

대부분 main 함수는 따로 선언하지 않고, 바로 정의한다. 그러나 이 책에서는 함수를 만드

는 절차에 따라 선언도 하도록 하겠다.

계속해서 Input 모듈에 대해 Input 함수를 선언해야 하지만, 다른 모듈에 대해 함수를 선언할 때 매개변수 목록을 작성하는 데 있어 보다 쉽게 설명하기 위해서 먼저 main 함수에서 사용될 자동변수와 배열만 선언해 보자. Main 모듈로 입력되는 데이터들에 대해 자동변수와 배열을 선언해야 한다. Main 모듈의 입력 데이터들은 시스템 다이어그램을 보면, 성명들, 국어점수들, 영어점수들, 수학점수들, 총점들, 평균들, 평가들, 국어평균, 영어평균, 수학평균이다. 차례로 자동변수와 배열을 선언해 보자.

성명들 names에 대해 문자열 배열을 선언해 보자. 자료형 설계에서 설명한 성명의 배열이다. 따라서 배열의 선언하는 절차에 따라 "성명들"에 대해 문자열 배열을 선언해 보자.

(1) 배열 이름을 적는다. names

(2) 배열형을 강조하는 구두점인 대괄호를 배열 이름 뒤에 적는다. names[]

(3) 배열 이름 앞에 공백을 두고 배열요소의 자료형을 적는다. 여기서는 배열요소의 자료형이 배열형이다. name의 자료형인 char [11]이다. char [11] names[]

(4) 배열 크기를 대괄호에 적는다. 정수형 상수 5보다는 매크로 STUDENTS를 사용하자. char [11] names[STUDENTS]

(5) 대괄호는 항상 후위 표기이다. 따라서 배열 이름 앞에 있는 [11]는 뒤로 이동되어야 한다. char names[STUDENTS][11]

(6) 배열을 선언하는 문장으로 처리되도록 하려면 줄의 끝에 세미콜론을 적는다. char names[STUDENTS][11];

문자열 배열은 C언어에서는 2차원 문자 배열이다. 그렇지만 위에서 선언하는 절차에서 알 수 있듯이 컴퓨터에서는 다차원 개념이 적용되지 않는다. 다만 배열요소의 자료형이 배열인 1차원 배열일 뿐이다. 여하튼 책에서는 이해가 쉽도록 2차원 개념을 사용할 것이다.

C코드

```
char names[STUDENTS][11];
```

다음은 국어점수들 koreaScores에 대해 배열을 선언하는 절차에 따라 정수형 배열을 선언해 보자.

(1) 배열 이름을 적는다. koreanScores

(2) 배열형을 강조하는 구두점인 대괄호를 배열 이름 뒤에 적는다. koreanScores[]

(3) 배열 이름 앞에 공백을 두고 배열요소의 자료형을 적는다. UShort koreanScores[]

(4) 대괄호에 배열 크기를 적는다. UShort koreanScores[STUDENTS]

(5) 배열을 선언하는 문장으로 처리되도록 줄의 끝에 세미콜론을 적는다.

   UShort koreanScores[STUDENTS];

C코드

```
char names[STUDENTS][11];
UShort koreanScores[STUDENTS];
```

● 여러분이 직접 영어점수들 englishScores 배열을 선언해 보자.

● 여러분이 직접 수학점수들 mathScores 배열을 선언해 보자.

● 여러분이 직접 총점들 sums 배열을 선언해 보자.

● 여러분이 직접 평균들 averages 배열을 선언해 보자.

다음은 평가들 grades에 대해 문자열 배열을 선언해 보자. grades 문자열 배열에 대해 평가 grade에 사용되는 값이 "EXCELLENT", "FAIL" 그리고 ""이다. 평가 grade의 자료형은 문자열이어야 한다. C언어로 구현할 때는 문자 배열이다. 배열요소의 자료형은 char이고, 배열 크기는 가장 긴 문자열 "EXCELLENT"의 길이에 널 문자에 대해 하나를 더한 값이어야 한다. 따라서 배열 크기는 10이어야 한다. 따라서 평가를 C언어로 구현할 때 자료형은 char [10]이어야 한다.

배열을 선언하는 절차에 따라 평가들 grades에 대해 문자열 배열을 선언해 보자.

(1) 배열 이름을 적는다. grades

(2) 배열형을 강조하는 구두점인 대괄호를 배열 이름 뒤에 적는다. grades[]

(3) 배열 이름 앞에 공백을 두고 배열요소의 자료형을 적는다. 여기서는 배열요소의 자료형이 배열형이다. 평가의 자료형인 char [10]이다. char [10] grades[]

(4) 배열 크기를 대괄호에 적는다. 정수형 상수 5보다는 매크로 STUDENTS를 사용하자.
   char [10] grades[STUDENTS]

(5) 대괄호는 항상 후위 표기이다. 따라서 배열 이름 앞에 있는 [10]는 뒤로 이동되어야 한다. char grades[STUDENTS][10]

(6) 배열을 선언하는 문장으로 처리되도록 하려면 줄의 끝에 세미콜론을 적는다.

　　char grades[STUDENTS][10];

C코드
```
char names[STUDENTS][11];
UShort koreanScores[STUDENTS];
UShort englishScores[STUDENTS];
UShort mathScores[STUDENTS];
UShort sums[STUDENTS];
float averages[STUDENTS];
char grades[STUDENTS][10];
```

● 여러분이 직접 국어평균 koreanAverage 자동변수를 선언해 보자.

● 여러분이 직접 영어평균 englishAverage 자동변수를 선언해 보자.

● 여러분이 직접 수학평균 mathAverage 자동변수를 선언해 보자.

C코드
```
char names[STUDENTS][11];
UShort koreanScores[STUDENTS];
UShort englishScores[STUDENTS];
UShort mathScores[STUDENTS];
UShort sums[STUDENTS];
float averages[STUDENTS];
char grades[STUDENTS][10];
float koreanAverage;
float englishAverage;
float mathAverage;
```

다시 함수를 선언하자. Input 모듈에 대해 Input 함수를 선언하자.

(1) 반환형을 결정한다. 출력데이터가 여러 개이므로 반환형은 void이다. void

(2) 반환형 다음에 공백을 두고 함수 이름을 적는다. void Input

(3) 함수도 자료형이므로 함수형을 강조하는 구두점인 소괄호를 함수 이름 뒤에 여닫는다. void Input()

(4) 입력데이터에 대해 소괄호에 매개변수를 선언한다. 입력데이터가 없으면 생략한다.

(5) 출력데이터가 두 개 이상이면 소괄호에 매개변수를 선언한다. 출력데이터가 네 개 있다. 그리고 출력데이터의 자료형이 배열형이다. C언어에서는 배열 자체가 입력되거나 출력되지 않는다. 단지 배열의 시작주소만이 입력되고 출력될 뿐이다. 매개변수에 저장되는 값이 배열의 시작주소라는 것이다. 따라서 매개변수의 자료형은 포인터형이어야 한다.

출력데이터 names에 대해서 포인터형 변수를 선언하는 절차에 따라 매개변수를 선언해 보자.

(1) 매개변수 이름을 적는다. names

(2) 매개변수 이름 앞에 포인터형을 강조하는 구두점인 *을 적는다. *names

(3) * 앞에 공백을 두고 매개변수에 저장된 값인 주소를 갖는 기억장소의 자료형을 적는다. 다시 말해서 배열의 시작주소를 갖는 기억장소인 첫 번째 배열요소의 자료형을 적는다. 배열은 main 함수에 할당된 names 배열이다. main 함수에 할당된 names 배열의 첫 번째 배열요소의 자료형은 앞에서 이미 설명했듯이 char [11]이다. char [11] *names

(4) 배열의 시작주소를 가지는 포인터 변수, 다시 말해서 배열 포인터이므로 매개변수 이름과 *을 소괄호로 싼다. char [11] (*names)

(5) 배열을 선언할 때 이미 언급했듯이 []는 후위 표기이다. 따라서 매개변수 이름 뒤로 이동시켜야 한다. 여기서는 매개변수 이름이 소괄호로 싸여야 하므로 닫는 소괄호 뒤에 적는다. char (*names)[11]

이렇게 선언된 포인터 변수를 배열 포인터 변수라고 하고, 정확하게 2차원 배열 포인터 변수라고 한다.

void Input(char (*names)[11])

다음은 출력데이터 koreanScores에 대해 포인터 변수를 선언하는 절차에 따라 매개변수를 선언해 보자.

(1) 매개변수 이름을 적는다. koreanScores

(2) 매개변수 이름 앞에 포인터형을 강조하는 구두점인 *을 적는다. *koreanScores

(3) * 앞에 공백을 두고 매개변수에 저장된 값인 주소를 갖는 기억장소의 자료형을 적는다. 매개변수에 저장된 값인 주소를 갖는 기억장소는 main 함수 스택 세그먼트에 할당된 koreanScores 배열의 시작주소이다. 따라서 main 함수 스택 세그먼트에 할당된 koreanScores 배열의 첫 번째 배열요소의 자료형을 적어야 한다. main 함수 스택 세그먼트에 할당된 koreanScores의 배열요소의 자료형은 UShort이다.

UShort *koreanScores

(4) 배열의 시작주소를 가지는 포인터 변수, 다시 말해서 배열 포인터이므로 매개변수이름과 *을 소괄호로 싼다. UShort (*koreanScores)

소괄호에 이미 적힌 names 매개변수와 구분하기 위해 쉼표를 적고 다음에 koreanScores

매개변수를 적는다. void Input(char (*names)[15], UShort (*koreanScores))

● 여러분이 직접 englishScores 매개변수를 선언해 보자.

● 여러분이 직접 mathScores 매개변수를 선언해 보자.

다음은 선언문장으로 처리되도록 줄의 끝에 세미콜론을 적는다.

void Input(char (*names)[15], UShort (*koreanScores), UShort (*englishScores), UShort (*mathScores));

C코드

```
// Evaluate.c
/* ****************************************************************
파일 이름 : Evaluate.c
기     능 : 5명의 학생의 성명, 국어점수, 영어점수 그리고 수학점수가 입력되면 성적을 평가하고,
           과목별 평균을 구한다.
작 성 자 : 김 석 현
작성 일자 : 2013년 8월 14일
**************************************************************** */
// 매크로
#define STUDENTS  5

// 자료형 이름 선언
typedef unsigned short int UShort;

int main( int argc, char *argv[] );
void Input( char (*names)[11], UShort (*koreanScores),
          UShort (*englishScores), UShort (*mathScores));
```

이렇게 해서 Input 모듈에 대해 Input 함수를 선언했다. 다음은 연산 모듈 Evaluate에 대해 Evaluate 함수를 선언해 보자.

(1) 반환형을 결정한다. 출력데이터가 여러 개이므로 반환형은 void이다. void

(2) 반환형 다음에 공백을 두고 함수 이름을 적는다. void Evaluate

(3) 함수도 자료형이므로 함수형을 강조하는 구두점인 소괄호를 함수 이름 뒤에 여닫는다.
    void Evaluate()

(4) 소괄호에 입력데이터를 매개변수로 선언한다. 시스템 다이어그램에서 보면 입력데이터
    가 네 개다. 그리고 입력데이터의 자료형이 배열이다. C언어에서는 배열 자체가 입력되
    거나 출력되지 않는다. 단지 배열의 시작주소만을 입력받거나 출력할 수 있다. 따라서
    입력데이터로 매개변수를 선언할 때 매개변수의 자료형이 배열 포인터형이어야 한다.

- 여러분이 직접 names 매개변수를 선언해 보자.

- 여러분이 직접 koreanScores 매개변수를 선언해 보자.

- 여러분이 직접 englishScores 매개변수를 선언해 보자.

- 여러분이 직접 mathScores 매개변수를 선언해 보자.

매개변수가 여러 개이면 쉼표로 구분하여 적는다.

void Evaluate(char (*names)[11], UShort (*koreanScores), UShort (*englishScores), UShort (*mathScores))

(5) 출력데이터가 두 개 이상이면 소괄호에 매개변수로 선언한다. 시스템 다이어그램을 보면, 출력데이터가 여섯 개 있다. sums, averages 그리고 grades는 배열형이고, koreanAverage, englishAverage 그리고 mathAverage는 실수형이다. 배열형이면 배열 포인터, 실수형이면 일반 포인터로 포인터 변수를 선언해야 한다.

sums부터 포인터 변수를 선언하는 절차에 따라 선언해 보자.

(1) 변수 이름을 적는다. sums
(2) 주소를 저장하는 포인터 변수를 강조하기 위해 변수 이름 앞에 별표를 적는다. *sums
(3) 변수에 저장한 주소를 갖는 기억장소의 자료형을 별표 앞에 공백을 두고 적는다. 저장한 주소를 갖는 기억장소는 main 함수 스택 세그먼트에 할당된 sums 배열의 시작주소이다. sums 배열의 시작주소는 sums 배열의 첫 번째 배열요소의 주소이기도 한다. 따라서 첫 번째 배열요소의 자료형을 적으면 된다. 앞에서 sums 배열을 선언하는 문장을 보면, 배열요소의 자료형은 UShort이다. UShort *sums
(4) 배열 포인터라는 것을 강조하기 위해 변수 이름과 가장 가까운 별표를 소괄호로 싼다. UShort (*sums)

averages를 매개변수로 선언해 보자.

(1) 변수 이름을 적는다. averages
(2) 포인터형을 강조하기 위해 변수 이름 앞에 별표를 적는다. *averages
(3) 변수에 저장한 주소를 갖는 기억장소의 자료형을 별표 앞에 공백을 두고 적는다. 변수

에 저장한 주소를 갖는 기억장소는 main 함수 스택 세그먼트에 할당된 averages 배열의 시작주소이다. 배열의 시작주소는 첫 번째 배열요소의 주소이기도 하다. 따라서 averages 배열의 배열요소의 자료형을 적으면 된다. averages 배열의 배열요소의 자료형은 float이다. float *averages

(4) 배열 포인터라는 것을 강조하기 위해 변수 이름과 가장 가까운 별표를 소괄호로 싼다. float (*averages)

grades를 매개변수로 선언해 보자.

(1) 변수 이름을 적는다. grades

(2) 포인터형을 강조하기 위해 변수 이름 앞에 별표를 적는다. *grades

(3) 변수에 저장한 주소를 갖는 기억장소의 자료형을 별표 앞에 공백을 두고 적는다. 변수에 저장한 주소를 갖는 기억장소는 main 함수 스택 세그먼트에 할당된 grades 배열의 시작주소이다. 배열의 시작주소는 첫 번째 배열요소의 주소이기도 하다. 따라서 grades 배열의 배열요소의 자료형을 적으면 된다. grades 배열의 배열요소의 자료형은 배열형이다. char [10]이다. char [10] *grades

(4) 배열 포인터라는 것을 강조하기 위해 변수 이름과 가장 가까운 별표를 소괄호로 싼다. char [10] (*grades)

(5) [10]은 후위 표기이다. 따라서 줄의 맨 뒤로 이동시켜야 한다. char (*grades)[10]

koreanAverage를 매개변수로 선언해 보자. 출력데이터이므로 포인터형이어야 한다.

(1) 변수 이름을 적는다. koreanAverage

(2) 포인터형을 강조하기 위해 변수 이름 앞에 별표를 적는다. *koreanAverage

(3) 변수에 저장한 주소를 갖는 기억장소의 자료형을 별표 앞에 공백을 두고 적는다. 변수에 저장한 주소를 갖는 기억장소는 main 함수 스택 세그먼트에 할당된 koreanAverage의 주소이다. main 함수에 선언된 koreanAverage의 자료형을 적으면 된다. float이다. float *koreanAverage

● 여러분이 직접 englishAverage 매개변수를 선언해 보자.

● 여러분이 직접 mathAverage 매개변수를 선언해 보자.

매개변수가 여러 개이면 쉼표로 구분하여 적는다.

void Evaluate(char (*names)[11], UShort (*koreanScores), UShort (*englishScores), UShort (*mathScores), UShort (*sums), float (*average), char (*grades)[10], float *koreanAverage, float *englishAverage, float *mathAverage)

선언은 문장으로 처리되도록 해야 하므로 줄의 끝에 세미콜론을 적어야 한다.

void Evaluate(char (*names)[11], UShort (*koreanScores),
        UShort (*englishScores), UShort (*mathScores), UShort (*sums),
        float (*average), char (*grades)[10], float *koreanAverage,
        float *englishAverage, float *mathAverage);

이렇게 해서 Evaluate 함수를 선언했다. 입력데이터와 출력데이터가 많아 선언할 매개변수들도 많다. 그래서 선언하는 데 있어 번거롭기도 하지만 빠뜨리지 않도록 주의해야 한다. 그리고 함수 원형을 보면 한눈에 읽기도 쉽지 않다. 이러한 문제점을 해결하는 방법은 없을까? 생각해 보자.

C코드

```
// Evaluate.c
/* ****************************************************************
파일 이름 : Evaluate.c
기     능 : 5명의 학생의 성명, 국어점수, 영어점수 그리고 수학점수가 입력되면 성적을 평가하고,
           과목별 평균을 구한다.
작 성 자 : 김 석 현
작성 일자 : 2013년 8월 14일
**************************************************************** */
// 매크로
#define STUDENTS  5

// 자료형 이름 선언
typedef unsigned short int UShort;

int main( int argc, char *argv[] );
void Input( char (*names)[11], UShort (*koreanScores),
        UShort (*englishScores), UShort (*mathScores));
void Evaluate( char (*names)[11], UShort (*koreanScores),
    UShort (*englishScores), UShort (*mathScores), UShort (*sums),
    float (*averages), char (*grades)[10], float *koreanAverage,
    float *englishAverage, float *mathAverage );
```

Output 모듈에 대해 Output 함수를 선언해 보자.

(1) 반환형을 결정한다. 출력데이터가 없다. 반환형은 void이다. void

(2) 반환형 다음에 공백을 두고 함수 이름을 적는다. void Output

(3) 함수도 자료형이므로 함수형을 강조하는 구두점인 소괄호를 함수 이름 뒤에 여닫는다.
void Output()

(4) 소괄호에 입력데이터를 매개변수로 선언한다. 시스템 다이어그램에서 보면 입력데이터가 열 개다. 입력데이터의 자료형이 배열이면, C언어에서는 배열 자체가 입력되거나 출력되지 않으므로 배열의 시작주소를 저장하는 매개변수를 선언해야 한다. 따라서 입력데이터가 배열이면, 매개변수의 자료형은 배열 포인터형이어야 한다.

● 여러분이 직접 names 매개변수를 선언해 보자.

● 여러분이 직접 koreanScores 매개변수를 선언해 보자.

● 여러분이 직접 englishScores 매개변수를 선언해 보자.

● 여러분이 직접 mathScores 매개변수를 선언해 보자.

● 여러분이 직접 sums 매개변수를 선언해 보자.

● 여러분이 직접 averages 매개변수를 선언해 보자.

● 여러분이 직접 grades 매개변수를 선언해 보자.

입력데이터의 자료형이 정수, 실수, 문자같이 원시 자료형이면 해당 자료형의 매개변수를 선언한다.

● 여러분이 직접 koreanAverage 매개변수를 선언해 보자.

● 여러분이 직접 englishAverage 매개변수를 선언해 보자.

● 여러분이 직접 mathAverage 매개변수를 선언해 보자.

매개변수가 여러 개이면 쉼표로 구분하여 적는다. 선언은 문장으로 처리되도록 해야 하므로 줄의 끝에 세미콜론을 적어야 한다.

```
C코드
// Evaluate.c
/* ***********************************************************
파일 이름 : Evaluate.c
기      능 : 5명의 학생의 성명, 국어점수, 영어점수 그리고 수학점수가 입력되면 성적을 평가하고,
             과목별 평균을 구한다.
작 성 자 : 김 석 현
작성 일자 : 2013년 8월 14일
************************************************************/
// 매크로
#define STUDENTS  5

// 자료형 이름 선언
typedef unsigned short int UShort;

// 함수 선언
int main( int argc, char *argv[] );
void Input( char (*names)[11], UShort (*koreanScores),
        UShort (*englishScores), UShort (*mathScores));
void Evaluate( char (*names)[11], UShort (*koreanScores),
     UShort (*englishScores), UShort (*mathScores), UShort (*sums),
     float (*averages), char (*grades)[10], float *koreanAverage,
     float *englishAverage, float *mathAverage );
void Output( char (*names)[11], UShort (*koreanScores),
     UShort (*englishScores), UShort (*mathScores), UShort (*sums),
     float (*averages), char (*grades)[10], float koreanAverage,
     float englishAverage, float mathAverage );
```

5.6. 함수 정의하기

이렇게 해서 시스템 다이어그램에 정리된 모듈들을 함수들로 선언했다. 다음은 함수들을
정의해야 한다. C언어에서 함수를 정의하는 형식은 다음과 같다.

```
C코드
[반환형] 함수이름([매개변수 목록]) // 함수 머리
{ // 함수 몸체 시작
      [자동변수 선언문]
      [제어문]
      [return 문]
} // 함수 몸체 끝
```

시스템 다이어그램에서 정리된 모듈만큼 함수를 정의해야 한다. 따라서 네 개의 함수를 정
의해야 한다. 정의하는 순서도 시스템 다이어그램에서 위쪽에서 아래쪽으로 그리고 왼쪽
에서 오른쪽으로 정리된 순서대로 하자.

main 함수부터 정의하자. main 함수는 시스템 다이어그램에서 Main 모듈과 Input, Evaluate, Output 모듈 간의 관계가 Input, Evaluate 그리고 Output 함수 호출 문장으로 구현되어 정의되어야 한다.

main 함수 원형을 줄의 마지막에 있는 세미콜론을 지우고, 다시 한 번 적으면 함수 머리가 만들어진다. 그리고 중괄호로 여닫아 함수 몸체를 만들자.

main 함수는 운영체제에 의해서 호출되는 함수이다. 그래서 C언어로 작성되는 프로그램이 실행되도록 하기 위해서는 main 함수를 작성해야 한다. 따라서 main 함수를 호출하는 문장을 작성할 필요는 없다. 또한, 운영체제와의 정보전달에 대해 정해져 있다. 그래서 두 개의 매개변수로 운영체제로부터 데이터들을 입력받게 되고, 반환형이 int인 것으로 보아, return 문장으로 반환 값을 반환해 주어야 한다. 정상적으로 끝났을 때는 0을 반환하도록 약속이 되어 있다. 그래서 main 함수 몸체에 적히는 문장들에서 가장 마지막 문장으로 return 0; 문장을 작성하자.

C코드

```
// Evaluate.c
/* ******************************************************************
파일 이름 : Evaluate.c
기     능 : 5명의 학생의 성명, 국어점수, 영어점수 그리고 수학점수가 입력되면 성적을 평가하고,
           과목별 평균을 구한다.
작 성 자 : 김 석 현
작성 일자 : 2013년 8월 14일
****************************************************************** */
// 매크로
#define STUDENTS   5

// 자료형 이름 선언
typedef unsigned short int UShort;

// 함수 선언
int main( int argc, char *argv[] );
void Input( char (*names)[11], UShort (*koreanScores),
        UShort (*englishScores), UShort (*mathScores));
void Evaluate( char (*names)[11], UShort (*koreanScores),
    UShort (*englishScores), UShort (*mathScores), UShort (*sums),
    float (*averages), char (*grades)[10], float *koreanAverage,
    float *englishAverage, float *mathAverage );
void Output( char (*names)[11], UShort (*koreanScores),
    UShort (*englishScores), UShort (*mathScores), UShort (*sums),
    float (*averages), char (*grades)[10], float koreanAverage,
    float englishAverage, float mathAverage );
```

```
// 함수 정의
int main( int argc, char *argv[] ) {
    return 0;
}
```

다음은 함수 블록의 첫 번째 줄부터 변수와 배열을 선언해야 한다. 시스템 다이어그램을 보면, Main 모듈로 입력되는 데이터들을 저장하기 위해서 main 함수에서 자동변수와 배열을 선언해야 한다. Input 모듈로부터 입력되는 names, koreanScores, englishScores, mathScores, Evalute 모듈로부터 입력되는 sums, averages, grades, koreanAverage, englishAverage, mathAverage에 대해 배열과 자동변수로 선언해야 한다.

자동변수는 선언과 정의를 분리할 수 없다. 따라서 자동변수를 선언한다고 하면 정의도 된다. 자동변수를 선언하는 형식은 다음과 같다.

C코드

```
auto 자료형 변수이름[=초깃값];
```

auto 키워드를 적고, 공백문자를 두고, 자료형을 적는다. 다시 공백문자를 두고, 시스템 다이어그램에 적힌 이름을 변수 이름으로 적는다. 줄의 마지막에 세미콜론을 적어 선언문으로 처리되도록 한다. 한 줄에 한 개의 변수를 선언하도록 하자.

함수 스택 세그먼트에 선언하는 배열도 선언과 정의를 분리할 수 없다. 그리고 반드시 배열 크기 정해져야 하고, 배열 크기는 상수이어야 한다. 배열을 선언하는 형식은 다음과 같다.

C코드

```
auto 자료형 배열이름[배열크기][ = {값, }];
```

배열을 선언하는 절차는 다음과 같다.

(1) 배열 이름을 적는다.
(2) 배열 이름 뒤에 배열형이라는 것을 강조하기 위해 대괄호를 적는다.
(3) 배열 이름 앞에 공백문자를 두고 배열요소의 자료형을 적는다.
(4) 대괄호에 배열 크기를 상수로 적어야 한다. 이때 배열 크기로 사용되는 상수에 대해서

는 매크로로 구현하여 사용하도록 하자. 자료명세서에서 기호상수를 매크로 이름으로 그대로 사용하자.

(5) 초기화를 해야 한다면 초기화 목록을 작성해야 한다. 등호를 적고 중괄호를 열고 쉼표로 구분하여 배열 크기만큼 값을 적고 중괄호를 닫는다. 이번에는 초기화하지 않으므로 초기화 목록은 생략한다.

(6) 줄의 마지막에 세미콜론을 적어 선언문으로 처리되도록 한다.

이러한 개념과 절차에 따라 함수를 선언할 때 도움이 되도록 함수를 선언하기 전에 배열과 자동변수를 선언했다. 그래서 여기서 자세히 설명하지 않고, 코드만 정리한다. 여러분은 연습 삼아 직접 선언해 보는 것도 좋을 듯하다. 다음과 같이 코드가 정리되면 된다.

```
C코드    // Evaluate.c
/* *******************************************************************
   파일 이름 : Evaluate.c
   기      능 : 5명의 학생의 성명, 국어점수, 영어점수 그리고 수학점수가 입력되면 성적을 평가하고,
               과목별 평균을 구한다.
   작 성 자 : 김 석 현
   작성 일자 : 2013년 8월 14일
   ******************************************************************* */
// 매크로
#define STUDENTS    5

// 자료형 이름 선언
typedef unsigned short int UShort;

// 함수 선언
int main( int argc, char *argv[] );
void Input( char (*names)[11], UShort (*koreanScores),
        UShort (*englishScores), UShort (*mathScores));
void Evaluate( char (*names)[11], UShort (*koreanScores),
     UShort (*englishScores), UShort (*mathScores), UShort (*sums),
     float (*averages), char (*grades)[10], float *koreanAverage,
     float *englishAverage, float *mathAverage );
void Output( char (*names)[11], UShort (*koreanScores),
     UShort (*englishScores), UShort (*mathScores), UShort (*sums),
     float (*averages), char (*grades)[10], float koreanAverage,
     float englishAverage, float mathAverage );

// 함수 정의
int main( int argc, char *argv[] ) {
     // 배열과 자동변수 선언
     char names[STUDENTS][11];
     UShort koreanScores[STUDENTS];
     UShort englishScores[STUDENTS];
     UShort mathScores[STUDENTS];
```

```
    UShort sums[STUDENTS];
    float averages[STUDENTS];
    char grades[MAX][10];
    float koreanAverage;
    float englishAverage;
    float mathAverage;

    return 0;
}
```

다음은 시스템 다이어그램에서 Input 모듈부터 시작하여 왼쪽에서 오른쪽으로 Input 함수, Evaluate 함수 그리고 Output 함수를 호출하는 문장을 작성하면 된다. 함수 호출 문장의 형식은 다음과 같다.

C코드

```
[변수이름 = ]함수이름([실인수, ...]);
  치환식 : 변수이름 =
  호출식 : 함수이름([실인수, ...])
  실인수 : 상수, 변수, 식
```

함수 호출 문장을 작성할 수 있으려면, 먼저 함수가 선언되어 있어야 한다. 그래서 앞에 먼저 함수를 선언한다. 왜냐하면, C언어에서는 프로그래머에 의해서 만들어지는 이름은 반드시 사용하기 전에 미리 선언되어야 한다는 문법 때문이다. 선언하지 않은 상태에서 함수를 호출하는 문장을 작성한다면, 함수 이름에 대해서 선언되어 있지 않다는 오류가 발생하게 된다.

반환형이 void가 아니면, 치환식을 먼저 적고 다음에 호출식을 적고 마지막에 세미콜론을 적어 문장으로 처리되도록 하면 된다. 그리고 반환형이 void이면 치환식을 생략하고, 호출식만을 적고 마지막에 세미콜론을 적어 문장으로 처리되도록 한다.

함수 호출식은 함수 이름을 적고 소괄호를 여닫고, 매개변수들의 개수만큼, 자료형과 순서에 맞게 쉼표로 구분하여 상수, 변수 그리고 식으로 값을 적어주면 된다. 이때 값을 실인수라고 한다.

Input 함수 호출문장을 만들어 보자. 반환형이 void이므로 호출식만 작성하면 된다. Input 함수 이름을 적고, 소괄호를 여닫아야 한다. 소괄호에는 Input 함수 원형을 참조해 보면, 매개변수가 네 개이고, 매개변수의 자료형은 포인터형이다. 따라서 값으로 주소를 쉼표로 구분하여 네 개를 적어야 한다.

모두 배열 포인터이다. 배열 포인터 매개변수에 저장되는 값은 배열의 시작주소이어야 한다. 배열의 시작주소는 배열 이름이다. main 함수에 선언된 names, koreanScores, englishScores 그리고 mathScores은 배열 이름이다. 이름은 기억장소에 저장된 값을 의미한다. 이때 저장된 값은 내용일 수도 있고 주소일 수도 있다. 그러나 배열 이름은 반드시 주소임을 명심하도록 하자. 소괄호에 쉼표로 구분하여 차례대로 배열 이름을 적으면 된다. 호출 문장으로 처리되도록 하려면 줄의 끝에 세미콜론을 적는다.

C코드

```
// Evaluate.c
/* **************************************************************
 파일 이름 : Evaluate.c
 기    능 : 5명의 학생의 성명, 국어점수, 영어점수 그리고 수학점수가 입력되면 성적을 평가하고,
           과목별 평균을 구한다.
 작 성 자 : 김 석 현
 작성 일자 : 2013년 8월 14일
 ************************************************************** */

// 매크로
#define STUDENTS   5

// 자료형 이름 선언
typedef unsigned short int UShort;

// 함수 선언
int main( int argc, char *argv[] );
void Input( char (*names)[11], UShort (*koreanScores),
        UShort (*englishScores), UShort (*mathScores));
void Evaluate( char (*names)[11], UShort (*koreanScores),
     UShort (*englishScores), UShort (*mathScores), UShort (*sums),
     float (*averages), char (*grades)[10], float *koreanAverage,
     float *englishAverage, float *mathAverage );
void Output( char (*names)[11], UShort (*koreanScores),
     UShort (*englishScores), UShort (*mathScores), UShort (*sums),
     float (*averages), char (*grades)[10], float koreanAverage,
     float englishAverage, float mathAverage );

// 함수 정의
int main( int argc, char *argv[] ) {
    // 배열과 자동변수 선언
    char names[STUDENTS][11];
    UShort koreanScores[STUDENTS];
    UShort englishScores[STUDENTS];
    UShort mathScores[STUDENTS];
    UShort sums[STUDENTS];
    float averages[STUDENTS];
    char grades[STUDENTS][10];
```

```
        float koreanAverage;
        float englishAverage;
        float mathAverage;

        // 함수 호출
        Input(names, koreanScores, englishScores, mathScores);

        return 0;
}
```

다음은 Evaluate 함수를 호출하는 문장을 작성해보자. 반환형이 void이므로 호출식만 작성하면 된다. 함수 이름을 적고 소괄호를 여닫는다. 소괄호에 열 개의 값을 쉼표로 구분하여 적어야 한다. 배열 포인터이면 배열의 시작주소를, 일반 포인터이면 변수의 주소를 적으면 된다.

names, koreanScores, englishScores, mathScores, sums, averages 그리고 grades는 배열 포인터이므로 main 함수에 선언된 배열 이름을 적으면 된다. 왜냐하면, 배열 이름은 배열의 시작주소이기 때문이다.

koreanAverage, englishAverage 그리고 mathAverage는 일반 포인터이므로 & 주소 연산자로 변수의 주소를 구하는 식을 적어야 한다. 식은 변수 이름 앞에 주소 연산자 &을 적으면 된다. 예를 들면, main 함수에 선언된 koreanAverage 변수의 주소를 구하는 식은 &koreanAverage이다.

쉼표로 구분하여 순서에 맞게, 열 개를 적는다. 그리고 줄의 끝에 세미콜론을 적어 호출문장으로 처리하도록 해야 한다.

C코드

```
// Evaluate.c
/* *******************************************************************
파일 이름 : Evaluate.c
기    능 : 5명의 학생의 성명, 국어점수, 영어점수 그리고 수학점수가 입력되면 성적을 평가하고,
           과목별 평균을 구한다.
작 성 자 : 김 석 현
작성 일자 : 2013년 8월 14일
********************************************************************/
// 매크로
#define STUDENTS   5

// 자료형 이름 선언
```

```
typedef unsigned short int UShort;

// 함수 선언
int main( int argc, char *argv[] );
void Input( char (*names)[11], UShort (*koreanScores),
        UShort (*englishScores), UShort (*mathScores));
void Evaluate( char (*names)[11], UShort (*koreanScores),
    UShort (*englishScores), UShort (*mathScores), UShort (*sums),
    float (*averages), char (*grades)[10], float *koreanAverage,
    float *englishAverage, float *mathAverage );
void Output( char (*names)[11], UShort (*koreanScores),
    UShort (*englishScores), UShort (*mathScores), UShort (*sums),
    float (*averages), char (*grades)[10], float koreanAverage,
    float englishAverage, float mathAverage );

// 함수 정의
int main( int argc, char *argv[] ) {
    // 배열과 자동변수 선언
    char names[STUDENTS][11];
    UShort koreanScores[STUDENTS];
    UShort englishScores[STUDENTS];
    UShort mathScores[STUDENTS];
    UShort sums[STUDENTS];
    float averages[STUDENTS];
    char grades[STUDENTS][10];
    float koreanAverage;
    float englishAverage;
    float mathAverage;

    // 함수 호출
    Input(names, koreanScores, englishScores, mathScores);
    Evaluate(names, koreanScores, englishScores, mathScores, sums,
        averages, grades, &koreanAverage, &englishAverage, &mathAverage);

    return 0;
}
```

다음은 Output 함수를 호출하는 문장을 작성해보자. 반환형이 void이므로 호출식만 작성하면 된다. 함수 이름을 적고 소괄호를 여닫는다. 소괄호에 열 개의 값을 쉼표로 구분하여 적어야 한다. 배열 포인터이면 배열의 시작주소, 일반변수이면 변수 이름을 적으면 된다. 변수 이름은 변수에 저장된 값이다.

names, koreanScores, englishScores, mathScores, sums, averages 그리고 grades는 배열 포인터이므로 main 함수에 선언된 배열 이름을 적으면 된다. 왜냐하면, 배열 이름은 배열의 시작주소이기 때문이다.

koreanAverage, englishAverage 그리고 mathAverage는 일반 변수이므로 변수 이름을 적는다.

쉼표로 구분하여 순서에 맞게, 열 개를 적는다. 그리고 줄의 끝에 세미콜론을 적어 호출문장으로 처리하도록 해야 한다.

C코드

```
// Evaluate.c
/* *************************************************************
파일 이름 : Evaluate.c
기     능 : 5명의 학생의 성명, 국어점수, 영어점수 그리고 수학점수가 입력되면 성적을 평가하고,
           과목별 평균을 구한다.
작 성 자 : 김 석 현
작성 일자 : 2013년 8월 14일
************************************************************* */
// 매크로
#define STUDENTS   5

// 자료형 이름 선언
typedef unsigned short int UShort;

// 함수 선언
int main( int argc, char *argv[] );
void Input( char (*names)[11], UShort (*koreanScores),
        UShort (*englishScores), UShort (*mathScores));
void Evaluate( char (*names)[11], UShort (*koreanScores),
    UShort (*englishScores), UShort (*mathScores), UShort (*sums),
    float (*averages), char (*grades)[10], float *koreanAverage,
    float *englishAverage, float *mathAverage );
void Output( char (*names)[11], UShort (*koreanScores),
    UShort (*englishScores), UShort (*mathScores), UShort (*sums),
    float (*averages), char (*grades)[10], float koreanAverage,
    float englishAverage, float mathAverage );

// 함수 정의
int main( int argc, char *argv[] ) {
    // 배열과 자동변수 선언
    char names[STUDENTS][11];
    UShort koreanScores[STUDENTS];
    UShort englishScores[STUDENTS];
    UShort mathScores[STUDENTS];
    UShort sums[STUDENTS];
    float averages[STUDENTS];
    char grades[STUDENTS][10];
    float koreanAverage;
    float englishAverage;
    float mathAverage;

    // 함수 호출
```

```
// 성명들, 국어점수들, 영어점수들, 수학점수들을 입력받는다.
Input(names, koreanScores, englishScores, mathScores);
// 성적을 평가하다.
Evaluate(names, koreanScores, englishScores, mathScores, sums,
    averages, grades, &koreanAverage, &englishAverage, &mathAverage);
// 평가된 성적을 출력하다.
Output(names, koreanScores, englishScores, mathScores, sums,
    averages, grades, koreanAverage, englishAverage, mathAverage);

return 0;
}
```

다음은 Input 모듈에 대해 Input 함수를 정의하자. Input 함수는 입력과 출력방식 관련 사용자 인터페이스를 어떻게 구현할 것인지에 따라 정의가 달라진다. C언어에서 기본적으로 사용하는 사용자 인터페이스인 문자 기반 인터페이스(Character User Interface, CUI)일 때와 요사이 윈도우로 대중화된 그래픽 기반 인터페이스(Graphic User Interface, GUI)일 때 구현되는 방식에 많은 차이가 있다. 그래서 연산모듈 Evaluate에서 입출력 모듈을 철저하게 분리한 것이다. 사용자 인터페이스가 바뀌더라도 처리할 내용은 같기 때문이다.

사용자 인터페이스를 CUI로 한다면, 입출력 모듈에 대해서는 화면 설계(Screen Design)라는 작업을 해야 한다. 화면설계의 산출물을 사용하여 Input 함수를 정의해야 하는데 이 책의 목표가 사용자 인터페이스가 아니라 알고리듬에 집중하는 것이므로 화면설계를 설명하지 않도록 하겠다. 차후에 출간될 자료구조 편에서 설명할 예정이다.

여기서는 DOS 기반의 CUI로 단순히 다섯 번에 걸쳐 학생 한 명씩 성명, 국어점수, 영어점수 그리고 수학점수를 입력받도록 하자.

먼저 블록 주석 기능을 이용하여 함수를 설명하는 글귀를 적도록 하자. 최소한으로 함수 이름, 기능 그리고 입력과 출력을 적도록 하자.

C코드
```
/* ***********************************************************************
함수 이름 : Input
기    능 : 키보드로 학생의 점수들을 입력받는다.
입    력 : 없음
출    력 : 성명들, 국어점수들, 영어점수들, 수학점수들
    *********************************************************************** */
```

함수를 정의하는 절차에 따라 함수 머리를 만들자. 앞에 선언된 함수 원형을 마지막에 적힌 세미콜론을 빼고 옮겨 적는다. 그리고 중괄호를 여닫아 함수 몸체를 만든다.

```
C코드
/* *********************************************************
   함수 이름 : Input
   기    능 : 키보드로 학생의 점수들을 입력받는다.
   입    력 : 없음
   출    력 : 성명들, 국어점수들, 영어점수들, 수학점수들
   ********************************************************* */
void Input(char (*names)[11], UShort (*koreanScores),
       UShort (*englishScores), UShort (*mathScores)) {

}
```

키보드로 입력받은 수들을 저장하기 위해서는 반드시 Input 함수 블록에 배열들이 선언되어야 한다. 그런데 이미 매개변수들로 선언되었으므로 배열들을 선언할 필요가 없다. 그렇지만 다섯 번 입력을 받아야 하므로 입력횟수로서 반복제어변수를 자동변수로 선언해야 한다.

```
C코드
/* *********************************************************
   함수 이름 : Input
   기    능 : 키보드로 학생의 점수들을 입력받는다.
   입    력 : 없음
   출    력 : 성명들, 국어점수들, 영어점수들, 수학점수들
   ********************************************************* */
void Input(char (*names)[11], UShort (*koreanScores),
       UShort (*englishScores), UShort (*mathScores)) {
       UShort i; // 반복제어변수
}
```

반복문을 작성해 보자. 반복횟수가 다섯 번으로 정해져 있다. 이럴 때 for 반복문을 작성하면 된다. for 반복문의 형식은 다음과 같다.

```
C코드
for(초기식; 조건식; 변경식) {
       // 단문 혹은 복문
}
```

초기식은 반복제어변수에 처음으로 값을 설정하는 식이다. 반복제어변수이므로 1로 설정하면 될 것이다. 그런데 여기서는 한 번 더 생각해 보아야 한다. 왜냐하면, 반복제어변수이

면서 배열의 첨자로 사용한다면, C언어에서는 배열의 첨자는 0부터 시작하므로 0으로 설정해야 한다. 조건식은 반복제어변수가 최대횟수보다 작거나 같아야 하지만, 0부터 시작하고 횟수만큼 반복하고자 한다면 반복제어변수가 최대횟수보다 작아야 한다. 변경식은 반복제어변수를 하나씩 증가하면 될 것이다.

```
C코드
/* **********************************************************
   함수 이름 : Input
   기    능 : 키보드로 학생의 점수들을 입력받는다.
   입    력 : 없음
   출    력 : 성명들, 국어점수들, 영어점수들, 수학점수들
   ********************************************************** */
void Input(char (*names)[11], UShort (*koreanScores),
    UShort (*englishScores), UShort (*mathScores)) {
    UShort i; // 반복제어변수

    // STUDENTS 5번 반복하다.
    for( i = 0; i < STUDENTS; i++) {
        // 키보드 입력 처리
    }
}
```

다음은 키보드로 성명, 국어점수, 영어점수 그리고 수학점수를 입력하도록 해야 한다. C언어에서는 키보드 입력을 처리하는 기능이 없다. 대신 많은 키보드 입력 관련 함수가 C 컴파일러 개발자에 의해서 작성되어 제공된다. 가장 빈번하게 사용하는 함수가 scanf 함수이다. 이러한 함수를 라이브러리 함수(Library Function)라고 한다. 라이브러리 함수를 사용하는 절차는 크게 두 단계로 이루어진다.

첫 번째는 라이브러리 함수 원형을 라이브러리 함수를 호출하는 문장이 작성될 원시 코드 파일로 복사해야 한다. 앞에서도 말했듯이 함수를 사용하기 전에 반드시 함수가 선언되어야 한다는 C언어의 문법에 따라야 하기 때문입니다.

따라서 라이브러리 함수 원형이 적힌 헤더 파일을 #include 전처리기 지시자로 헤더 파일을 명기하면 된다. 형식은 다음과 같다.

```
C코드
#include <헤더파일이름>
```

물론 #include 전처리기 지시자로 작성되는 매크로는 라이브러리 함수 호출 문장이 적힌

줄보다는 앞에만 작성되면 된다. 그러나 대부분은 프로그램을 설명하는 주석 바로 다음 줄부터 작성한다. #define 전처리기 지시자로 작성되는 매크로보다는 앞에 작성된다.

헤더 파일을 알기 위해서는 라이브러리 함수 설명서를 참조해야 한다. scanf 함수 원형이 적힌 헤더 파일은 stdio.h이다. 따라서 #include 전처리기 지시자를 적고 공백문자를 두고 부등호를 여닫고 부등호들 사이에 stdio.h 헤더 파일 이름을 적는다. 물론 매크로이므로 한 줄에 하나씩 작성되어야 한다.

C코드
```
// Evaluate.c
/* *****************************************************************
파일 이름 : Evaluate.c
기     능 : 5명의 학생의 성명, 국어점수, 영어점수 그리고 수학점수가 입력되면 성적을 평가하고,
           과목별 평균을 구한다.
작 성 자 : 김 석 현
작성 일자 : 2013년 8월 14일
***************************************************************** */
// 매크로
#include <stdio.h> // scanf 함수 원형 복사 지시 매크로

#define STUDENTS  5

// 자료형 이름 선언
typedef unsigned short int UShort;

// 함수 선언
int main( int argc, char *argv[] );
void Input( char (*names)[11], UShort (*koreanScores),
        UShort (*englishScores), UShort (*mathScores));
void Evaluate( char (*names)[11], UShort (*koreanScores),
     UShort (*englishScores), UShort (*mathScores), UShort (*sums),
     float (*averages), char (*grades)[10], float *koreanAverage,
     float *englishAverage, float *mathAverage );
void Output( char (*names)[11], UShort (*koreanScores),
     UShort (*englishScores), UShort (*mathScores), UShort (*sums),
     float (*averages), char (*grades)[10], float koreanAverage,
     float englishAverage, float mathAverage );

// 함수 정의
int main( int argc, char *argv[] ) {
     // 배열과 자동변수 선언
     char names[STUDENTS][11];
     UShort koreanScores[STUDENTS];
     UShort englishScores[STUDENTS];
     UShort mathScores[STUDENTS];
     UShort sums[STUDENTS];
     float averages[STUDENTS];
     char grades[STUDENTS][10];
```

```
float koreanAverage;
float englishAverage;
float mathAverage;

// 함수 호출
// 성명들, 국어점수들, 영어점수들, 수학점수들을 입력받는다.
Input(names, koreanScores, englishScores, mathScores);
// 성적을 평가하다.
Evaluate(names, koreanScores, englishScores, mathScores, sums,
    averages, grades, &koreanAverage, &englishAverage, &mathAverage);
// 평가된 성적을 출력하다.
Output(names, koreanScores, englishScores, mathScores, sums,
    averages, grades, koreanAverage, englishAverage, mathAverage);

return 0;
}
```

두 번째는 함수 호출 문장을 작성하면 된다. 함수 호출 문장을 작성하기 전에 라이브러리 함수 설명서를 참고해서 함수 원형을 확인해야 한다.

C코드

```
int scanf( const char *format [,argument]... );
```

반환형은 정수형이고 반환되는 값은 정상적으로 입력되는 데이터의 개수라고 한다. 반환되는 값을 사용하고자 한다면, int 형의 자동변수를 선언해야 한다. 그리고 치환식을 반드시 작성해야 한다. 반환되는 값을 사용하지 않는다면, int 형 자동변수를 선언할 필요도 없고, 치환식을 작성할 필요도 없다. 키보드 입력을 처리할 때는 관습적으로 사용하지 않으므로 우리도 사용하지 않도록 하겠다.

함수 호출식만 작성해보자. 매개변수 format은 입력 서식으로 입력되는 데이터의 개수를 % 기호의 개수로, 입력데이터의 자료형에 대해서는 자료형 변환 문자로 문자열 리터럴을 지정해야 한다.

한 개의 문자열 데이터와 세 개의 정수형 데이터를 입력받아야 한다. 그러므로 공백문자로 구분되는 % 기호를 네 개 적고, 자료형 변환 문자는 문자열은 s 그리고 정수이면 보통 d이나 unsigned short int이면 hu를 적어야 한다.

문자열에 대해서 s, unsigned short int에 대해서 hu를 사용하는 데 있어 특별한 이유는 없다. 약속이다. scanf 함수를 만든 사람이 정했다는 것이다. s를 사용하면, 입력할 때 scanf 함수 같은 입력 라이브러리 함수에서는 입력된 문자들을 저장하고 마지막 문자로 널 문자를 저장해 준다. 따라서 scanf 함수를 사용하는 경우는 서식 문자열에서 문자열에 대해 형 변환 문자인 s를 설정해 주어야 한다.

scanf 함수의 서식 문자열에는 공백문자, % 기호 그리고 자료형 변환 문자들만 사용하도록 하자. 그렇지 않으면 입력이 귀찮아진다. 따라서 다음과 같이 서식 문자열이 작성되어야 한다.

C코드

```
"%s %hu %hu %hu"
```

그리고 매개변수 argument는 키보드로 입력된 데이터를 저장하는 기억장소의 주소를 지정해야 한다. ...는 가변 인자라는 의미로 필요한 만큼 값들을 지정할 수 있다는 뜻이다.

여기서는 첫 번째로는 문자열을 입력받는다. C언어에서는 문자열은 문자 배열로 구현된다고 앞에서 이미 정리했다. 2차원 문자 배열인 names 배열에서 i번째 배열요소이다. names는 2차원 배열이다. 2차원 배열에서 i번째 배열요소는 줄 개념으로 배열이다. 따라서 2차원 배열일 때 줄의 주소를 구하는 방식은 배열 이름 뒤에 대괄호를 여닫고 대괄호에 첨자를 적으면 된다. names[i]이다.

그리고 국어점수, 영어점수 그리고 수학점수는 koreanScores, englishScores 그리고 mathScores 배열의 i번째 배열요소의 주소이어야 한다. koreanScores, englishScords 그리고 mathScores는 1차원 배열이다. 1차원 배열에서 배열요소의 주소를 구하는 방법은 칸의 주소를 구하는 방법으로 배열 이름 뒤에 + 포인터 산술 연산자를 적고, 다음에 첨자를 적으면 된다. koreanScores + i, englishScores + i 그리고 mathScores + i이다. 따라서 scanf 함수 호출식은 다음과 같이 작성된다.

C코드

```
scanf("%s %hu %hu %hu", names[i], koreanScores + i, englishScores + i,
    mathScores + i)
```

scanf 함수 이름을 적고 소괄호를 여닫아야 한다. 첫 번째 인수는 입력 서식 문자열을 적고, 두 번째부터는 입력할 데이터를 저장할 기억장소의 주소를 적으면 된다. 그리고 줄의 마지막에 세미콜론을 적어 호출문장으로 처리되도록 해야 한다.

```
/* **************************************************************
함수 이름 : Input
기    능 : 키보드로 학생의 점수들을 입력받는다.
입    력 : 없음
출    력 : 성명들, 국어점수들, 영어점수들, 수학점수들
************************************************************** */
void Input(char (*names)[11], UShort (*koreanScores),
      UShort (*englishScores), UShort (*mathScores)) {
      UShort i; // 반복제어변수

      // STUDENTS 5번 반복하다.
      for( i = 0; i < STUDENTS; i++) {
          // 키보드 입력 처리
          scanf("%s %hu %hu %hu", names[i], koreanScores + i,
              englishScores + i, mathScores + i);
      }
}
```

여기까지 작성된 코드를 정리하면 다음과 같다.

```
// Evaluate.c
/* **************************************************************
파일 이름 : Evaluate.c
기    능 : 5명의 학생의 성명, 국어점수, 영어점수 그리고 수학점수가 입력되면 성적을 평가하고,
          과목별 평균을 구한다.
작 성 자 : 김 석 현
작성 일자 : 2013년 8월 14일
**************************************************************/
// 매크로
#include <stdio.h> // scanf 함수 원형 복사 지시 매크로

#define STUDENTS   5

// 자료형 이름 선언
typedef unsigned short int UShort;

// 함수 선언
int main( int argc, char *argv[] );
void Input( char (*names)[11], UShort (*koreanScores),
        UShort (*englishScores), UShort (*mathScores));
void Evaluate( char (*names)[11], UShort (*koreanScores),
      UShort (*englishScores), UShort (*mathScores), UShort (*sums),
      float (*averages), char (*grades)[10], float *koreanAverage,
      float *englishAverage, float *mathAverage );
void Output( char (*names)[11], UShort (*koreanScores),
      UShort (*englishScores), UShort (*mathScores), UShort (*sums),
      float (*averages), char (*grades)[10], float koreanAverage,
```

```
        float englishAverage, float mathAverage );

// 함수 정의
int main( int argc, char *argv[] ) {
        // 배열과 자동변수 선언
        char names[STUDENTS][11];
        UShort koreanScores[STUDENTS];
        UShort englishScores[STUDENTS];
        UShort mathScores[STUDENTS];
        UShort sums[STUDENTS];
        float averages[STUDENTS];
        char grades[STUDENTS][10];
        float koreanAverage;
        float englishAverage;
        float mathAverage;

        // 함수 호출
        // 성명들, 국어점수들, 영어점수들, 수학점수들을 입력받는다.
        Input(names, koreanScores, englishScores, mathScores);
        // 성적을 평가하다.
        Evaluate(names, koreanScores, englishScores, mathScores, sums,
            averages, grades, &koreanAverage, &englishAverage, &mathAverage);
        // 평가된 성적을 출력하다.
        Output(names, koreanScores, englishScores, mathScores, sums,
            averages, grades, koreanAverage, englishAverage, mathAverage);

        return 0;
}


/* *********************************************************************
함수 이름 : Input
기      능 : 키보드로 학생의 점수들을 입력받는다.
입      력 : 없음
출      력 : 성명들, 국어점수들, 영어점수들, 수학점수들
********************************************************************** */
void Input(char (*names)[11], UShort (*koreanScores),
        UShort (*englishScores), UShort (*mathScores)) {
        UShort i; // 반복제어변수

        // STUDENTS 5번 반복하다.
        for( i = 0; i < STUDENTS; i++) {
            // 키보드 입력 처리
            scanf("%s %hu %hu %hu", names[i], koreanScores + i,
                englishScores + i, mathScores + i);
        }
}
```

다음은 Evaluate 모듈에 대해 모듈기술서와 나씨-슈나이더만 다이어그램으로 정리된 알
고리듬을 Evaluate 함수로 정의해 보자.

모듈 기술서

명칭	한글	성적을 평가하다
	영문	Evaluate
기능		5명의 학생의 성명, 국어점수, 영어점수 그리고 수학점수가 입력되면 성적을 평가하고, 과목별 평균을 구한다.
입·출력	입력	성명들, 국어점수들, 영어점수들, 수학점수들
	출력	총점들, 평균들, 평가들, 국어평균, 영어평균, 수학평균
관련 모듈		

자료 명세서

번호	명칭 한글	명칭 영문	자료유형	구분	비고
1	학생수	STUDENTS	정수	상수	5
2	성명들	names	문자열 배열	입력	
3	국어점수들	koreanScores	정수 배열	입력	
4	영어점수들	englishScores	정수 배열	입력	
5	수학점수들	mathScores	정수 배열	입력	
6	총점들	sums	정수 배열	출력	
7	평균들	averages	실수 배열	출력	
8	평가들	grades	문자열 배열	출력	
9	국어평균	koreanAverage	실수	출력	
10	영어평균	englishAverage	실수	출력	
11	수학평균	mathAverage	실수	출력	
12	국어총점	koreanSum	정수	처리	
13	영어총점	englishSum	정수	처리	
14	수학총점	mathSum	정수	처리	
15	반복제어변수	i	정수	추가	

처리 과정

1. 성명들, 국어점수들, 영어점수들 그리고 수학점수들을 입력받는다.
2. STUDENTS만큼 반복한다.
   2.1. 총점을 구한다.
   2.2. 평균을 구한다.
   2.3. 평균에 따라 평가한다.
   2.4. 국어 총점을 구한다.
   2.5. 영어 총점을 구한다.
   2.6. 수학 총점을 구한다.
3. 국어평균을 구한다.
4. 영어평균을 구한다.
5. 수학평균을 구한다.
6. 총점들, 평균들, 평가들, 국어평균, 영어평균, 수학평균을 출력한다.
7. 끝낸다.

```
                              start
STUDENTS = 5, names(STUDENTS), koreanScores(STUDENTS),
englishScores(STUDENTS), mathScores(STUDENTS), sums(STUDENTS),
averages(STUDENTS), grades(STUDENTS), koreanAverage,
englishAverage, mathAverage, koreanSum = 0, englishSum = 0,
mathSum = 0, i

read names koreanScores, englishScores, mathScores

for ( i = 1, STUDENTS, 1 )

    sum(i) = koreanScores(i) + englishScores(i) + mathScores(i)

    averages(i) = sums(i) / 3.0

                     averages(i) ≥ 90.0
    TRUE                                        FALSE

                                    averages(i) < 60.0
                            TRUE                        FALSE
    grades(i) = "EXCELLENT"
                            grades(i) = "FAIL"    grades(i) = " "

    koreanSum = koreanSum + koreanScores(i)

    englishSum = englishSum + englishScores(i)

    mathSum = mathSum + mathScores(i)

koreanAverage = koreanSum / (STUDENTS * 1.0)

englishAverage = englishSum / (STUDENTS * 1.0)

mathAverage = mathSum / (STUDENTS * 1.0)

print sums, averages, grades, koreanAverage, englishAverage, mathAverage

                              stop
```

함수가 여러 개 사용될 때 함수를 설명하는 글귀를 적어 두는 것이 코드를 보다 이해하기 쉽게 해서 다음에 변경을 쉽게 할 수 있다. 모듈 기술서에서 개요를 참고해서 함수에 관해 설명을 달도록 하자. 최소한 함수 이름, 기능, 입력, 출력을 반드시 적자. 그 외는 변경되는 내용을 일자와 함께 적으면 코드를 관리하기가 쉬울 것이다.

C코드

```
/* *****************************************************************
함수 이름 : Evaluate
기     능 : 5명의 학생의 성명, 국어점수, 영어점수 그리고 수학점수가 입력되면
            성적을 평가하고, 과목별 평균을 구한다.
입     력 : 성명들, 국어점수들, 영어점수들, 수학점수들
출     력 : 총점들, 평균들, 평가들, 국어평균, 영어평균, 수학평균
          ***************************************************** */
```

다음은 함수 머리를 만들어야 한다. 함수를 선언한 결과물, 즉 함수 원형을 이용하면 된다. 함수 원형을 그대로 옮겨 적는데, 줄의 마지막에 있는 세미콜론을 지운다.

```
/* ********************************************************************
함수 이름 : Evaluate
기     능 : 5명의 학생의 성명, 국어점수, 영어점수 그리고 수학점수가 입력되면
           성적을 평가하고, 과목별 평균을 구한다.
입     력 : 성명들, 국어점수들, 영어점수들, 수학점수들
출     력 : 총점들, 평균들, 평가들, 국어평균, 영어평균, 수학평균
  ****************************************************************** */
void Evaluate( char (*names)[11], UShort (*koreanScores),
         UShort (*englishScores), UShort (*mathScores), UShort (*sums),
         float (*averages), char (*grades)[10],
         float *koreanAverage, float *englishAverage, float *mathAverage)
```

```
                        start

                        stop
```

다음은 함수 몸체를 만들어야 한다. 처리 과정에서는 "7. 끝낸다." 처리단계와 나씨-슈나이더만 다이어그램에서는 start와 stop이 적힌 순차 구조 기호들에 대해서 start가 적힌 순차 구조 기호에 대해 여는 중괄호와 stop이 적힌 순차 구조 기호에 대해서는 닫는 중괄호로 여닫아 블록을 설정하여 함수 몸체를 만들어야 한다.

```
/* ********************************************************************
함수 이름 : Evaluate
기     능 : 5명의 학생의 성명, 국어점수, 영어점수 그리고 수학점수가 입력되면
           성적을 평가하고, 과목별 평균을 구한다.
입     력 : 성명들, 국어점수들, 영어점수들, 수학점수들
출     력 : 총점들, 평균들, 평가들, 국어평균, 영어평균, 수학평균
  ****************************************************************** */
void Evaluate( char (*names)[11], UShort (*koreanScores),
       UShort (*englishScores), UShort (*mathScores), UShort (*sums),
       float (*averages), char (*grades)[10], float *koreanAverage,
       float *englishAverage, float *mathAverage) {
}
```

여는 중괄호의 위치는 대부분 함수 머리가 적힌 줄의 다음 줄에 적히는 데, 그렇지 않고 함수 머리가 적힌 줄의 끝일 수도 있다. 어떠한 선택을 하느냐 하는 것은 프로그래머의 취향이다.

다음은 기호상수, 변수 그리고 배열을 선언하는 순차 구조 기호를 구현해야 한다. 앞에서

정리한 자료형을 참고하여 매개변수로 이미 선언된 것들을 제외하고, 나머지들은 자동변수나 배열로 선언해야 한다. 매개변수와 같이 자동변수는 선언과 정의를 분리할 수 없으므로 선언한다고 하면 정의도 이루어진다는 것도 명심하자.

> STUDENTS = 5, names(STUDENTS), koreanScores(STUDENTS),
> englishScores(STUDENTS), mathScores(STUDENTS), sums(STUDENTS),
> averages(STUDENTS), grades(STUDENTS), koreanAverage,
> englishAverage, mathAverage, koreanSum = 0, englishSum = 0,
> mathSum = 0, i

STUDENTS = 5 기호상수부터 구현해보자. 이미 앞에서 구현했다. 다음은 순차 구조 기호에서 매개변수들, names, koreanScores, englishScores, mathScores, sums, averages, grades, koreanAverage, englishAverage, mathAverage를 빼고, 남은 koreanSum, englishSum, mathSum, i에 대해서 자동변수로 선언 및 정의해야 한다. 또한, 초기화되어 있는 변수에 대해서는 초기화해야 한다. 함수 블록의 시작 부분에 다음과 같은 형식으로 선언, 정의 그리고 초기화를 하면 된다.

C코드

```
auto 자료형 변수이름[= 초깃값];
```

앞에서 이미 정리된 자료형을 사용하면 된다. 그리고 한 줄에 하나의 변수를 선언하도록 하자. 그리고 반드시 줄의 끝에 세미콜론을 적어 선언문으로 처리되도록 해야 한다. auto는 적지 않아도 컴파일러에 의해서 자동으로 추가된다.

koreanSum, englishSum, mathSum에 대해서는 자료형으로 UShort를 적고 공백을 두고 변수 이름을 적고, 뒤에 적히는 값이 초깃값이라는 것을 강조하기 위해 등호를 적어야한다. 그리고 등호 뒤에 0을 적고, 세미콜론을 마지막에 적으면 된다. 그러나 i는 초기화하고 있지 않으므로 자료형 UShort를 적고, 공백문자를 두고, 변수 이름을 적고, 마지막에 세미콜론을 적으면 선언과 정의를 하게 되는 것이다.

```
/* ************************************************************
함수 이름 : Evaluate
기      능 : 5명의 학생의 성명, 국어점수, 영어점수 그리고 수학점수가 입력되면
            성적을 평가하고, 과목별 평균을 구한다.
입      력 : 성명들, 국어점수들, 영어점수들, 수학점수들
출      력 : 총점들, 평균들, 평가들, 국어평균, 영어평균, 수학평균
************************************************************ */
void Evaluate( char (*names)[11], UShort (*koreanScores),
        UShort (*englishScores), UShort (*mathScores), UShort (*sums),
        float (*averages), char (*grades)[10], float *koreanAverage,
        float *englishAverage, float *mathAverage) {
        // 자동변수 선언, 정의 그리고 초기화
        UShort koreanSum = 0;
        UShort englishSum = 0;
        UShort mathSum = 0;
        UShort i;
}
```

다음은 모듈 기술서에 정리된 처리 과정을 한 줄 주석 기능으로 적어, 코드에 관해 설명을 달도록 하자.

```
/* ************************************************************
함수 이름 : Evaluate
기      능 : 5명의 학생의 성명, 국어점수, 영어점수 그리고 수학점수가 입력되면
            성적을 평가하고, 과목별 평균을 구한다.
입      력 : 성명들, 국어점수들, 영어점수들, 수학점수들
출      력 : 총점들, 평균들, 평가들, 국어평균, 영어평균, 수학평균
************************************************************ */
void Evaluate( char (*names)[11], UShort (*koreanScores),
        UShort (*englishScores), UShort (*mathScores), UShort (*sums),
        float (*averages), char (*grades)[10], float *koreanAverage,
        float *englishAverage, float *mathAverage) {
        // 자동변수 선언, 정의 그리고 초기화
        UShort koreanSum = 0;
        UShort englishSum = 0;
        UShort mathSum = 0;
        UShort i;

        // 1. 성명들, 국어점수들, 영어점수들 그리고 수학점수들을 입력받는다.
        // 2. STUDENTS만큼 반복한다.
            // 2.1. 총점을 구한다.
            // 2.2. 평균을 구한다.
            // 2.3. 평균에 따라 평가한다.
            // 2.4. 국어 총점을 구한다.
            // 2.5. 영어 총점을 구한다.
            // 2.6. 수학 총점을 구한다.
        // 3. 국어평균을 구한다.
```

```
    // 4. 영어평균을 구한다.
    // 5. 수학평균을 구한다.
    // 6. 총점들, 평균들, 평가들, 국어평균, 영어평균, 수학평균을 출력한다.
    // 7. 끝낸다.
}
```

처리 과정을 주석으로 처리해 놓으면, 다음에 무엇을 해야 하는지를 알 수 있어, 해야 하는 일에 집중할 수 있다.

처리 과정을 주석으로 처리한 것을 확인하면, 첫 번째로 해야 하는 일은 "1. 성명들, 국어점수들, 영어점수들 그리고 수학점수들을 입력받는다." 처리 단계를 구현해야 한다. 나씨-슈나이더만 다이어그램에서는 입력하는 순차 구조 기호를 C언어로 구현해보자.

```
read  names  koreanScores,  englishScores,  mathScores
```

함수 머리를 보면, 순차 구조 기호에 적힌 names, koreanScores, englishScores 그리고 mathScores는 매개변수로 선언되어 있다. 매개변수가 하는 일은 호출하는 함수에서 복사해 주는 데이터를 저장하는 것이다. 따라서 입력하는 순차 구조 기호는 C언어에서는 함수 호출 문장이다. 따라서 Evaluate 함수를 호출하는 main 함수에서 Evaluate 함수 호출 문장으로 구현되어야 한다. main 함수를 정의할 때 Evaluate 함수 호출 문장이 구현되었다.

다음은 처리 과정을 보면, "2. STUDENTS만큼 반복한다."이다. 나씨-슈나이더만 다이어그램에서는 다음과 같은 for 반복 구조 기호이다.

```
for ( i = 1, STUDENTS, 1 )
```

C언어에서는 for 반복문을 제공한다. 따라서 for 반복문으로 구현하면 된다. C언어에서 for 반복문의 형식은 다음과 같다.

```
for(초기식; 조건식; 변경식) {
        // 단문 혹은 복문
}
```

for 키워드를 적고 반드시 소괄호를 여닫아야 한다.

```
for()
```

소괄호에 첫 번째로 반복제어변수의 초기식을 작성하면 된다. for 반복 구조 기호에 첫 번째로 적힌 i = 1을 그대로 옮겨 적는데, 1을 0으로 바꾸어야 한다. 왜냐하면, i가 배열의 첨자로도 사용되고 있기 때문이다. C언어에서 첨자는 0부터 시작한다는 것을 기억하자.

```
for( i = 0 )
```

다음은 세미콜론을 적고, 조건식을 작성해야 한다. for 반복 구조 기호에서 STUDENTS이다. C언어에서는 관계식으로 작성해야 한다. 반복제어변수 i가 STUDENTS보다 작은지(<)에 대해 관계식 i < STUDENTS를 작성하면 된다. for 반복 구조 기호에서는 반복제어변수 i가 STUDENTS보다 작거나 같은지에 대한 관계식이지만, i가 첨자로도 사용하므로 1부터 시작하는 것이 아니라 0부터 시작해서 관계식에서 같은지 비교를 빼야 하기 때문이다.

```
for( i = 0; i < STUDENTS )
```

마지막으로 세미콜론을 적고 변경식을 작성해야 한다. for 반복 구조 기호에서는 1이다. 반복제어변수 i를 1씩 증가하는 식이어야 한다. 누적되어야 한다. 즉 i = i + 1이어야 한다. 누적 표현식이 여러 개이지만 가장 많이 사용되는 식은 i++이다.

```
for( i = 0; i < STUDENTS; i++ )
```

반복해야 하는 제어 구조 기호가 여러 개이므로 제어 구조 기호 하나당 C언어에서 한 개의 문장으로 구현되므로 복문으로 처리해야 한다. 그래서 중괄호를 여닫아야 한다. 다시 말해서 제어 구조 블록을 설정해야 한다.

C코드

```
for( i = 0; i < STUDENTS; i++ ) {
}
```

여기까지 코드를 정리하면 다음과 같다.

C코드

```
/* *********************************************************************
함수 이름 : Evaluate
기     능 : 5명의 학생의 성명, 국어점수, 영어점수 그리고 수학점수가 입력되면
            성적을 평가하고, 과목별 평균을 구한다.
입     력 : 성명들, 국어점수들, 영어점수들, 수학점수들
출     력 : 총점들, 평균들, 평가들, 국어평균, 영어평균, 수학평균
********************************************************************* */
void Evaluate( char (*names)[11], UShort (*koreanScores),
    UShort (*englishScores), UShort (*mathScores), UShort (*sums),
    float (*averages), char (*grades)[10], float *koreanAverage,
    float *englishAverage, float *mathAverage) {
    // 자동변수 선언, 정의 그리고 초기화
    UShort koreanSum = 0;
    UShort englishSum = 0;
    UShort mathSum = 0;
    UShort i;

    // 1. 성명들, 국어점수들, 영어점수들 그리고 수학점수들을 입력받는다.
    // 2. STUDENTS만큼 반복한다.
    for( i = 0; i < STUDENTS; i++ ) {
        // 2.1. 총점을 구한다.
        // 2.2. 평균을 구한다.
        // 2.3. 평균에 따라 평가한다.
        // 2.4. 국어 총점을 구한다.
        // 2.5. 영어 총점을 구한다.
        // 2.6. 수학 총점을 구한다.
    }
    // 3. 국어평균을 구한다.
    // 4. 영어평균을 구한다.
    // 5. 수학평균을 구한다.
    // 6. 총점들, 평균들, 평가들, 국어평균, 영어평균, 수학평균을 출력한다.
    // 7. 끝낸다.
}
```

다음은 반복해야 하는 내용에서 첫 번째로 해야 하는 것으로 "2.1. 총점을 구한다." 처리 단

계를 구현해야 한다. 나씨-슈나이더만 다이어그램에서는 다음과 같다.

sum(i) = koreanScores(i) + englishScores(i) + mathScores(i)

순차 구조 기호에서 첨자 연산자 소괄호 ()는 C언어에서는 대괄호 []로 바꾸어야 한다. 순차 구조 기호에 적힌 내용을 그대로 옮겨 적는다. 문장으로 처리되도록 줄의 끝에 세미콜론을 적어야 한다.

C코드

```
/* *********************************************************************
함수 이름 : Evaluate
기    능 : 5명의 학생의 성명, 국어점수, 영어점수 그리고 수학점수가 입력되면
           성적을 평가하고, 과목별 평균을 구한다.
입    력 : 성명들, 국어점수들, 영어점수들, 수학점수들
출    력 : 총점들, 평균들, 평가들, 국어평균, 영어평균, 수학평균
********************************************************************* */
void Evaluate( char (*names)[11], UShort (*koreanScores),
      UShort (*englishScores), UShort (*mathScores), UShort (*sums),
      float (*averages), char (*grades)[10], float *koreanAverage,
      float *englishAverage, float *mathAverage) {
   // 자동변수 선언, 정의 그리고 초기화
   UShort koreanSum = 0;
   UShort englishSum = 0;
   UShort mathSum = 0;
   UShort i;

   // 1. 성명들, 국어점수들, 영어점수들 그리고 수학점수들을 입력받는다.
   // 2. STUDENTS만큼 반복한다.
   for( i = 0; i < STUDENTS; i++ ) {
      // 2.1. 총점을 구한다.
      sums[i] = koreanScores[i] + englishScores[i] + mathScores[i];
      // 2.2. 평균을 구한다.
      // 2.3. 평균에 따라 평가한다.
      // 2.4. 국어 총점을 구한다.
      // 2.5. 영어 총점을 구한다.
      // 2.6. 수학 총점을 구한다.
   }
   // 3. 국어평균을 구한다.
   // 4. 영어평균을 구한다.
   // 5. 수학평균을 구한다.
   // 6. 총점들, 평균들, 평가들, 국어평균, 영어평균, 수학평균을 출력한다.
   // 7. 끝낸다.
}
```

다음은 "2.2. 평균을 구한다." 처리 단계를 구현해야 한다. 나씨-슈나이더만 다이어그램에서는 다음과 같다.

```
averages(i) = sums(i) / 3.0
```

순차 구조 기호에서 첨자 연산자 소괄호 ()는 C언어에서는 대괄호 []로 바꾸어야 한다. 순차 구조 기호에 적힌 내용을 그대로 옮겨 적는다. 문장으로 처리되도록 줄의 끝에 세미콜론을 적어야 한다. 실수형 상수의 자료형은 double형이다. 그러면 식에 사용된 자료형 float과 같지 않다. 식을 작성할 때는 식에 사용된 데이터의 자료형을 일치시키는 것은 프로그래머가 당연히 해야 한다. 따라서 실수형 상수 3.0을 float 형으로 바꾸어야 한다. 어떻게 할까? 간단하다. 실수형 상수 뒤에 소문자 f나 대문자 F를 적으면 된다. 대개는 대문자 F를 사용한다.

C코드

```c
/* ****************************************************************
함수 이름 : Evaluate
기     능 : 5명의 학생의 성명, 국어점수, 영어점수 그리고 수학점수가 입력되면
           성적을 평가하고, 과목별 평균을 구한다.
입     력 : 성명들, 국어점수들, 영어점수들, 수학점수들
출     력 : 총점들, 평균들, 평가들, 국어평균, 영어평균, 수학평균
**************************************************************** */
void Evaluate( char (*names)[11], UShort (*koreanScores),
     UShort (*englishScores), UShort (*mathScores), UShort (*sums),
     float (*averages), char (*grades)[10], float *koreanAverage,
     float *englishAverage, float *mathAverage) {
// 자동변수 선언, 정의 그리고 초기화
UShort koreanSum = 0;
UShort englishSum = 0;
UShort mathSum = 0;
UShort i;

// 1. 성명들, 국어점수들, 영어점수들 그리고 수학점수들을 입력받는다.
// 2. STUDENTS만큼 반복한다.
for( i = 0; i < STUDENTS; i++ ) {
    // 2.1. 총점을 구한다.
    sums[i] = koreanScores[i] + englishScores[i] + mathScores[i];
    // 2.2. 평균을 구한다.
    averages[i] = sums[i]/3.0F;
    // 2.3. 평균에 따라 평가한다.
    // 2.4. 국어 총점을 구한다.
    // 2.5. 영어 총점을 구한다.
    // 2.6. 수학 총점을 구한다.
}
```

```
        // 3. 국어평균을 구한다.
        // 4. 영어평균을 구한다.
        // 5. 수학평균을 구한다.
        // 6. 총점들, 평균들, 평가들, 국어평균, 영어평균, 수학평균을 출력한다.
        // 7. 끝낸다.
}
```

다음은 "2.3. 평균에 따라 평가한다." 처리 단계를 구현해야 한다. 나씨-슈나이더만 다이
어그램에서는 다음과 같다.

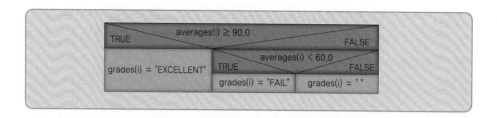

선택구조이므로 C언어에서는 if 문과 else 절로 구현되어야 한다. 선택 구조 기호들을 보면,
다중 선택 구조이므로 C언어에서는 if ~ else if ~else로 구현해야 한다.

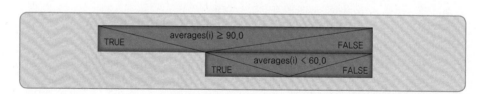

위쪽에 있는 큰 선택 구조 기호에 대해 if 키워드를 적고 소괄호를 여닫아야 한다. C언어에
서 반복문과 선택문에 사용되는 조건식을 반드시 소괄호로 싸야 하기 때문이다. 소괄호에
조건식을 적으면 된다. 첨자 연산자는 대괄호 []로 바꾸고, 관계 연산자는 부등호를 적고
이어 등호를 적고, 실수형 상수 90.0은 float 형으로 형 변환해야 하므로 상수 뒤에 대문자
F를 적도록 한다. 소괄호 뒤에 여는 중괄호를 적고 줄을 바꾸어 닫는 중괄호를 적어 조건
식을 평가했을 때 참인 경우 처리할 문장들을 적을 제어블록을 설정한다. 다음은 조건식을
평가했을 때 거짓인 경우 처리할 문장들을 적기 위해서 else 키워드를 적고 여는 중괄호를
적고 줄을 바꾸어 닫는 중괄호를 적어 제어블록을 설정한다.

```
C코드
if( averages[i] >= 90.0F) {
    // averages[i] >= 90.0F 평가했을 때 참이면 처리할 내용
}
else {
    // averages[i] >= 90.0F 평가했을 때 거짓이면 처리할 내용
}
```

위쪽 선택 구조 기호에서 FALSE가 적힌 삼각형 아래쪽에 있는 작은 선택 구조 기호에 대해서는 다시 if 문장과 else 절로 구현해야 한다. 위쪽 선택 구조 기호에 대해 FALSE가 적힌 삼각형에 대해 구현된 else 절에서 할 수 있지만, 다중 선택 구조로 구현한다면 else 다음에 공백을 두고 if 키워드를 적고 소괄호를 여닫는다. 소괄호에는 조건식을 옮겨 적는데, 첨자 연산자는 대괄호 []로 바꾸고, 형 변환해야 하므로 상수 뒤에 대문자 F를 적도록 한다. 아래쪽에 하나의 else 절을 만든다. else 키워드를 적고 중괄호를 여닫는다.

```
C코드
if( averages[i] >= 90.0F ) {
    // averages[i] >= 90.0F 평가했을 때 참이면 처리할 내용
}
else if( averages[i] < 60.0F) {
    // averages[i] >= 90.0F 평가했을 때 거짓이고
    // averages[i] < 60.0F 평가했을 때 참이면 처리할 내용
}
else {
    // averages[i] < 60.0F 평가했을 때 거짓이면 처리할 내용
}
```

다음은 averages(i) ≥ 90.0 조건식을 평가했을 때 참일 때 처리해야 하는 내용을 구현해 보자. 나씨-슈나이더만 다이어그램에서는 다음과 같은 순차 구조 기호이다.

```
grades(i) = "EXCELLENT"
```

순차 구조 기호이므로 적힌 내용을 옮겨 적고 줄의 끝에 세미콜론을 적어 문장으로 처리되도록 한다. 물론 첨자 연산자는 대괄호 []로 바꾸어 적어야 한다. C언어에서도 문자열 상수는 큰따옴표로 싸야 한다.

C코드

```
if( averages[i] >= 90.0F ) {
    grades[i] = "EXCELLENT";
}
else if( averages[i] < 60.0F) {
    // averages[i] >= 90.0F 평가했을 때 거짓이고
    // averages[i] < 60.0F 평가했을 때 참이면 처리할 내용
}
else {
    // averages[i] < 60.0F 평가했을 때 거짓이면 처리할 내용
}
```

이렇게 작성된 코드는 문제가 있다. 어떠한 문제가 있는지를 알아보자.

C언어에서는 정확하게 문자열 상수(String Constant) 개념이 적용되지 않고, 문자열 리터럴(String Literal)이라고 해야 한다. 상수는 읽기 전용 코드 세그먼트에 저장되는 데이터이나 C언어에서는 문자열 리터럴은 코드 세그먼트에 저장되는 것이 아니라 DATA 데이터 세그먼트에 저장된다. 그래서 문자열 상수라고 하지 않고 문자열 리터럴이라고 하는 것이다. 큰따옴표에 싸인 문자들이 DATA 데이터 세그먼트에 저장되고 마지막에 문자열 표시인 널 문자('\0')가 저장되게 된다. 따라서 문자열 리터럴은 이름이 없는 문자 배열이다. 따라서 문자열 리터럴 자체는 주소이다.

grades에 저장된 주소는 main 함수에 할당된 2차원 배열 grades의 시작 주소이다. 2차원 배열 개념은 개발자에게 유효하나 컴퓨터 입장에서는 배열을 배열요소로 갖는 1차원 배열이다. 따라서 grades[i]는 배열의 시작 주소이다. 따라서 얼핏 보면 주소에 주소를 저장하는 것이므로 유효하다고 생각하겠지만, 배열요소인 배열 char [10]에 문자열 리터럴을 저장하고 마지막에 널 문자를 저장하도록 하셨다는 의도이지만, 배열요소인 배열에 주소가 저장되는 것이다. 따라서 틀린 코드가 된다. 배열요소인 배열에 문자열 리터럴을 저장하고 마지막에 널 문자를 저장하도록 하겠다면 라이브러리 함수 strcpy를 사용해야 한다.

앞에서 설명한 것처럼 C언어에서는 문자열 자료형을 제공하지 않는다. 단지 문자 배열을 응용하여 문자열을 처리하는 것이다. 프로그래밍 언어에서 자료형이 제공되지 않으면 연산자를 사용할 수 없다는 것도 기억하자. 다시 말해서 치환 연산자를 사용할 수 없다. 그래서 C 컴파일러 개발자는 문자열을 복사하는 함수를 제공한다. 앞에서 언급한 것처럼 strcpy 함수이다. 읽을 때는 String Copy라고 읽는 함수이다. 문제가 있는 코드를 고쳐 보자.

라이브러리 함수를 사용하는 절차에 따라 함수 원형을 복사하도록 지시하기 위해 #include 매크로를 작성해야 한다. 이때 strcpy 함수 원형이 적힌 헤더 파일을 지정해야 하는 데 string.h이다.

C코드

```
// Evaluate.c
/* ******************************************************************
파일 이름 : Evaluate.c
기     능 : 5명의 학생의 성명, 국어점수, 영어점수 그리고 수학점수가 입력되면 성적을 평가하고,
           과목별 평균을 구한다.
작 성 자 : 김 석 현
작성 일자 : 2013년 8월 14일
****************************************************************** */
// 매크로
#include <stdio.h> // scanf 함수 원형 복사 지시 매크로
#include <string.h> // strcpy 함수 원형 복사 지시 매크로

#define STUDENTS   5

// 자료형 이름 선언
typedef unsigned short int UShort;

// 함수 선언
int main( int argc, char *argv[] );
void Input( char (*names)[11], UShort (*koreanScores),
        UShort (*englishScores), UShort (*mathScores));
void Evaluate( char (*names)[11], UShort (*koreanScores),
     UShort (*englishScores), UShort (*mathScores), UShort (*sums),
     float (*averages), char (*grades)[10], float *koreanAverage,
     float *englishAverage, float *mathAverage );
void Output( char (*names)[11], UShort (*koreanScores),
     UShort (*englishScores), UShort (*mathScores), UShort (*sums),
     float (*averages), char (*grades)[10], float koreanAverage,
     float englishAverage, float mathAverage );

// 함수 정의
int main( int argc, char *argv[] ) {
     // 배열과 자동변수 선언
     char names[STUDENTS][11];
     UShort koreanScores[STUDENTS];
     UShort englishScores[STUDENTS];
     UShort mathScores[STUDENTS];
     UShort sums[STUDENTS];
     float averages[STUDENTS];
     char grades[STUDENTS][10];
     float koreanAverage;
     float englishAverage;
     float mathAverage;

     // 함수 호출
```

```
        // 성명들, 국어점수들, 영어점수들, 수학점수들을 입력받는다.
        Input(names, koreanScores, englishScores, mathScores);
        // 성적을 평가하다.
        Evaluate(names, koreanScores, englishScores, mathScores, sums,
            averages, grades, &koreanAverage, &englishAverage, &mathAverage);
        // 평가된 성적을 출력하다.
        Output(names, koreanScores, englishScores, mathScores, sums,
            averages, grades, koreanAverage, englishAverage, mathAverage);

        return 0;
}


/* ***********************************************************************
 함수 이름 : Input
 기    능 : 키보드로 학생의 점수들을 입력받는다.
 입    력 : 없음
 출    력 : 성명들, 국어점수들, 영어점수들, 수학점수들
 *********************************************************************** */
void Input(char (*names)[11], UShort (*koreanScores),
    UShort (*englishScores), UShort (*mathScores)) {
    UShort i; // 반복제어변수

    // STUDENTS 5번 반복하다.
    for( i = 0; i < STUDENTS; i++) {
        // 키보드 입력 처리
        scanf("%s %hu %hu %hu", names[i], koreanScores + i,
            englishScores + i, mathScores + i);
    }
}
```

다음은 함수 호출 문장을 작성해야 한다. 함수 호출 문장을 작성하기 위해서는 라이브러리 함수 사용 설명서에서 strcpy 함수 원형을 확인해야 한다. strcpy 함수 원형은 다음과 같다.

C코드

```
char *strcpy( char *strDestination, const char *strSource );
```

반환형이 있지만, 일반적으로 치환식이 없이 호출식으로만 함수 호출 문장을 작성한다. 첫 번째 매개변수가 문자열을 복사할 곳의 주소이고, 두 번째 매개변수는 복사할 문자열이 저장된 곳의 주소이다. 함수 이름 strcpy를 적고 함수 호출 연산자 소괄호를 여닫는다. 그리고 소괄호에 순차 구조 기호에 적힌 치환식에서 왼쪽 값 grades(i)를 첨자 연산자를 C언어의 문법에 맞게 대괄호를 바꾸어 첫 번째 매개변수로 적는다. 쉼표로 구분하여 오른쪽 값 "EXCELLEN"를 두 번째 매개변수로 소괄호에 적는다. 마지막으로 함수 호출 문장으로 처

리되도록 줄의 끝에 세미콜론을 적는다. 다음과 같이 작성하면 된다.

C코드

```c
if( averages[i] >= 90.0F ) {
    strcpy(grades[i], "EXCELLENT");
}
```

다음은 averages(i) ≥ 90.0 평가했을 때 거짓이고 averages(i) < 60.0 평가했을 때 참일 때 처리할 나씨-슈나이더만 다이어그램의 다음 순차 구조 기호를 구현해 보자.

```
grades(i) = "FAIL"
```

첨자 연산자를 대괄호 []로 바꾸고, 문자열이므로 = 치환 연산자 대신에 라이브러리 함수 strcpy를 사용하여 함수 호출 문장을 작성해야 한다.

C코드

```c
if( averages[i] >= 90.0F ) {
    strcpy(grades[i], "EXCELLENT");
}
else if( averages[i] < 60.0F ) {
    strcpy(grades[i], "FAIL");
}
else {
    // averages[i] < 60.0F 평가했을 때 거짓이면 처리할 내용
}
```

다음은 averages(i) < 60.0 평가했을 때 거짓이면 처리할 내용으로 아래 순차 구조 기호를 구현해 보자. 스페이스 문자를 포함한 문자열을 만들지 말자. ""와 " "는 구분되어야 한다.

```
grades(i) = " "
```

C코드

```c
if( averages[i] >= 90.0F ) {
    strcpy(grades[i], "EXCELLENT");
}
else if( averages[i] < 60.0F ) {
    strcpy(grades[i], "FAIL");
}
else {
    strcpy(grades[i], "");
}
```

주의할 것이 있다. ""는 널 문자만 저장되는 것이고 " "는 스페이스 문자가 저장되고 널 문자가 저장되는 것이다. 문자열의 길이를 구하는 함수가 strlen(String Length라고 읽음)이다. strlen 함수로 문자열의 길이를 구하면 strlen("")은 0이지만 strlen(" ")은 1이다. 직접 확인해 보자.

C코드

```c
// GetStringLength.c
#include <stdio.h>
#include <string.h>

int main(int argc, char *argv[]) {
    printf("%d\n", strlen(""));
    printf("%d\n", strlen(" "));

    return 0;
}
```

널 문자('\0')와 NULL은 다른 개념이다. 널 문자를 문자열을 표기하기 위한 표식이고 NULL은 포인터 변수를 초기화할 때 사용하는 값이다. 그리고 NULL이 저장된 포인터 변수를 NULL 포인터라고 한다.

여기까지 작성된 Evaluate 함수 코드를 정리하면 다음과 같다.

C코드

```c
/* ****************************************************************
   함수 이름 : Evaluate
   기    능 : 5명의 학생의 성명, 국어점수, 영어점수 그리고 수학점수가 입력되면
             성적을 평가하고, 과목별 평균을 구한다.
   입    력 : 성명들, 국어점수들, 영어점수들, 수학점수들
   출    력 : 총점들, 평균들, 평가들, 국어평균, 영어평균, 수학평균
   **************************************************************** */
void Evaluate( char (*names)[11], UShort (*koreanScores),
    UShort (*englishScores), UShort (*mathScores), UShort (*sums),
    float (*averages), char (*grades)[10], float *koreanAverage,
    float *englishAverage, float *mathAverage) {
    // 자동변수 선언, 정의 그리고 초기화
    UShort koreanSum = 0;
    UShort englishSum = 0;
    UShort mathSum = 0;
    UShort i;

    // 1. 성명들, 국어점수들, 영어점수들 그리고 수학점수들을 입력받는다.
    // 2. STUDENTS만큼 반복한다.
    for( i = 0; i < STUDENTS; i++ ) {
        // 2.1. 총점을 구한다.
        sums[i] = koreanScores[i] + englishScores[i] + mathScores[i];
```

```
        // 2.2. 평균을 구한다.
        averages[i] = sums[i]/3.0F;
        // 2.3. 평균에 따라 평가한다.
        if(averages[i] >= 90.0F) {
            strcpy(grades[i], "EXCELLENT");
        }
        else if(averages[i] < 60.0F) {
            strcpy(grades[i], "FAIL");
        }
        else {
            strcpy(grades[i], "");
        }
        // 2.4. 국어 총점을 구한다.
        // 2.5. 영어 총점을 구한다.
        // 2.6. 수학 총점을 구한다.
    }
    // 3. 국어평균을 구한다.
    // 4. 영어평균을 구한다.
    // 5. 수학평균을 구한다.
    // 6. 총점들, 평균들, 평가들, 국어평균, 영어평균, 수학평균을 출력한다.
    // 7. 끝낸다.
}
```

다음은 "2.4. 국어 총점을 구한다." 처리 단계를 구현해 보자. 나씨-슈나이더만 다이어그램에서 다음의 순차 구조 기호이다.

```
koreanSum = koreanSum + koreanScores(i)
```

순차 구조 기호에서 첨자 연산자 소괄호 ()는 C언어에서는 대괄호 []로 바꾸어야 한다. 순차 구조 기호에 적힌 내용을 그대로 옮겨 적는다. 그리고 줄의 끝에 세미콜론을 적어 문장으로 처리되도록 한다.

식은 누적이다. 따라서 누적 관련 += 연산자를 사용하여 작성하면 다음과 같다.

C코드

```
koreanSum = += koreanScores[i];
```

```
/* ********************************************************************
함수 이름 : Evaluate
기     능 : 5명의 학생의 성명, 국어점수, 영어점수 그리고 수학점수가 입력되면
            성적을 평가하고, 과목별 평균을 구한다.
입     력 : 성명들, 국어점수들, 영어점수들, 수학점수들
출     력 : 총점들, 평균들, 평가들, 국어평균, 영어평균, 수학평균
*********************************************************************** */
void Evaluate( char (*names)[11], UShort (*koreanScores),
    UShort (*englishScores), UShort (*mathScores), UShort (*sums),
    float (*averages), char (*grades)[10], float *koreanAverage,
    float *englishAverage, float *mathAverage) {
    // 자동변수 선언, 정의 그리고 초기화
    UShort koreanSum = 0;
    UShort englishSum = 0;
    UShort mathSum = 0;
    UShort i;

    // 1. 성명들, 국어점수들, 영어점수들 그리고 수학점수들을 입력받는다.
    // 2. STUDENTS만큼 반복한다.
    for( i = 0; i < STUDENTS; i++ ) {
        // 2.1. 총점을 구한다.
        sums[i] = koreanScores[i] + englishScores[i] + mathScores[i];
        // 2.2. 평균을 구한다.
        averages[i] = sums[i]/3.0F;
        // 2.3. 평균에 따라 평가한다.
        if(averages[i] >= 90.0F) {
            strcpy(grades[i], "EXCELLENT");
        }
        else if(averages[i] < 60.0F) {
            strcpy(grades[i], "FAIL");
        }
        else {
            strcpy(grades[i], "");
        }
        // 2.4. 국어 총점을 구한다.
        koreanSum += koreanScores[i];
        // 2.5. 영어 총점을 구한다.
        // 2.6. 수학 총점을 구한다.
    }
    // 3. 국어평균을 구한다.
    // 4. 영어평균을 구한다.
    // 5. 수학평균을 구한다.
    // 6. 총점들, 평균들, 평가들, 국어평균, 영어평균, 수학평균을 출력한다.
    // 7. 끝낸다.
}
```

● 처리 단계 "2.5. 영어 총점을 구한다."는 여러분이 직접 구현해 보자. 나씨-슈나이더만 다이어
  그램에서는 다음과 같다.

```
englishSum = englishSum + englishScores(i)
```

● 처리 단계 "2.6. 수학 총점을 구한다." 는 여러분이 직접 구현해 보자. 나씨-슈나이더만 다이어그램에서는 다음과 같다.

```
mathSum = mathSum + mathScores(i)
```

반복하는 내용이므로 for 반복문의 제어 블록에 구현되어야 한다. 제어 블록에서 코드를 읽기 쉽도록 들여쓰기하여 작성하도록 하자.

C코드

```
/* ********************************************************************
함수 이름 : Evaluate
기    능 : 5명의 학생의 성명, 국어점수, 영어점수 그리고 수학점수가 입력되면
           성적을 평가하고, 과목별 평균을 구한다.
입    력 : 성명들, 국어점수들, 영어점수들, 수학점수들
출    력 : 총점들, 평균들, 평가들, 국어평균, 영어평균, 수학평균
********************************************************************** */
void Evaluate( char (*names)[11], UShort (*koreanScores),
      UShort (*englishScores), UShort (*mathScores), UShort (*sums),
      float (*averages), char (*grades)[10], float *koreanAverage,
      float *englishAverage, float *mathAverage) {
    // 자동변수 선언, 정의 그리고 초기화
    UShort koreanSum = 0;
    UShort englishSum = 0;
    UShort mathSum = 0;
    UShort i;

    // 1. 성명들, 국어점수들, 영어점수들 그리고 수학점수들을 입력받는다.
    // 2. STUDENTS만큼 반복한다.
    for( i = 0; i < STUDENTS; i++ ) {
        // 2.1. 총점을 구한다.
        sums[i] = koreanScores[i] + englishScores[i] + mathScores[i];
        // 2.2. 평균을 구한다.
        averages[i] = sums[i]/3.0F;
        // 2.3. 평균에 따라 평가한다.
        if(averages[i] >= 90.0F) {
            strcpy(grades[i], "EXCELLENT");
        }
        else if(averages[i] < 60.0F) {
            strcpy(grades[i], "FAIL");
        }
```

```
        else {
            strcpy(grades[i], "");
        }
        // 2.4. 국어 총점을 구한다.
        koreanSum += koreanScores[i];
        // 2.5. 영어 총점을 구한다.
        englishSum += englishScores[i];
        // 2.6. 수학 총점을 구한다.
        mathSum += mathScores[i];
    }
    // 3. 국어평균을 구한다.
    // 4. 영어평균을 구한다.
    // 5. 수학평균을 구한다.
    // 6. 총점들, 평균들, 평가들, 국어평균, 영어평균, 수학평균을 출력한다.
    // 7. 끝낸다.
}
```

반복하는 내용에 대해 구현이 끝났으면, 다음은 처리 단계 "3. 국어평균을 구한다."에 대해 구현해야 한다. 나씨–슈나이더만 다이어그램에서는 다음과 같다.

```
koreanAverage = koreanSum / (STUDENTS * 1.0)
```

순차 구조 기호에서 첨자 연산자 소괄호 ()는 C언어에서는 대괄호 []로 바꾸어야 한다. 순차 구조 기호에 적힌 내용을 그대로 옮겨 적는다. 그리고 줄의 끝에 세미콜론을 적어 문장으로 처리되도록 한다. koreanAverage의 자료형이 float이므로 실수형 상수 1.0의 자료형을 float형으로 형 변환하도록 해야 한다. 상수 뒤에 대문자 F를 적도록 하자.

그리고 한 가지 주의할 것은 koreanAverage는 출력 데이터이다. 그리고 Evaluate 함수에서는 출력데이터가 koreanAverage 만이 아니라 여러 개라서 매개변수로 선언되었고, 포인터 변수이다. 따라서 koreanAverage에 저장하게 되면 오류이다. 왜냐하면, koreanAverage는 주소를 저장하는 포인터 변수이기 때문이다. koreanAverage에 저장된 주소를 갖는 변수, 다시 말해서 main 함수에 선언된 koreanAverage에 저장해야 한다. 그러기 위해서는 간접 지정 연산자로 참조하도록 해야 한다. 포인터 변수 koreanAverage 앞에 간접 지정 연산자 *을 적어야 한다.

C코드

```
*koreanAverage = koreanSum / ( STUDENTS * 1.0F);
```

● 처리 단계 "4. 영어평균을 구한다."는 여러분이 직접 구현해 보자. 나씨–슈나이더만 다이어그램에서는 다음과 같다.

```
englishAverage = englishSum / (STUDENTS * 1.0)
```

● 처리 단계 "5. 수학평균을 구한다."는 여러분이 직접 구현해 보자. 나씨–슈나이더만 다이어그램에서는 다음과 같다.

```
mathAverage = mathSum / (STUDENTS * 1.0)
```

C코드

```
/* *************************************************************
   함수 이름 : Evaluate
   기     능 : 5명의 학생의 성명, 국어점수, 영어점수 그리고 수학점수가 입력되면
              성적을 평가하고, 과목별 평균을 구한다.
   입     력 : 성명들, 국어점수들, 영어점수들, 수학점수들
   출     력 : 총점들, 평균들, 평가들, 국어평균, 영어평균, 수학평균
   ************************************************************* */
void Evaluate( char (*names)[11], UShort (*koreanScores),
     UShort (*englishScores), UShort (*mathScores), UShort (*sums),
     float (*averages), char (*grades)[10], float *koreanAverage,
     float *englishAverage, float *mathAverage) {
     // 자동변수 선언, 정의 그리고 초기화
     UShort koreanSum = 0;
     UShort englishSum = 0;
     UShort mathSum = 0;
     UShort i;

     // 1. 성명들, 국어점수들, 영어점수들 그리고 수학점수들을 입력받는다.
     // 2. STUDENTS만큼 반복한다.
     for( i = 0; i < STUDENTS; i++ ) {
          // 2.1. 총점을 구한다.
          sums[i] = koreanScores[i] + englishScores[i] + mathScores[i];
          // 2.2. 평균을 구한다.
          averages[i] = sums[i]/3.0F;
          // 2.3. 평균에 따라 평가한다.
          if(averages[i] >= 90.0F) {
               strcpy(grades[i], "EXCELLENT");
```

```
        }
        else if(averages[i] < 60.0F){
            strcpy(grades[i], "FAIL");
        }
        else {
            strcpy(grades[i], "");
        }
        // 2.4. 국어 총점을 구한다.
        koreanSum += koreanScores[i];
        // 2.5. 영어 총점을 구한다.
        englishSum += englishScores[i];
        // 2.6. 수학 총점을 구한다.
        mathSum += mathScores[i];
    }
    // 3. 국어평균을 구한다.
    *koreanAverage = koreanSum / ( STUDENTS *1.0F);
    // 4. 영어평균을 구한다.
    *englishAverage = englishSum / ( STUDENTS *1.0F);
    // 5. 수학평균을 구한다.
    *mathAverage = mathSum / ( STUDENTS *1.0F);
    // 6. 총점들, 평균들, 평가들, 국어평균, 영어평균, 수학평균을 출력한다.
    // 7. 끝낸다.
}
```

다음은 "6. 총점들, 평균들, 평가들, 국어평균, 영어평균, 수학평균을 출력한다." 처리 단계를 구현해야 한다. 나씨-슈나이더만 다이어그램에서는 다음과 같다.

```
print sums, averages, grades, koreanAverage, englishAverage, mathAverage
```

출력하는 데이터가 여러 개다. C언어에서는 출력 데이터가 여러 개이면 포인터를 이용하여 출력하게 된다. 다시 말해서 포인터형의 매개변수를 이용하게 되므로 포인터형 매개변수를 이용한 식 자체가 평가되면 출력이 된다. 따로 특별히 처리할 내용이 없다.

"7. 끝낸다." 처리단계에 대해서는 함수 블록을 만들 때 이미 구현되었기 때문에 이렇게 해서 Evaluate 함수 정의를 끝내게 된다.

마지막으로 Output 모듈에 대해 Output 함수를 정의해야 한다. Output 함수를 정의하기 위해서는 먼저 화면 설계를 해야 한다. 화면 설계는 이 책의 범위가 아니므로 생략하도록 하고, 간단하게 처리할 내용만 정리하자. 출력예시처럼 다음과 같다.

❶ ===
❷ 성명   국어   영어   수학   총점   평균   평가
❸ ———————————————————————————————
❹
❺ ===
❻ 국어 평균 :
❼ 영어 평균 :
❽ 수학 평균 :

Output 함수를 정의해 보자. 블록 주석 기능으로 함수에 대해 설명을 달도록 하자.

```
/* ***********************************************************
함수 이름 : Output
기    능 : 5명의 학생의 성적을 출력하고, 과목별 평균을 출력한다.
입    력 : 성명들, 국어점수들, 영어점수들, 수학점수들, 총점들, 평균들, 평가들,
           국어평균, 영어평균, 수학평균
출    력 : 없음
*********************************************************** */
```

Output 함수 원형에서 세미콜론을 빼고 적어 함수 머리를 만든다. 그리고 중괄호를 여닫아 함수 몸체를 만든다.

```
/* ***********************************************************
함수 이름 : Output
기    능 : 5명의 학생의 성적을 출력하고, 과목별 평균을 출력한다.
입    력 : 성명들, 국어점수들, 영어점수들, 수학점수들, 총점들, 평균들, 평가들,
           국어평균, 영어평균, 수학평균
출    력 : 없음
*********************************************************** */
void Output( char (*names)[11], UShort (*koreanScores),
    UShort (*englishScores), UShort (*mathScores), UShort (*sums),
    float (*averages), char (*grades)[10], float koreanAverage,
    float englishAverage, float mathAverage ) {
}
```

다음은 다섯 번 반복해서 학생 성적을 출력해야 하므로 반복횟수를 저장하는 변수, 반복제어변수를 자동변수로 선언해야 한다. 반복제어변수의 자료형은 UShort로 하고, 반복제어변수 이름은 관습적으로 i로 하자.

C코드

```
/* **************************************************************
   함수 이름 : Output
   기     능 : 5명의 학생의 성적을 출력하고, 과목별 평균을 출력한다.
   입     력 : 성명들, 국어점수들, 영어점수들, 수학점수들, 총점들, 평균들, 평가들,
             국어평균, 영어평균, 수학평균
   출     력 : 없음
   ************************************************************** */
void Output( char (*names)[11], UShort (*koreanScores),
     UShort (*englishScores), UShort (*mathScores), UShort (*sums),
     float (*averages), char (*grades)[10], float koreanAverage,
     float englishAverage, float mathAverage ) {
     UShort i;
}
```

모니터에 ❶ 구분선을 출력하자. C언어에서는 키보드 입력 기능과 마찬가지로 모니터 출력 기능을 제공하지 않는다. 대신 C 컴파일러 개발자에 의해서 제공되는 라이브러리 함수를 사용해야 한다. 가장 빈번하게 사용하는 라이브러리 함수는 printf 함수이다. 라이브러리 함수를 사용하는 절차에 따라 구현해보자.

첫 번째로 printf 함수 원형을 원시 코드 파일에서 printf 함수를 호출하는 문장이 적힌 줄보다는 앞에 복사하도록 해야 한다. 왜냐하면, C언어에서는 이름은 반드시 사용하기 전에 선언되어야 한다는 문법을 가지고 있기 때문이다. 대부분은 프로그램을 설명하는 주석 바로 아래쪽에 #include 전처리기 지시자로 복사하도록 지시하는 매크로를 작성한다. #include 전처리기 지시자로 매크로를 작성하기 위해서는 printf 함수 원형이 적힌 헤더 파일을 알아야 하는데, 라이브러리 함수 설명서를 참고해서 찾아야 한다. printf 함수 원형이 적힌 헤더 파일은 stdio.h이다. 따라서 다음과 같이 매크로를 작성해야 한다.

C코드

```
#include <stdio.h>
```

그런데 scanf 함수를 사용하기 위해서 이미 똑같은 매크로가 작성되었기 때문에 중복해서 작성할 필요가 없다.

두 번째는 printf 함수를 호출하는 문장을 작성해야 한다. 함수 원형을 참고해야 한다. printf 함수 원형은 다음과 같다.

```
C코드
        int printf( const char *format [, argument]... );
```

반환형은 정수형이고 반환되는 값은 정상적으로 출력되는 글자의 개수이다. 반환되는 값을 사용하고자 한다면, int 형의 자동변수를 선언해야 한다. 그리고 치환식을 반드시 작성해야 한다. 반환되는 값을 사용하지 않는다면, int 형 자동변수도 선언할 필요도 없고, 치환식을 작성할 필요도 없다. 모니터 출력을 처리할 때는 관습적으로 사용하지 않으므로 우리도 사용하지 않도록 하겠다.

함수 호출식만을 작성해보자. 매개변수 format은 출력 서식으로 출력되는 데이터의 개수를 % 기호의 개수로, 출력되는 데이터의 자료형에 대해서는 자료형 변환 문자로 구성된 문자열 리터럴을 만들어 지정해야 한다.

다시 모니터에 ❶ 구분선을 출력해 보자. 출력하고자 하는 데이터는 한 개이므로 %기호는 한 개이고, 출력하고자 하는 데이터의 자료형은 문자열이므로 자료형 변환 문자는 s이다. 따라서 서식 문자열은 "%s"이어야 한다. printf 함수 이름을 적고, 소괄호를 여닫아야 한다. 첫 번째 매개변수로 "%s"를 적고, 쉼표로 구분하고 두 번째 매개변수로는 문자열 리터럴로 "=============================="를 적자. 그리고 줄의 끝에 세미콜론을 적어 문장으로 처리되도록 하자. 줄을 바꾸는 엔터키까지 출력하고자 한다면 두 번째 매개변수로 적힌 문자열 리터럴의 마지막에 '\n'도 포함하면 된다. 따라서 모니터에 구분선을 출력하는 C언어 코드는 다음과 같다.

```
C코드
        printf("%s", "==============================\n");
```

scanf 함수의 서식 문자열에는 공백문자, % 기호 그리고 자료형 변환 문자들만 사용해야 하지만, printf 함수의 서식 문자열에서는 어떠한 문자도 사용이 가능하다. 따라서 변수에 저장된 값을 출력하지 않을 때는 서식 문자열에 자료형 변환 문자를 사용할 필요 없이 출력하고자 하는 값을 서식 문자열에 적으면 된다. 따라서 위쪽에 작성된 코드는 다음과 같이 작성하는 것이 더욱더 효율적이다.

```
C코드
        printf("==============================\n");
```

데이터와 연산을 구분하여 코드를 읽기 쉽도록 Output 함수에서는 자동변수 선언문 다음에 빈 줄을 넣고, 구분선을 출력하는 코드를 작성하자.

```
C코드
/* *******************************************************************
   함수 이름 : Output
   기    능 : 5명의 학생의 성적을 출력하고, 과목별 평균을 출력한다.
   입    력 : 성명들, 국어점수들, 영어점수들, 수학점수들, 총점들, 평균들, 평가들,
              국어평균, 영어평균, 수학평균
   출    력 : 없음
   ******************************************************************* */
void Output( char (*names)[11], UShort (*koreanScores),
    UShort (*englishScores), UShort (*mathScores), UShort (*sums),
    float (*averages), char (*grades)[10], float koreanAverage,
    float englishAverage, float mathAverage ) {
    UShort i;

    printf("=============================================\n");
}
```

다음은 ❷ 제목을 출력해 보자. 출력되어야 하는 데이터가 변수가 없으므로 제목 문자열을 서식 문자열로 작성하면 된다. 항목 이름 간에 8칸씩 띄우도록 하자. 8칸씩 띄우는 탭 키를 출력하도록 하려면 엔터 키를 출력할 때 사용하는 기능인 확장열 '\t'를 사용하면 된다.

```
C코드
/* *******************************************************************
   함수 이름 : Output
   기    능 : 5명의 학생의 성적을 출력하고, 과목별 평균을 출력한다.
   입    력 : 성명들, 국어점수들, 영어점수들, 수학점수들, 총점들, 평균들, 평가들,
              국어평균, 영어평균, 수학평균
   출    력 : 없음
   ******************************************************************* */
void Output( char (*names)[11], UShort (*koreanScores),
    UShort (*englishScores), UShort (*mathScores), UShort (*sums),
    float (*averages), char (*grades)[10], float koreanAverage,
    float englishAverage, float mathAverage ) {
    UShort i;

    printf("=============================================\n");
    printf("성명\t국어\t영어\t수학\t총점\t평균\t평가\n");
}
```

● ❸ 구분선은 여러분이 직접 구현해 보자.

다음은 STUDENTS번 반복하여 ❹ 학생 성적을 출력해야 한다. for 반복문을 작성해야 한

다. for 반복문에 대해서는 앞에서 이미 설명했다.

● **여러분이 직접 for 반복문을 작성해 보자.**

```
C코드
/* **************************************************************
함수 이름 : Output
기    능 : 5명의 학생의 성적을 출력하고, 과목별 평균을 출력한다.
입    력 : 성명들, 국어점수들, 영어점수들, 수학점수들, 총점들, 평균들, 평가들,
          국어평균, 영어평균, 수학평균
출    력 : 없음
   ************************************************************** */
void Output( char (*names)[11], UShort (*koreanScores),
    UShort (*englishScores), UShort (*mathScores), UShort (*sums),
    float (*averages), char (*grades)[10], float koreanAverage,
    float englishAverage, float mathAverage ) {
    UShort i;

    printf("==========================================\n");
    printf("성명\t국어\t영어\t수학\t총점\t평균\t평가\n");
    for( i = 0; i < STUDENTS; i++ ) {
        // 학생 성적 출력 코드
    }
}
```

다음은 한 줄씩 ❹ 학생 성적을 출력해 보자. 서식 문자열부터 만들어 보자. 일곱 개의 배열 요소에 저장된 데이터를 출력해야 한다. 따라서 % 기호를 일곱 개 적어야 한다. 그리고 첫 번째 데이터는 문자열이므로 s, 두 번째, 세 번째, 네 번째 그리고 다섯 번째 데이터는 정수이므로 d, 여섯 번째 데이터는 실수이므로 f 그리고 일곱 번째 데이터는 문자열이므로 s 자료형 변환 문자를 적어야 한다. 서식 문자열은 다음과 같이 작성되어야 한다.

"%s%d%d%d%d%f%s"

물론 8칸씩 띄어 출력하도록 하자. 탭키 '\t'도 여섯 개 포함해야 한다. 한 줄씩 출력하도록 하려면 마지막으로 엔터키 '\n'도 포함해야 한다.

"%s\t%d\t%d\t%d\t%d\t%f\t%s\n"

정수 데이터에 대해서는 자료형 변환 문자앞에 3를 적어 3자리로 오른쪽 정렬이 되도록 하고, 실수형 데이터는 자료형 변환문자 앞에 5를 적고 소수점을 적고 1를 적어 전체 5자리에 소수점은 한 자리로 하자.

"%s\t%3d\t%3d\t%3d\t%3d\t%5.1f\t%s\n"

그리고 출력해야 하는 데이터를 % 기호의 개수만큼 순서대로 자료형에 맞게 쉼표로 구분하여 적으면 된다.

성명과 평가는 문자열이므로 문자 배열이다. 따라서 2차원 문자 배열에서 배열요소에 저장된 값이다. 국어점수, 영어점수, 수학점수, 총점 그리고 평균은 1차원 배열의 배열요소에 저장된 값이다. 따라서 첨자 연산자 []로 배열요소에 저장된 값을 참조하면 된다. printf 함수 호출 문장은 다음과 같이 작성된다.

```
C코드
/* ********************************************************************
  함수 이름 : Output
  기    능 : 5명의 학생의 성적을 출력하고, 과목별 평균을 출력한다.
  입    력 : 성명들, 국어점수들, 영어점수들, 수학점수들, 총점들, 평균들, 평가들,
          국어평균, 영어평균, 수학평균
  출    력 : 없음
  ******************************************************************** */
void Output( char (*names)[11], UShort (*koreanScores),
    UShort (*englishScores), UShort (*mathScores), UShort (*sums),
    float (*averages), char (*grades)[10], float koreanAverage,
    float englishAverage, float mathAverage ) {
    UShort i;

    printf("=======================================\n");
    printf("성명\t국어\t영어\t수학\t총점\t평균\t평가\n");
    for( i = 0; i < STUDENTS; i++ ) {
        printf("%s\t%3d\t%3d\t%3d\t%3d\t%5.1f\t%s\n", names[i],
        koreanScores[i], englishScores[i], mathScores[i],
        sums[i], averages[i], grades[i]); // 학생 성적 출력 코드
    }
}
```

printf 함수 이름을 적고 소괄호를 여닫는다. 첫 번째 매개변수로 서식 문자열을 적고, 두 번째 매개변수부터 여덟 번째 매개변수는 첨자 연산자로 배열요소에 저장된 값을 참조하는 식을 적으면 된다. 첨자는 반복제어변수로도 사용되는 i를 사용하면 된다. 따라서 i는 0부터 시작하도록 해야 한다. 왜냐하면, C언어에서는 첨자는 0부터 시작하기 때문이다. 그리고 마지막으로 줄의 끝에 세미콜론을 적어 문장으로 처리되도록 한다.

● ❺ 구분선은 여러분이 직접 구현해 보자.

다음은 ❻ 국어 평균을 출력해 보자. 출력 서식 문자열은 "국어 평균 : " 문자열을 적고,

koreanAverage에 저장된 값을 출력해야 하므로 % 기호를 하나 적고, 자료형이 실수형이므로 자료형 변환 문자는 f를 사용하고, 소수점 이하 자릿수는 하나로 설정하면 된다. 출력하고 난 후를 줄을 바꾸어야 하므로 엔터키 '\n'도 포함하자. 다음과 같은 서식 문자열이 작성된다.

"국어 평균 : %.1f\n"

printf 함수 이름을 적고 소괄호를 여닫는다. 첫 번째 매개변수는 위에서 작성한 출력 서식 문자열을 적고, 두 번째 매개변수는 변수에 저장된 데이터를 적어야 하므로 매개변수 이름 koreanAverage를 그대로 적는다. 그리고 줄의 끝에 세미콜론을 적어 문장으로 처리되도록 한다.

printf("국어 평균 : %.1f\n", koreanAverage);

● ❼ 영어 평균을 출력하도록 여러분이 직접 구현해 보자.

● ❽ 수학 평균을 출력하도록 여러분이 직접 구현해 보자.

C코드

```
/* *********************************************************************
함수 이름 : Output
기    능 : 5명의 학생의 성적을 출력하고, 과목별 평균을 출력한다.
입    력 : 성명들, 국어점수들, 영어점수들, 수학점수들, 총점들, 평균들, 평가들,
           국어평균, 영어평균, 수학평균
출    력 : 없음
********************************************************************* */
void Output( char (*names)[11], UShort (*koreanScores),
    UShort (*englishScores), UShort (*mathScores), UShort (*sums),
    float (*averages), char (*grades)[10], float koreanAverage,
    float englishAverage, float mathAverage ) {
    UShort i;

    printf("========================================\n");
    printf("성명\t국어\t영어\t수학\t총점\t평균\t평가\n");
    for( i = 0; i < STUDENTS; i++ ) {
        printf("%s\t%3d\t%3d\t%3d\t%3d\t%5.1f\t%s\n", names[i],
        koreanScores[i], englishScores[i], mathScores[i],
        sums[i], averages[i], grades[i]); // 학생 성적 출력 코드
    }
    printf("========================================\n");
    printf("국어 평균 : %.1f\n", koreanAverage);
    printf("영어 평균 : %.1f\n", englishAverage);
    printf("수학 평균 : %.1f\n", mathAverage);
}
```

이렇게 하면 Output 함수까지도 정의했다. 다음은 운영체제에 의해서 호출되는 main 함수를 빼고 Input, Evaluate 그리고 Output 함수 호출 문장을 작성해야 한다. 그렇지만 이미 main 함수를 정의할 때 Input, Evaluate 그리고 Output 함수 호출 문장이 작성되었다. 따라서 프로그램을 구성하는 모든 함수에 대해 선언, 정의 그리고 호출이 끝났다. 프로그램에 대해 편집이 완료되었다는 것이다. 여기까지 원시 코드를 정리하면 다음과 같다.

C코드

```
// Evaluate.c
/* ***********************************************************
파일 이름 : Evaluate.c
기      능 : 5명의 학생의 성명, 국어점수, 영어점수 그리고 수학점수가 입력되면 성적을 평가하고,
            과목별 평균을 구한다.
작 성 자 : 김 석 현
작성 일자 : 2013년 8월 14일
*********************************************************** */
// 매크로
#include <stdio.h> // scanf, printf 함수 원형 복사 지시 매크로
#include <string.h> // strcpy 함수 원형 복사 지시 매크로

#define STUDENTS  5

// 자료형 이름 선언
typedef unsigned short int UShort;

// 함수 선언
int main( int argc, char *argv[] );
void Input( char (*names)[11], UShort (*koreanScores),
        UShort (*englishScores), UShort (*mathScores));
void Evaluate( char (*names)[11], UShort (*koreanScores),
    UShort (*englishScores), UShort (*mathScores), UShort (*sums),
    float (*averages), char (*grades)[10], float *koreanAverage,
    float *englishAverage, float *mathAverage );
void Output( char (*names)[11], UShort (*koreanScores),
    UShort (*englishScores), UShort (*mathScores), UShort (*sums),
    float (*averages), char (*grades)[10], float koreanAverage,
    float englishAverage, float mathAverage );

// 함수 정의
int main( int argc, char *argv[] ) {
    // 배열과 자동변수 선언
    char names[STUDENTS][11];
    UShort koreanScores[STUDENTS];
    UShort englishScores[STUDENTS];
    UShort mathScores[STUDENTS];
    UShort sums[STUDENTS];
    float averages[STUDENTS];
    char grades[STUDENTS][10];
    float koreanAverage;
```

```
        float englishAverage;
        float mathAverage;

        // 함수 호출
        // 성명들, 국어점수들, 영어점수들, 수학점수들을 입력받는다.
        Input(names, koreanScores, englishScores, mathScores);
        // 성적을 평가하다.
        Evaluate(names, koreanScores, englishScores, mathScores, sums,
            averages, grades, &koreanAverage, &englishAverage, &mathAverage);
        // 평가된 성적을 출력하다.
        Output(names, koreanScores, englishScores, mathScores, sums,
            averages, grades, koreanAverage, englishAverage, mathAverage);

        return 0;
}

/* **********************************************************************
함수 이름 : Input
기     능 : 키보드로 학생의 점수들을 입력받는다.
입     력 : 없음
출     력 : 성명들, 국어점수들, 영어점수들, 수학점수들
*********************************************************************** */
void Input(char (*names)[11], UShort (*koreanScores),
    UShort (*englishScores), UShort (*mathScores)) {
    UShort i; // 반복제어변수

    // STUDENTS 5번 반복하다.
    for( i = 0; i < STUDENTS; i++) {
        // 키보드 입력 처리
        scanf("%s %hu %hu %hu", names[i], koreanScores + i,
            englishScores + i, mathScores + i);
    }
}

/* **********************************************************************
함수 이름 : Evaluate
기     능 : 5명의 학생의 성명, 국어점수, 영어점수 그리고 수학점수가 입력되면
            성적을 평가하고, 과목별 평균을 구한다.
입     력 : 성명들, 국어점수들, 영어점수들, 수학점수들
출     력 : 총점들, 평균들, 평가들, 국어평균, 영어평균, 수학평균
*********************************************************************** */
void Evaluate( char (*names)[11], UShort (*koreanScores),
    UShort (*englishScores), UShort (*mathScores), UShort (*sums),
    float (*averages), char (*grades)[10], float *koreanAverage,
    float *englishAverage, float *mathAverage) {
    // 자동변수 선언, 정의 그리고 초기화
    UShort koreanSum = 0;
    UShort englishSum = 0;
    UShort mathSum = 0;
    UShort i;
```

```
// 1. 성명들, 국어점수들, 영어점수들 그리고 수학점수들을 입력받는다.
// 2. STUDENTS만큼 반복한다.
for( i = 0; i < STUDENTS; i++ ) {
    // 2.1. 총점을 구한다.
    sums[i] = koreanScores[i] + englishScores[i] + mathScores[i];
    // 2.2. 평균을 구한다.
    averages[i] = sums[i]/3.0F;
    // 2.3. 평균에 따라 평가한다.
    if(averages[i] >= 90.0F) {
        strcpy(grades[i], "EXCELLENT");
    }
    else if(averages[i] < 60.0F) {
        strcpy(grades[i], "FAIL");
    }
    else {
        strcpy(grades[i], "");
    }
    // 2.4. 국어 총점을 구한다.
    koreanSum += koreanScores[i];
    // 2.5. 영어 총점을 구한다.
    englishSum += englishScores[i];
    // 2.6. 수학 총점을 구한다.
    mathSum += mathScores[i];
}
// 3. 국어평균을 구한다.
*koreanAverage = koreanSum / ( STUDENTS *1.0F);
// 4. 영어평균을 구한다.
*englishAverage = englishSum / ( STUDENTS *1.0F);
// 5. 수학평균을 구한다.
*mathAverage = mathSum / ( STUDENTS *1.0F);
// 6. 총점들, 평균들, 평가들, 국어평균, 영어평균, 수학평균을 출력한다.
// 7. 끝낸다.
}

/* *********************************************************************
함수 이름 : Output
기     능 : 5명의 학생의 성적을 출력하고, 과목별 평균을 출력한다.
입     력 : 성명들, 국어점수들, 영어점수들, 수학점수들, 총점들, 평균들, 평가들,
           국어평균, 영어평균, 수학평균
출     력 : 없음
********************************************************************** */
void Output( char (*names)[11], UShort (*koreanScores),
    UShort (*englishScores), UShort (*mathScores), UShort (*sums),
    float (*averages), char (*grades)[10], float koreanAverage,
    float englishAverage, float mathAverage ) {
    UShort i;

    printf("=============================================\n");
    printf("성명\t국어\t영어\t수학\t총점\t평균\t평가\n");
    printf("---------------------------------------------\n");
    for( i = 0; i < STUDENTS; i++ ) {
```

```
        printf("%s\t%3d\t%3d\t%3d\t%3d\t%5.1f\t%s\n", names[i],
        koreanScores[i], englishScores[i], mathScores[i],
        sums[i], averages[i], grades[i]); // 학생 성적 출력 코드
    }
    printf("==========================================\n");
    printf("국어 평균 : %.1f\n", koreanAverage);
    printf("영어 평균 : %.1f\n", englishAverage);
    printf("수학 평균 : %.1f\n", mathAverage);
}
```

컴파일, 링크를 거쳐 실행 파일을 만들어야 한다. 그리고 실행파일을 적재시켜 프로그램을 실행시켜 보자. 아래와 같은 실행 화면이 출력되고, 왼쪽 위에 프롬프트가 깜박거리고 있을 것이다.

입출력 예시에서 제시된 데이터를 입력해 보자. 그러면 다음쪽 같은 화면이 출력된다. 모델 구축에서 작성된 표와 비교해 보자. 결과가 같다는 것을 알 수 있다. 정확하게 알고리듬과 프로그램이 작성되었다.

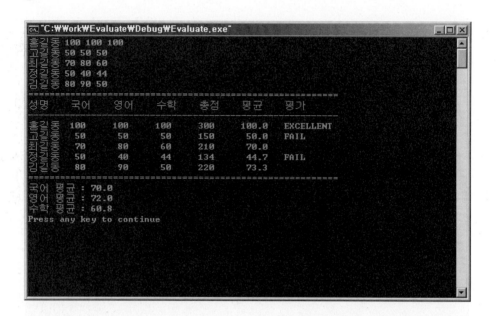

6 디버깅

물론 정확한 답을 구할 수 없었다면, 다시 말해서 논리 오류가 발생했다면, 논리 오류가 발생한 곳을 찾아야 한다. 그리고 논리 오류를 바르게 잡아야 한다. 이때 논리 오류가 발생한 곳을 찾아야 해서 디버깅해야 한다.

검토할 때 사용할 원시 코드를 준비하자.

```
001: // Evaluate.c
002: /* ***********************************************************
003: 파일 이름 : Evaluate.c
004: 기      능 : 5명의 학생의 성명, 국어점수, 영어점수 그리고 수학점수가 입력되면 성적을 평가하고,
005:             과목별 평균을 구한다.
006: 작 성 자 : 김 석 현
007: 작성 일자 : 2013년 8월 14일
008: *********************************************************** */
009: // 매크로
010: #include <stdio.h> // scanf, printf 함수 원형 복사 지시 매크로
011: #include <string.h> // strcpy 함수 원형 복사 지시 매크로
012:
013: #define STUDENTS 5
014:
015: // 자료형 이름 선언
016: typedef unsigned short int UShort;
017:
```

```
018: // 함수 선언
019: int main( int argc, char *argv[] );
020: void Input( char (*names)[11], UShort (*koreanScores),
021:     UShort (*englishScores), UShort (*mathScores));
022: void Evaluate( char (*names)[11], UShort (*koreanScores),
023:     UShort (*englishScores), UShort (*mathScores), UShort (*sums),
024:     float (*averages), char (*grades)[10], float *koreanAverage,
025:     float *englishAverage, float *mathAverage );
026: void Output( char (*names)[11], UShort (*koreanScores),
027:     UShort (*englishScores), UShort (*mathScores), UShort (*sums),
028:     float (*averages), char (*grades)[10], float koreanAverage,
029:     float englishAverage, float mathAverage );
030:
031: // 함수 정의
032: int main( int argc, char *argv[] ) {
033:     // 배열과 자동변수 선언
034:     char names[STUDENTS][11];
035:     UShort koreanScores[STUDENTS];
036:     UShort englishScores[STUDENTS];
037:     UShort mathScores[STUDENTS];
038:     UShort sums[STUDENTS];
039:     float averages[STUDENTS];
040:     char grades[STUDENTS][10];
041:     float koreanAverage;
042:     float englishAverage;
043:     float mathAverage;
044:
045:     // 함수 호출
046:     // 성명들, 국어점수들, 영어점수들, 수학점수들을 입력받는다.
047:     Input(names, koreanScores, englishScores, mathScores);
048:     // 성적을 평가하다.
049:     Evaluate(names, koreanScores, englishScores, mathScores, sums,
050:         averages, grades, &koreanAverage, &englishAverage, &mathAverage);
051:     // 평가된 성적을 출력하다.
052:     Output(names, koreanScores, englishScores, mathScores, sums,
053:         averages, grades, koreanAverage, englishAverage, mathAverage);
054:
055:     return 0;
056: }
057:
058: /* ***********************************************************
059: 함수 이름 : Input
060: 기     능 : 키보드로 학생의 점수들을 입력받는다.
061: 입     력 : 없음
062: 출     력 : 성명들, 국어점수들, 영어점수들, 수학점수들
063: *********************************************************** */
064: void Input(char (*names)[11], UShort (*koreanScores),
065:     UShort (*englishScores), UShort (*mathScores)) {
066:     UShort i; // 반복제어변수
067:
068:     // STUDENTS 5번 반복하다.
```

```
069:        for( i = 0; i 〈 STUDENTS; i++) {
070:            // 키보드 입력 처리
071:            scanf("%s %hu %hu %hu", names[i], koreanScores + i,
072:                englishScores + i, mathScores + i);
073:        }
074: }
075:
076: /* *************************************************************
077: 함수 이름 : Evaluate
078: 기    능 : 5명의 학생의 성명, 국어점수, 영어점수 그리고 수학점수가 입력되면
079:            성적을 평가하고, 과목별 평균을 구한다.
080: 입    력 : 성명들, 국어점수들, 영어점수들, 수학점수들
081: 출    력 : 총점들, 평균들, 평가들, 국어평균, 영어평균, 수학평균
082: ************************************************************* */
083: void Evaluate( char (*names)[11], UShort (*koreanScores),
084:        UShort (*englishScores), UShort (*mathScores), UShort (*sums),
085:        float (*averages), char (*grades)[10], float *koreanAverage,
086:        float *englishAverage, float *mathAverage) {
087:     // 자동변수 선언, 정의 그리고 초기화
088:     UShort koreanSum = 0;
089:     UShort englishSum = 0;
090:     UShort mathSum = 0;
091:     UShort i;
092:
093:     // 1. 성명들, 국어점수들, 영어점수들 그리고 수학점수들을 입력받는다.
094:     // 2. STUDENTS만큼 반복한다.
095:     for( i = 0; i 〈 STUDENTS; i++ ) {
096:         // 2.1. 총점을 구한다.
097:         sums[i] = koreanScores[i] + englishScores[i] + mathScores[i];
098:         // 2.2. 평균을 구한다.
099:         averages[i] = sums[i]/3.0F;
100:         // 2.3. 평균에 따라 평가한다.
101:         if(averages[i] 〉= 90.0F) {
102:             strcpy(grades[i], "EXCELLENT");
103:         }
104:         else if(averages[i] 〈 60.0F) {
105:             strcpy(grades[i], "FAIL");
106:         }
107:         else {
108:             strcpy(grades[i], "");
109:         }
110:         // 2.4. 국어 총점을 구한다.
111:         koreanSum += koreanScores[i];
112:         // 2.5. 영어 총점을 구한다.
113:         englishSum += englishScores[i];
114:         // 2.6. 수학 총점을 구한다.
115:         mathSum += mathScores[i];
116:     }
117:     // 3. 국어평균을 구한다.
118:     *koreanAverage = koreanSum / ( STUDENTS *1.0F);
119:     // 4. 영어평균을 구한다.
```

```
120:        *englishAverage = englishSum / ( STUDENTS *1.0F);
121:        // 5. 수학평균을 구한다.
122:        *mathAverage = mathSum / ( STUDENTS *1.0F);
123:        // 6. 총점들, 평균들, 평가들, 국어평균, 영어평균, 수학평균을 출력한다.
124:        // 7. 끝낸다.
125: }
126:
127: /* ************************************************************
128: 함수 이름 : Output
129: 기     능 : 5명의 학생의 성적을 출력하고, 과목별 평균을 출력한다.
130: 입     력 : 성명들, 국어점수들, 영어점수들, 수학점수들, 총점들, 평균들, 평가들,
131:            국어평균, 영어평균, 수학평균
132: 출     력 : 없음
133: ************************************************************ */
134: void Output( char (*names)[11], UShort (*koreanScores),
135:        UShort (*englishScores), UShort (*mathScores), UShort (*sums),
136:        float (*averages), char (*grades)[10], float koreanAverage,
137:        float englishAverage, float mathAverage ) {
138:        UShort i;
139:
140:        printf("===============================================\n");
141:        printf("성명\t국어\t영어\t수학\t총점\t평균\t평가\n");
142:        printf("-----------------------------------------------\n");
143:        for( i = 0; i < STUDENTS; i++ ) {
144:            printf("%s\t%3d\t%3d\t%3d\t%3d\t%5.1f\t%s\n", names[i],
145:            koreanScores[i], englishScores[i], mathScores[i],
146:            sums[i], averages[i], grades[i]); // 학생 성적 출력 코드
147:        }
148:        printf("===============================================\n");
149:        printf("국어 평균 : %.1f\n", koreanAverage);
150:        printf("영어 평균 : %.1f\n", englishAverage);
151:        printf("수학 평균 : %.1f\n", mathAverage);
152: }
```

입력이 있으므로 입력데이터들을 설계하자. 따로 데이터를 설계해도 되지만 모델 구축 단계에서 사용된 데이터들을 그대로 사용하는 것이 좋다.

성명	국어	영어	수학
홍길동	100	100	100
고길동	50	50	50
최길동	70	80	60
정길동	50	40	44
김길동	80	90	50

메모리 맵으로 디버깅해 보자. 프로그램을 실행시키면, 운영체제에 의해서 프로그램이 사용할 수 있는 주기억장치가 할당된다. 크게 사각형을 그린다.

운영체제로부터 호출되는 main 함수부터 시작하여 함수 호출 순서로 코드 세그먼트가 주소가 낮은 쪽으로부터 위쪽으로 할당되고 명령어와 상수 데이터가 복사된다. 함수 호출 순서는 다음과 같다.

C코드

```
// 운영체제에 의해 main 함수 호출
032 : int main( int argc, char *argv[] ) {
// main 함수에서 Input 함수 호출 문장
047 : Input(names, koreanScores, englishScores, mathScores);
// Input 함수에서 scanf 함수 호출 문장
071 :     scanf("%s %hu %hu %hu", names[i], koreanScores + i,
072 :         englishScores + i, mathScores + i);
// main 함수에서 Evaluate 함수 호출 문장
049 : Evaluate(names, koreanScores, englishScores, mathScores, sums,
050 :     averages, grades, &koreanAverage, &englishAverage, &mathAverage);
// Evaluate 함수에서 strcpy 함수 호출 문장 : strcpy 코드 세그먼트는 한 개 할당
101 :     if(averages[i] >= 90.0F) {
102 :         strcpy(grades[i], "EXCELLENT");
103 :     }
104 :     else if(averages[i] < 60.0F) {
105 :         strcpy(grades[i], "FAIL");
106 :     }
107 :     else {
108 :         strcpy(grades[i], "");
109 :     }
// main 함수에서 Output 함수 호출 문장
052 : Output(names, koreanScores, englishScores, mathScores, sums,
053 :     averages, grades, koreanAverage, englishAverage, mathAverage);
// Output 함수에서 printf 함수 호출 문장
140 :     printf("========================================\n");
141 :     printf("성명\t국어\t영어\t수학\t총점\t평균\t평가\n");
142 :     printf("----------------------------------------\n");

144 :     printf("%s\t%3d\t%3d\t%3d\t%3d\t%5.1f\t%s\n", names[i],
145 :     koreanScores[i], englishScores[i], mathScores[i],
146 :     sums[i], averages[i], grades[i]); // 학생 성적 출력 코드

148 :     printf("========================================\n");
149 :     printf("국어 평균 : %.1f\n", koreanAverage);
150 :     printf("영어 평균 : %.1f\n", englishAverage);
151 :     printf("수학 평균 : %.1f\n", mathAverage);
```

코드 세그먼트는 주소가 낮은 쪽에서 위쪽으로 일정한 크기의 사각형을 그리고 왼쪽에 함수 이름을 적고, 함수 이름으로부터 사각형의 낮은 쪽으로 가리키는 화살표를 작도한다. 같은 이름의 함수 호출 문장이 여러 개 있더라도 한 개의 코드 세그먼트만 할당된다.

● **여러분이 직접 코드 세그먼트들을 작도해 보자.**

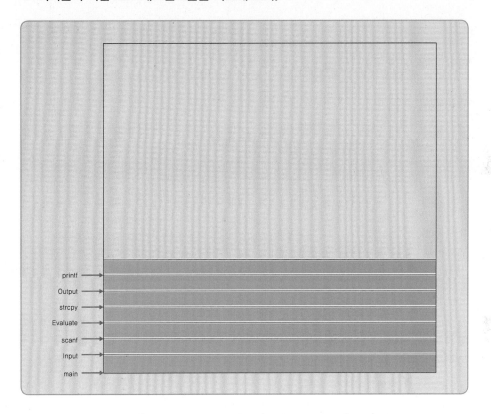

다음은 마지막 코드 세그먼트 위쪽에 DATA 데이터 세그먼트가 할당되고, 문자열 리터럴 마다 문자 배열이 할당되고, 문자열 리터럴을 구성하는 문자들이 저장되고, 마지막에 널 문자('\0')가 저장된다. 이름이 없는 배열이 만들어지게 된다. 따라서 문자열 리터럴 자체 는 배열의 시작 주소이다.

● 여러분이 직접 DATA 데이터 세그먼트를 작도해 보자.

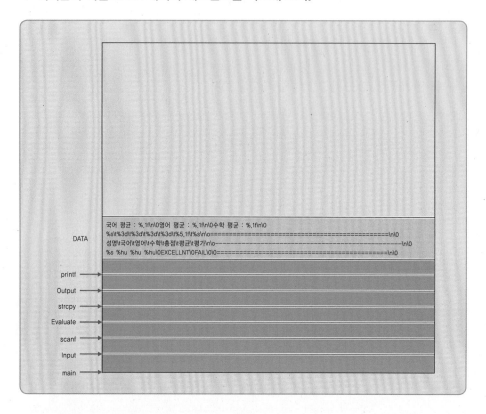

이렇게 해서 정적으로 관리되는 코드 세그먼트와 DATA 데이터 세그먼트가 할당되고 명령어와 데이터가 복사된 후에 main 함수가 호출된다. main 함수 스택 세그먼트가 할당되고, 변수들과 배열들이 할당된다.

C코드

```
032 : int main( int argc, char *argv[] ){
033 :     // 배열과 자동변수 선언
034 :     char names[STUDENTS][11];
035 :     UShort koreanScores[STUDENTS];
036 :     UShort englishScores[STUDENTS];
037 :     UShort mathScores[STUDENTS];
038 :     UShort sums[STUDENTS];
039 :     float averages[STUDENTS];
040 :     char grades[STUDENTS][10];
041 :     float koreanAverage;
042 :     float englishAverage;
043 :     float mathAverage;
```

names와 grades 2차원 배열은 배열마다 다섯 개의 줄이 작도되었고, koreanScores, englishScores, mathScores, sums, averages 1차원 배열은 배열마다 다섯 칸이 작도되었다.

argc와 argv는 1과 주소가 저장되었고, 변수와 배열은 초기화되지 않으므로 쓰레기가 저장되게 된다. 배열요소마다 물음표를 적어 쓰레기가 저장되었음을 나타내야 한다.

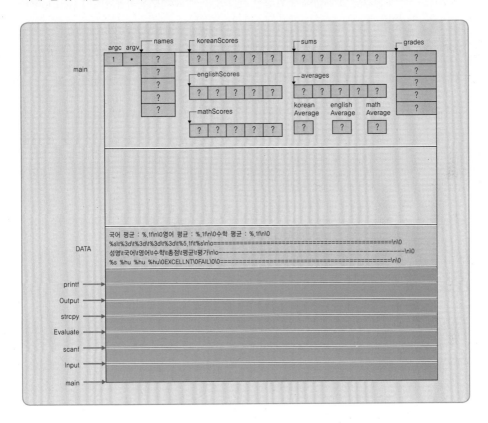

다음은 Input 함수 호출 문장으로 이동하여 Input 함수를 호출하게 된다.

```
047 :    Input(names, koreanScores, englishScores, mathScores);
```

Input 함수 스택 세그먼트가 할당되고, 함수 스택 세그먼트에 변수들이 할당된 후 Input 함수를 호출할 때 복사하게 되는 데이터가 저장되게 된다.

```
064 : void Input(char (*names)[15], UShort (*koreanScores),
065 :      UShort (*englishScores), UShort (*mathScores)) {
066 :      UShort i; // 반복제어변수
```

main 함수 스택 세그먼트 아래쪽에 일정한 사각형을 작도하고, 왼쪽에 함수 이름 Input을
적는다. 그리고 매개변수와 자동변수의 개수만큼 작은 사각형을 작도하고, 매개변수부터
차례로 적당한 위치에 이름을 적는다. 그리고 매개변수는 함수 호출식을 참고하고, 자동변
수는 선언문에서 초기화되었으면 초깃값으로 그렇지 않으면 물음표를 적는다.

함수 호출식을 보면 모두 배열 이름이 적혀 있다. 배열 이름은 배열의 시작주소이므로 매
개변수 names, koreanScores, englishScores 그리고 mathScores 매개변수에는 별표를
적고 별표로부터 시작하여 화살표를 그려 main 함수에 할당된 names, koreanScores,
englishScores 그리고 mathScores를 가리키도록 한다.

자동변수 i의 선언문을 보면 초기화되어 있지 않으므로 i 자동변수에는 물음표를 적는다.

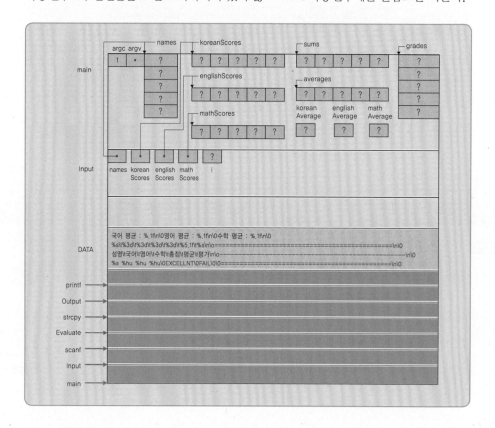

다음은 069번째 줄로 이동한다. 반복제어변수 i에 초깃값으로 0을 저장한다.

C코드

```
068 :        // STUDENTS 5번 반복하다.
069 :        for( i = 0; i < STUDENTS; i++) {
070 :            // 키보드 입력 처리
071 :            scanf("%s %hu %hu %hu", names[i], koreanScores + i,
072 :                  englishScores + i, mathScores + i);
073 :        }
```

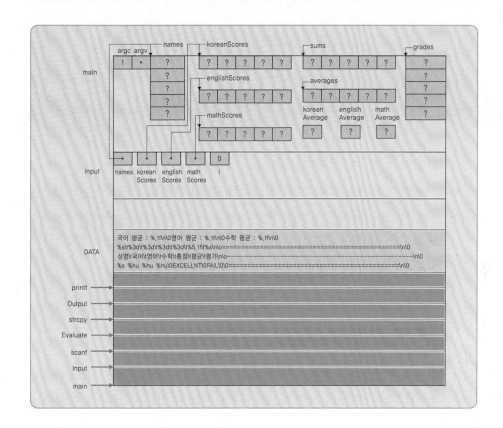

다음은 i < STUDENTS 관계식을 평가해서 반복할지를 결정해야 한다. i에 저장된 값 0과
STUDENTS 5를 읽어 0이 5보다 작은지를 평가하면 참이다. for 반복문은 조건식을 평가
했을 때 참이면 반복하고 거짓이면 탈출하는 진입 조건 반복구조이므로 반복해야 한다. 따
라서 for 반복문의 제어블록으로 071번째 줄로 이동한다.

```
068 :     // STUDENTS 5번 반복하다.
069 :     for( i = 0; i < STUDENTS; i++) {
070 :         // 키보드 입력 처리
071 :         scanf("%s %hu %hu %hu", names[i], koreanScores + i,
072 :             englishScores + i, mathScores + i);
073 :     }
```

scanf 함수 호출 문장이므로 scanf 함수를 호출한다. scanf 함수 스택 세그먼트가 할당되고, 함수 호출식에 사용된 데이터들을 저장해야 하므로 scanf 함수 스택 세그먼트에 기억 장소들이 할당되고, 함수 호출식에 사용된 값이 복사되어 저장된다.

Input 함수 스택 세그먼트 아래쪽에 일정한 크기의 사각형을 작도한다. 왼쪽에 함수 이름 scanf을 적는다. 함수 호출 문장을 보면, 다섯 개의 값이 적혀 있다. 따라서 다섯 개의 작은 사각형을 작도한다. 라이브러리 함수이기도 하고, 가변 인자 개념을 적용하기 때문에 이름은 적지 않는다.

첫 번째 매개변수 "%s %hu %hu %hu" 는 문자열 리터럴이다. DATA 데이터 세그먼트에 할당된 문자 배열이다. 배열은 시작주소를 의미하므로 주소이다. 첫 번째 사각형에 별표를 적고, 별표로부터 시작하여 문자열 리터럴이 저장된 DATA 데이터 세그먼트에 할당된 배열을 가리키도록 화살표를 작도한다.

두 번째 매개변수는 names[i]는 2차원 배열의 i번째 배열요소에 저장된 값을 의미한다. i에 저장된 값이 0이므로 첫 번째 배열요소에 저장된 값이어야 한다. 2차원 배열의 첫 번째 배열요소는 문자 배열이다. 다시 말해서 배열 이름이다. 배열 이름 자체는 C언어에서는 배열의 시작 주소이다. 따라서 두 번째 사각형에도 별표를 적고, 별표로부터 시작하여 main 함수에 할당된 2차원 배열 names의 첫 번째 배열요소를 가리키도록 화살표를 작도한다.

세 번째, 네 번째 그리고 다섯 번째는 1차원 배열의 배열요소의 주소를 의미한다. 배열 이름이나 배열 포인터 변수 다음에 +는 포인터 산술 연산자라 해서 배열요소(칸)의 주소를 구하는 연산자이다. 따라서 i에 저장된 값이 0이므로 첫 번째 배열요소의 주소를 구하게 된다. 그렇게 구한 배열요소의 주소를 복사하여 매개변수에 저장하게 된다. 따라서 세 번째, 네 번째 그리고 다섯 번째의 사각형에는 별표를 적고, 각각 main 함수 스택 세그먼트에 할당된 koreanScores, englishScores 그리고 mathScores의 첫 번째 배열 요소를 가리키도록 화살표를 작도해야 한다.

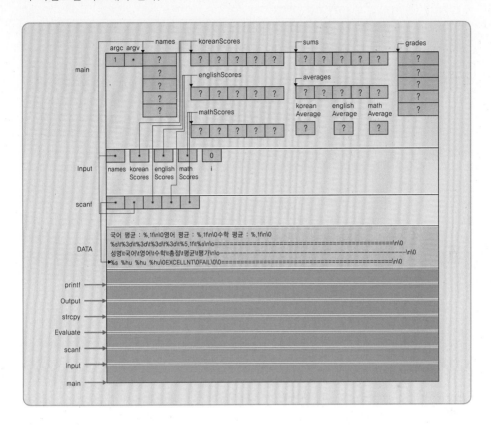

이러한 메모리 맵의 상태를 입력 대기 상태라고 한다. 사용자가 키보드로 입력할 때까지 기다리게 된다는 것이다. 사용자가 키보드로 스페이스 키로 구분하여 네 개의 데이터들을 입력하고 엔터 키를 입력하면, scanf 함수에 의해서 입력된 데이터들이 해당하는 주소를 갖는 기억장소에 저장되게 된다. 예를 들어 홍길동, 100, 100 그리고 100을 스페이스 키로 구분하여 한 줄에 적고 엔터키를 입력한다면 names 배열의 첫 번째 배열요소에 "홍길동"이 저장되고, 물론 마지막에 널 문자('\0')가 입력된다. 이렇게 마지막에 널 문자가 입력되도록 하기 위해서는 반드시 자료형 변환 문자 s를 사용해야 한다. "왜?"라고 질문을 하면 안 된다. 약속이다. koreanScores, englishScores 그리고 mathScores의 첫 번째 배열요소에 각각 100이 저장되게 된다.

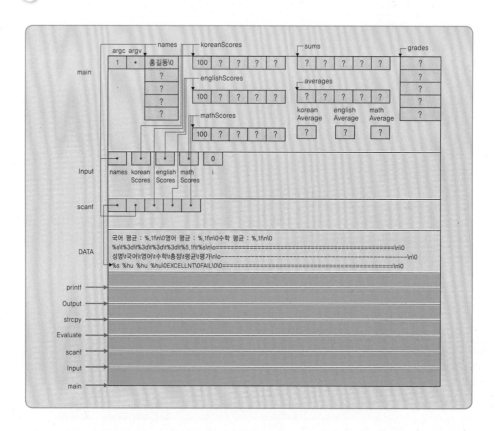

키보드 입력이 끝났으면 scanf 함수도 끝나게 되어 scanf 함수 스택 세그먼트가 할당 해제된다.

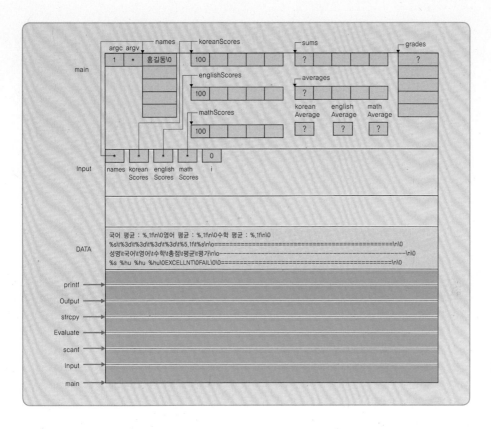

다음은 073번째 줄로 이동한다.

C코드

```
068 :    // STUDENTS 5번 반복하다.
069 :    for( i = 0; i < STUDENTS; i++) {
070 :        // 키보드 입력 처리
071 :        scanf("%s %hu %hu %hu", names[i], koreanScores + i,
072 :            englishScores + i, mathScores + i);
073 :    }
```

073번째 줄의 닫는 중괄호는 for 반복문의 제어블록의 끝을 나타내므로 다시 069번째 줄로
이동하여 i++ 식을 평가해야 한다. i에 저장된 값 0을 읽어 레지스터에 복사한 후 1을 더하
여 값 1을 구하고, 구해진 값을 다시 i에 저장하게 된다. 따라서 i에 1이 저장된다.

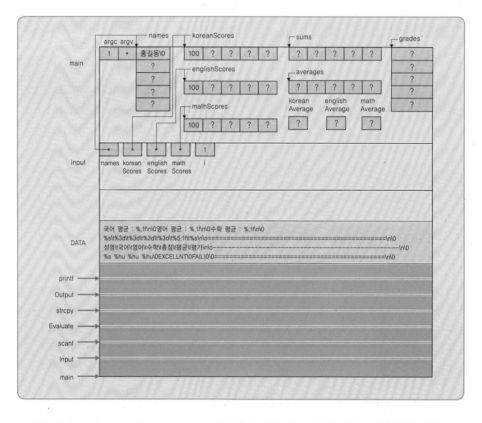

다음은 반복문이므로 i 〈 STUDENTS 관계식을 평가해서 반복할지를 결정해야 한다. i에 저장된 값 1과 STUDENTS 5를 읽어 1이 5보다 작은지를 평가하면 참이다. 반복해야 하므로 for 반복문의 제어블록으로 이동하여 071번째 줄로 이동한다. scanf 함수 호출 문장이다. scanf 함수를 호출하게 되고, scanf 함수 스택 세그먼트를 할당하고, 호출 문장에서 사용된 데이터들을 저장하기 위해 scanf 함수 스택 세그먼트에 기억장소들을 할당한다. 그리고 호출 문장에서 사용된 데이터들을 복사하여 할당된 기억장소들에 저장하게 된다.

scanf 함수 스택 세그먼트에 할당된 첫 번째 기억장소에는 문자열 리터럴 "%s %hu %hu %hu"가 저장된 DATA 데이터 세그먼트에 할당된 문자 배열의 시작주소가 저장된다. 그리고 다른 기억장소들에도 주소가 저장된다. i에 저장된 값이 1이므로 names 배열에서는 두 번째 배열요소에 저장된 값인데 저장된 값이 문자 배열이므로 다시 말해서 배열 이름이므로 배열의 시작주소, koreanScores, englishScores 그리고 mathScores 배열에서는 두 번째 배열요소의 주소를 scanf 함수 스택 세그먼트에 할당된 두 번째, 세 번째, 네 번째 그리고 다섯 번째 기억장소에 저장하게 된다.

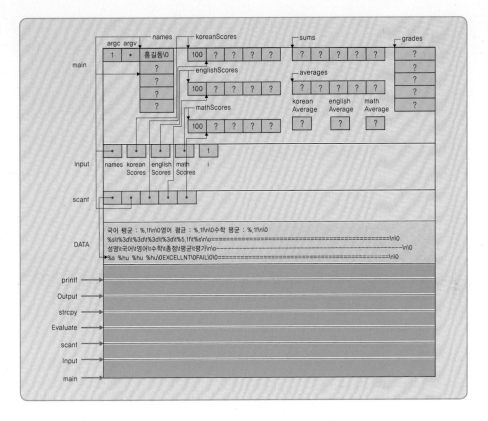

이러한 상태에서 사용자가 키보드로 고길동, 50, 50, 50을 한 줄에 스페이스 키로 구분하여 입력하고 엔터 키를 눌러 입력하면 입력되는 데이터들은 각 배열의 두 번째 배열 요소에 저장되게 된다. names 배열의 두 번째 배열요소에는 입력되는 데이터만 저장되는 것이 아니라 마지막에 널 문자('\0')도 저장되게 된다.

C코드

```
068 :    // STUDENTS 5번 반복하다.
069 :    for( i = 0; i < STUDENTS; i++) {
070 :        // 키보드 입력 처리
071 :        scanf("%s %hu %hu %hu", names[i], koreanScores + i,
072 :            englishScores + i, mathScores + i);
073 :    }
```

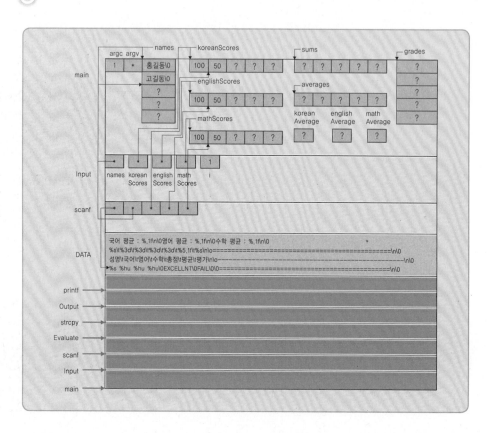

입력이 끝났으면 scanf 함수 스택 세그먼트가 할당 해제된다.

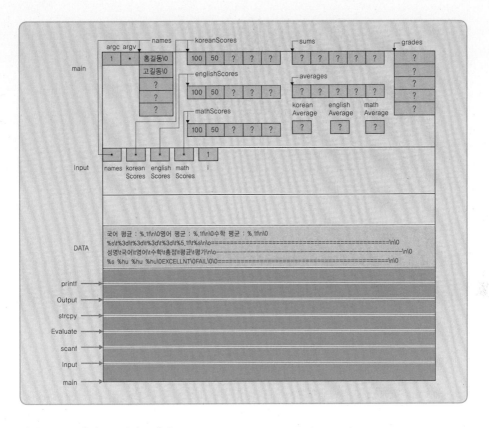

다음은 073번째 줄로 이동한다.

C코드

```
068 :     // STUDENTS 5번 반복하다.
069 :     for( i = 0; i < STUDENTS; i++) {
070 :         // 키보드 입력 처리
071 :         scanf("%s %hu %hu %hu", names[i], koreanScores + i,
072 :             englishScores + i, mathScores + i);
073 :     }
```

073번째 줄의 닫는 중괄호는 for 반복문의 제어블록의 끝을 나타내므로 다시 069번째 줄로
이동하여 i++ 식을 평가해야 한다. i에 저장된 값 1을 읽어 레지스터에 복사한 후 1을 더하
여 값 2를 구하고, 구해진 값을 다시 i에 저장하게 된다. 따라서 i에 2가 저장된다.

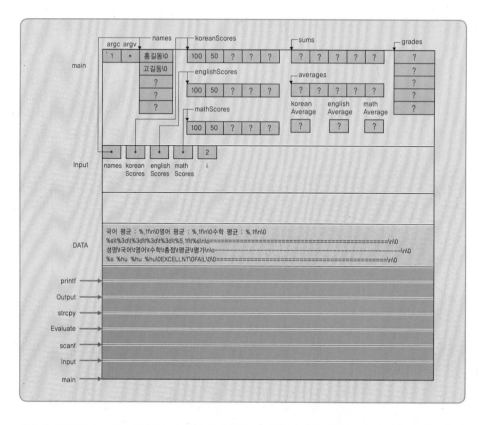

다음은 반복문이므로 i〈STUDENTS 관계식을 평가해서 반복할지를 결정해야 한다. i에 저장된 값 2와 STUDENTS 5를 읽어 2가 5보다 작은지를 평가하면 참이다. 반복해야 하므로 for 반복문의 제어블록으로 이동하여 071번째 줄로 이동한다. scanf 함수 호출 문장이다.

● 세 번째 입력 데이터에 대해 여러분이 직접 메모리 맵으로 디버깅해 보자.

● 네 번째 입력 데이터에 대해 여러분이 직접 메모리 맵으로 디버깅해 보자.

● 다섯 번째 입력 데이터에 대해 여러분이 직접 메모리 맵으로 디버깅해 보자.

다섯 번째 입력이 끝난 후 scanf 함수 스택 세그먼트가 할당 해제된 후 메모리 맵은 어떠할까? 모든 배열의 마지막 배열요소까지 입력된 데이터들로 저장된 상태로 다음과 같을 것이다.

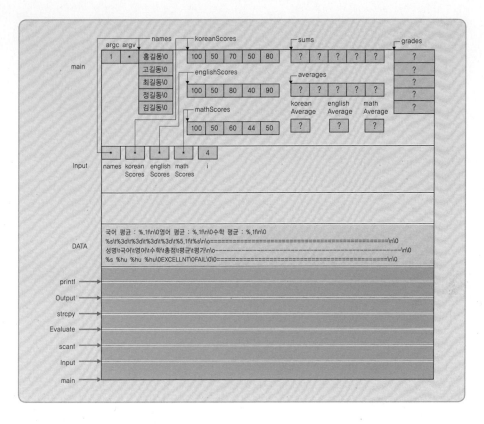

다음은 073번째 줄로 이동한다.

```
068 :    // STUDENTS 5번 반복하다.
069 :    for( i = 0; i < STUDENTS; i++) {
070 :        // 키보드 입력 처리
071 :        scanf("%s %hu %hu %hu", names[i], koreanScores + i,
072 :            englishScores + i, mathScores + i);
073 :    }
```

073번째 줄의 닫는 중괄호는 for 반복문의 제어블록 끝을 나타내므로 다시 069번째 줄로 이동하여 i++ 식을 평가해야 한다. i에 저장된 값 4를 읽어 레지스터에 복사한 후 1을 더하여 값 5를 구하고, 구해진 값을 다시 i에 저장하게 된다. 따라서 i에 5가 저장된다.

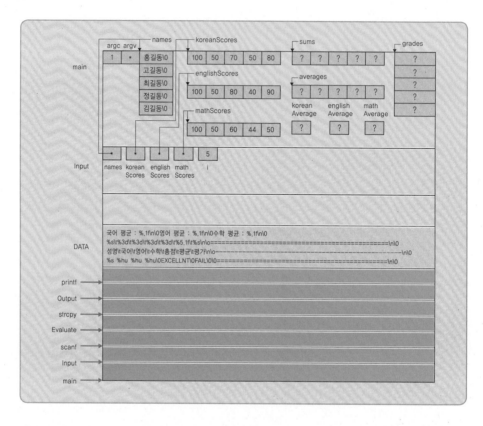

다음은 반복문이므로 i 〈 STUDENTS 관계식을 평가해서 반복할지를 결정해야 한다. i에 저장된 값 5와 STUDENTS 5를 읽어 5가 5보다 작은지를 평가하면 거짓이다. 반복을 탈출해야 하므로 for 반복문의 제어블록으로 건너뛰어 이동하여 074번째 줄로 이동한다.

```
C코드
064 : void Input(char (*names)[15], UShort (*koreanScores),
065 :     UShort (*englishScores), UShort (*mathScores)) {
066 :     UShort i; // 반복제어변수
067 :
068 :     // STUDENTS 5번 반복하다.
069 :     for( i = 0; i 〈 STUDENTS; i++) {
070 :         // 키보드 입력 처리
071 :         scanf("%s %hu %hu %hu", names[i], koreanScores + i,
072 :             englishScores + i, mathScores + i);
073 :     }
074 : }
```

074번째 줄에서 만나는 닫는 중괄호는 Input 함수 블록의 끝을 나타내는 것이므로 Input 함수의 실행이 끝난다는 것을 의미한다. 따라서 Input 함수 스택 세그먼트가 할당 해제된다.

우리가 의도한 대로 입력된 데이터들을 main 함수에 할당한 배열들에 모두 저장한 것을 알 수 있다. Input 함수에서 입력된 데이터들을 main 함수로 출력하게 된 것이다. 이렇게 함수에서 여러 개의 데이터를 출력하고자 할 때는 C 언어에서는 주소를 사용해야 한다는 것도 기억하자.

main 함수 스택 세그먼트만 남게 된다. 다시 말해서 중앙처리장치에 의해서 데이터가 읽히고 쓰이는 스택 세그먼트가 main 함수 스택 세그먼트이다. 이것은 main 함수가 실행제어를 가진다는 것이다. main 함수에 정의된 함수 호출 문장들이 실행된다는 것이다.

다음은 main 함수에서 Evaluate 함수를 호출해야 한다. 왜냐하면, 함수 호출 문장은 순차구조이므로 Input 함수 호출 문장의 실행이 끝나면, 실행제어는 049번째 줄로 이동해야 한다. Evaluate 함수 호출 문장이다.

C코드
```
048:    // 성적을 평가하다.
049:    Evaluate(names, koreanScores, englishScores, mathScores, sums,
050:        averages, grades, &koreanAverage, &englishAverage, &mathAverage);
```

Evaluate 함수가 호출되고, Evaluate 함수 스택 세그먼트가 할당되고, Evaluate 함수 스택 세그먼트에 변수들이 할당되고, 매개변수는 함수 호출식에서 사용된 데이터, 자동변수에는 초기화된 경우 초깃값으로 그렇지 않으면 쓰레기가 저장되게 된다.

```
083 : void Evaluate( char (*names)[15], UShort (*koreanScores),
084 :     UShort (*englishScores), UShort (*mathScores), UShort (*sums),
085 :     float (*averages), char (*grades)[10], float *koreanAverage,
086 :     float *englishAverage, float *mathAverage) {
087 :     // 자동변수 선언, 정의 그리고 초기화
088 :     UShort koreanSum = 0;
089 :     UShort englishSum = 0;
090 :     UShort mathSum = 0;
091 :     UShort i;
```

Evaluate 함수 스택 세그먼트를 작도해 보자. main 함수 스택 세그먼트 아래쪽에 일정한 크기의 사각형을 작도하고, 왼쪽에 함수 이름 Evaluate를 적는다. 그리고 함수 스택 세그먼트에 매개변수부터 시작하여 변수마다 작은 사각형을 그리고, 사각형 바깥에 적당한 곳에 변수 이름을 적는다. 다음은 변수에 대한 작은 사각형에 매개변수는 호출식을 보고, 자동변수는 선언문을 보고 데이터를 적도록 한다.

names, koreanScores, englishScores, mathScores, sums, averages, grades 매개변수에 대해서는 함수 호출식을 보면, main 함수에 할당된 배열들, names, koreanScores, englishScores, mathScores, sums, averages, grades 배열 이름이 적혀 있다. 배열 이름은 C언어에서는 주소이다. 정확하게 말하면 배열의 시작주소이다. 따라서 사각형에 별표를 적고, 별표로부터 시작하여 main 함수에 할당된 배열을 가리키도록 화살표를 그려야 한다.

koreanAverage, englishAverage 그리고 mathAverage 매개변수에 대해서는 함수 호출식을 보면 main 함수에 선언된 변수 이름 앞에 & 주소 연산자가 적혀 있으므로, main 함수 스택 세그먼트에 할당된 변수의 주소를 저장하게 된다. 따라서 사각형에 별표를 적고, 별표로부터 시작하여 main 함수 스택 세그먼트에 할당된 변수를 가리키도록 화살표를 그려야 한다.

자동변수 koreanSum, englishSum 그리고 mathSum은 초기화되어 있으므로 초깃값을 적어야 하므로 변수 이름이 적힌 사각형에 0을 적어야 한다. 그리고 자동변수 i는 초기화

되어 있지 않으므로 쓰레기를 저장하므로 물음표를 적어야 한다.

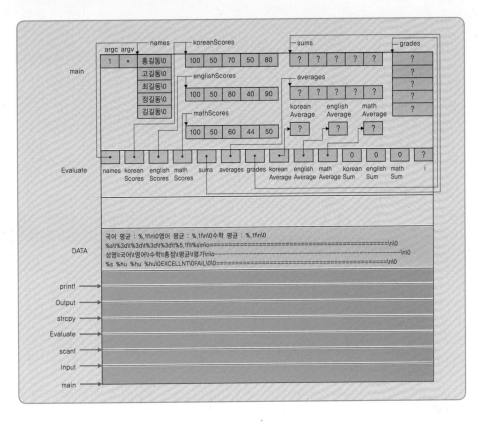

중앙처리장치가 데이터를 읽거나 쓸 수 있는 함수 스택 세그먼트는 Evaluate 함수 스택 세그먼트이다. 이제부터 실행제어는 Evaluate 함수 스택 세그먼트가 할당 해제되기 전까지는 Evaluate 함수가 갖게 된다. 따라서 실행 제어가 095번째 줄로 이동한다.

C코드

```
094 :    // 2. STUDENTS 만큼 반복한다.
095 :    for( i = 0; i < STUDENTS; i++ ) {
```

for 반복문이다. 먼저 반복제어변수 i에 초깃값으로 0을 저장한다.

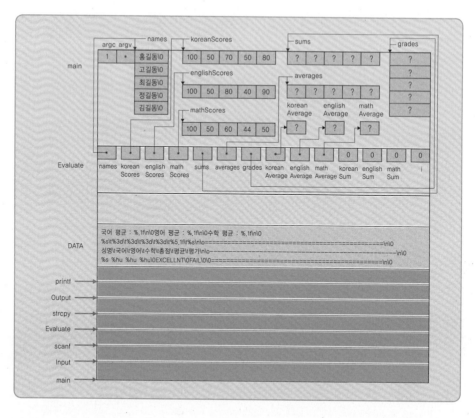

반복문이므로 다음은 조건식을 평가해야 한다. i에 저장된 데이터 0과 STUDENTS 5 읽어 0이 5보다 작은지에 대해 평가해야 한다. 참이다. for 반복문은 선 검사 반복구조이므로 반복해야 한다. 따라서 for 반복문의 제어블록으로 이동하여 097번째 줄로 이동한다.

C코드

```
096 :     // 2.1. 총점을 구한다.
097 :     sums[i] = koreanScores[i] + englishScores[i] + mathScores[i];
```

i에 저장된 값이 0이고 [] 첨자 연산자로 작성된 식이므로 모든 배열의 첫 번째 배열요소에 저장된 값을 참조해야 한다. 치환 연산자의 오른쪽에 적힌 배열요소에서는 배열요소에 저장된 값을 읽고, 치환 연산자의 왼쪽에 적힌 배열요소에는 값을 써서 저장해야 한다.

koreanScores 배열의 첫 번째 배열요소에 저장된 값 100을 읽어 레지스터에 저장한다. 그리고 englishScores 배열의 첫 번째 배열요소에 저장된 값 100을 읽어 레지스터에 저장된 값 100과 더하여 200을 구하여 레지스터에 저장한다. 그리고 이번에는 mathScores 배열

의 첫 번째 배열요소에 저장된 값 100을 읽어 중앙처리장치의 레지스터에 저장된 값 200
에 더하여 300을 구하여 레지스터에 저장한다.

다음은 = 치환 연산자로 레지스터에 저장된 값 300을 sums 배열의 첫 번째 배열요소에 덮
어써서 쓰레기를 치우고 저장한다.

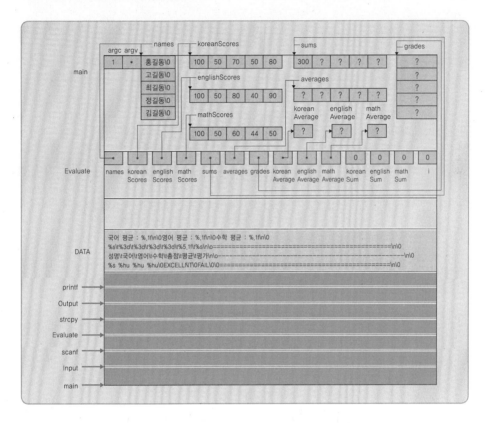

다음은 순차 구조이므로 아래쪽으로 이동하여 099번째 줄로 이동한다.

C코드

```
098:        // 2.2. 평균을 구한다.
099:        averages[i] = sums[i]/3.0F;
```

i에 저장된 값 0을 첨자로 [] 첨자 연산자를 이용하여 첫 번째 배열요소에 저장된 값을 읽
거나 써서 학생의 평균을 구한다. sums 배열의 첫 번째 배열요소에 저장된 값 300을 읽
어 3.0으로 나누어 100.0을 구한다. 그리고 averages 배열의 첫 번째 배열요소에 덮어써
서 100.0을 저장한다.

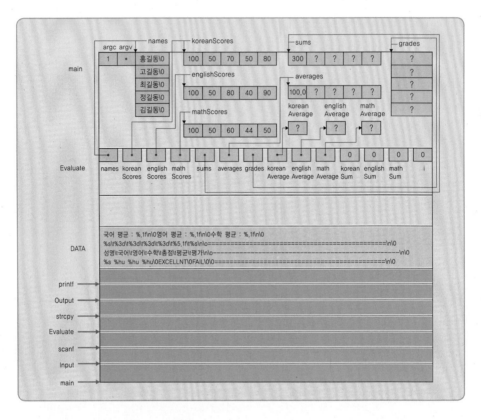

다음은 순차 구조이므로 101번째 줄로 이동한다.

```
C코드

100 :      // 2.3. 평균에 따라 평가한다.
101 :      if(averages[i] >= 90.0F) {
102 :          strcpy(grades[i], "EXCELLENT");
103 :      }
104 :      else if(averages[i] < 60.0F) {
105 :          strcpy(grades[i], "FAIL");
106 :      }
107 :      else {
108 :          strcpy(grades[i], "");
109 :      }
```

선택구조이다. 조건에 따라 평가해야 한다. i에 저장된 값이 0이므로 averages 배열의 첫
번째 배열요소에 저장된 값 100.0을 읽어 중앙처리장치의 레지스터에 저장한다. 그리고
90.0을 읽어 100.0이 90.0보다 크거나 같은지에 대해 관계식을 평가한다. 참이다. 그러면
102번째 줄로 이동한다.

strcpy 함수 호출 문장이다. strcpy 함수가 호출되면, strcpy 함수 스택 세그먼트가 할당되고, 호출식에 적힌 데이터를 저장하기 위해 두 개의 기억장소가 할당되고, 데이터가 복사되어 저장될 것이다.

Evaluate 함수 스택 세그먼트 아래쪽에 일정한 크기의 사각형을 그리고, 왼쪽에 함수 이름 strcpy를 적는다. 그리고 strcpy 함수 스택 세그먼트 영역에 두 개의 기억장소에 대해 작은 사각형을 그리고 적당한 위치에 이름을 적는다. 물론 라이브러리 함수이므로 이름을 적지 않아도 되지만 앞에서 함수 원형을 참고했을 때 매개변수 이름이 적혀 있었다. strDestination 과 strSource 이다. 이러한 경우는 라이브러리 함수일지라도 매개변수 이름을 적는 것도 좋은 방법이다.

다음은 함수 호출식을 보고 작은 사각형에 데이터를 적어야 한다. i에 저장된 데이터가 0이므로 grades[i]는 grades 2차원 배열의 첫 번째 배열요소에 저장된 값을 의미한다. 2차원 배열의 배열요소는 배열형이다. grades 2차원 배열의 배열요소의 자료형은 문자 배열이다. char [10]이다. 따라서 grades[i]는 배열 자체를 의미한다. 다른 말로는 배열 이름이다. C언어에서 배열 이름은 주소이다. 따라서 첫 번째 사각형에는 별표를 적고, 별표로부터 시작하여 grades 2차원 배열의 첫 번째 배열요소를 가리키도록 해야 한다.

문자열 리터럴 "EXCELLENT"는 DATA 데이터 세그먼트에 할당된 문자 배열이다. C언어에서는 배열 자체는 정보 전달에서 사용될 수 없고, 단지 배열의 시작주소만 사용한다고 한다. 문자열 리터럴 "EXCELLENT"는 DATA 데이터 세그먼트에 할당된 문자 배열의 시작 주소이다. 따라서 두 번째 사각형에도 별표를 적고, 별표로부터 시작하여 DATA 데이터 세그먼트에 할당된 배열의 첫 번째 배열요소 'E' 를 가리키도록 해야 한다.

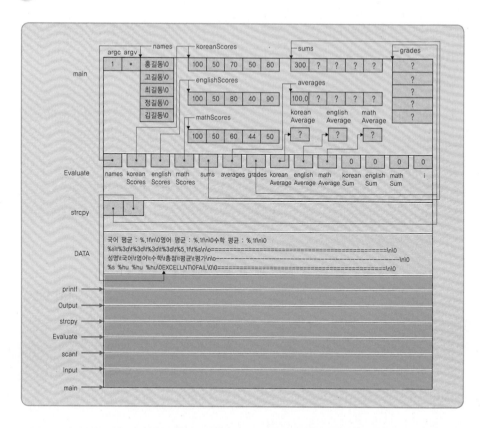

strcpy는 DATA 데이터 세그먼트에 할당된 문자 배열에 저장된 문자들을 grades 배열의 첫 번째 배열요소에 복사하게 된다. 물론 널 문자도 포함하여 복사하게 된다.

```
C코드
100 :    // 2.3. 평균에 따라 평가한다.
101 :    if(averages[i] >= 90.0F) {
102 :        strcpy(grades[i], "EXCELLENT");
103 :    }
104 :    else if(averages[i] < 60.0F) {
105 :        strcpy(grades[i], "FAIL");
106 :    }
107 :    else {
108 :        strcpy(grades[i], "");
109 :    }
```

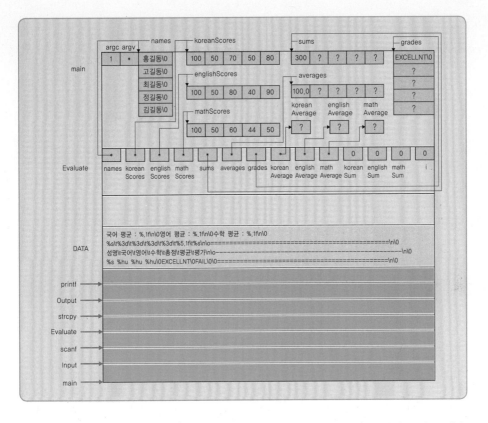

103번째 줄로 이동한다. 103번째에 만나는 닫는 중괄호는 if 선택문의 실행이 끝나는 것을 말한다. 따라서 else if 문 와 else 절은 건너뛰어야 한다. 그래서 111번째 줄로 이동한다.

C코드

```
110 :     // 2.4. 국어 총점을 구한다.
111 :     koreanSum += koreanScores[i];
```

koreanSum에 저장된 값 0을 읽어 중앙처리장치의 레지스터에 저장한다. 그리고 i에 저장된 값이 0이므로 koreanScores 배열의 첫 번째 배열요소에 저장된 값 100을 읽어 더하여 100을 구하여 레지스터에 저장한다. 그리고 레지스터에 저장된 값 100을 koreanSum에 저장한다.

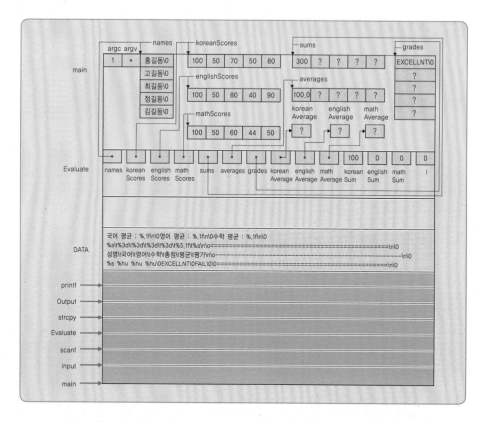

다음은 113번째 줄로 이동한다.

```
112 :    // 2.5. 영어 총점을 구한다.
113 :    englishSum += englishScores[i];
```

● 여러분이 직접 메모리 맵으로 디버깅해 보자.

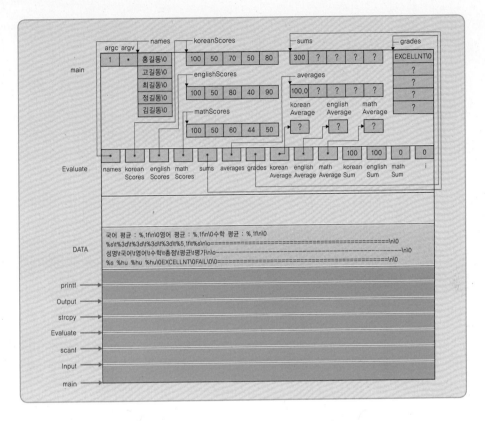

115번째 줄로 이동한다.

C코드

```
114 :    // 2.6. 수학 총점을 구한다.
115 :    mathSum += mathScores[i];
```

● 여러분이 직접 메모리 맵으로 디버깅해 보자.

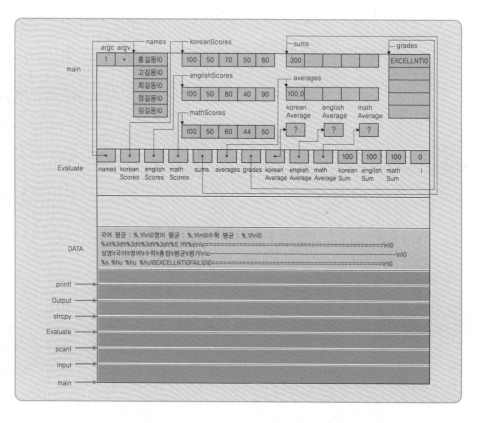

다음은 116번째 줄로 이동한다.

for 반복문의 제어블록의 끝을 나타내는 닫는 중괄호이다. 따라서 실행제어가 위쪽으로 이

C코드

```
116:     }
```

동하여 095번째 줄로 이동한다. 왜냐하면, for 반복문에서는 변경식과 조건식이 for 키워
드 다음에 적히는 소괄호에 있기 때문이다.

C코드

```
094:     // 2. STUDENTS 만큼 반복한다.
095:     for( i = 0; i < STUDENTS; i++ ){
```

i++ 식으로 반복제어변수에 저장된 값을 변경해야 한다. i에 저장된 값 0을 읽어 1을 더하
여 1을 구하여 i에 다시 저장한다.

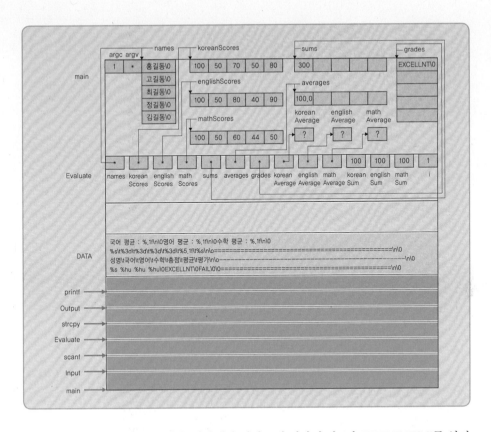

다음은 i < STUDENTS 조건식을 평가해야 한다. i에 저장된 값 1과 STUDENTS 5를 읽어 1이 5보다 작은지에 대해 평가해야 한다. 참이다. 그러면 for 반복문의 제어블록으로 이동하여야 한다. 097번째 줄로 이동한다.

C코드

```
096 :    // 2.1. 총점을 구한다.
097 :    sums[i] = koreanScores[i] + englishScores[i] + mathScores[i];
```

● 여러분이 직접 메모리 맵으로 디버깅해 보자.

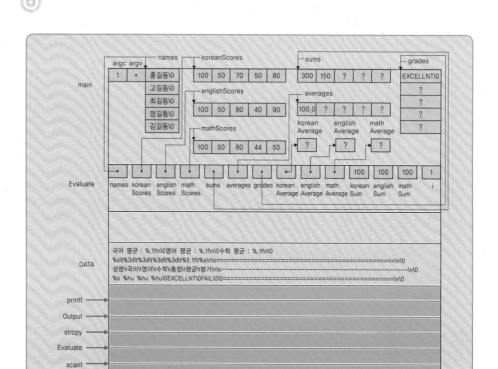

다음은 순차 구조이므로 아래쪽으로 이동하여 099번째 줄로 이동한다.

C코드

```
098 :     // 2.2. 평균을 구한다.
099 :     averages[i] = sums[i]/3.0F;
```

● 여러분이 직접 메모리 맵으로 디버깅해 보자.

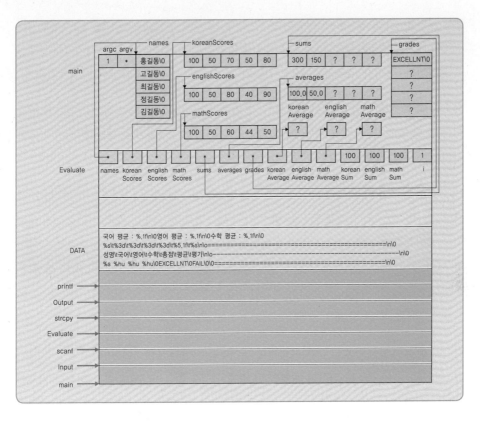

다음은 순차 구조이므로 101번째 줄로 이동한다.

C코드

```
100 :     // 2.3. 평균에 따라 평가한다.
101 :     if(averages[i] >= 90.0F) {
102 :         strcpy(grades[i], "EXCELLENT");
103 :     }
104 :     else if(averages[i] < 60.0F) {
105 :         strcpy(grades[i], "FAIL");
106 :     }
107 :     else {
108 :         strcpy(grades[i], "");
109 :     }
```

선택구조이다. 조건에 따라 평가해야 한다. i에 저장된 값이 1이므로 averages 배열의 두 번째 배열요소에 저장된 값 50.0을 읽어 중앙처리장치의 레지스터에 저장한다. 그리고 50.0을 읽어 50.0이 90.0보다 크거나 같은지에 대해 관계식을 평가한다. 거짓이다. 그러면 if 문을 건너뛰어 104번째 줄로 이동한다. 다시 if 문의 조건식을 평가해야 한다. i에 저장된 값이 1이므로 averages 배열의 두 번째 배열요소에 저장된 값 50.0을 읽어 중앙처리 장치의 레지스터에 저장한다. 그리고 60.0을 읽어 50.0이 60.0보다 작은지에 대해 관계식을 평가한다. 참이다. else if 문의 제어블록으로 이동해야 한다. 105번째 줄로 이동한다.

strcpy 함수 호출 문장이다. strcpy 함수가 호출되면, strcpy 함수 스택 세그먼트가 할당되고, 호출식에 적힌 데이터를 저장하기 위해 두 개의 기억장소가 할당되고, 데이터가 복사되어 저장될 것이다.

Evaluate 함수 스택 세그먼트 아래쪽에 일정한 크기의 사각형을 그리고, 왼쪽에 함수 이름 strcpy를 적는다. 그리고 strcpy 함수 스택 세그먼트 영역에 두 개의 기억장소에 대해 작은 사각형을 그리고 적당한 위치에 이름을 적는다. 물론 라이브러리 함수이므로 이름을 적지 않아도 되지만 앞에서 함수 원형을 참고했을 때 매개변수 이름이 적혀 있었다. strDestination 과 strSource 이다. 이러한 경우는 라이브러리 함수일지라도 매개변수 이름을 적는 것도 좋은 방법이다.

다음은 함수 호출식을 보고 작은 사각형에 데이터를 적어야 한다. i에 저장된 데이터가 1이므로 grades[i]는 grades 2차원 배열의 두 번째 배열요소에 저장된 값을 의미한다. 2차원 배열의 배열요소는 배열형이다. grades 2차원 배열의 배열요소의 자료형은 문자 배열이다. char [10]이다. 따라서 grades[i]는 배열 자체를 의미한다. 다른 말로는 배열 이름이다. C언어에서 배열 이름은 주소이다. 따라서 첫 번째 사각형에는 별표를 적고, 별표로부터 시작하여 grades 2차원 배열의 두 번째 배열요소를 가리키도록 해야 한다.

문자열 리터럴 "FAIL"은 DATA 데이터 세그먼트에 할당된 문자 배열이다. C언어에서는 배열 자체는 정보 전달에서 사용될 수 없고, 단지 배열의 시작주소만 사용한다고 한다. 따라서 문자열 리터럴 "FAIL"은 DATA 데이터 세그먼트에 할당된 문자 배열의 시작 주소이다. 따라서 두 번째 사각형에도 별표를 적고, 별표로부터 시작하여 DATA 데이터 세그먼트에 할당된 배열의 첫 번째 배열요소 'F'를 가리키도록 해야 한다.

● 여러분이 직접 메모리 맵으로 디버깅해 보자.

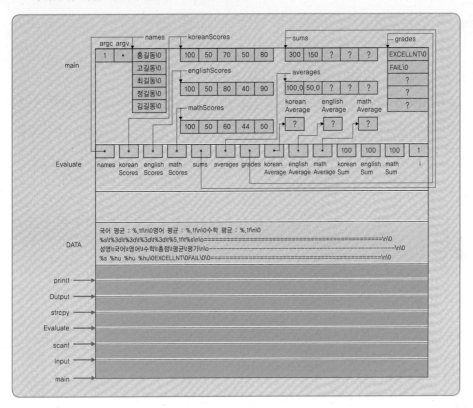

106번째 줄로 이동한다. 106번째에 만나는 닫는 중괄호는 else if 선택문의 실행이 끝나는 것을 말한다. 따라서 else 절은 건너뛰어야 한다. 그래서 111번째 줄로 이동한다.

C코드

```
110 :     // 2.4. 국어 총점을 구한다.
111 :     koreanSum += koreanScores[i];
```

● 여러분이 직접 메모리 맵으로 디버깅해 보자.

다음은 113번째 줄로 이동한다.

C코드

```
112 :     // 2.5. 영어 총점을 구한다.
113 :     englishSum += englishScores[i];
```

● 여러분이 직접 메모리 맵으로 디버깅해 보자.

115번째 줄로 이동한다.

```
114 :        // 2.6. 수학총점을 구한다.
115 :        mathSum += mathScores[i];
```

● 여러분이 직접 메모리 맵으로 디버깅해 보자.

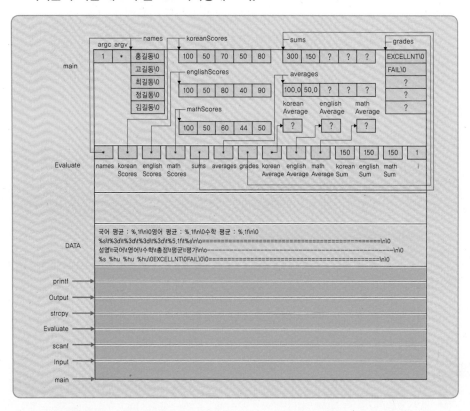

다음은 116번째 줄로 이동한다.

```
116 :        }
```

for 반복문의 제어블록의 끝을 나타내는 닫는 중괄호이다. 따라서 실행제어가 위쪽으로 이동하여 095번째 줄로 이동한다. 왜냐하면, for 반복문에서는 변경식과 조건식이 for 키워드 다음에 적히는 소괄호에 있기 때문이다.

```
094 :    // 2. STUDENTS 만큼 반복한다.
095 :    for( i = 0; i < STUDENTS; i++ ) {
```

i++ 식으로 반복제어변수에 대해 값을 변경해야 한다. i에 저장된 값 1을 읽어 1을 더하여 2를 구하여 i에 다시 저장한다.

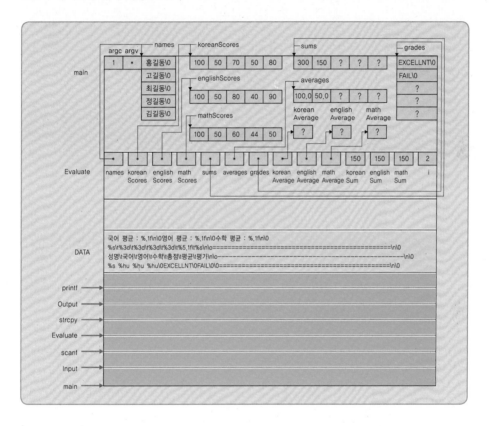

다음은 i < STUDENTS 조건식을 평가해야 한다. i에 저장된 값 2와 STUDENTS 5를 읽어 2가 5보다 작은지에 대해 평가해야 한다. 참이다. 그러면 for 반복문의 제어블록으로 이동하여야 한다.

● **여러분이 직접 메모리 맵으로 세 번째, 네 번째 학생에 대해 디버깅해 보자.**

네 번째 학생의 성적 처리가 끝난 다음은 116번째 줄로 이동한다.

```
116 :    }
```

for 반복문의 제어블록의 끝을 나타내는 닫는 중괄호이다. 따라서 실행제어가 위쪽으로 이동하여 095번째 줄로 이동한다. 왜냐하면, for 반복문에서는 변경식과 조건식이 for 키워드 다음에 적히는 소괄호에 있기 때문이다.

```
094:     // 2. STUDENTS 만큼 반복한다.
095:     for( i = 0; i 〈 STUDENTS; i++ ){
```

i++ 식으로 반복제어변수의 값을 변경해야 한다. i에 저장된 값 3을 읽어 1을 더하여 4를 구하여 i에 다시 저장한다.

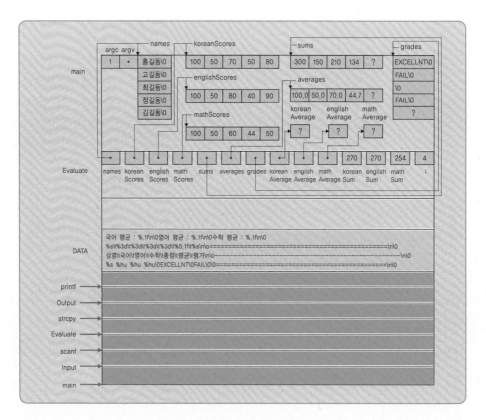

다음은 i 〈 STUDENTS 조건식을 평가해야 한다. i에 저장된 값 4를 읽고 STUDENTS 5를 읽어 4가 5보다 작은지에 대해 평가해야 한다. 참이다. 그러면 for 반복문의 제어블록으로 이동하여야 한다. 097번째 줄로 이동한다.

C코드

```
096 :     // 2.1. 총점을 구한다.
097 :     sums[i] = koreanScores[i] + englishScores[i] + mathScores[i];
```

● 여러분이 직접 메모리 맵으로 디버깅해 보자.

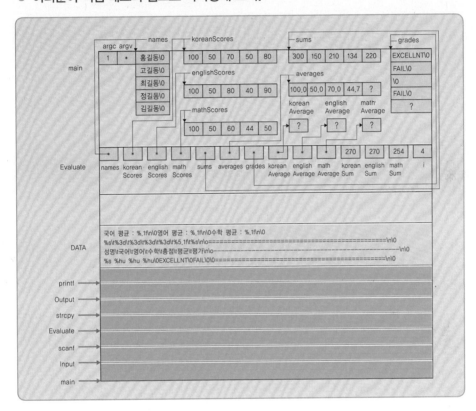

다음은 순차 구조이므로 아래쪽으로 이동하여 099번째 줄로 이동한다.

C코드

```
098 :     // 2.2. 평균을 구한다.
099 :     averages[i] = sums[i]/3.0F;
```

● 여러분이 직접 메모리 맵으로 디버깅해 보자.

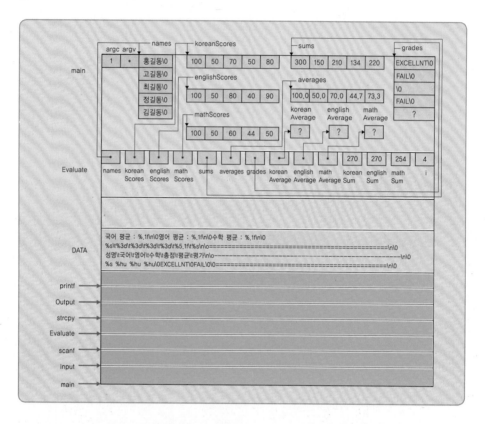

다음은 순차 구조이므로 101번째 줄로 이동한다.

C코드

```
100 :     // 2.3. 평균에 따라 평가한다.
101 :     if(averages[i] >= 90.0F) {
102 :         strcpy(grades[i], "EXCELLENT");
103 :     }
104 :     else if(averages[i] < 60.0F) {
105 :         strcpy(grades[i], "FAIL");
106 :     }
107 :     else {
108 :         strcpy(grades[i], "");
109 :     }
```

선택구조이다. 조건에 따라 평가해야 한다. i에 저장된 값이 4이므로 averages 배열의 다섯 번째 배열요소에 저장된 값 73.3을 읽어 중앙처리장치의 레지스터에 저장한다. 그리고 73.3이 90.0보다 크거나 같은지에 대해 관계식을 평가한다. 거짓이다. 그러면 if 문을 건너뛰어 104번째 줄로 이동한다. 다시 if 문의 조건식을 평가해야 한다. i에 저장된 값이 4이므로 averages 배열의 다섯 번째 배열요소에 저장된 값 73.3을 읽어 중앙처리장치의 레지스터에 저장한다. 그리고 73.3이 60.0보다 작은지에 대해 관계식을 평가한다. 거짓이다. else 절로 이동해야 한다. 108번째 줄로 이동한다.

strcpy 함수 호출 문장이다. strcpy 함수가 호출되면, strcpy 함수 스택 세그먼트가 할당되고, 호출식에 적힌 데이터를 저장하기 위해 두 개의 기억장소가 할당되고, 데이터가 복사되어 저장될 것이다.

Evaluate 함수 스택 세그먼트 아래쪽에 일정한 크기의 사각형을 그리고, 왼쪽에 함수 이름 strcpy를 적는다. 그리고 strcpy 함수 스택 세그먼트 영역에 두 개의 기억장소에 대해 작은 사각형을 그리고 적당한 위치에 이름을 적는다. 물론 라이브러리 함수이므로 이름을 적지 않아도 되지만 앞에서 함수 원형을 참고했을 때 매개변수 이름이 적혀 있었다. strDestination 과 strSource 이다. 이러한 경우는 라이브러리 함수일지라도 매개변수 이름을 적는 것도 좋은 방법이다.

다음은 함수 호출식을 보고 작은 사각형에 데이터를 적어야 한다. i에 저장된 데이터가 4이므로 grades[i]는 grades 2차원 배열의 다섯 번째 배열요소에 저장된 값을 의미한다. 2차원 배열의 배열요소는 배열형이다. grades 2차원 배열의 배열요소의 자료형은 문자 배열이다. char [10]이다. 따라서 grades[i]는 배열 자체를 의미한다. 다른 말로는 배열 이름이다. C언어에서 배열 이름은 주소이다. 따라서 첫 번째 사각형에는 별표를 적고, 별표로부터 시작하여 grades 2차원 배열의 다섯 번째 배열요소를 가리키도록 해야 한다.

문자열 리터럴 ""는 DATA 데이터 세그먼트에 할당된 문자 배열이다. C언어에서는 배열 자체는 정보 전달에서 사용될 수 없고, 단지 배열의 시작주소만 사용한다고 한다. 따라서 문자열 리터럴 ""는 DATA 데이터 세그먼트에 할당된 문자 배열의 시작 주소이다. 따라서 두 번째 사각형에도 별표를 적고, 별표로부터 시작하여 DATA 데이터 세그먼트에 할당된 배열의 첫 번째 배열요소 널 문자 '\0'을 가리키도록 해야 한다.

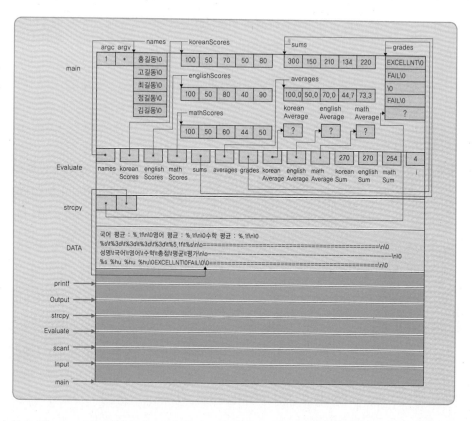

C코드

```
100 :     // 2.3. 평균에 따라 평가한다.
101 :     if(averages[i] >= 90.0F) {
102 :         strcpy(grades[i], "EXCELLENT");
103 :     }
104 :     else if(averages[i] < 60.0F) {
105 :         strcpy(grades[i], "FAIL");
106 :     }
107 :     else {
108 :         strcpy(grades[i], "");
109 :     }
```

strcpy 함수가 DATA 데이터 세그먼트에 저장된 널 문자를 grades 배열의 다섯번째 배열 요소에 복사하여 저장하게 된다. 그러면 strcpy 함수가 끝나게 되어 strcpy 함수 스택 세그먼트가 할당 해제된다. 메모리맵에서 strcpy 함수 스택 세그먼트 영역을 지운다.

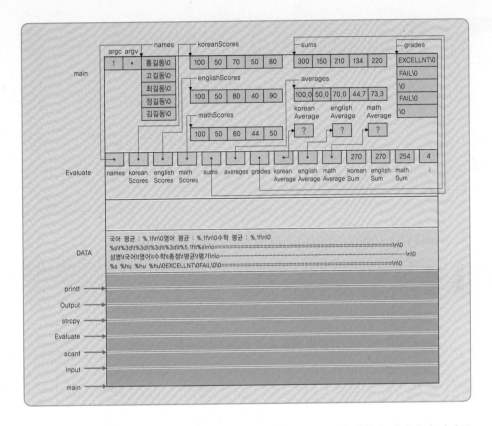

109번째 줄로 이동한다. 109번째에 만나는 닫는 중괄호는 else 절의 끝을 나타내어 선택문의 실행이 끝나는 것을 말한다. 그래서 111번째 줄로 이동한다.

C코드

```
110 :      // 2.4. 국어 총점을 구한다.
111 :      koreanSum += koreanScores[i];
```

● **여러분이 직접 메모리 맵으로 디버깅해 보자.**

다음은 113번째 줄로 이동한다.

```
112 :     // 2.5. 영어 총점을 구한다.
113 :     englishSum += englishScores[i];
```

● **여러분이 직접 메모리 맵으로 디버깅해 보자.**

115번째 줄로 이동한다.

```
114 :     // 2.6. 수학 총점을 구한다.
115 :     mathSum += mathScores[i];
```

● **여러분이 직접 메모리 맵으로 디버깅해 보자.**

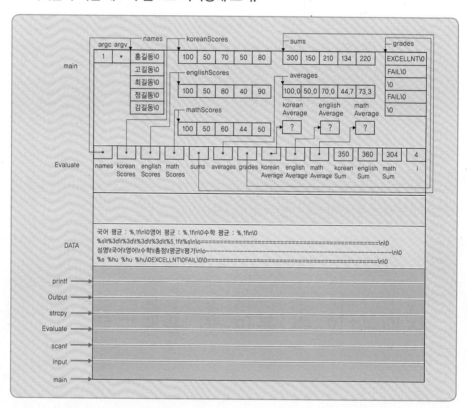

다음은 116번째 줄로 이동한다.

```
116 :     }
```

for 반복문의 제어블록의 끝을 나타내는 닫는 중괄호이다. 따라서 실행제어가 위쪽으로 이동하여 095번째 줄로 이동한다. 왜냐하면, for 반복문에서는 변경식과 조건식이 for 키워드 다음에 적히는 소괄호에 있기 때문이다.

```
094 :    // 2. STUDENTS 만큼 반복한다.
095 :    for( i = 0; i < STUDENTS; i++ ) {
```

i++ 식으로 반복제어변수에 저장된 값을 변경해야 한다. i에 저장된 값 4를 읽어 1을 더하여 5를 구하여 i에 다시 저장한다.

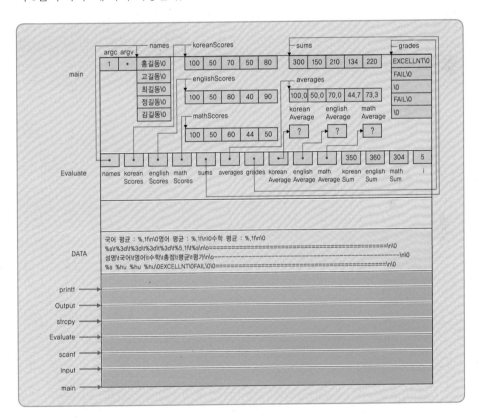

다음은 i < STUDENTS 조건식을 평가해야 한다. i에 저장된 값 5를 읽고 STUDENTS 5를 읽어 5가 5보다 작은지에 대해 평가해야 한다. 거짓이다. 그러면 for 반복문의 제어블록을 건너뛰어 118번째 줄로 이동한다.

```
117 : // 3. 국어평균을 구한다.
118 : *koreanAverage = koreanSum / ( STUDENTS * 1.0F);
```

koreanSum에 저장된 값 350을 읽어 중앙처리장치의 레지스터에 복사한다. 그리고 5.0으로 나누어 70.0을 구한다. 70.0을 주기억장치에 저장하는 데 Evaluate 함수 스택 세그먼트에 할당된 koreanAverage에 저장하는 것이 아니다. Evaluate 함수 스택 세그먼트에 할당된 koreanAverage에 주소가 저장되어 있다. 따라서 포인터 변수이다. 포인터 변수에 70.0을 저장한다는 것은 말이 되지 않는다. 포인터 변수에 저장된 주소를 갖는 변수, 다시 말해서 main 함수 스택 세그먼트에 할당된 변수에 70.0을 저장해야 한다. 그래서 * 간접 지정 연산자가 koreanAverage 앞에 적혀 있다. 따라서 70.0은 main 함수 스택 세그먼트에 할당된 koreanAverage에 저장된다. 이렇게 해서 함수에서 출력해야 하는 데이터가 여러 개인 경우 출력할 수 있다.

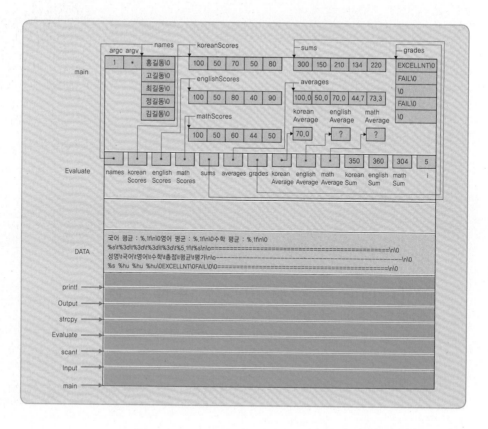

120번째 줄로 이동한다.

C코드

```
119 : // 4. 영어평균을 구한다.
120 : *englishAverage = englishSum / ( STUDENTS * 1.0F);
```

● 여러분이 직접 메모리 맵으로 디버깅해 보자.

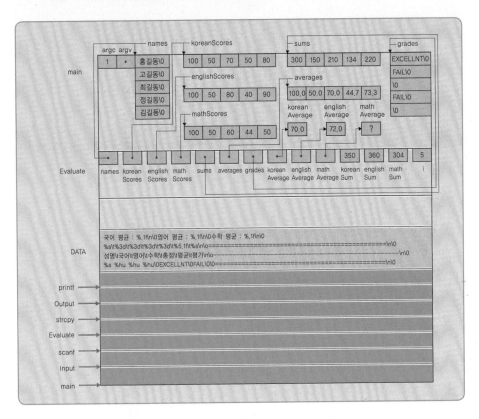

122번째 줄로 이동한다.

C코드

```
121 : // 5. 수학평균을 구한다.
122 : *mathAverage = mathSum / ( STUDENTS * 1.0F);
```

● 여러분이 직접 메모리 맵으로 디버깅해 보자.

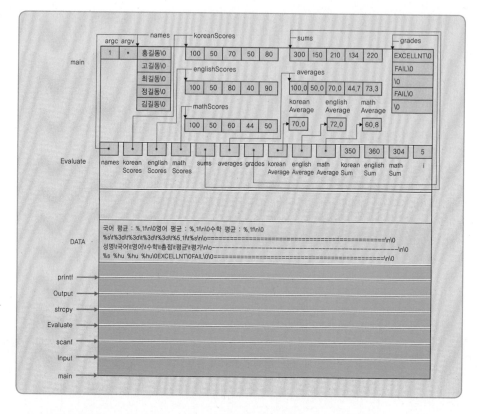

다음은 125번째 줄로 이동한다. 주석은 컴파일하기 전에 원시 코드 파일에서 지워진다. 따라서 실행 파일에는 주석은 없다는 것이다. 그래서 123번째와 124번째 줄은 실행제어를 받지 않는다.

```
123 :      // 6. 평균들, 평가들, 국어평균, 영어평균, 수학평균을 출력한다.
124 :      // 7. 끝낸다.
125 : }
```

Evaluate 함수 블록의 끝을 나타내는 닫는 중괄호이다. Evaluate 함수의 실행이 끝난다는 것이다. 따라서 Evaluate 함수 스택 세그먼트가 할당 해제된다.

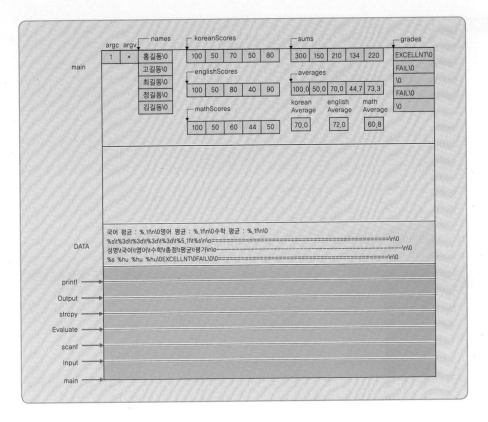

main 함수 스택 세그먼트만 남았다. 따라서 실행제어는 main 함수가 가진다. 실행제어가 052번째 줄로 이동한다.

C코드

```
052 : Output(names, koreanScores, englishScores, mathScores, sums,
053 :     averages, grades, koreanAverage, englishAverage, mathAverage);
```

Output 함수 호출 문장이다. 따라서 Output 함수가 호출된다. 함수 호출식에 적힌 데이터들을 저장하기 위해 Output 함수 스택 세그먼트가 할당된다. Output 함수 스택 세그먼트에는 데이터를 저장할 변수들이 할당된다. 그리고 데이터를 복사하여 매개변수에 저장할 것이다.

```
134 : void Output( char (*names)[15], UShort (*koreanScores),
135 :     UShort (*englishScores), UShort (*mathScores), UShort (*sums),
136 :     float (*averages), char (*grades)[10], float koreanAverage,
137 :     float englishAverage, float mathAverage ) {
138 :     UShort i;
```

main 함수 스택 세그먼트 아래쪽에 일정한 크기의 사각형을 그리고, 왼쪽에 함수 이름 Output을 적는다. 함수 스택 세그먼트에는 선언된 변수들의 개수만큼 작은 사각형을 그리고 사각형 바깥쪽에 적당한 위치에 변수 이름을 적는다. 그리고 매개변수는 함수 호출식을 참고하여 데이터를 적고, 자동변수는 초기화되어 있으면 초깃값을 적고, 그렇지 않으면 쓰레기이므로 물음표를 적는다.

```
052 : Output(names, koreanScores, englishScores, mathScores, sums,
053 :     averages, grades, koreanAverage, englishAverage, mathAverage);
```

함수 호출식을 보면, names, koreanScores, englishScores, mathScores, sums, averages, grades는 배열 이름이다. main 함수 스택 세그먼트에 할당된 배열들의 이름이다. C 언어에서 배열 이름은 주소이다. 첫 번째 매개변수에서 일곱 번째까지 사각형에는 별표가 적히고, 별표로부터 시작하여 main 함수 스택 세그먼트에 할당된 배열의 첫 번째 배열요소를 가리키도록 화살표를 작도한다. 그리고 koranAverage, englishAverage, mathAverage는 변수 이름이다. 변수 이름은 변수에 저장된 값이다. 따라서 main 함수 스택 세그먼트에 할당된 koreanAverage, englishAverage 그리고 mathAverage에 저장된 값이다. 여덟 번째부터 열 번째 매개변수에는 70.0, 72.0 그리고 60.8이 적혀야 한다.

자동변수 i는 초기화되지 않아 쓰레기가 저장되어 있으므로 물음표를 적어야 한다.

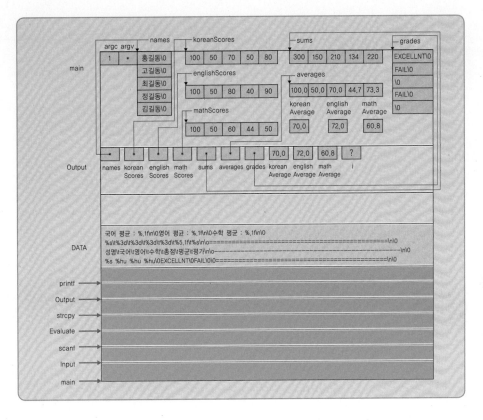

다음은 140번째 줄로 이동한다.

```
140:        printf("=====================================\n");
```

printf 함수 호출 문장이다. 함수 호출식에 적힌 문자열 리터럴은 DATA 데이터 세그먼트에 할당된 문자 배열에 문자들이 저장되고 마지막에 널 문자가 저장된다. 따라서 함수 호출식에 적힌 문자열 리터럴은 DATA 데이터 세그먼트에 할당된 문자 배열의 시작주소이다. 이 값을 저장하기 위해 printf 함수 스택 세그먼트가 할당되고, 매개변수에 주소가 저장될 것이다.

Output 함수 스택 세그먼트 아래쪽에 일정한 크기의 사각형을 그리고, 왼쪽에 함수 이름 printf를 적는다. 함수 스택 세그먼트에 한 개의 작은 사각형을 그리고 별표를 적고, 별표로부터 시작하여 문자열 리터럴이 저장된 배열의 첫 번째 배열요소를 가리키는 화살표를 작도한다.

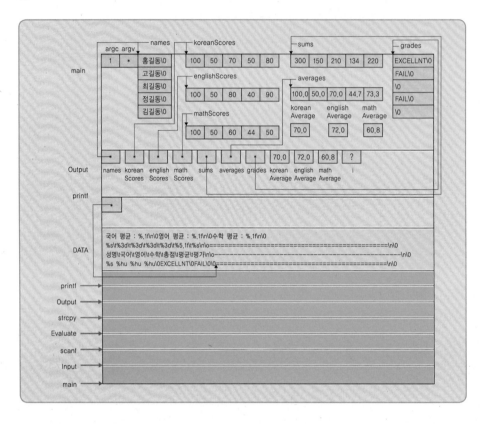

이러한 상태에서 printf 함수는 모니터에 구분선을 출력한다. 모니터에 구분선이 출력되면, printf 함수의 실행은 끝나게 된다. printf 함수 스택 세그먼트가 할당 해제된다. 그러면 가장 아래쪽에 있는 함수 스택 세그먼트는 Output 함수 스택 세그먼트이므로 Output 함수가 실행제어를 가지게 되고, 141번째 줄로 이동한다.

C코드

```
141 :     printf("성명\t국어\t영어\t수학\t총점\t평균\t평가\n");
```

● 여러분이 직접 메모리 맵으로 디버깅해 보자.

다음은 142번째 줄로 이동한다.

```
C코드
142 :    printf("——————————————————————\n");
```

● 여러분이 직접 메모리 맵으로 디버깅해 보자.

다음은 143번째 줄로 이동한다.

```
C코드
143 :    for( i = 0; i < STUDENTS; i++ ) {
144 :        printf("%s\t%3d\t%3d\t%3d\t%3d\t%5.1f\t%s\n", names[i],
145 :        koreanScores[i], englishScores[i], mathScores[i],
146 :        sums[i], averages[i], grades[i]); // 학생 성적 출력 코드
147 :    }
```

for 반복문이다. i = 0 초기식이다. 한 번만 평가된다. 반복제어변수 i에 0을 저장한다.

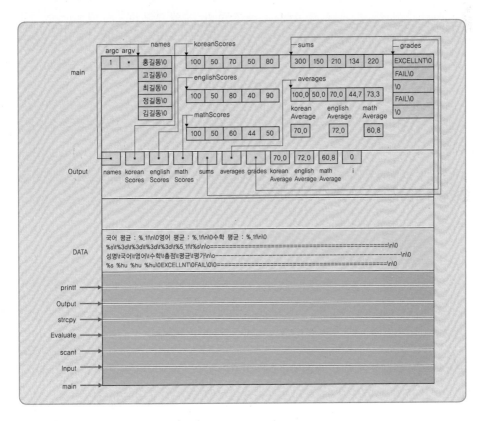

다음은 i 〈 STUDENTS 조건식을 평가해야 한다. i에 저장된 값 0과 STUDENTS 5를 읽어 0이 5보다 작은지에 대해 관계식을 평가한다. 참이다. for 반복문은 조건식을 평가했을 때 참이면 반복하고 거짓이면 반복을 탈출하는 진입 조건 반복 구조(다른 말로는 선 검사 반복 구조)이다. 반복해야 하므로 for 반복문의 제어블록으로 이동하여 144번째 줄로 이동한다.

printf 함수 호출 문장이다. printf 함수가 호출된다. printf 함수 스택 세그먼트가 할당되고, 함수 호출 식에 적힌 데이터들을 저장하기 위해 함수 스택 세그먼트에 기억장소를 할당하고, 복사하여 저장한다.

Output 함수 스택 세그먼트 아래쪽에 일정한 크기의 사각형을 그리고, 왼쪽에 함수 이름 printf를 적는다. 함수 호출식에 적힌 데이터들의 개수만큼 printf 함수 스택 세그먼트에 작은 사각형을 그리고, 데이터를 적는다.

"%s\t%3d\t%3d\t%3d\t%3d\t%5.if\t%s\n" 문자열 리터럴에 대해 첫 번째 매개변수에 주소를 저장하게 된다. 문자열 리터럴은 이름 없는 문자 배열이다. 배열 자체는 주소이므로 첫 번째 사각형에 별표를 적고, 별표로부터 시작하여 DATA 데이터 세그먼트에 할당된 배열의 첫 번째 문자 %를 가리키도록 화살표를 그린다.

i에 저장된 값이 0이므로 [] 첨자 연산자로 식을 평가하면, names 2차원 배열의 첫 번째 배열요소에 저장된 값을 읽고, printf 함수의 두 번째 매개변수에 저장한다. names 2차원 배열의 첫 번째 배열요소에 저장된 값은 1차원 문자 배열이다. 배열 자체는 주소이므로, 두 번째 사각형에는 별표를 적고, 별표로부터 시작하여 main 함수 스택 세그먼트에 할당된 names 배열의 첫 번째 배열요소를 가리키는 화살표를 작도한다.

koreanScores, englishScores, mathScores, sums, averages 1차원 배열이므로 첨자 연산자를 사용하면, 배열의 첫 번째 배열요소에 저장된 값이다. 그래서 100, 100, 100, 300, 100.0을 읽어 세 번째 매개변수부터 일곱 번째 매개변수까지 저장한다. 세 번째부터 일곱 번째까지 사각형에 100, 100, 100, 300 그리고 100.0을 적는다.

grades 2차원 배열의 첫 번째 배열요소에 저장된 값은 1차원 문자 배열이다. 배열 자체는 주소이므로, 여덟 번째 사각형에는 별표를 적고, 별표로부터 시작하여 main 함수 스택 세그먼트에 할당된 grades 배열의 첫 번째 배열요소를 가리키는 화살표를 작도한다.

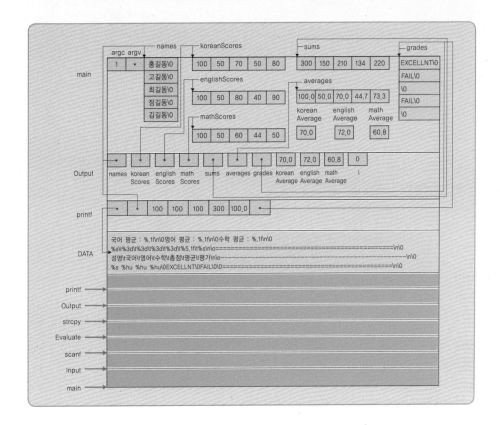

```
C코드
143 :      for( i = 0; i < STUDENTS; i++ ) {
144 :          printf("%s\t%3d\t%3d\t%3d\t%3d\t%5.1f\t%s\n", names[i],
145 :          koreanScores[i], englishScores[i], mathScores[i],
146 :          sums[i], averages[i], grades[i]); // 학생 성적 출력 코드
147 :      }
```

모니터에 홍길동, 100, 100, 100, 300, 100.0 그리고 EXCELLENT가 한 줄에 출력된다.
모니터에 출력된 후 printf 함수는 끝난다. 따라서 printf 함수 스택 세그먼트가 할당 해제
된다. 그러면 가장 아래쪽에 할당된 함수 스택 세그먼트는 Output 함수 스택 세그먼트이
다. 따라서 실행제어가 Output 함수로 이동하였으므로 실행제어가 147번째 줄로 이동한다.

for 반복문의 제어블록의 끝을 나타내는 닫는 중괄호이다. 따라서 실행제어는 다시 반복제
어변수의 변경식이 적힌 143번째 줄로 이동한다. i++ 변경식으로 i에 저장된 값 0을 읽어
1을 더하여 구한 값 1을 다시 i에 저장한다.

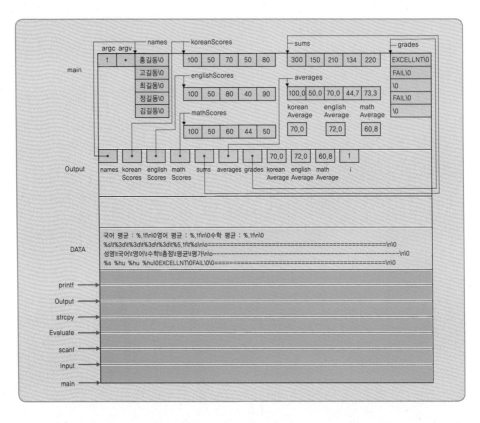

다음은 반복문이므로 i 〈 STUDENTS 조건식을 평가한다. i에 저장된 값 1과 STUDENTS 5를 읽어 1이 5보다 작은지에 대해 평가한다. 참이다. 반복해야 한다. for 반복문의 제어블록으로 이동하여 144번째 줄로 이동한다. printf 함수 호출 문장이다.

```
C코드
143 :    for( i = 0; i 〈 STUDENTS; i++ ) {
144 :        printf("%s\t%3d\t%3d\t%3d\t%3d\t%5.1f\t%s\n", names[i],
145 :        koreanScores[i], englishScores[i], mathScores[i],
146 :        sums[i], averages[i], grades[i]); // 학생 성적 출력 코드
147 :    }
```

● 여러분이 직접 메모리 맵으로 디버깅해 보자.

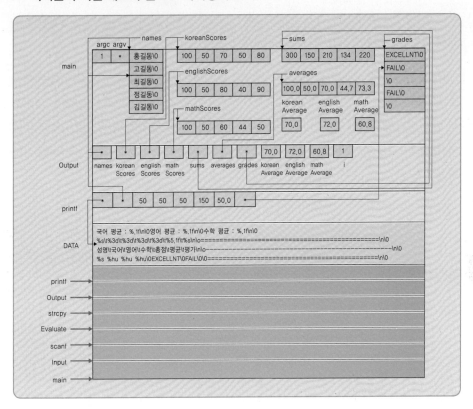

● 세 번째, 네 번째 그리고 다섯 번째 학생까지 여러분이 직접 메모리 맵으로 디버깅해 보자.

i가 5이면 for 반복문의 조건식을 평가하면, 거짓이다. 반복 탈출해야 한다. 그러면 148번째 줄로 이동한다.

`C코드`

148 :   printf("==\n");

● 여러분이 직접 메모리 맵으로 디버깅해 보자.

다음은 printf 함수 호출 문장으로 구분선이 출력되면, printf 함수가 끝나게 되고, 149번째 줄로 이동한다.

`C코드`

149 :   printf("국어 평균 : %.1f\n", koreanAverage);

printf 함수 호출 문장이다. printf 함수가 호출되고, printf 함수 스택 세그먼트가 할당된다. 그리고 함수 호출식에 적힌 두 개의 데이터를 저장하기 위해 함수 스택 세그먼트에 두 개의 기억장소를 할당하고 복사하여 저장하게 된다.

Output 함수 스택 세그먼트 아래쪽에 일정한 크기의 사각형을 그리고, 왼쪽에 함수 이름 printf를 적고, printf 함수 스택 세그먼트 영역에 두 개의 작은 사각형을 그린다. 그리고 첫 번째 사각형에는 별표를 적고, 별표로부터 시작하여 DATA 데이터 세그먼트에 문자 배열을 가리키도록 한다. 물론 문자 배열에는 문자열 리터럴이 저장되어 있다. 두 번째 사각형은 koreanAverage에 저장된 값 70.0을 적는다.

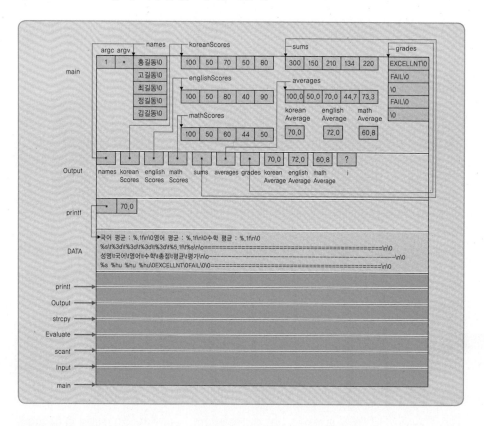

모니터에 국어 평균은 70.0이라고 출력된다. 그러면 printf 함수가 끝나고, 150번째 줄로 이동한다.

```
150 :      printf("영어 평균 : %.1f\n", englishAverage);
```

● 여러분이 직접 메모리 맵으로 디버깅해 보자.

영어 평균을 출력한 후 151번째 줄로 이동한다.

C코드

```
151:      printf("수학 평균 : %.1f\n", mathAverage);
```

● 여러분이 직접 메모리 맵으로 디버깅해 보자.

수학 평균까지 출력되면, 152번째 줄로 이동한다.

C코드

```
152 : }
```

152번째 줄에서 만나는 닫는 중괄호는 Output 함수 블록의 끝을 나타낸다. 따라서 Output 함수가 끝난다는 것이다.

Output 함수 스택 세그먼트가 할당 해제되면, 남은 스택 세그먼트는 main 함수 스택 세그먼트이다. 이러한 상태에서는 중앙처리장치에 의해서 데이터가 읽히고 쓰일 스택 세그먼트는 main 함수 스택 세그먼트이므로 실행제어는 main 함수가 가진다. 055번째 줄로 이동한다. 프로그램이 정상적으로 끝난다는 의미의 값 0을 중앙처리장치의 레지스터에 복사하고, 056번째 줄로 이동한다. 056번째 줄에 만나는 닫는 중괄호는 main 함수 블록의 끝을 나타내는 것이다. 따라서 main 함수가 끝난다는 것이다. main 함수 스택 세그먼트가 할당 해제된다. 그러면 중앙처리장치에서 데이터를 읽고 쓸 수 있는 함수 스택 세그먼트가 없으므로 프로그램이 끝나게 되는 것이다.

C코드

```
055 :    return 0;
056 : }
```

모니터에 출력된 것을 확인해 보면 입력된 데이터에 대해 정확한 결과를 확인할 수 있을 것이다.

⑦ 평가와 해결 : 포인터 배열

우리가 하는 일은 이렇게 답을 구했다고 끝나는 것이 아니다. 이제는 비판적인 사고력으로 알고리듬이나 프로그램에 비효율적인 부분이 있는지 없는지를 생각해서 비효율적인 부분, 알고리듬이나 프로그램의 문제점을 찾아야 한다. 그리고 창의적인 생각으로 비효율적인 부분을 없애서 효율적으로 만들어야 한다.

앞에서 작성된 코드에는 비효율적인 부분이 있다. 먼저 여러분이 메모리 맵을 보고 비효율적인 부분을 찾아보자. 힌트는 앞에서 C언어에서 문자열을 처리할 때 문자열을 입력받을 때는 반드시 문자 배열을 사용해야 하고, 복사하거나 비교할 때처럼 문자열을 조작하는 경우 문자 배열 포인터를 사용해야 한다는 것을 반드시 기억하라고 했다.

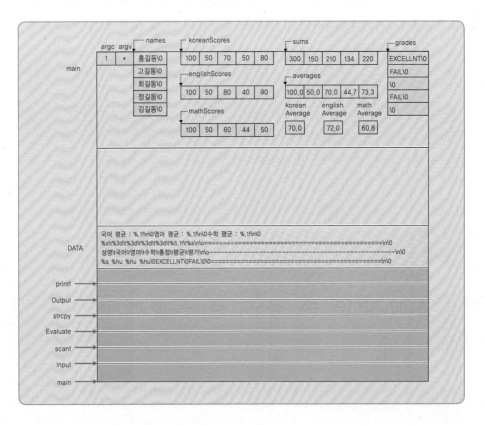

평가할 때 사용되는 문자열 "EXCELLENT", "FAIL", ""는 이미 문자 배열로 저장되어 있다. 그것도 프로그램이 실행할 때 할당되어 프로그램이 끝날 때 할당 해제되는 DATA 데이터 세그먼트에 저장되어 있다. 이렇게 저장된 데이터를 이용하는 데 학생 한 명당 문자 배열을 할당하여 복사하여 저장한다는 것은 기억장치의 사용성 관점에서 보면 비효율적이다. 기억장소의 낭비가 초래되고 있다. 배열요소의 자료형이 char [10]이므로 5개의 배열요소를 갖는 배열이 할당되었기 때문에 50바이트의 기억장소가 사용되었다.

"EXCELLENT", "FAIL", ""은 문자 배열이다. 배열 자체는 주소이므로, 학생 한 명당 평가에 대해 DATA 데이터 세그먼트에 할당된 문자 배열의 주소를 저장하면 된다. 이제는 문자 배열이 아니라 문자 배열의 주소를 저장하는 배열, 다시 말해서 포인터 배열을 선언 및 정의하여 할당하도록 하면 된다. 주소를 저장하는 기억장소의 크기는 워드 크기이다. 32 비트 운영체제에서는 4바이트이다. 따라서 5개의 배열요소를 갖는 배열이 할당된다면 20바이트의 기억장소가 사용된다. 따라서 문자 배열보다는 문자 배열의 주소를 갖는 배열을 할당하면 기억장소의 낭비가 줄어들게 된다. 더욱더 처리해야 하는 학생 수가 많으면 많을수록 더욱더 기억장소의 낭비가 줄어들게 된다.

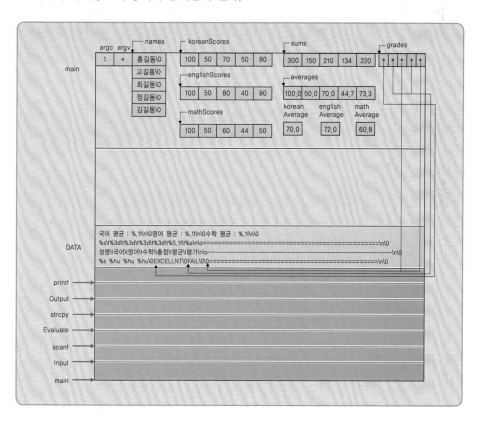

문자 배열을 포인터 배열로 바꾸어 코드를 작성해 보자.

1. main 함수에서 2차원 문자 배열이 1차원 포인터 배열로 바뀌어야 한다.

먼저 main 함수에서 포인터 배열을 선언 및 정의해 보자. 배열을 선언하는 절차에 따라 선언해 보자.

(1) 배열 이름을 적는다. grades

(2) 배열 이름 뒤에 대괄호를 적는다. grades[]

(3) 배열 이름 앞에 공백을 두고 배열요소의 자료형을 적는다. 배열요소의 자료형이 포인터형이다. char (*) grades[]

배열요소의 자료형을 모르겠다면, 포인터 변수를 선언하는 절차에 따라 포인터 변수를 선언해 보자.

❶ 변수 이름을 적는다. 임의로 x라고 하자.

❷ 변수 이름 앞에 별표를 적는다. *x

❸ 변수에 저장된 주소를 갖는 기억장소, 배열인 경우 배열의 첫 번째 배열요소의 자료형을 별표 앞에 공백을 두고 적는다. char *x

❹ 배열의 시작주소이면 변수 이름과 가장 오른쪽 별표로 소괄호로 싼다. char (*x)

❺ 자동변수이면 줄의 끝에 세미콜론을 적어 문장으로 처리되도록 한다. 선언문이라고 한다. char (*x); 이제 자료형을 알고자 한다면, 변수 이름과 세미콜론을 지우자. 그러면 남는 것이 자료형이 된다. char (*)

(4) 배열 크기를 대괄호에 적는다. char (*) grades[STUDENTS]

(5) 배열 이름 앞에 있는 소괄호를 지운다. 이때는 별표를 자료형 char에 붙여 자료형을 강조한다. 배열요소의 자료형이 char* 자료형이다. char* grades[STUDENTS]

(6) 줄의 끝에 세미콜론을 적어 문장으로 처리되도록 한다. char* grades[STUDENTS];

2. 포인터형은 C언어에서 제공하는 자료형이므로 치환 연산자를 사용할 수 있다. 따라서 문자열 관련 라이브러리 함수를 사용할 필요가 없다. 문자열 관련 라이브러리 함수를 복사하도록 지시하는 매크로를 지운다.

C코드

```
#include <string.h>
```

3. Evaluate와 Ouput 함수 원형에서 grades 매개변수의 선언이 바뀌어야 한다. 포인터 변수를 선언하는 절차에 따라 다시 선언해 보자.

❶ 변수 이름을 적는다. grades

❷ 변수 이름 앞에 별표를 적는다. *grades

❸ 별표 앞에 변수에 저장된 주소를 갖는 기억장소, 배열이면 배열의 첫 번째 배열요소의 자료형을 적는다. char* *grades

❹ 배열의 시작주소이므로 배열 포인터라서 변수 이름과 가장 오른쪽 별표를 싼다. char* (*grades)

선언된 매개변수의 자료형은 포인터 배열의 배열 포인터라고 읽는다.

C코드
```
void Evaluate( char (*names)[11], UShort (*koreanScores),
    UShort (*englishScores), UShort (*mathScores), UShort (*sums),
    float (*averages), char* (*grades), float *koreanAverage,
    float *englishAverage, float *mathAverage );
void Output( char (*names)[11], UShort (*koreanScores),
    UShort (*englishScores), UShort (*mathScores), UShort (*sums),
    float (*averages), char* (*grades), float koreanAverage,
    float englishAverage, float mathAverage );
```

4. Evaluate 함수 머리에서 grades 매개변수의 자료형이 char* (*)로 포인터 배열의 배열 포인터이어야 한다.

5. Evaluate 함수에서 평균에 따라 평가하는 코드가 바뀌어야 한다. grades 배열 포인터를 참조하여 main에 할당된 grades 배열의 i번째 배열요소에 치환 연산자로 DATA 데이터 세그먼트에 할당된 배열의 시작 주소를 저장해야 한다.

C코드
```
void Evaluate( char (*names)[11], UShort (*koreanScores),
    UShort (*englishScores), UShort (*mathScores), UShort (*sums),
    float (*averages), char* (*grades), float *koreanAverage,
    float *englishAverage, float *mathAverage) {
    // 자동변수 선언, 정의 그리고 초기화
    UShort koreanSum = 0;
    UShort englishSum = 0;
    UShort mathSum = 0;
    UShort i;

    // 1. 성명들, 국어점수들, 영어점수들 그리고 수학점수들을 입력받는다.
    // 2. STUDENTS만큼 반복한다.
```

```
for( i = 0; i < STUDENTS; i++ ) {
    // 2.1. 총점을 구한다.
    sums[i] = koreanScores[i] + englishScores[i] + mathScores[i];
    // 2.2. 평균을 구한다.
    averages[i] = sums[i]/3.0F;
    // 2.3. 평균에 따라 평가한다.
    if(averages[i] >= 90.0F) {
        grades[i] = "EXCELLENT";
    }
    else if(averages[i] < 60.0F) {
        grades[i] = "FAIL";
    }
    else {
        grades[i] = "";
    }
    // 2.4. 국어 총점을 구한다.
    koreanSum += koreanScores[i];
    // 2.5. 영어 총점을 구한다.
    englishSum += englishScores[i];
    // 2.6. 수학 총점을 구한다.
    mathSum += mathScores[i];
}
// 3. 국어평균을 구한다.
*koreanAverage = koreanSum / ( STUDENTS * 1.0F);
// 4. 영어평균을 구한다.
*englishAverage = englishSum / ( STUDENTS * 1.0F);
// 5. 수학평균을 구한다.
*mathAverage = mathSum / ( STUDENTS * 1.0F);
// 6. 총점들, 평균들, 평가들, 국어평균, 영어평균, 수학평균을 출력한다.
// 7. 끝낸다.
}
```

6. Output 함수의 함수 머리에서 grades 매개변수를 다시 선언해야 한다. char* (*)로 포인터 배열의 배열 포인터이어야 한다.

C코드

```
void Output( char (*names)[15], UShort (*koreanScores),
    UShort (*englishScores), UShort (*mathScores), UShort (*sums),
    float (*averages), char (*grades)[10], float koreanAverage,
    float englishAverage, float mathAverage ) {
```

여기까지 코드를 정리하면 다음과 같다.

C코드

```
// Evaluate.c
/* ***********************************************************
   파일 이름 : Evaluate.c
   기     능 : 5명의 학생의 성명, 국어점수, 영어점수 그리고 수학점수가 입력되면 성적을 평가하고,
              과목별 평균을 구한다.
   작 성 자 : 김 석 현
   작성 일자 : 2013년 8월 14일
   ***********************************************************/
// 매크로
#include <stdio.h> // scanf 함수 원형 복사 지시 매크로

#define STUDENTS  5

// 자료형 이름 선언
typedef unsigned short int UShort;

// 함수 선언
int main( int argc, char *argv[] );
void Input( char (*names)[11], UShort (*koreanScores),
        UShort (*englishScores), UShort (*mathScores));
void Evaluate( char (*names)[11], UShort (*koreanScores),
    UShort (*englishScores), UShort (*mathScores), UShort (*sums),
    float (*averages), char* (*grades), float *koreanAverage,
    float *englishAverage, float *mathAverage );
void Output( char (*names)[11], UShort (*koreanScores),
    UShort (*englishScores), UShort (*mathScores), UShort (*sums),
    float (*averages), char* (*grades), float koreanAverage,
    float englishAverage, float mathAverage );

// 함수 정의
int main( int argc, char *argv[] ) {
    // 배열과 자동변수 선언
    char names[STUDENTS][11];
    UShort koreanScores[STUDENTS];
    UShort englishScores[STUDENTS];
    UShort mathScores[STUDENTS];
    UShort sums[STUDENTS];
    float averages[STUDENTS];
    char* grades[STUDENTS];
    float koreanAverage;
    float englishAverage;
    float mathAverage;

    // 함수 호출
    // 성명들, 국어점수들, 영어점수들, 수학점수들을 입력받는다.
    Input(names, koreanScores, englishScores, mathScores);
    // 성적을 평가하다.
    Evaluate(names, koreanScores, englishScores, mathScores, sums,
        averages, grades, &koreanAverage, &englishAverage, &mathAverage);
    // 평가된 성적을 출력하다.
    Output(names, koreanScores, englishScores, mathScores, sums,
        averages, grades, koreanAverage, englishAverage, mathAverage);
```

```
        return 0;
}

/* ************************************************************
함수 이름 : Input
기      능 : 키보드로 학생의 점수들을 입력받는다.
입      력 : 없음
출      력 : 성명들, 국어점수들, 영어점수들, 수학점수들
************************************************************ */
void Input(char (*names)[11], UShort (*koreanScores),
    UShort (*englishScores), UShort (*mathScores)) {
    UShort i; // 반복제어변수

    // STUDENTS 5번 반복하다.
    for( i = 0; i < STUDENTS; i++) {
        // 키보드 입력 처리
        scanf("%s %hu %hu %hu", names[i], koreanScores + i,
            englishScores + i, mathScores + i);
    }
}


/* ************************************************************
함수 이름 : Evaluate
기      능 : 5명의 학생의 성명, 국어점수, 영어점수 그리고 수학점수가 입력되면
            성적을 평가하고, 과목별 평균을 구한다.
입      력 : 성명들, 국어점수들, 영어점수들, 수학점수들
출      력 : 총점들, 평균들, 평가들, 국어평균, 영어평균, 수학평균
************************************************************ */
void Evaluate( char (*names)[11], UShort (*koreanScores),
    UShort (*englishScores), UShort (*mathScores), UShort (*sums),
    float (*averages), char* (*grades), float *koreanAverage,
    float *englishAverage, float *mathAverage) {
    // 자동변수 선언, 정의 그리고 초기화
    UShort koreanSum = 0;
    UShort englishSum = 0;
    UShort mathSum = 0;
    UShort i;

    // 1. 성명들, 국어점수들, 영어점수들 그리고 수학점수들을 입력받는다.
    // 2. STUDENTS만큼 반복한다.
    for( i = 0; i < STUDENTS; i++ ) {
        // 2.1. 총점을 구한다.
        sums[i] = koreanScores[i] + englishScores[i] + mathScores[i];
        // 2.2. 평균을 구한다.
        averages[i] = sums[i]/3.0F;
        // 2.3. 평균에 따라 평가한다.
        if(averages[i] >= 90.0F) {
            grades[i] = "EXCELLENT";
        }
        else if(averages[i] < 60.0F) {
            grades[i] = "FAIL";
        }
        else {
```

```
            grades[i] = "";
        }
        // 2.4. 국어 총점을 구한다.
        koreanSum += koreanScores[i];
        // 2.5. 영어 총점을 구한다.
        englishSum += englishScores[i];
        // 2.6. 수학 총점을 구한다.
        mathSum += mathScores[i];
    }
    // 3. 국어평균을 구한다.
    *koreanAverage = koreanSum / ( STUDENTS * 1.0F);
    // 4. 영어평균을 구한다.
    *englishAverage = englishSum / ( STUDENTS * 1.0F);
    // 5. 수학평균을 구한다.
    *mathAverage = mathSum / ( STUDENTS * 1.0F);
    // 6. 평균들, 평가들, 국어평균, 영어평균, 수학평균을 출력한다.
    // 7. 끝낸다.
}

/* ***************************************************************
함수 이름 : Output
기    능 : 5명의 학생의 성적을 출력하고, 과목별 평균을 출력한다.
입    력 : 성명들, 국어점수들, 영어점수들, 수학점수들, 총점들, 평균들, 평가들,
           국어평균, 영어평균, 수학평균
출    력 : 없음
*************************************************************** */
void Output( char (*names)[11], UShort (*koreanScores),
    UShort (*englishScores), UShort (*mathScores), UShort (*sums),
    float (*averages), char* (*grades), float koreanAverage,
    float englishAverage, float mathAverage ) {
    UShort i;

    printf("==========================================\n");
    printf("성명\t국어\t영어\t수학\t총점\t평균\t평가\n");
    printf("------------------------------------------\n");
    for( i = 0; i < STUDENTS; i++ ) {
        printf("%s\t%3d\t%3d\t%3d\t%3d\t%5.1f\t%s\n", names[i],
            koreanScores[i], englishScores[i], mathScores[i],
            sums[i], averages[i], grades[i]); // 학생 성적 출력 코드
    }
    printf("==========================================\n");
    printf("국어 평균 : %.1f\n", koreanAverage);
    printf("영어 평균 : %.1f\n", englishAverage);
    printf("수학 평균 : %.1f\n", mathAverage);
}
```

컴파일, 링크한 후 다시 실행시켜 보자. 정확하게 작동하는 것을 확인할 수 있을 것이다.

이렇게 프로그램이 기억장치를 효율적으로 사용하도록 할 수 있는지를 반드시 검토하자.

> 제시된 문제를 풀면서 어떠한 느낌이었는가? 정리되지 않는 느낌이 들었을 것이다. 다양한 자료형의 데이터가 입력되어 처리되다 보니 문제를 풀 때 번잡하고, 데이터를 처리하는 데 불편하다. 또한, 논리적인 표현도 어렵고 따라서 논리 오류도 발생하게 된다. 이러한 번잡과 불편을 없애고, 논리적 오류가 발생할 확률을 최소화하는 해결책을 생각해 보자.

algorithm

레코드를 이용하여 문제를
풀 때는 어떻게 할까?

02

레코드를 이용하여 문제를 풀 때는 어떻게 할까?

제시된 문제를 풀면서 어떠한 느낌이었는가? 정리되지 않는 느낌이 들었을 것이다. 다양한 자료형의 데이터가 입력되어 처리되다 보니 문제를 풀 때 번잡하고, 데이터를 처리하는 데 불편하다. 또한, 논리적인 표현도 어렵고 따라서 논리 오류도 발생하게 된다. 이러한 번잡과 불편을 없애고, 논리적 오류가 발생할 확률을 최소화하는 해결책을 생각해 보자.

1 모델구축

표 형식을 달리 해보자. 열 제목이 적힌 표를 만들어 보자.

번호	성명	국어점수	영어점수	수학점수	총점	평균	평가
1							
2							
3							
4							
5							
	총점						
	평균						

제시된 문제를 해결하는 데 있어 위쪽 표같이 열 제목이 적힌 표를 이용해서 풀어 보자. 종이와 연필로 문제를 직접 풀어 보자. 입출력 예시에서 제시되는 데이터를 이용하여 종이와 연필로 표를 작성하자.

한 명의 학생의 성명과 국어점수, 영어점수 그리고 수학점수를 한 줄에 차례대로 적는다.

국어점수, 영어점수 그리고 수학점수를 더하여 총점을 구하여 적는다. 총점을 3으로 나누어 평균을 구한다. 평균은 소수점 한 자리까지 표현하기로 하자. 평균이 90점 이상이면, "EXCELLENT", 60점 미만이면 "FAIL"을 적고, 그렇지 않으면 공란으로 처리한다.

첫 번째 학생의 성적을 처리해 보도록 하자. 첫 번째 줄의 성명이 적힌 열, 국어점수가 적힌 열, 영어점수가 적힌 열, 그리고 수학점수가 적힌 열의 칸에 차례로 홍길동, 100, 100, 100을 적는다. 국어점수 100, 영어 점수 100 그리고 수학 점수 100을 더하여 총점 300을 구하여 총점이 적힌 열의 칸에 적는다. 총점을 3으로 나누어 평균을 구한다. 평균은 소수점 한 자리까지 표현하기로 하자. 300을 3으로 나누면 구해지는 값은 100.0이다. 평균이 적힌 열의 칸에 적는다. 그리고 평균이 100.0이다. 90점 이상이므로 평가에 "EXCELLENT"를 적는다.

번호	성명	국어점수	영어점수	수학점수	총점	평균	평가
1	홍길동	100	100	100	300	100.0	EXCELLENT
2							
3							
4							
5							
	총점						
	평균						

그리고 국어, 영어 그리고 수학 과목의 총점을 구해서 적는다. 처음으로 구하는 것이므로 첫 번째 학생의 각 과목 점수를 적으면 된다. 그래서 국어 총점 100, 영어 총점 100, 수학 총점이 100이 된다.

번호	성명	국어점수	영어점수	수학점수	총점	평균	평가
1	홍길동	100	100	100	300	100.0	EXCELLENT
2							
3							
4							
5							
	총점	100	100	100			
	평균						

두 번째 학생의 성적을 처리해 보자. 두 번째 줄에 해당 열의 칸에 차례로 고길동, 50, 50, 50을 적는다. 국어 점수 50, 영어 점수 50, 수학 점수 50을 더하여 총점 150을 구해 총점이 적힌 열의 칸에 적는다. 총점 150을 3으로 나누어 평균 50.0을 구해 평균이 적힌 열의 칸에

적는다. 평균이 50.0이므로 60점보다 작으므로 이번에는 평가가 "FAIL"이 된다.

번호	성명	국어점수	영어점수	수학점수	총점	평균	평가
1	홍길동	100	100	100	300	100.0	EXCELLENT
2	고길동	50	50	50	150	50.00	FAIL
3							
4							
5							
	총점	100	100	100			
	평균						

그리고 국어, 영어 그리고 수학 과목의 총점을 구해서 적는다. 과목 총점에 두 번째 학생의 과목별 점수를 더하여 구한 값을 적는다. 국어 총점 100에 두 번째 학생의 국어 점수 50을 더하여 구한 총점 150을 적는다. 같은 방식으로 영어 총점과 수학 총점을 구하여 적는다.

번호	성명	국어점수	영어점수	수학점수	총점	평균	평가
1	홍길동	100	100	100	300	100.0	EXCELLENT
2	고길동	50	50	50	150	50.00	FAIL
3							
4							
5							
	총점	150	150	150			
	평균						

세 번째 학생의 성적을 처리해 보자. 세 번째 줄에 해당 열의 칸에 차례로 최길동, 70, 80, 60을 적는다. 국어 점수 70, 영어 점수 80, 수학 점수 60을 더하여 총점 210을 구해 총점이 적힌 열의 칸에 적는다. 총점 210을 3으로 나누어 평균 70.0을 구해 평균이 적힌 열의 칸에 적는다. 평균이 70.0이므로 90점보다는 작고, 60점보다 크므로 이번에는 평가가 따로 없다. 공란으로 처리한다.

번호	성명	국어점수	영어점수	수학점수	총점	평균	평가
1	홍길동	100	100	100	300	100.0	EXCELLENT
2	고길동	50	50	50	150	50.00	FAIL
3	최길동	70	80	60	210	70.0	
4							
5							
	총점	150	150	150			
	평균						

그리고 국어, 영어 그리고 수학 과목의 총점을 구해서 적는다. 각 과목의 총점에 세 번째 학생의 각 과목의 점수를 더하여 총점을 구하여 다시 적는다.

번호	성명	국어점수	영어점수	수학점수	총점	평균	평가
1	홍길동	100	100	100	300	100.0	EXCELLENT
2	고길동	50	50	50	150	50.00	FAIL
3	최길동	70	80	60	210	70.0	
4							
5							
	총점	220	230	210			
	평균						

입출력 예시에서 주어지는 입력데이터를 가지고, 네 번째와 다섯 번째 학생의 성적을 여러분이 직접 처리해 보자. 다섯 명의 학생의 성적을 처리했다면 다음과 같이 표가 정리될 것이다.

번호	성명	국어점수	영어점수	수학점수	총점	평균	평가
1	홍길동	100	100	100	300	100.0	EXCELLENT
2	고길동	50	50	50	150	50.0	FAIL
3	최길동	70	80	60	210	70.0	
4	정길동	50	40	44	134	44.7	FAIL
5	김길동	80	90	50	220	73.3	
	총점	350	360	304			
	평균						

다음은 각 과목의 평균을 구하자. 과목 총점을 학생 수 STUDENTS로 나누어 과목별 평균을 구하여 적는 칸에 소수점 한 자리까지 적는다. 국어 총점 350을 5로 나누면 70이 구해지므로 국어 평균을 적는 칸에 70.0을 적는다. 영어 평균과 수학 평균은 여러분이 직접 구해 적어 보자. 최종적으로 정리된 표는 다음과 같다.

번호	성명	국어점수	영어점수	수학점수	총점	평균	평가
1	홍길동	100	100	100	300	100.0	EXCELLENT
2	고길동	50	50	50	150	50.0	FAIL
3	최길동	70	80	60	210	70.0	
4	정길동	50	40	44	134	44.7	FAIL
5	김길동	80	90	50	220	73.3	
	총점	350	360	304			
	평균	70.0	72.0	60.8			

어렵지 않게 표를 작성할 수 있을 것이다. 앞에서 여러 개의 표를 이용할 때보다는 한결 정

리되고, 논리적인 표현도 쉽다는 것도 느끼게 될 것이다.

이제는 바로 배경도로 문제를 정의하기 전에 먼저 데이터를 구조화하는 작업이 먼저 이루어져야 한다. 레크드 설계(Record Design)라고 한다.

2 레코드 설계

먼저 개념들부터 정리하자. 컴퓨터를 사용하는 목적은 데이터(Data)를 처리해서 정보(Information)를 창출하기 위한 것이다. 데이터를 처리하는 데 있어서 나름대로 데이터 크기에 대해 기준이 있어야 한다. 이러한 기준을 정보처리단위라고 한다.

여러분에게 "홍길동", "정길동", "고길동" 같은 데이터를 제시하면, 여러분은 제시된 데이터들에 대해 의미를 파악한다. "성명"이라고 말이다. 또한, 성적을 처리하는 데 있어 100, 90, 50 같은 데이터를 제시하면 "점수"라고, 100.0, 50.0, 73.3 같은 데이터를 제시하면 "평균"이라고 뜻을 파악하게 된다. 이처럼 성명, 점수, 평균같이 사람에 의해서 의미가 파악될 수 있는 최소한의 정보 처리 단위를 필드(Field)라고 한다.

앞에서 작성된 알고리듬과 프로그램은 다시 말해서 필드 단위로 작성된 것이다. 따라서 변수 이름이나 배열 이름을 지을 때 의미 있게 주어야 하는 이유를 이제는 이해할 수 있을 것이다.

필드 단위로 개별적인 기억장소를 사용하면 제어논리를 표준화시킬 수도 어렵고, 정보전달에서는 하나당 한 개씩의 매개변수를 사용해서 값을 복사해야 하므로 번거롭고, 오류도 발생할 확률이 높아지게 되어 알고리듬을 만들 때나 프로그래밍할 때 작업의 효율성이 떨어지게 된다.

이러한 문제점들을 해결하는 방법은 무엇일까? 문제에서 사용되는 데이터 간의 관계를 관찰해보자. 모델 구축에서 열 단위로 데이터를 처리하지 않는다. 성명이라 적힌 열에 다섯 명의 학생의 성명, 홍길동, 고길동, 최길동, 정길동, 김길동을 한꺼번에 다 적고, 국어 점수라고 적힌 열에 국어 점수, 100, 50, 70, 50, 80을 한꺼번에 다 적는 식으로 하지 않는다.

대신 한 학생의 성적을 처리할 때 한 줄에 먼저 성명, 국어점수, 영어점수, 수학점수를 적고, 국어점수, 영어점수, 수학점수를 더하여 총점을 구해 적고, 총점을 과목 수로 나누어 평균을 구하고 평균으로 평가하게 된다. 이러한 행위와 구조는 데이터 간의 논리적인 그리고 물리적인 관련성을 나타내는 것이다. 데이터 간의 관계를 의미한다. 모델 구축에서 국어점수, 영어점수, 수학점수, 총점, 평균 그리고 평가는 성명이 없으면 의미가 없어지게 된다. 성명 없이 국어점수, 영어점수, 수학점수, 총점, 평균 그리고 평가가 처리되고 출력된다고 생각해 보자. 여러분은 어떻게 생각할까? 가치 있는 데이터로 여길까? 아니면 가치 없는 쓰레기로 여길까? 솔직하게 답을 해보자. 상식이 있는 사람이면 가치 없는 쓰레기로 볼 것이다. 누구 것인지 모른다면 데이터로서 가치가 없다. 따라서 아래와 같이 설계를 하지 않도록 하자.

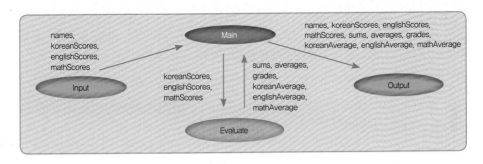

Evaluate 연산 모듈에서 names는 어떠한 처리에도 사용되지 않으므로 생략한 설계이다. 왜, 이렇게 하면 안 되는지를 이제 이해했으리라 믿는다.

여하튼, 여러 자료형의 데이터를 많이 사용하는 문제를 다루다 보면, 데이터들 사이에는 논리적인 혹은 물리적인 관련성 들이 존재한다. 그래서 이러한 논리적으로 혹은 물리적으로 관련이 있는 필드들을 묶어서 하나의 단위로 식별할 수 있도록 데이터를 처리하는 것이 일반적이다. 이 때 논리적으로 혹은 물리적으로 관련이 있는 필드들의 집합으로 식별(구분)이 가능한 정보 처리 단위를 레코드(Record)라고 한다.

성명, 국어점수, 영어점수, 수학점수, 총점, 평균 그리고 평가는 논리적으로 서로 관련이 있는 필드들이다. 성명에 의해서 누구의 것인지 구분할 수 있다. 따라서 이러한 필드들을 묶어서 레코드를 만들어 하나로 처리할 수 있다.

보다 체계적으로 레코드를 처리하고 관리하기 위해서는 서로 관련이 있는 레코드들의 집합으로 특정 행위를 갖는 정보 처리 단위인 파일(File)을 설계해야 한다. 파일 설계는 자료구조 편에서 배우도록 하자. 이 책에서는 가장 간단한 파일 유형인 배열을 사용한다. 일상적인 처리에서는 필드가 칸이면 레코드는 줄이고, 파일은 배열을 사용한다면 표로 생각하면 된다.

번호	성명	국어점수	영어점수	수학점수	총점	평균	평가
1	홍길동	100	100	100	300	100.0	EXCELLENT
2	고길동	50	50	50	150	50.0	FAIL
3	최길동	70	80	60	210	70.0	
4	정길동	50	40	44	134	44.7	FAIL
5	김길동	80	90	50	220	73.3	
	총점	350	360	304			
	평균	70.0	72.0	60.8			

데이터 간의 논리적 관계를 파악해서 기억장치에 어떻게 저장해야 할지에 결정하고, 그에 따른 알고리듬을 연구하고, 실제 프로그래밍을 할 때 응용해야 한다. 이러한 분야를 전산학에서는 자료구조(Data Structure)라고 한다. 따라서 자료구조는 프로그래밍에서 알고리듬과 함께 중요한 영역을 구성하고 있다. 그렇지만 여기에서 자료구조를 다 공부할 수는 없고, 단지 자료구조를 표현하는 데 필요한 개념들만 공부하도록 하자.

여하튼, 데이터 간의 논리적인 관련성을 파악하고, 관련성이 있는 필드들을 하나로 묶어 레코드를 만들고, 레코드들을 관리하는 파일을 어떠한 것을 사용할지 결정하는 작업을 자료구조 설계(Data Structure Design)라고 하는 데 이 책의 범위를 벗어나므로 자세히 언급하지 않겠다. 계속 출간된 시리즈의 자료구조 편에서 자세히 공부할 수 있을 것이다.

레코드 개념도 포함하여 제시된 문제를 계속 풀어보자. 문제 풀이 과정에서는 문제 이해의 모델 구축 단계 다음에 레코드를 설계해야 한다. 절차를 정리하면 다음과 같다.

```
==============================================================
1. 모델 구축
2. 레코드 설계
3. 배경도 작도
4. 시스템 다이어그램 작도
5. 자료명세서 작성
6. 처리 과정 작성
7. 나씨–슈나이더만 다이어그램 작도
8. 검토
9. 구현
10. 디버깅

==============================================================
```

다음 권에서 위에서 정리된 절차로 레코드 개념을 포함하여 문제를 푸는 방법을 완전히 정리하도록 할 것이다. 이 권에서는 왜? 레코드 개념을 적용해야 하는지만 이해하도록 하자.

다시 본론으로 돌아가서, 여러 자료형의 데이터가 많이 사용되는 문제이면, 먼저 데이터 간의 논리적 관련성을 찾아 레코드를 설계해야 한다. 서로 관련이 있는 필드들을 찾아 하나로 묶고, 구분하기 위해 레코드 이름을 지으면 된다. 앞에서도 이미 언급했듯이 성명으로 구분되고, 국어점수, 영어점수, 수학점수, 총점, 평균 그리고 평가는 서로 관련이 있다. 따라서 성명, 국어점수, 영어점수, 수학점수, 총점, 평균 그리고 평가로 구성되는 레코드를 설계해야 한다. 레코드 이름을 지어 구분하도록 하자. 성명이란 데이터가 중심이므로 명확하게 구분되는 개인으로 학생이라 하자.

소프트웨어를 분석하거나 설계할 때 많이 사용되는 언어 UML(Unified Modeling Language)을 빌려 작도해 보자. 사각형을 그리고, 위쪽에는 레코드 이름을 적을 영역과 아래쪽에 필드를 적을 영역으로 구분선을 그린다. 위쪽에 레코드 이름을 적고, 아래쪽은 필드 이름과 자료형을 콜론으로 구분하여 적는다. 이렇게 레코드를 정리한 도해를 자료구조도(Data Structure Diagram)라고 한다.

학생
성   명 : 문자열
국어점수 : 정수
영어점수 : 정수
수학점수 : 정수
총   점 : 정수
평   균 : 실수
평   가 : 문자열

자료명세서에서는 기호상수, 변수 그리고 배열 앞에 자료유형으로 정리한다. 레코드 이름을 한글과 영문으로 적고, 아래쪽에는 한글과 영문 필드 이름과 자료유형을 적는다.

자료 명세서					
번호	명칭		자료유형	구분	비고
	한글	영문			
	학생	Student	학생		레코드 자료형
	성명	name	문자열		필드
	국어점수	koreanScore	정수		필드
	영어점수	englishScore	정수		필드
	수학점수	mathScore	정수		필드
	총점	sum	정수		필드
	평균	average	실수		필드
	평가	grade	문자열		필드

물론, 자료구조도도 같이 사용될 때는 자료명세서에서는 레코드 자료형을 생략해도 된다.

3 분석

3.1. 배경도와 시스템 다이어그램

배경도와 시스템 다이어그램에서는 입력데이터와 출력데이터에 있어 필드 배열 이름이 아니라 레코드 배열 이름으로 고쳐져야 한다. names, koreanScores, englishScores, mathScores, sums, averages, grades 대신에 students로 바꾸면 된다.

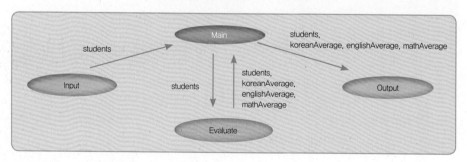

3.2. 자료명세서와 처리 과정

자료구조도를 같이 사용하지 않으면, 자료명세서를 작성할 때는 먼저 레코드를 자료유형으로 정리해야 한다. 자료유형에 레코드 이름을 적고, 한글 및 영문에도 레코드 이름을 적는다. 그리고 레코드 이름이 적힌 줄의 아래 줄부터 필드를 적는다. 필드 하나에 대해 한글과 영문으로 필드 이름과 자료형을 차례로 적는다. 레코드를 정리했으면, 기호상수부터 시작하여 변수, 배열을 정리한다. 앞에서 기술한 자료명세서와 구분하면 필드 배열들이 지우고, 레코드 배열 하나로 정리하면 된다.

처리 과정에 대해서는 입력과 출력데이터들을 시스템 다이어그램에 정리된 이름들을 이용하여 다시 작성하면 된다. "1. 학생들을 입력받는다.", "6. 학생들, 국어평균, 영어평균, 수학평균을 출력한다."로 고치자.

모듈 기술서		
명칭	한글	성적을 평가하다
	영문	Evaluate
기능		5명의 학생의 성명, 국어점수, 영어점수 그리고 수학점수가 입력되면 성적을 평가하고, 과목별 평균을 구한다.
입·출력	입력	학생들
	출력	학생들 국어평균, 영어평균, 수학평균
관련 모듈		

자료 명세서					
번호	명칭		자료유형	구분	비고
	한글	영문			
	학생	Student	학생		레코드 자료형
	성명	name	문자열		필드
	국어점수	koreanScore	정수		필드
	영어점수	englishScore	정수		필드
	수학점수	mathScore	정수		필드
	총점	sum	정수		필드
	평균	average	실수		필드
	평가	grade	문자열		필드
1	학생수	STUDENTS	정수	상수	5
2	학생들	students	학생 배열	입출력	
3	국어평균	koreanAverage	실수	출력	
4	영어평균	englishAverage	실수	출력	
5	수학평균	mathAverage	실수	출력	
6	국어총점	koreanSum	정수	처리	
7	영어총점	englishSum	정수	처리	
8	수학총점	mathSum	정수	처리	
9	반복제어변수	i	정수	추가	

처리 과정

1. 학생들을 입력받는다.
2. STUDENTS만큼 반복한다.
    2.1. 총점을 구한다.
    2.2. 평균을 구한다.
    2.3. 평균에 따라 평가한다.
    2.4. 국어 총점을 구한다.
    2.5. 영어 총점을 구한다.
    2.6. 수학 총점을 구한다.
3. 국어평균을 구한다.
4. 영어평균을 구한다.
5. 수학평균을 구한다.
6. 학생들, 국어평균, 영어평균, 수학평균을 출력한다.
7. 끝낸다.

4 설계

4.1. 나씨-슈나이더만 다이어그램

먼저 자료명세서와 처리 과정을 참고하여 앞에서 배운 대로 여러분이 직접 나씨-슈나이더
만 다이어그램을 작도해 보자.

● "7. 끝낸다." 처리단계에 대해 직접 작도해 보자.

● 자료명세서에 대해 작도해 보자.

학생 배열 students에 대해 레코드 배열을 선언한다. 레코드 배열을 선언한다고 달라지는
것은 없다. 배열 이름 뒤에 소괄호를 적고, 소괄호에 배열 크기를 적으면 된다.

> STUDENTS = 5, students(STUDENTS), koreanSum = 0, englishSum = 0,
> mathSum = 0, koreanAverage, englishAverage, mathAverage, i

● "1. 학생들을 입력받는다." 처리단계에 대해 작도해 보자.

레코드 배열을 사용한다고 입력과 출력에서 달라지는 것은 없다. read 다음에 필드 배열
처럼 배열 이름을 적으면 된다.

```
                  read  students
```

● "2. STUDENTS만큼 반복한다." 처리단계에 대해 직접 작도해 보자.

● "2.1. 총점을 구한다." 처리단계에 대해 작도해 보자.

기억, 연산에서는 단지 달라지는 것은 필드 접근을 위해서 구두점 연산자(.)를 사용할 뿐이다. students(i)라고 적으면 레코드 배열의 i번째 배열요소이다. i번째 배열요소는 레코드이다. 따라서 필드 단위로 데이터를 쓰고 읽고자 하면, 구두점 연산자(.)로 필드를 참조해야 한다.

```
students(i).sum = students(i).koreanScore +
       students(i).englishScore + students(i).mathScore
```

students는 배열이다. students(i)는 students 배열의 i번째의 배열요소이다. students(i).koreanScore 는 students 배열의 i번째의 배열요소가 레코드이고, i번째 배열요소의 레코드를 구성하는 필드 koreanScore이다. 이렇게 하면 필드에 값을 쓰거나 읽을 수 있다. koreanScore, englishScore 그리고 mathScore에 대해서는 값을 읽게 되고, sum에 대해서는 값을 쓰게 된다.

● "2.2. 평균을 구한다." 처리단계에 대해 직접 작도해 보자.

● "2.3. 평균에 따라 평가한다." 처리단계에 대해 직접 작도해 보자.

● "2.4. 국어 총점을 구한다." 처리단계에 대해 직접 작도해 보자.

● "2.5. 영어 총점을 구한다." 처리단계에 대해 직접 작도해 보자.

● "2.6. 수학 총점을 구한다." 처리단계에 대해 직접 작도해 보자.

● "3. 국어평균을 구한다." 처리단계에 대해 직접 작도해 보자.

● "4. 영어평균을 구한다." 처리단계에 대해 직접 작도해 보자.

● "5. 수학평균을 구한다." 처리단계에 대해 직접 작도해 보자.

● "6. 학생들, 국어평균, 영어평균, 수학평균을 출력한다." 처리단계에 대해 작도해 보자.

자료명세서와 처리 과정을 참고하여 나씨-슈나이더만 다이어그램을 작도하면 다음과 같이 작도될 것이다.

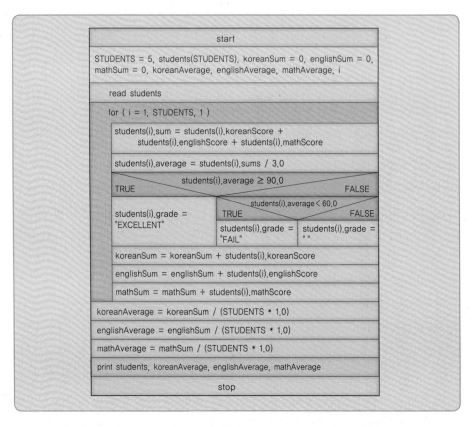

필드 단위에서 레코드 단위로 처리를 바꿈에 있어 바뀌는 부분을 정리해 보자.

(1) 레코드 배열을 선언한다. 레코드 배열을 선언한다고 달라지는 것은 없다. 배열 이름 뒤에 소괄호를 적고 소괄호에 배열 크기를 적으면 된다.

> STUDENTS = 5, students(STUDENTS), koreanSum = 0, englishSum = 0, mathSum = 0, koreanAverage, englishAverage, mathAverage, i

(2) 레코드 배열을 사용한다고 입력과 출력에서 달라지는 것은 없다. 순차 구조 기호에 read 혹은 print 다음에 필드 배열처럼 배열 이름을 적으면 된다.

> read students

> print students, koreanAverage, englishAverage, mathAverage

(3) 기억, 연산에서는 단지 달라지는 것은 필드 접근을 위해서 구두점 연산자(.)를 사용할
뿐이다. students(i)라고 적으면 레코드 배열의 i번째 배열요소이다. i번째 배열요소는
레코드이다. 따라서 필드 단위로 데이터를 쓰고 읽고자 하면, 구두점 연산자(.)로 필드
를 참조해야 한다.

> students(i).sum = students(i).koreanScore +
> students(i).englishScore + students(i).mathScore

5 검토

검토할 때 사용할 나씨-슈나이더만 다이어그램을 준비하자. 평가해야 하는 순서대로 식
(Expression)마다 번호를 매기자. 여러분이 직접 해보자.

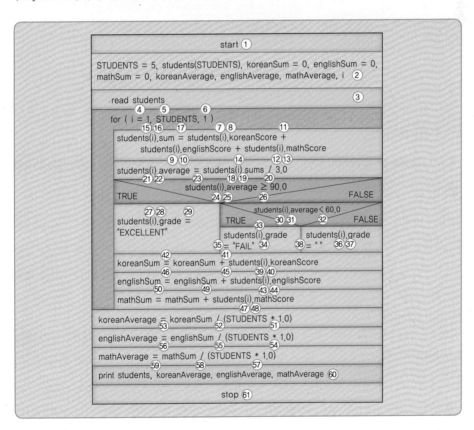

다음은 검토표를 작성한다. 배열을 빼고 기호상수와 변수에 대해서만 검토표를 작성한다.

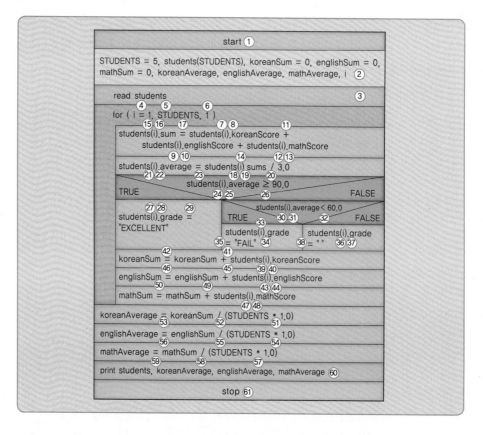

배열은 검토표와 분리해서 따로 그린다. 필드 배열인 경우 1차원 배열이면, 한 줄에 배열 크기만큼의 칸을 그린다. 그리고 왼쪽에 배열 이름을 적는다.

레코드 배열인 경우 배열 크기만큼 줄을 그린다. 위쪽이나 왼쪽에 배열 이름을 적는다. 줄이 배열요소 하나가 된다. 배열요소가 레코드이므로 줄마다 레코드를 구성하는 필드 개수만큼 칸을 그린다. 그리고 가로 방향으로 줄의 가운데나 위쪽에 치우치도록 구분선을 그린다. 칸의 위쪽에는 필드 이름을 적는다. 칸의 아래쪽에는 값을 적도록 한다.

배열 크기가 5이므로 다섯 개의 줄을 그린다. 위쪽에 배열 이름 students를 적는다. 줄마다 레코드를 구성하는 name, koreanScore, englishScore, mathScore, sum, average 그리고 grade 해서 필드 개수만큼, 일곱 개의 칸을 그린다. 칸의 위쪽에는 필드 이름을 적는다. 이렇게 할당된 기억장소 students에 이름을 갖는 작은 기억장소, name, koreanScore, englishScore, mathScore, sum, average, grade를 전산에서는 멤버(Member)라고 한다.

명칭	초기	1	2	3	4	5	6
STUDENTS							
koreanAverage							
englishAverage							
mathAverage							
koreanSum							
englishSum							
mathSum							
i							

students

name	koreanScore	englishScore	mathScore	sum	average	grade
name	koreanScore	englishScore	mathScore	sum	average	grade
name	koreanScore	englishScore	mathScore	sum	average	grade
name	koreanScore	englishScore	mathScore	sum	average	grade
name	koreanScore	englishScore	mathScore	sum	average	grade

다음은 입력이 있으므로 입력 데이터를 설계한다. 모델 구축에서 사용한 데이터들을 그대로 사용한다. 최소한 3회 이상 진행할 수 있도록 설계되어야 한다.

성명	국어점수	영어점수	수학점수
홍길동	100	100	100
고길동	50	50	50
최길동	70	80	60
정길동	50	40	44
김길동	80	90	50

다음은 제어논리를 추적해야 한다. 자 시작해 보자.

①번 start가 적힌 순차 구조 기호부터 시작하자. start가 의미하는 것처럼 시작하자. 그리고 순차 구조이므로 아래쪽으로 이동하자.

②번 변수와 배열을 선언한 순차 구조 기호로 이동한다. 선언된 변수와 배열들을 참조하여 검토표에서 초기 열에 값을 적는다. 초기화되어 있으면 초깃값을 적고, 그렇지 않으면 쓰레기가 저장되어 있으므로 물음표를 적는다.

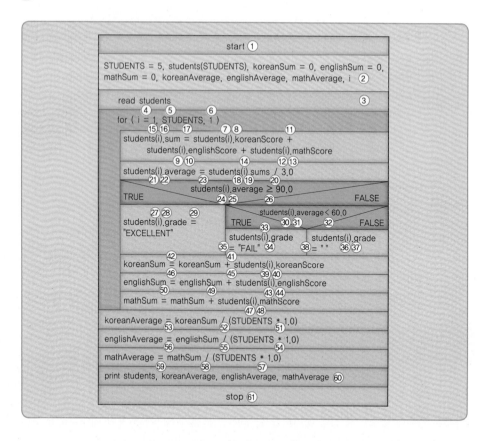

초기화되어 있는 변수들, koreanSum, englishSum 그리고 mathSum에 대해 0을 적는다. 초기화되지 않는 배열과 변수들에 대해서는 쓰레기이므로 물음표를 적는다.

명칭	초기	1	2	3	4	5	6
STUDENTS	5						
koreanAverage	?						
englishAverage	?						
mathAverage	?						
koreanSum	0						
englishSum	0						
mathSum	0						
i	?						

students

name	koreanScore	englishScore	mathScore	sum	average	grade
?	?	?	?	?	?	?

name	koreanScore	englishScore	mathScore	sum	average	grade
?	?	?	?	?	?	?
name	koreanScore	englishScore	mathScore	sum	average	grade
?	?	?	?	?	?	?
name	koreanScore	englishScore	mathScore	sum	average	grade
?	?	?	?	?	?	?
name	koreanScore	englishScore	mathScore	sum	average	grade
?	?	?	?	?	?	?

③번 순차 구조 기호로 이동하자. 배열을 입력받는 순차 구조이다. 따라서 설계한 입력데이터를 참고하여 줄 단위로 name, koreanScore, englishScore 그리고 mathScore 필드에 차례로 적는다. 한 명의 학생에 대해 성명, 국어 점수, 영어 점수 그리고 수학 점수순으로 적는다.

첫 번째 학생의 성명, 국어점수, 영어점수 그리고 수학점수가 입력되었다면, 다음과 같이 검토표가 정리되어야 한다.

명칭	초기	1	2	3	4	5	6
STUDENTS	5						
koreanAverage	?						
englishAverage	?						
mathAverage	?						
koreanSum	0						
englishSum	0						
mathSum	0						
i	?						

students

name	koreanScore	englishScore	mathScore	sum	average	grade
홍길동	100	100	100	?	?	?
name	koreanScore	englishScore	mathScore	sum	average	grade
?	?	?	?	?	?	?
name	koreanScore	englishScore	mathScore	sum	average	grade
?	?	?	?	?	?	?
name	koreanScore	englishScore	mathScore	sum	average	grade
?	?	?	?	?	?	?
name	koreanScore	englishScore	mathScore	sum	average	grade
?	?	?	?	?	?	?

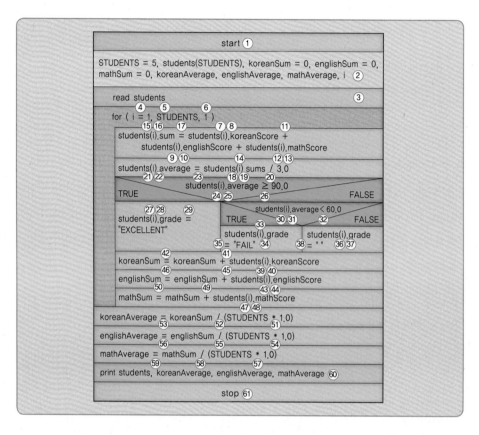

두 번째 학생부터 다섯 번째 학생까지는 여러분이 직접 적어보자.

명칭	초기	1	2	3	4	5	6
STUDENTS	5						
koreanAverage	?						
englishAverage	?						
mathAverage	?						
koreanSum	0						
englishSum	0						
mathSum	0						
i	?						

students

name	koreanScore	englishScore	mathScore	sum	average	grade
홍길동	100	100	100	?	?	?
name	koreanScore	englishScore	mathScore	sum	average	grade
고길동	50	50	50	?	?	?

name	koreanScore	englishScore	mathScore	sum	average	grade
최길동	70	80	60	?	?	?
name	koreanScore	englishScore	mathScore	sum	average	grade
정길동	50	40	44	?	?	?
name	koreanScore	englishScore	mathScore	sum	average	grade
김길동	80	90	50	?	?	?

다음은 반복 구조 기호로 이동한다. for 반복구조이다. 소괄호에 적힌 세 개의 식에서 초기식을 평가해야 한다. ④번 초기식을 평가하면, 반복제어변수 i에 1을 저장한다. 따라서 검토표가 정리되어야 한다.

명칭	초기	1	2	3	4	5	6
STUDENTS	5						
koreanAverage	?						
englishAverage	?						
mathAverage	?						
koreanSum	0						
englishSum	0						
mathSum	0						
i	?	1					

students

name	koreanScore	englishScore	mathScore	sum	average	grade
홍길동	100	100	100	?	?	?
name	koreanScore	englishScore	mathScore	sum	average	grade
고길동	50	50	50	?	?	?
name	koreanScore	englishScore	mathScore	sum	average	grade
최길동	70	80	60	?	?	?
name	koreanScore	englishScore	mathScore	sum	average	grade
정길동	50	40	44	?	?	?
name	koreanScore	englishScore	mathScore	sum	average	grade
김길동	80	90	50	?	?	?

그리고 조건식을 평가해야 한다. ⑤번 STUDENTS는 i가 STUDENTS보다 작거나 같은지 관계식을 의미한다. 따라서 초기식으로 i에 저장된 값 1과 STUDENTS 5로 1이 5보다 작거나 같은지 관계식을 평가해야 한다. 참이다. for 반복구조는 조건식을 평가했을 때 참이면 계속하는 진입 조건 반복구조이므로 반복구조 내로 이동한다.

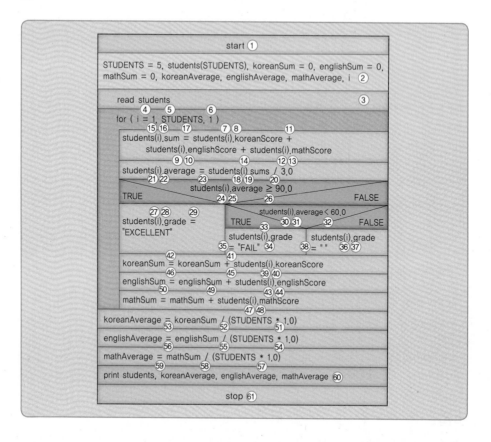

start ①

STUDENTS = 5, students(STUDENTS), koreanSum = 0, englishSum = 0,
mathSum = 0, koreanAverage, englishAverage, mathAverage, i ②

read students ③

for (i = 1, STUDENTS, 1)
④ ⑤ ⑥
⑮⑯ ⑰ ⑦⑧ ⑪
students(i).sum = students(i).koreanScore +
students(i).englishScore + students(i).mathScore
⑨⑩ ⑭ ⑫⑬
students(i).average = students(i).sums / 3.0
㉑㉒ ㉓ ⑱⑲ ⑳
students(i).average ≥ 90.0
㉔㉕ ㉖
TRUE FALSE

㉗㉘ ㉙
students(i).grade =
"EXCELLENT"

students(i).average < 60.0
㉝ ㉚㉛ ㉜
TRUE FALSE
students(i).grade students(i).grade
㉟ = "FAIL" ㉞ ㊳ = " " ㊱㊲

㊷
koreanSum = koreanSum + students(i).koreanScore
㊻ ㊺ ㊴㊵
englishSum = englishSum + students(i).englishScore
㊿ ㊾ ㊸㊹
mathSum = mathSum + students(i).mathScore
㊼㊽
koreanAverage = koreanSum / (STUDENTS * 1.0)
53 52 51
englishAverage = englishSum / (STUDENTS * 1.0)
56 55 54
mathAverage = mathSum / (STUDENTS * 1.0)
59 58 57
print students, koreanAverage, englishAverage, mathAverage 60

stop 61

총점을 구하는 순차 구조 기호로 이동한다. ⑦번 첨자 연산자로 students 배열의 i번째
배열요소를 참조하고 ⑧번 구두점 연산자로 koreanScore 멤버에 저장된 값을 읽어 중앙
처리장치의 레지스터로 복사하여 저장한다. i에 저장된 값이 1이므로 첫 번째 배열요소의
koeranScore에 저장된 값은 100이다. 100을 읽어 중앙처리장치의 레지스터에 복사하여
저장한다. ⑨번 첨자 연산자로 students 배열의 i번째 배열요소를 참조하고 ⑩번 구두점
연산자로 englishScore 멤버에 저장된 값을 읽는다. i에 저장된 값이 1이므로 students 배
열의 첫 번째 배열요소의 멤버에 저장된 값인 100을 읽는다. ⑪번 더하기 연산자로 중앙처
리장치에 저장된 값 100에 100을 더하여 구한 값 200을 중앙처리장치의 레지스터에 저장
한다. ⑫번 첨자 연산자로 students 배열의 i번째 배열요소를 참조하고 ⑬번 구두점 연산
자로 mathScore 멤버에 저장된 값을 읽는다. i에 저장된 값이 1이므로 첫 번째 배열요소
에 저장된 값 100을 읽는다. ⑭번 더하기 연산자로 읽은 값 100을 중앙처리장치의 레지스
터에 저장된 값 200에 더하여 300을 구하고 중앙처리장치의 레지스터에 저장한다. 이렇

게 해서 오른쪽 값이 구해졌다. ⑮번 첨자 연산자로 students 배열의 i번째 배열요소를 참조하고, ⑯번 구두점 연산자로 i번째 배열요소의 sum 멤버를 참조한다. ⑰번 치환 연산자로 중앙처리장치의 레지스터에 저장된 값 300을 복사하여 students 배열의 i번째 배열요소의 sum 멤버에 저장한다. i에 저장된 값이 1이므로 students 배열의 첫 번째 배열요소의 sum 멤버에 300을 저장한다. 따라서 검토표가 정리되어야 한다.

명칭	초기	1	2	3	4	5	6
STUDENTS	5						
koreanAverage	?						
englishAverage	?						
mathAverage	?						
koreanSum	0						
englishSum	0						
mathSum	0						
i	?	1					

students

name	koreanScore	englishScore	mathScore	sum	average	grade
홍길동	100	100	100	300	?	?
name	koreanScore	englishScore	mathScore	sum	average	grade
고길동	50	50	50	?	?	?
name	koreanScore	englishScore	mathScore	sum	average	grade
최길동	70	80	60	?	?	?
name	koreanScore	englishScore	mathScore	sum	average	grade
정길동	50	40	44	?	?	?
name	koreanScore	englishScore	mathScore	sum	average	grade
김길동	80	90	50	?	?	?

평균을 구하는 순차 구조 기호로 이동한다. ⑱번 첨자 연산자로 students 배열의 첫 번째 배열요소를 참조하고 ⑲번 구두점 연산자로 sum 멤버를 참조하여 저장된 값 300을 읽어 중앙처리장치의 레지스터에 저장한다. ⑳번 나누기 연산자로 3.0으로 나누어 구한 값 100.0을 중앙처리장치의 레지스터에 저장한다. ㉑번 첨자 연산자로 students 배열의 첫 번째 배열요소를 참조하게 되고, ㉒번 구두점 연산자로 average 멤버를 참조하고, ㉓번 치환 연산자로 중앙처리장치의 레지스터에 저장된 값 100.0을 읽어 저장하게 된다. 따라서 students 배열의 첫 번째 배열요소의 average 멤버에 100.0이 저장된다. 주기억장치에 할당된 기억장소에 저장된 값이 변경되었으므로 검토표가 정리되어야 한다.

start ①
STUDENTS = 5, students(STUDENTS), koreanSum = 0, englishSum = 0, mathSum = 0, koreanAverage, englishAverage, mathAverage, i ②

read students   ④   ⑤   ⑥   ③

for (i = 1, STUDENTS, 1)
⑮⑯ ⑰ ⑦⑧ ⑪

students(i).sum = students(i).koreanScore + students(i).englishScore + students(i).mathScore ⑨⑩ ⑭ ⑫⑬ ⑪
students(i).average = students(i).sums / 3.0 ㉑㉒ ㉓ ⑱⑲ ⑳

students(i).average ≥ 90.0
㉔㉕ ㉖

TRUE	FALSE
students(i).grade = "EXCELLENT" ㉗㉘ ㉙	students(i).average < 60.0 ㉚㉛ ㉜
	TRUE ㉝	FALSE
	students(i).grade = "FAIL" ㉟ ㉞	students(i).grade = " " ㊳ ㊱㊲

koreanSum = koreanSum + students(i).koreanScore ㊷ ㊶ ㊹ ㊵ ㊴
englishSum = englishSum + students(i).englishScore ㊿ ㊾ ㊸㊹
mathSum = mathSum + students(i).mathScore ㊼㊽

koreanAverage = koreanSum / (STUDENTS * 1.0) ㊿ ㊾ 51
englishAverage = englishSum / (STUDENTS * 1.0) 56 55 54
mathAverage = mathSum / (STUDENTS * 1.0) 59 58 57
print students, koreanAverage, englishAverage, mathAverage 60

stop 61

명칭	초기	1	2	3	4	5	6
STUDENTS	5						
koreanAverage	?						
englishAverage	?						
mathAverage	?						
koreanSum	0						
englishSum	0						
mathSum	0						
i	?	1					

students

name	koreanScore	englishScore	mathScore	sum	average	grade
홍길동	100	100	100	300	100.0	?
name	koreanScore	englishScore	mathScore	sum	average	grade
고길동	50	50	50	?	?	?
name	koreanScore	englishScore	mathScore	sum	average	grade
최길동	70	80	60	?	?	?

name	koreanScore	englishScore	mathScore	sum	average	grade
정길동	50	40	44	?	?	?
name	koreanScore	englishScore	mathScore	sum	average	grade
김길동	80	90	50	?	?	?

다음은 선택 구조 기호로 이동한다. ㉔번 첨자 연산자로 students 배열의 i번째 배열요소를 참조하고, ㉕번 구두점 연산자로 average 멤버를 참조하여 저장된 값을 읽어 중앙처리장치의 레지스터에 저장한다. i에 저장된 값이 1이므로 첫 번째 배열요소의 average 멤버에 저장된 값 100.0을 읽어 레지스터에 저장한다. ㉖번 크거나 같다 관계 연산자로 레지스터에 저장된 100.0과 실수형 상수 90.0으로 관계식을 평가한다. 100.0이 90.0보다 크므로 참이다. 따라서 왼쪽으로 실행 제어가 이동되어 TRUE가 적힌 삼각형 아래쪽 순차 구조 기호로 이동한다. ㉗번 첨자 연산자로 students 배열의 i번째 배열요소를 참조하고, ㉘번 구두점 연산자로 grade 멤버를 참조하여 ㉙번 치환 연산자로 문자열 상수를 저장한다. i에 저장된 값이 1이므로 students 배열의 첫 번째 배열요소의 grade에 문자열 상수 "EXCELLENT"를 저장한다.

명칭	초기	1	2	3	4	5	6
STUDENTS	5						
koreanAverage	?						
englishAverage	?						
mathAverage	?						
koreanSum	0						
englishSum	0						
mathSum	0						
i	?	1					

students

name	koreanScore	englishScore	mathScore	sum	average	grade
홍길동	100	100	100	300	100.0	EXCELLENT
name	koreanScore	englishScore	mathScore	sum	average	grade
고길동	50	50	50	?	?	?
name	koreanScore	englishScore	mathScore	sum	average	grade
최길동	70	80	60	?	?	?
name	koreanScore	englishScore	mathScore	sum	average	grade
정길동	50	40	44	?	?	?
name	koreanScore	englishScore	mathScore	sum	average	grade
김길동	80	90	50	?	?	?

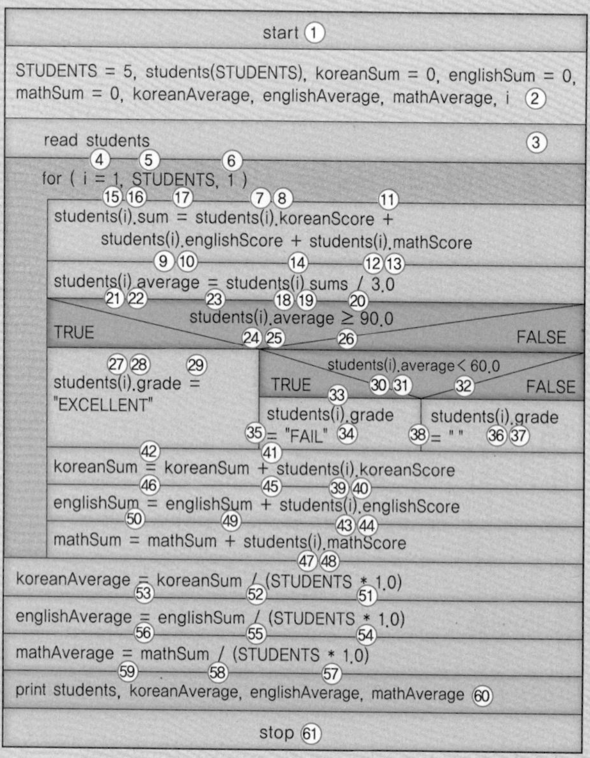
start ①
STUDENTS = 5, students(STUDENTS), koreanSum = 0, englishSum = 0, mathSum = 0, koreanAverage, englishAverage, mathAverage, i ②
read students ③
for (i = 1, STUDENTS, 1)
students(i).sum = students(i).koreanScore + students(i).englishScore + students(i).mathScore
students(i).average = students(i).sums / 3.0
students(i).average ≥ 90.0
TRUE
FALSE
students(i).grade = "EXCELLENT"
students(i).average < 60.0
TRUE
FALSE
students(i).grade = "FAIL"
students(i).grade = " "
koreanSum = koreanSum + students(i).koreanScore
englishSum = englishSum + students(i).englishScore
mathSum = mathSum + students(i).mathScore
koreanAverage = koreanSum / (STUDENTS * 1.0)
englishAverage = englishSum / (STUDENTS * 1.0)
mathAverage = mathSum / (STUDENTS * 1.0)
print students, koreanAverage, englishAverage, mathAverage (60)
stop (61)

이렇게 해서 첫 번째 학생의 성적을 처리하게 된다. 필드 단위로 처리할 때는 칸 개념으로 데이터가 정리되었던 것이 레코드 단위로 처리하니 줄 개념으로 정리된다는 것도 확인할 수 있을 것이다. 컴퓨터를 사용하여 데이터를 처리하나 종이와 연필로 데이터를 처리하나 여하튼 사람이 하는 일이므로 같다는 것을 이해하도록 하자. 이러한 말을 하는 것은 컴퓨터로 어떠한 처리를 한다고 해서 우리가 알고 있는 지식과 경험을 넘어선 어떠한 것을 생각하지 말라는 것이다. 컴퓨터도, 알고리듬도, 프로그램도 모두 다 사람이 만든다는 것을 기억하자.

다음은 국어 총점을 구하는 순차 구조 기호로 이동한다. koreanSum에 저장된 값 0을 읽어 중앙처리장치의 레지스터에 저장한다. ㊴번 첨자 연산자로 students 배열의 i번째 배열요소를 참조하고, ㊵번 구두점 연산자로 koranScore 멤버를 참조하여 저장된 값을 읽는다. i에 저장된 값이 1이므로 students 배열의 첫 번째 배열요소의 koreanScore 멤버에 저장된 값 100을 읽는다. ㊶번 더하기 연산자로 중앙처리장치의 레지스터에 저장된 값 0에 100을 더하여 구한 값 100을 중앙처리장치의 레지스터에 저장한다. ㊷번 치환 연산자로 중앙처리장치의 레지스터에 저장된 값 100을 주기억장치에 할당된 koreanSum에 저장한다. 따라서 100이 저장된다.

명칭	초기	1	2	3	4	5	6
STUDENTS	5						
koreanAverage	?						
englishAverage	?						
mathAverage	?						
koreanSum	0	100					
englishSum	0						
mathSum	0						
i	?	1					

students

name	koreanScore	englishScore	mathScore	sum	average	grade
홍길동	100	100	100	300	100.0	EXCELLENT
name	koreanScore	englishScore	mathScore	sum	average	grade
고길동	50	50	50	?	?	?
name	koreanScore	englishScore	mathScore	sum	average	grade
최길동	70	80	60	?	?	?
name	koreanScore	englishScore	mathScore	sum	average	grade
정길동	50	40	44	?	?	?
name	koreanScore	englishScore	mathScore	sum	average	grade
김길동	80	90	50	?	?	?

다음은 영어 총점을 구하는 순차 구조 기호로 이동한다. englishSum에 저장된 값 0을 읽어 중앙처리장치의 레지스터에 저장한다. ㊸번 첨자 연산자로 students 배열의 i번째 배열요소를 참조하고, ㊹번 구두점 연산자로 englishScore 멤버를 참조하여 저장된 값을 읽는다. i에 저장된 값이 1이므로 studnets 배열의 첫 번째 배열요소의 englishScore 멤버에 저장된 값 100을 읽는다. ㊺번 더하기 연산자로 중앙처리장치의 레지스터에 저장된 값 0에 100을 더하여 구한 값 100을 중앙처리장치의 레지스터에 저장한다. ㊻번 치환 연산자로 중앙처리장치의 레지스터에 저장된 값 100을 주기억장치에 할당된 englishSum에 저장한다. 따라서 100이 저장된다.

start ①						

STUDENTS = 5, students(STUDENTS), koreanSum = 0, englishSum = 0, mathSum = 0, koreanAverage, englishAverage, mathAverage, i ②

read students ③

for (i = 1, STUDENTS, 1)
④ ⑤ ⑥
⑮⑯ ⑰ ⑦⑧ ⑪
students(i).sum = students(i).koreanScore +
students(i).englishScore + students(i).mathScore
⑨⑩ ⑭ ⑫⑬
students(i).average = students(i).sums / 3.0
㉑㉒ ㉓ ⑱⑲ ⑳
students(i).average ≥ 90.0
TRUE ㉔㉕ ㉖ FALSE
㉗㉘ ㉙ students(i).average < 60.0
students(i).grade = TRUE ㉚㉛ ㉜ FALSE
"EXCELLENT" ㉝
students(i).grade students(i).grade
㉟ = "FAIL" ㉞ ㊳ = " " ㊱㊲
㊶
㊷ koreanSum = koreanSum + students(i).koreanScore
㊻ ㊺ ㊴㊵
englishSum = englishSum + students(i).englishScore
㊿ ㊾ ㊸㊹
mathSum = mathSum + students(i).mathScore
㊼㊽
koreanAverage = koreanSum / (STUDENTS * 1.0)
53 52 51
englishAverage = englishSum / (STUDENTS * 1.0)
56 55 54
mathAverage = mathSum / (STUDENTS * 1.0)
59 58 57
print students, koreanAverage, englishAverage, mathAverage 60

stop 61						

명칭	초기	1	2	3	4	5	6
STUDENTS	5						
koreanAverage	?						
englishAverage	?						
mathAverage	?						
koreanSum	0	100					
englishSum	0	100					
mathSum	0						
i	?	1					

students

name	koreanScore	englishScore	mathScore	sum	average	grade
홍길동	100	100	100	300	100.0	EXCELLENT
name	koreanScore	englishScore	mathScore	sum	average	grade
고길동	50	50	50	?	?	?
name	koreanScore	englishScore	mathScore	sum	average	grade
최길동	70	80	60	?	?	?

name	koreanScore	englishScore	mathScore	sum	average	grade
정길동	50	40	44	?	?	?
name	koreanScore	englishScore	mathScore	sum	average	grade
김길동	80	90	50	?	?	?

다음은 수학 총점을 구하는 순차 구조 기호로 이동한다. mathSum에 저장된 값 0을 읽어 중
앙처리장치의 레지스터에 저장한다. ㊼번 첨자 연산자로 students 배열의 i번째 배열요소를
참조하고, ㊽번 구두점 연산자로 mathScore 멤버를 참조하여 저장된 값을 읽는다. i에 저장
된 값이 1이므로 students 배열의 첫 번째 배열요소의 mathScore 멤버에 저장된 값 100을 읽
는다. ㊾번 더하기 연산자로 중앙처리장치의 레지스터에 저장된 값 0에 100을 더하여 구한
값 100을 중앙처리장치의 레지스터에 저장한다. ㊿번 치환 연산자로 중앙처리장치의 레지스
터에 저장된 값 100을 주기억장치에 할당된 mathSum에 저장한다. 따라서 100이 저장된다.

명칭	초기	1	2	3	4	5	6
STUDENTS	5						
koreanAverage	?						
englishAverage	?						
mathAverage	?						
koreanSum	0	100					
englishSum	0	100					
mathSum	0	100					
i	?	1					

students

name	koreanScore	englishScore	mathScore	sum	average	grade
홍길동	100	100	100	300	100.0	EXCELLENT
name	koreanScore	englishScore	mathScore	sum	average	grade
고길동	50	50	50	?	?	?
name	koreanScore	englishScore	mathScore	sum	average	grade
최길동	70	80	60	?	?	?
name	koreanScore	englishScore	mathScore	sum	average	grade
정길동	50	40	44	?	?	?
name	koreanScore	englishScore	mathScore	sum	average	grade
김길동	80	90	50	?	?	?

이렇게 해서 반복해야 하는 마지막 처리를 했다면, 다음은 반복제어변수를 변경해야 한다.
따라서 for 반복 구조 기호로 이동한다. 소괄호에서 마지막에 적힌 ⑥번 1은 반복제어변수

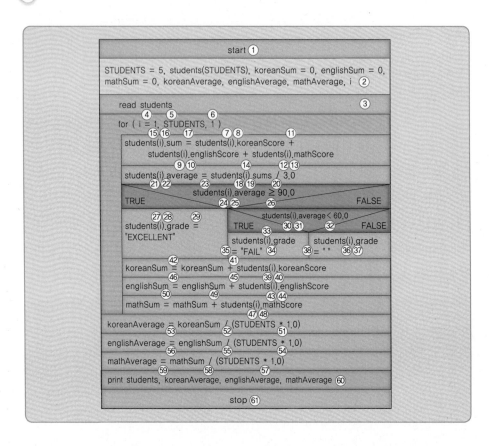

i에 저장된 값 1에 1을 더해서 구한 값 2를 반복제어변수에 저장하라는 의미이다.

명칭	초기	1	2	3	4	5	6
STUDENTS	5						
koreanAverage	?						
englishAverage	?						
mathAverage	?						
koreanSum	0	100					
englishSum	0	100					
mathSum	0	100					
i	?	1	2				

students

name	koreanScore	englishScore	mathScore	sum	average	grade
홍길동	100	100	100	300	100.0	EXCELLENT
name	koreanScore	englishScore	mathScore	sum	average	grade
고길동	50	50	50	?	?	?

name	koreanScore	englishScore	mathScore	sum	average	grade
최길동	70	80	60	?	?	?
name	koreanScore	englishScore	mathScore	sum	average	grade
정길동	50	40	44	?	?	?
name	koreanScore	englishScore	mathScore	sum	average	grade
김길동	80	90	50	?	?	?

그리고 반복구조이므로 조건식을 평가해서 제어 흐름을 정해야 한다. ⑤번 STUDENTS는 조건식을 의미하는 것으로 i에 저장된 값 2가 STUDENTS 5보다 작거나 같은지에 대해 관계식을 평가해야 한다. 참이다. 따라서 반복해야 한다. 반복 구조 기호 내로 이동해야 한다.

필드 배열 대신에 레코드 배열을 사용하다 보니 첨자 연산자로 배열요소에 접근해서 바로 데이터를 읽고 쓸 수 없으므로 첨자연산자로 배열요소에 접근한 후 구두점 연산자로 필드 접근을 한다는 것만 다를 뿐이다. 필드 배열을 사용하여 추적할 때와 같다. 그래서 나씨-슈나이더만 다이어그램을 참고하여 여러분이 직접 추적해 보자.

- 두 번째 학생에 대해 직접 추적해 보자.
- 세 번째 학생에 대해 직접 추적해 보자.
- 네 번째 학생에 대해 직접 추적해 보자.
- 다섯 번째 학생에 대해 직접 추적해 보자.
- 국어 평균에 대해 직접 추적해 보자.
- 영어 평균에 대해 직접 추적해 보자.
- 수학 평균에 대해 직접 추적해 보자.

명칭	초기	1	2	3	4	5	6
STUDENTS	5						
koreanAverage	?						70.0
englishAverage	?						72.0
mathAverage	?						60.8
koreanSum	0	100	150	220	270	350	
englishSum	0	100	150	230	270	360	
mathSum	0	100	150	210	254	304	
i	?	1	2	3	4	5	6

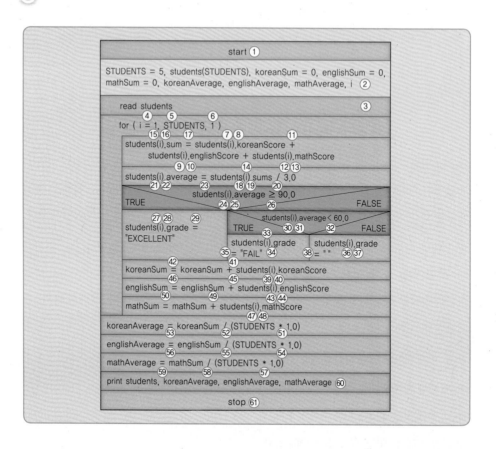

students

name	koreanScore	englishScore	mathScore	sum	average	grade
홍길동	100	100	100	300	100.0	EXCELLENT
name	koreanScore	englishScore	mathScore	sum	average	grade
고길동	50	50	50	150	50.0	FAIL
name	koreanScore	englishScore	mathScore	sum	average	grade
최길동	70	80	60	210	70.0	
name	koreanScore	englishScore	mathScore	sum	average	grade
정길동	50	40	44	134	44.7	FAIL
name	koreanScore	englishScore	mathScore	sum	average	grade
김길동	80	90	50	220	73.3	

⑥⓪번 출력하는 순차 구조 기호로 이동한다. 구해진 총점들, 평균들, 평가들, 국어 평균, 영어 평균 그리고 수학 평균을 출력한다. 그리고 ⑥①번 stop이 적힌 순차 구조 기호로 이동하면, 알고리듬의 실행이 끝난다.

검토가 끝나면, 정확한 데이터들을 구했다는 것을 확인할 수 있을 것이다. 일곱 개의 필드 배열 대신 하나의 레코드 배열을 사용한 것일 뿐이다.

6 구현

알고리듬이 정확하다는 것이 확인되었으므로 자료구조도, 배경도, 시스템 다이어그램, 모듈 기술서 그리고 나씨-슈나이더만 다이어그램을 이용하여 C언어로 구현해보자.

- **원시 코드 파일을 직접 만들어 보자.**

- **프로그램을 설명하는 글귀를 직접 적어보자.**

6.1. 자료형 설계하기

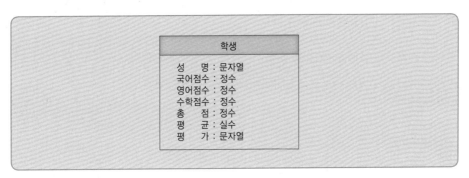

자료구조도와 자료명세서를 참고하여 레코드를 자료형으로 구현해야 한다. 다양한 자료형의 멤버를 갖는 레코드 자료형을 구현하는 데 있어 C언어가 제공하는 문법적인 기능을 확인해야 한다. C언어의 문법책에서 찾아보면 구조체 태그(struct tag) 기능이 제공된다. 구조체 태그의 형식은 다음과 같다.

C코드
```
struct _태그이름 {
    자료형 멤버이름;
    [ ...]
};
```

레코드를 표현하기 위해서 위 형식처럼 구조체 태그를 선언과 정의를 해야 한다. 키워드

struct를 적고 관습적으로 태그 이름은 밑줄(_)로 시작되고 소문자로 시작하는 이름으로 충분히 의미 있게 만든다. 멤버는 자료형과 멤버 이름으로 한 줄씩 선언 및 정의되어야 한다.

구조체 태그를 이용해서 기억장소를 할당하는 변수나 배열을 선언 및 정의하는 문장을 만들 수 있다. 항상 변수나 배열을 선언 및 정의하는 문장을 만들 때 struct 키워드를 태그 이름 앞에다 붙어야 하는 번거로움이 있다.

C코드
```
struct _태그이름 변수이름;
struct _태그이음 배열이름[배열크기];
```

이러한 번거로움을 없애고 약간 더 간결한 코드를 작성하기 위해서 그리고 하나 더 이유를 설명하면, 개념적으로 기억장소를 할당하는 변수나 배열을 선언 및 정의하는 문장에 사용되는 키워드를 자료형(Data Type)이라고 한다. 이 개념에 맞게 앞으로는 구조체 태그만을 기술하지 말고 typedef 키워드로 자료형 이름을 만들어 사용하도록 하자. 사용자 정의 자료형을 선언하여 사용하도록 하자.

따라서 레코드 자료형을 선언 및 정의하는 형식은 다음과 같다.

C코드
```
typedef struct _태그이름 {
     자료형 멤버이름;
     [, ...]
} 자료형이름;
```

자료형 이름은 관습적으로 태그 이름을 그대로 사용하는데 밑줄(_)을 없애고 첫 번째 글자를 대문자로 시작하도록 명명하도록 하자.

레코드 자료형을 선언 및 정의하기 전에 멤버를 선언 및 정의할 때 사용해야 하는 자료형에 대해 C언어에서 사용할 수 있는 자료형을 정리해야 한다. 자료구조도에 정리된 필드들의 자료형은 문자열, 정수, 실수이다.

C언어에서는 문자열 자료형을 제공하지 않는다. 대신에 1차원 문자 배열의 특수한 경우, 즉 널 문자('\0')로 끝나는 문자 배열로 문자열을 표현한다. 1차원 문자 배열의 구조와 같으나, 문자열의 각 요소를 차례차례 저장한 다음, 맨 마지막에 문자열의 끝을 알려주는 일종의 표시로서 널 종료문자('\0' Terminator)를 추가로 저장하여, 문자열의 첫 바이트부터 널

종료 문자까지를 하나의 문자열로 간주한다는 것이다.

C언어의 정수형 자료형을 정리해 보자. C언어에서 제공하는 정수형 관련 키워드를 조합하여 표현할 수 있는 데이터 범위를 정리하면 다음과 같다.

번호	자료형	크기	범위
1	signed short int	2	−32768 ~ 32767
2	signed long int	4	−2147483648 ~ 2147483647
3	unsigned short int	2	0 ~ 65535
4	unsigned long int	4	0 ~ 4294967295

표현해야 하는 데이터를 분석해서 결정해야 한다. 정수와 총점은 음수에는 적용되지 않는다. 따라서 unsigned를 사용하여야 한다. 입력할 수 있는 데이터들의 범위는 0에서 500점 이하이어야 하므로 제한하도록 하자. 따라서 short를 사용하자. 그래서 unsigned short int로 자료형을 정하자.

세 개의 키워드로 변수나 배열을 선언하기가 번거롭다. 따라서 typedef 키워드로 자료형 이름을 새로 만들어 사용하자. typedef로 자료형 이름을 선언하는 형식은 다음과 같다.

C코드

```
typedef 자료형 자료형이름;
```

unsigned short int를 대신하는 자료형 이름으로 UShort를 선언하여 사용하자. typedef 키워드를 적고 공백문자를 두고 unsigned short int를 적고, 공백문자를 두고 새로운 자료형 이름인 UShort를 적는다. 선언이므로 문장으로 처리해야 하므로 줄의 끝에 세미콜론을 적는다.

C코드

```
// Evaluate.c
/* *********************************************************************
  파일 이름 : Evaluate.c
  기    능 : 5명의 학생의 성명, 국어점수, 영어점수 그리고 수학점수가 입력되면
             성적을 평가하고, 과목별 평균을 구한다.
  작 성 자 : 김 석 현
  작성 일자 : 2013년 8월 14일
  ********************************************************************* */
typedef unsigned short int UShort;
```

C언어의 실수형 자료형을 정리해 보자. C언어에서 제공하는 실수형 관련 키워드를 조합하여 표현할 수 있는 데이터 범위를 정리하면 다음과 같다.

번호	자료형	크기	지수부	가수부	유효숫자(정밀도)
1	float	4 Byte	8	23	7 자리
2	double	8 Byte	11	52	15 자리
3	long double	10 Byte	17	64	19 자리

앞에서 정리된 대로 float와 double를 사용할 수 있는데 여기서 사용되는 평균은 엄청나게 큰 수를 다루는 것이 아니라 유효숫자가 1자리 이하인 작은 수들을 취급하기 때문에 double 형보다는 float 형으로 자료형을 결정하도록 하자.

이제 레코드 자료형을 선언 및 정의하자. 자료구조도를 보고 레코드 자료형을 선언 및 정의해 보자. typedef 키워드를 적고, 다음은 공백을 두고 struct 키워드를 적는다.

C코드

```
typedef struct
```

다음도 공백을 두고 밑줄을 긋고 레코드 이름 Student 을 소문자로 시작하여 적어 태그 이름을 적는다. 그리고 공백을 두고 여는 중괄호를 적는다.

C코드

```
typedef struct _student {
```

줄을 바꾸고 닫는 중괄호를 적는다. 닫는 중괄호 다음에 공백을 두고 레코드 이름을 적는다. 그리고 선언이므로 문장으로 처리되도록 줄의 끝에 반드시 세미콜론을 적는다.

C코드

```
typedef struct _student {
} Student;
```

구조체 태그 이름과 typedef 문에 의해 새로 정의되는 자료형 이름은 절대로 같아서는 안 된다.

다음은 여닫은 중괄호에 한 줄씩 멤버를 선언 및 정의해야 한다.

성명 name은 자료형이 문자열이다. C언어는 문자열 자료형을 제공하지 않는다. 문자열이란 문자들의 모임이므로 문자 배열로 표현된다는 것이다. "홍길동"을 기억장소에 저장한다면 어떻게 저장될까? 한글 한 자는 2바이트가 필요하므로 최소한 6바이트에 "홍길동"이 저장되고, 문자열 표시 문자인 널 문자가 저장되어야 한다.

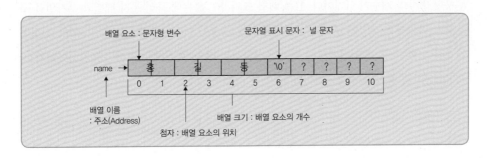

그런데 그림에서는 7바이트의 배열이 아니라 11바이트 배열이 할당되고, 7바이트만 사용했다. 왜 그렇게 했을까? 우리나라에서 이름은 법적으로 유효한 글자 수는 5자이다. 한글 5자이므로 10바이트이고 널 문자 저장 공간 1바이트까지 생각해야 하므로 11바이트 배열이 할당되었다.

배열 크기를 설정하는 에 있어 애매할 때는 워드 크기로 설정하도록 하자. 2, 4, 8, 16, 32, 64, 128, 256, 512로 설정하도록 하자.

C 언어에서 문자열을 이처럼 문자 배열의 구조를 가지지만 항상 문자열 표시 문자, 즉 널 문자('\0')를 마지막 문자로 저장한다는 것이 문자 배열과 차이점이다.

C언어에서는 문자열을 만들기 위해서는 어떠한 경우이든지 간에 충분한 크기의 문자 배열이 우선 할당되어 있어야 한다. 할당된 배열 크기를 벗어나도록 문자를 저장하고 널 문자를 할당된 배열 요소에 저장하지 못한다면 문자열로 취급되지 않는다.

배열이란 위 그림과 같이 어떤 특정 주소에서 시작해서 연속적으로 할당된 기억장소들을 말한다. 배열을 선언하는 절차에 따라 그림처럼 할당된 배열을 선언 및 정의해 보자.

(1) 배열 이름을 적는다. name
(2) 배열형을 강조하는 대괄호를 배열 이름 뒤에 적는다. name[]
(3) 배열 이름 앞에 공백을 두고 배열요소의 자료형을 적는다. char name[]
(4) 대괄호에 배열 크기를 적는다. char name[11]
(5) 배열을 선언하는 문장으로 처리되도록 줄의 끝에 세미콜론을 적는다. char name[11];

C언어에서 배열도 하나의 자료형이다. 선언된 배열의 자료형은 선언문에서 배열 이름과 세미콜론을 지우면 된다. 따라서 char [11]이 name 배열의 자료형이다. char [11]는 문자 배열형에 대한 C 언어 코드이다. 의미는 연속적으로 할당되는 변수의 자료형이 문자형이고, 문자형 변수의 개수가 11개이다. 11를 배열 크기라고 하는데 특히 문자 배열과 문자열을 구분하기 위해서 문자열인 경우에는 실제 문자를 저장할 개수에다가 1을 더한 수만큼 지정해야 한다. 왜냐하면, C언어에서는 문자열 취급하는 데 있어 실제로 저장된 문자들에다가 마지막에 '\0' 널 문자가 저장되어야만 하기 때문이다.

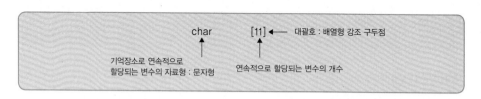

배열형은 대괄호를 여닫고 대괄호 앞에 배열요소의 자료형, 대괄호에 배열요소의 개수, 다른 말로는 배열 크기를 상수로 적어야 한다.

C코드
```
typedef struct _student {
    char name[11];
} Student;
```

멤버는 코드를 읽기 쉽도록 들여쓰기하고 선언 및 정의한다. 구조체 멤버의 선언문에는 기억 부류 지정자(auto, static, extern, register)는 적을 수 없다. 구조체 멤버의 기억 부류는 모두 같은 수밖에 없고, 기억 부류 지정자는 나중에 구조체 태그를 이용하여 변수나 배열을 정의할 때 기술해 주면 되기 때문이다. 또한, 구조체 멤버 각각은 초기치를 갖지 못한다.

국어점수, 영어점수, 수학점수, 총점 필드에 대해 구조체 멤버로 선언 및 정의해 보자. 한 줄에 하나씩 선언 및 정의한다. 들여쓰기하고 자료형 UShort를 적고 공백을 두고 필드 이름을 멤버 이름으로 적는다. 그리고 선언이므로 줄의 끝에 세미콜론을 적어 문장으로 처리되도록 한다.

```
C코드
typedef struct _student {
    char name[11];
    UShort koreanScore;
    UShort englishScore;
    UShort mathScore;
    UShort sum;
} Student;
```

평균 필드를 구조체 멤버로 선언 및 정의해 보자. 들여 쓰고 자료형 float을 적고 공백을 두고 필드 이름을 멤버 이름으로 적는다. 그리고 선언이므로 줄의 끝에 세미콜론을 적어 문장으로 처리되도록 한다.

```
C코드
typedef struct _student {
    char name[11];
    UShort koreanScore;
    UShort englishScore;
    UShort mathScore;
    UShort sum;
    float average;
} Student;
```

다음은 평가 필드를 구조체 멤버로 선언 및 정의하자. 자료형이 문자열이다. 문자열 리터럴 "EXCELLENT", "FAIL", ""를 그대로 복사하여 저장해야 한다면 문자 배열을 선언 및 정의해야 한다. 그렇지만, 문자열 리터럴은 이미 DATA 데이터 세그먼트에 배열을 할당하여 저장하고 있다. 그것도 프로그램이 끝날 때까지는 할당 해제되지 않는다. 이러한 상황에서 배열을 사용하여 기억장치를 낭비할 필요가 없다. 이러할 때는 배열 포인터를 사용하는 편이 훨씬 효율적이다.

들여 쓰고 배열 포인터형으로 선언하자. 포인터 변수를 선언하는 절차에 따라 해 보자.

(1) 멤버 이름을 적는다. grade

(2) 멤버에 주소가 저장되므로 멤버 이름 앞에 별표를 적는다. *grade

(3) 저장된 주소를 갖는 기억장소, 첫 번째 배열요소의 자료형을 별표 앞에 공백을 두고 적는다. 문자형이므로 char이다. char *grade

(4) 배열의 시작주소가 저장될 것이므로 멤버 이름과 가까운 별표를 소괄호로 싼다. 그래

서 배열 포인터를 강조한다. char (*grade)

(5) 선언이므로 줄의 끝에 세미콜론을 적어 문장으로 처리되도록 한다. char (*grade);

```
C코드
typedef struct _student {
    char name[11];
    UShort koreanScore;
    UShort englishScore;
    UShort mathScore;
    UShort sum;
    float average;
    char (*grade);
} Student;
```

이렇게 해서 자료구조도에 작도된 레코드를 레코드 자료형으로 선언 및 정의했다. 여기까지 코드를 정리하면 다음과 같다.

```
C코드
// Evaluate.c
/* ********************************************************************
파일 이름 : Evaluate.c
기     능 : 5명의 학생의 성명, 국어점수, 영어점수 그리고 수학점수가 입력되면
           성적을 평가하고, 과목별 평균을 구한다.
작 성 자 : 김 석 현
작성 일자 : 2013년 8월 14일
******************************************************************** */
// 자료형 이름 선언 및 정의
typedef unsigned short int UShort;

typedef struct _student {
    char name[11];
    UShort koreanScore;
    UShort englishScore;
    UShort mathScore;
    UShort sum;
    float average;
    char (*grade);
} Student;
```

이제는 Student는 C언어의 원시 자료형이나 유도 자료형처럼 똑같이 사용하면 된다. 다시 말해서 int, float, double, char, 배열형, 포인터형처럼 똑같이 사용하면 된다. 변수의 자료형, 배열요소의 자료형, 포인터형으로 사용해도 된다.

원시 코드 파일에 이렇게 레코드 자료형이 선언 및 정의되었다고 해서 레코드 자료형으로 기억장소가 할당되지 않는다. 구조체 태그 자체 그리고 레코드 자료형 이름으로 변수나 배열과 같이 실제로 기억장치에 만드는 것이 아니고, 단지 설계하는 지침, 기억장소의 구조에 관한 정보만을 컴파일러에 알려준다. 기억장소의 크기와 멤버를 갖는지 혹은 갖지 않는지를 컴파일러에 알려준다.

구조체 멤버를 조금 더 공부해 보자. 구조체 멤버의 자료형은 C언어에서 제공되는 모든 자료형을 사용할 수 있다. 원시 자료형, 배열, 포인터, 그리고 구조체 태그 자체일 수 있다. 구조체 멤버가 배열이면 절대로 배열 크기를 생략할 수 없다. 구조체 멤버 이름은 정의한 구조체 태그 내에서 유일해야 한다. 그렇지만 다른 구조체 태그에서는 같은 이름을 갖는 멤버가 있어도 된다.

자료 명세서					
번호	명칭		자료유형	구분	비고
	한글	영문			
	학생	Student	학생		Student
	성명	name	문자열		char [11]
	국어점수	koreanScore	정수		UShort
	영어점수	englishScore	정수		UShort
	수학점수	mathScore	정수		UShort
	총점	sum	정수		UShort
	평균	average	실수		float
	평가	grade	문자열		char (*)
1	학생수	STUDENTS	정수	상수	int
2	학생들	students	학생 배열	입출력	Student [STUDENTS]
3	국어평균	koreanAverage	실수	출력	float
4	영어평균	englishAverage	실수	출력	float
5	수학평균	mathAverage	실수	출력	float
6	국어총점	koreanSum	정수	처리	UShort
7	영어총점	englishSum	정수	처리	UShort
8	수학총점	mathSum	정수	처리	UShort
9	반복제어변수	i	정수	추가	UShort

● 자료명세서에 정리된 기호상수에 대해 여러분이 직접 매크로를 작성해 보자.

6.2. 함수 선언하기

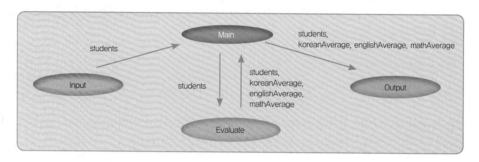

다음은 시스템 다이어그램을 참고하여 함수들을 선언해야 한다. 시스템 다이어그램에서 정리된 순서대로 모듈을 함수로 선언해야 한다.

● **Main 모듈을 main 함수로 여러분이 직접 선언해 보자.**

Input 모듈을 함수로 선언해 보자. 함수를 선언하는 절차에 따라 반환형을 결정하여 줄의 맨 처음에 적어보자. 자료명세서를 보면 출력데이터 students는 학생 배열이다. 배열형이므로 반환형은 void로 한다.

```
void
```

공백을 두고 모듈 이름으로 함수 이름을 적고, 소괄호를 여닫는다. 소괄호는 함수를 강조하는 구두점이다.

```
void Input()
```

소괄호에 매개변수 목록을 작성한다. 입력데이터는 없지만, 출력데이터 students 가 배열형이므로 매개변수를 선언한다. C언어에서는 배열 자체를 매개변수로 반환형으로 사용할 수 없다. 대신에 배열의 시작주소를 이용하여 정보 전달한다. 다시 말해서 매개변수의 자료형이 포인터형이다. 포인터 변수를 선언하는 절차에 따라 매개변수를 선언해 보자.

(1) 매개변수 이름을 적는다. students
(2) 주소를 저장한다는 것을 강조하기 위해 매개변수 이름 앞에 별표를 적는다. *students

(3) 저장된 주소를 갖는 기억장소의 자료형을 별표 앞에 공백을 두고 적는다. main 함수에 선언 및 정의되는 students 배열의 시작주소가 저장되어야 한다. 따라서 students 배열의 배열요소의 자료형 Student가 별표 앞에 공백을 두고 적힌다. Student *students

(4) 배열의 시작주소이므로 매개변수 이름과 별표를 소괄호로 싼다. 배열 포인터라는 것을 강조하기 위한 것이다. Student (*students)

C코드

```
void Input( Student (*students) )
```

선언이므로 문장으로 처리되도록 줄의 마지막에 세미콜론을 적는다.

C코드

```
void Input( Student (*students) );
```

이러한 절차로 함수를 선언하여 구현된 결과물을 함수 원형(Function Prototype)이라고 한다.

Evaluate 모듈을 함수로 선언해 보자. 함수를 선언하는 절차에 따라 반환형을 결정하여 새로운 줄의 맨 처음에 적는다. Evaluate 모듈에서 출력데이터가 많다. 따라서 반환형은 void이어야 한다. 공백을 두고 모듈 이름을 함수 이름으로 적고 소괄호를 여닫는다. 함수 이름 뒤에 적히는 소괄호는 함수형을 강조한다.

C코드

```
void Evaluate( )
```

입력데이터 students를 매개변수로 선언하자. 자료명세서를 참고하면, students의 자료 유형이 Student 배열이다. C언어에서는 문법적으로 배열 자체를 정보 전달에 사용할 수 없다. 다시 말해서 매개변수나 반환 값으로 사용할 수 없다는 것이다. 대신에 배열의 시작 주소를 사용할 수 있다. 따라서 students가 입력데이터라도 배열이므로 포인터형의 매개 변수를 선언해야 한다.

● 여러분이 직접 students를 매개변수로 선언해 보자.

```
void Evaluate( Student (*students) )
```

출력데이터는 students, koreanAverage, englishAverage, mathAverage이다. 네 개의 데이터가 출력데이터이므로 매개변수로 선언해야 한다. students는 이미 선언했으므로 다시 선언할 필요가 없다. 세 개의 평균에 대해 선언하면 된다. 매개변수가 여러 개이면 쉼표로 구분하여 적어야 한다. koreanAverage를 포인터형 매개변수로 선언해 보자. 자료명세서를 참고하면, koreanAverage의 자료유형이 실수이다. 다시 말해서 float 형의 포인터형의 매개변수를 선언해야 한다. 포인터 변수를 선언하는 절차에 따라 선언해 보자.

(1) 매개변수 이름을 적는다. koreanAverage

(2) 매개변수에 주소가 저장되는 것을 강조하기 위해 매개변수 이름 앞에 별표를 적는다. *koreanAverage

(3) 매개변수에 저장된 주소를 갖는 기억장소, 여기서는 main 함수 스택 세그먼트에 할당된 koreanAverage의 자료형을 적는다. 자료명세서를 참고하면 실수형이므로 C언어에서 사용할 수 있는 float 형이다. float *koreanAverage

(4) 배열이 아니라 일반 실수형 변수이다. 그러면 변수 이름과 가장 오른쪽 별표를 소괄호를 쌀 필요가 없다.

앞에 선언된 students 매개변수와 구분하기 위해 쉼표를 적고 koreanAverage 매개변수를 선언한다.

```
void Evaluate( Student (*students), float *koreanAverage )
```

● 여러분이 직접 englishAverage를 매개변수로 선언해 보자.

● 여러분이 직접 mathAverage를 매개변수로 선언해 보자.

입력데이터와 출력데이터를 매개변수로 선언했다. 그러면 함수 선언 문장으로 처리되도록 줄의 마지막에 세미콜론을 적는다.

```
void Evaluate( Student (*students), float *koreanAverage,
        float *englishAverage, float *mathAverage );
```

● Output 모듈을 함수로 선언해 보자.

● 여러분이 직접 반환형을 결정해 적어 보자.

● 여러분이 직접 students를 매개변수로 선언해 보자.

입력데이터 koreanAverage에 대해 매개변수를 선언해 보자. 출력데이터가 아니면 매개
변수는 자료형을 적고 공백을 두고 매개변수 이름을 적으면 된다. 값을 복사하도록 해야
하기 때문이다.

```
void Output( Student (*students), float koreanAverage )
```

● 여러분이 직접 englishAverage를 매개변수로 선언해 보자.

● 여러분이 직접 mathAverage를 매개변수로 선언해 보자.

Output 함수 선언 문장으로 처리되도록 줄의 끝에 세미콜론을 적는다. 이렇게 해서 시스
템 다이어그램에 정리된 모듈을 C언어의 논리적 모듈인 함수로 선언했다. 여기까지 코드
를 정리해 보자.

```
// Evaluate.c
/* *********************************************************
파일 이름 : Evaluate.c
기     능 : 5명의 학생의 성명, 국어점수, 영어점수 그리고 수학점수가 입력되면
            성적을 평가하고, 과목별 평균을 구한다.
작 성 자 : 김 석 현
작성 일자 : 2013년 8월 14일
*********************************************************/
// 매크로
#define STUDENTS 5

// 자료형 이름 선언 및 정의
typedef unsigned short int UShort;

typedef struct _student {
    char name[11];
    UShort koreanScore;
    UShort englishScore;
```

```
    UShort mathScore;
    UShort sum;
    float average;
    char (*grade);
} Student;

// 함수 원형
int main( int argc, char *argv[] );
void Input( Student (*students) );
void Evaluate( Student (*students), float *koreanAverage,
    float *englishAverage, float *mathAverage );
void Output( Student (*students), float koreanAverage,
    float englishAverage, float mathAverage);
```

6.3. 함수 정의하기

다음은 함수들을 정의해야 한다. C언어에서 함수를 정의하는 형식은 다음과 같다.

C코드
```
[반환형] 함수이름([매개변수 목록]) // 함수 머리
{ // 함수 몸체 시작
    [자동변수 선언문:]
    [제어문]
    [return 문장]
} // 함수 몸체 끝
```

시스템 다이어그램에서 정리된 모듈만큼 함수를 정의해야 한다. 따라서 네 개의 함수를 정의해야 한다. 정의하는 순서도 시스템 다이어그램에서 위쪽에서 아래쪽으로 그리고 왼쪽에서 오른쪽으로 정리된 순서대로 하자.

main 함수부터 정의하자. main 함수는 시스템 다이어그램을 보면, Input, Evaluate 그리고 Output 모듈 간의 관계를 함수 호출 문장으로 작성하면, 정의된다.

함수 원형을 줄의 마지막에 있는 세미콜론을 지우고, 다시 한 번 적으면 함수 머리가 만들어진다. 그리고 중괄호로 여닫아 함수 몸체를 만들자.

main 함수는 운영체제에 의해서 호출되는 함수이다. 그래서 C언어로 작성된 프로그램이 실행되기 위해서는 main 함수를 작성해야 한다. 따라서 main 함수를 호출하는 문장은 작성할 필요가 없다. 또한, 운영체제와의 정보전달에 대해 정해져 있는 것이다. 그래서 두 개

의 매개변수로 운영체제로부터 데이터들을 입력받게 되고, 반환형이 int 인 것으로 보아, return 문장으로 반환 값을 반환해 주어야 한다. 정상적으로 끝났을 때는 0을 반환하도록 약속이 되어 있다. 그래서 main 함수 몸체에 적히는 문장들에서 가장 마지막 문장으로 0을 반환하는 return 문장을 작성하자.

```
int main( int argc, char *argv[] ){
    return 0;
}
```

다음은 함수 블록의 첫 번째 줄부터 변수와 배열을 선언해야 한다. 시스템 다이어그램을 보면, Main 모듈로 입력되는 데이터들을 저장하기 위해서 main 함수에서 자동변수와 배열을 선언해야 한다. Input 모듈로부터 입력되는 students, Evaluate 모듈로부터 입력되는 koreanAverage, englishAverage, mathAverage에 대해 배열과 자동변수로 선언해야 한다.

함수에 선언하는 배열은 선언과 정의를 분리할 수 없다. 그래서 반드시 배열 크기가 정해져야 하고, 배열 크기는 상수이어야 한다. 배열을 선언하는 형식은 다음과 같다.

```
auto 자료형 배열이름[배열크기][ = {값, }];
```

배열을 선언하는 절차는 다음과 같다.

(1) 배열 이름을 적는다. students
(2) 배열 이름 뒤에 배열형이라는 것을 강조하기 위해 대괄호를 적는다. students[]
(3) 배열 이름 앞에 공백문자를 두고 배열요소의 자료형을 적는다. Student students[]
(4) 대괄호에 배열 크기를 상수로 적어야 한다. 이때 배열 크기로 사용되는 상수는 매크로로 구현하여 사용하도록 하자. 자료명세서에서 기호상수를 매크로 이름으로 그대로 사용하자. Student students[STUDENTS]
(5) 초기화를 해야 한다면 초기화 목록을 작성해야 한다. 등호를 적고 중괄호를 열고 쉼표로 구분하여 배열 크기만큼 값을 적고 중괄호를 닫는다. 이번에는 초기화하지 않으므로 초기화 목록은 생략한다.
(6) 줄의 마지막에 세미콜론을 적어 선언문으로 처리되도록 한다. Student students[STUDENTS];

자동변수는 선언과 정의를 분리할 수 없다. 따라서 자동변수를 선언한다고 하면 정의도 된다. 자동변수를 선언하는 형식은 다음과 같다.

```
auto 자료형 변수이름[=초깃값];
```

auto 키워드를 적고, 공백문자를 두고, 자료형을 적는다. 다시 공백문자를 두고, 시스템 다이어그램에 적힌 이름을 변수 이름으로 적는다. 줄의 마지막에 세미콜론을 적어 선언문으로 처리되도록 한다. 한 줄에 한 개의 변수를 선언하도록 하자.

● 여러분이 직접 koreanAverage를 자동변수로 선언해 보자.

● 여러분이 직접 englishAverage를 자동변수로 선언해 보자.

● 여러분이 직접 mathAverage를 자동변수로 선언해 보자.

이러한 개념과 절차에 따라 배열과 자동변수를 선언했다. 다음과 같이 main 함수가 정리되면 된다.

```
int main( int argc, char *argv[] ) {
    Student students[STUDENTS];
    float koreanAverage;
    float englishAverage;
    float mathAverage;

    return 0;
}
```

다음은 시스템 다이어그램을 보고, Input 모듈부터 시작하여 왼쪽에서 오른쪽으로 Input 함수, Evaluate 함수 그리고 Output 함수를 호출하는 문장을 작성하면 된다. 함수 호출 문장의 형식은 다음과 같다.

```
[변수이름 = ]함수이름([실인수, ...]);
치환식 : 변수이름 =
호출식 : 함수이름([실인수, ...])
실인수 : 상수, 변수, 식
```

함수 호출 문장을 작성할 수 있으려면, 먼저 함수가 선언되어 있어야 한다. 그래서 앞에 먼저 함수를 선언한다. 왜냐하면, C언어에서는 프로그래머에 의해서 만들어지는 이름은 반드시 사용하기 전에 미리 선언되어야 한다는 문법 때문이다. 선언하지 않은 상태에서 함수를 호출하는 문장을 작성한다면, 함수 이름이 선언되지 않았다는 오류가 발생하게 된다.

반환형이 void가 아니면, 치환식을 먼저 적고, 다음에 호출식을 적고 마지막에 세미콜론을 적어 문장으로 처리되도록 하면 된다. 그러나 반환형이 void이면 치환식을 생략하고, 호출식만을 적고 마지막에 세미콜론을 적어 문장으로 처리되도록 한다.

함수 호출식은 함수 이름을 적고 소괄호를 여닫고, 매개변수들의 개수만큼, 자료형과 순서에 맞게 쉼표로 구분하여 상수, 변수 혹은 식으로 값을 적어주면 된다. 이때 값을 실인수라고 한다.

Input 함수 호출 문장을 만들어 보자. 반환형이 void이므로 호출식만 작성하면 된다. Input 함수 이름을 적고, 소괄호를 여닫아야 한다. 소괄호에는 Input 함수 원형을 참조해 보면, 매개변수 개수가 한 개이고, 매개변수의 자료형은 포인터형이다. 따라서 값으로 주소를 적어야 한다.

배열 포인터이다. 배열 포인터 매개변수에 저장되는 값은 배열의 시작주소이어야 한다. 배열의 시작주소는 배열 이름이다. main 함수에 선언된 students는 배열 이름이다. 이름은 기억장소에 저장된 값을 의미한다고 했는데, 이때 값은 내용일 수도 있고 주소일 수도 있다. 그러나 배열 이름은 반드시 주소임을 명심하도록 하자. 소괄호에 배열 이름을 적으면 된다. 호출 문장으로 처리되도록 줄의 끝에 세미콜론을 적는다.

C코드

```c
int main( int argc, char *argv[] ) {
    Student students[STUDENTS];
    float koreanAverage;
    float englishAverage;
    float mathAverage;

    // 함수 호출 문장
    Input( students );

    return 0;
}
```

다음은 Evaluate 함수를 호출하는 문장을 작성해보자. 반환형이 void이므로 호출식만 작성하면 된다. 함수 이름을 적고 소괄호를 여닫는다. 소괄호에 네 개의 값을 쉼표로 구분하여 적어야 한다. 배열 포인터이면 배열의 시작주소, 일반 포인터이면 변수의 주소를 적으면 된다.

students는 배열 포인터이므로 main 함수에 선언된 배열 이름을 적으면 된다. 왜냐하면, 배열 이름은 배열의 시작주소이기 때문이다.

koreanAverage, englishAverage 그리고 mathAverage는 일반 포인터이므로 & 주소 연산자로 변수의 주소를 구하는 식을 적어야 한다. 식은 변수 이름 앞에 주소 연산자 &을 적으면 된다. 예를 들면 main 함수에 선언된 koreanAverage 변수의 주소를 구하는 식은 &koreanAverage 이다.

쉼표로 구분하여 순서에 맞게, 네 개를 적는다. 그리고 줄의 끝에 세미콜론을 적어 호출문장으로 처리하도록 해야 한다.

C코드

```
int main( int argc, char *argv[] ){
    Student students[STUDENTS];
    float koreanAverage;
    float englishAverage;
    float mathAverage;

    // 함수 호출 문장
    Input( students );
    Evaluate( students, &koreanAverage, &englishAverage, &mathAverage);

    return 0;
}
```

다음은 Output 함수를 호출하는 문장을 작성해보자. 반환형이 void이므로 호출식만 작성하면 된다. 함수 이름을 적고 소괄호를 여닫는다. 소괄호에 네 개의 값을 쉼표로 구분하여 적어야 한다. 배열 포인터이면 배열의 시작주소를, 일반 변수이면 변수 이름을 적으면 된다. 변수 이름은 변수에 저장된 값이다.

students는 배열 포인터이므로 main 함수에 선언된 배열 이름을 적으면 된다. 왜냐하면, 배열 이름은 배열의 시작주소이기 때문이다.

koreanAverage, englishAverage 그리고 mathAverage는 일반 변수이므로 변수 이름을 적는다.

쉼표로 구분하여 순서에 맞게, 네 개를 적는다. 그리고 줄의 끝에 세미콜론을 적어 호출문장으로 처리하도록 해야 한다. 이렇게 해서 순차 구조로 세 개의 함수 호출 문장을 작성했다. 코드를 정리하면 다음과 같다.

C코드

```
int main( int argc, char *argv[] ){
    Student students[STUDENTS];
    float koreanAverage;
    float englishAverage;
    float mathAverage;

    // 함수 호출 문장
    Input( students ); // 점수를 입력받는다.
    Evaluate( students, &koreanAverage, &englishAverage, &mathAverage); // 성적을
평가하다.
    Output( students, koreanAverage, englishAverage, mathAverage); // 성적을 출력하다.

    return 0;
}
```

다음은 Input 모듈을 Input 함수로 정의하자. Input 함수는 사용자 인터페이스를 어떻게 구현할 것인지에 따라 정의가 달라진다. C언어에서 기본적으로 사용하는 사용자 인터페이스인 문자 기반 인터페이스(Character User Interface, CUI)일 때와 요사이 윈도우로 대중화된 그래픽 기반 인터페이스(Graphic User Interface, GUI)일 때 구현되는 방식에 많은 차이가 있다. 그래서 연산모듈 Evaluate에서 입출력 모듈을 철저하게 분리한 것이다. 사용자 인터페이스가 바뀌더라도 처리할 내용은 같기 때문이다.

사용자 인터페이스를 CUI로 한다면, 입출력 모듈에 대해서는 화면 설계(Screen Design) 작업을 해야 한다. 화면 설계의 산출물을 사용하여 Input 함수를 정의해야 하는데 이 책의 목표가 사용자 인터페이스가 아니라 알고리듬에 집중하도록 하는 것이므로 화면 설계에 관해 자세히 설명하지 않도록 하겠다. 차후에 출간될 자료구조 편에서 설명할 예정이다.

여기서는 DOS 기반의 CUI로 단순히 다섯 번에 걸쳐 학생 한 명의 성명, 국어점수, 영어점수 그리고 수학점수를 입력받자.

블록 주석 기능을 이용하여 함수를 설명하는 글귀를 적도록 하자. 최소한으로 함수 이름, 기능 그리고 입력과 출력을 적도록 하자.

```
/* ***********************************************************************
   함수 이름 : Input
   기      능 : 키보드로 학생의 점수들을 입력받는다.
   입      력 : 없음
   출      력 : 학생들
   *********************************************************************** */
```

함수를 정의하는 절차에 따라 함수 머리를 만들자. 앞에 선언된 함수 원형을 마지막에 적힌 세미콜론을 빼고 옮겨 적는다. 그리고 중괄호를 여닫아 함수 몸체를 만든다.

```
/* ***********************************************************************
   함수 이름 : Input
   기      능 : 키보드로 학생의 점수들을 입력받는다.
   입      력 : 없음
   출      력 : 학생들
   *********************************************************************** */
void Input( Student (*students) ) {
}
```

키보드로 입력받은 데이터들을 저장하기 위해서는 반드시 Input 함수 블록에 배열이 선언되어야 한다. 그런데 이미 매개변수로 선언되었으므로 배열을 선언할 필요가 없다. 그렇지만 다섯 번 입력을 받아야 하므로 입력횟수로서 반복제어변수를 자동변수로 선언해야 한다.

```
/* ***********************************************************************
   함수 이름 : Input
   기      능 : 키보드로 학생의 점수들을 입력받는다.
   입      력 : 없음
   출      력 : 학생들
   *********************************************************************** */
void Input( Student (*students) ) {
    UShort i; // 반복제어변수
}
```

반복문을 작성해 보자. 반복횟수가 다섯 번으로 정해져 있다. 이럴 때 for 반복문을 작성하면 된다. for 반복문의 형식은 다음과 같다.

```
C코드   for(초기식; 조건식; 변경식) {
           // 단문 혹은 복문
       }
```

초기식은 반복제어변수에 처음으로 값을 설정하는 식이다. 반복제어변수이므로 1로 설정하면 될 것이다. 그런데 여기서는 한 번 더 생각해 보아야 한다. 왜냐하면, 반복제어변수이면서 배열의 첨자로 사용한다면, C언어에서는 배열의 첨자는 0부터 시작하므로 0으로 설정해야 한다. 조건식은 반복제어변수가 최대횟수보다 작거나 같아야 하지만, 0부터 시작하면 횟수만큼 반복하고자 한다면 반복제어변수가 최대횟수보다 작아야 한다. 변경식은 반복제어변수를 하나씩 증가하면 될 것이다.

```
C코드   /* ***********************************************************
        함수 이름 : Input
        기     능 : 키보드로 학생의 점수들을 입력받는다.
        입     력 : 없음
        출     력 : 학생들
        *********************************************************** */
       void Input( Student (*students) ){
           UShort i; // 반복제어변수

           // STUDENTS 5번 반복하다.
           for( i = 0; i < STUDENTS; i++){
               // 키보드 입력 처리
           }
       }
```

다음은 키보드로 성명, 국어점수, 영어점수 그리고 수학점수를 입력하는 처리를 해야 한다. C언어에서는 키보드 입력을 처리하는 기능이 없다. 대신 많은 키보드 입력 관련 함수가 C 컴파일러 개발자에 의해서 작성되어 제공된다. 가장 흔하게 사용하는 함수가 scanf 함수이다. 이러한 함수를 라이브러리 함수라고 한다. 라이브러리 함수를 사용하는 절차는 크게 두 단계로 이루어진다.

첫 번째는 라이브러리 함수 원형을 라이브러리 함수를 호출하는 문장이 작성될 원시 코드 파일로 복사해야 한다. 앞에서도 말했듯이 함수를 사용하기 전에 반드시 함수가 선언되어 있어야 한다는 C언어의 문법에 따라야 하기 때문입니다. 따라서 라이브러리 함수의 원형이 적힌 헤더 파일을 #include 전처리기 지시자로 헤더 파일을 명기하면 된다. 이러한 기능을 매크로(Macro)라고 한다. 매크로 형식은 다음과 같다.

```
#include 〈헤더파일이름〉
```

물론 #include 전처리기 지시자로 작성되는 매크로는 라이브러리 함수 호출 문장이 적힌 줄보다는 앞에만 작성되면 된다. 그러나 대부분 프로그램을 설명하는 주석 바로 다음 줄부터 작성한다. #define 전처리기 지시자로 작성되는 매크로보다는 앞에 작성된다.

헤더 파일을 알기 위해서는 라이브러리 함수 설명서를 참조해야 한다. scanf 함수 원형이 적힌 헤더 파일은 stdio.h이다. 따라서 #include 전처리기 지시자를 적고 공백문자를 두고 부등호를 여닫고 부등호들 사이에 stdio.h 헤더 파일 이름을 적는다. 물론 매크로이므로 한 줄에 하나씩 작성되어야 한다.

```
// Evaluate.c
/* ************************************************************
   파일 이름 : Evaluate.c
   기      능 : 5명의 학생의 성명, 국어점수, 영어점수 그리고 수학점수가 입력되면
               성적을 평가하고, 과목별 평균을 구한다.
   작 성 자 : 김 석 현
   작성 일자 : 2013년 8월 14일
   ************************************************************/
// 매크로
#include 〈stdio.h〉 // scanf 함수 원형 복사 지시 매크로

#define STUDENTS 5

// 자료형 이름 선언 및 정의
typedef unsigned short int UShort;

typedef struct _student {
    char name[11];
    UShort koreanScore;
    UShort englishScore;
    UShort mathScore;
    UShort sum;
    float average;
    char (*grade);
} Student;

// 함수 원형
int main( int argc, char *argv[] );
void Input( Student (*students) );
```

```
void Evaluate( Student (*students), float *koreanAverage,
    float *englishAverage, float *mathAverage );
void Output( Student (*students), float koreanAverage,
    float englishAverage, float mathAverage);
```

두 번째는 함수 호출 문장을 작성하면 된다. 함수 호출 문장을 작성하기 전에 라이브러리 함수 설명서를 참고해서 함수 원형을 확인해야 한다.

C코드

```
int scanf( const char *format [,argument]... );
```

반환형은 정수형이고 반환되는 값은 정상적으로 입력되는 데이터의 개수라고 한다. 반환되는 값을 사용하고자 한다면, int 형의 자동변수를 선언해야 한다. 그리고 치환식을 반드시 작성해야 한다. 반환되는 값을 사용하지 않는다면, int 형 자동변수도 선언할 필요도 없고, 치환식을 작성할 필요도 없다. 키보드의 입력을 처리할 때는 관습적으로 사용하지 않으므로 우리도 사용하지 않도록 하겠다.

함수 호출식만 작성해보자. 매개변수 format은 입력 서식으로 입력되는 데이터의 개수를 % 기호의 개수로 입력되는 데이터의 자료형은 자료형 변환 문자로 문자열 리터럴을 지정해야 한다.

한 개의 문자열 데이터와 세 개의 정수형 데이터를 입력받아야 한다. 그러므로 공백문자로 구분되는 % 기호를 네 개 적고, 자료형 변환 문자는 문자열은 s 그리고 정수이면 보통 d이나 unsigned short int이면 hu를 적어야 한다.

문자열에 대해서 s, unsigned short int에 대해서 hu를 사용하는 데 있어 특별한 이유는 없다. 약속이다. scanf 함수를 만든 사람이 정했다는 것이다. 문자열을 입력할 때 scanf 함수같은 입력 라이브러리 함수에서는 입력된 문자들을 저장하고 마지막 문자로 널 문자를 저장해 준다. 따라서 scanf 함수를 사용하는 경우는 서식 문자열에서 문자열에 대해 형 변환 문자인 s를 설정해 주어야 한다.

scanf 함수의 서식 문자열에는 공백문자, % 기호 그리고 자료형 변환 문자들만 사용하는 것이 사용자가 입력을 편하게 할 수 있다. 따라서 다음과 같이 서식 문자열이 작성되어야 한다.

```
"%s %hu %hu %hu"
```

그리고 매개변수 argument는 키보드로 입력된 데이터를 저장하는 기억장소의 주소를 지정해야 한다. ...는 가변 인자라는 의미로 필요한 만큼 값들을 지정할 수 있다는 뜻이다.

여기서는 첫 번째로는 문자열을 입력받는다. C언어에서는 문자열은 문자 배열로 구현된다고 앞에서 이미 정리했다. 특히 입력받을 때는 반드시 문자 배열을 이용해야 한다. students 배열에서 i번째 배열요소의 name 멤버에 저장되어야 한다. students[i]는 students 배열의 i번째 배열요소이다. 멤버를 갖는 레코드형이다. 다시 말해서 기억 장소에 저장된 값인 내용으로 레코드형에 대해서는 실제 값을 쓰고 읽는 곳은 멤버이므로 멤버를 접근하는 방법을 알아야 한다. C언어에서는 멤버를 접근하기 위해서는 구두점(.)인 구조체 멤버 접근 연산자(struct member operator)를 제공한다. students[i].name이다. name 멤버가 문자 배열이므로 멤버 이름 자체가 주소이다.

그리고 국어점수, 영어점수 그리고 수학점수는 students 배열의 i번째 배열요소의 koreanScore, englishScore 그리고 mathScore 멤버의 주소이어야 한다. 멤버의 주소를 구하는 방법은 변수의 주소를 구하는 방법과 같다. 멤버 이름 앞에 주소 연산자 &를 적어 식을 작성하면 된다. &students[i].koreanScore이다.

students 배열의 i 번째 배열요소는 첨자 연산자로 참조해야 한다. students[i]이다. 배열요소가 레코드형이므로 구조체 멤버 접근 연산자로 멤버를 참조해야 한다. students[i].koreanScore 이다. 주소 연산자로 멤버의 주소를 구하는 식을 작성해야 한다. &students[i].koreanScore 이다.

같은 방식으로 영어점수와 수학점수를 저장할 멤버의 주소를 구하는 식은 여러분이 직접 작성해 보자.

[], ., & 우선순위에 따라 작성된 코드는 정확하게 작동한다. 그렇지만 멤버의 주소라는 것을 명확하게 하도록 &(students[i].koreanScore)로 작성하는 것도 좋은 방식이다. 따라서 scanf 함수 호출식은 다음과 같이 작성된다.

C코드
```
scanf("%s %hu %hu %hu", students[i].name, &(students[i].koreanScore),
    &(students[i].englishScore), &(students[i].mathScore))
```

scanf 함수 이름을 적고 소괄호를 여닫아야 한다. 첫 번째 인수는 입력 서식 문자열을 적고, 두 번째부터는 입력할 데이터를 저장할 기억장소의 주소를 적으면 된다. 그리고 줄의 마지막에 세미콜론을 적어 호출문장으로 처리되도록 해야 한다.

C코드
```
/* *****************************************************************
   함수 이름 : Input
   기     능 : 키보드로 학생의 점수들을 입력받는다.
   입     력 : 없음
   출     력 : 학생들
   ***************************************************************** */
void Input( Student (*students) ){
    UShort i; // 반복제어변수

    // STUDENTS 5번 반복하다.
    for( i = 0; i < STUDENTS; i++) {
        // 키보드 입력 처리
        scanf("%s %hu %hu %hu", students[i].name,
            &students[i].koreanScore, &students[i].englishScore,
            &students[i].mathScore);
    }
}
```

다음은 Evaluate 모듈에 대해 모듈기술서와 나씨-슈나이더만 다이어그램으로 정리된 알고리듬으로 Evaluate 함수를 정의해 보자.

명칭	한글	성적을 평가하다
	영문	Evaluate
기능		5명의 학생의 성명, 국어점수, 영어점수 그리고 수학점수가 입력되면 성적을 평가하고, 과목별 평균을 구한다.
입·출력	입력	학생들
	출력	학생들, 국어평균, 영어평균, 수학평균
관련 모듈		

자료 명세서

번호	명칭 한글	명칭 영문	자료유형	구분	비고
	학생	Student	학생		레코드 자료형
	성명	name	문자열		필드
	국어점수	koreanScore	정수		필드
	영어점수	englishScore	정수		필드
	수학점수	mathScore	정수		필드
	총점	sum	정수		필드
	평균	average	실수		필드
	평가	grade	문자열		필드
1	학생수	STUDENTS	정수	상수	5
2	학생들	students	학생 배열	입출력	
3	국어평균	koreanAverage	실수	출력	
4	영어평균	englishAverage	실수	출력	
5	수학평균	mathAverage	실수	출력	
6	국어총점	koreanSum	정수	처리	
7	영어총점	englishSum	정수	처리	
8	수학총점	mathSum	정수	처리	
9	반복제어변수	i	정수	추가	

처리 과정

1. 학생들을 입력받는다.
2. STUDENTS만큼 반복한다.
   2.1. 총점을 구한다.
   2.2. 평균을 구한다.
   2.3. 평균에 따라 평가한다.
   2.4. 국어 총점을 구한다.
   2.5. 영어 총점을 구한다.
   2.6. 수학 총점을 구한다.
3. 국어평균을 구한다.
4. 영어평균을 구한다.
5. 수학평균을 구한다.
6. 학생들, 국어평균, 영어평균, 수학평균을 출력한다.
7. 끝낸다.

```
                              start
  STUDENTS = 5, students(STUDENTS), koreanSum = 0, englishSum = 0,
  mathSum = 0, koreanAverage, englishAverage, mathAverage, i

  read students

   for ( i = 1, STUDENTS, 1 )

     students(i).sum = students(i).koreanScore +
          students(i).englishScore + students(i).mathScore

     students(i).average = students(i).sums / 3.0

                  students(i).average ≥ 90.0
     TRUE                                           FALSE

     students(i).grade =       students(i).average < 60.0
     "EXCELLENT"            TRUE                    FALSE

                           students(i).grade =   students(i).grade =
                           "FAIL"                " "

     koreanSum = koreanSum + students(i).koreanScore

     englishSum = englishSum + students(i).englishScore

     mathSum = mathSum + students(i).mathScore

  koreanAverage = koreanSum / (STUDENTS * 1.0)

  englishAverage = englishSum / (STUDENTS * 1.0)

  mathAverage = mathSum / (STUDENTS * 1.0)

  print students, koreanAverage, englishAverage, mathAverage

                              stop
```

함수가 여러 개 사용되는 경우 함수를 설명하는 글귀를 적어 놓으면, 코드를 보다 이해하기 쉬워 다음에 쉽게 변경할 수 있다. 모듈 기술서에서 개요를 참고해서 함수를 설명하는 글귀를 적자. 최소한 함수 이름, 기능, 입력, 출력에 대해서는 반드시 적자. 그 외는 변경되는 내용을 일자와 함께 적으면 코드를 관리하기가 쉬울 것이다.

C코드

```
/* ****************************************************************
   함수 이름 : Evaluate
   기    능 : 5명의 학생의 성명, 국어점수, 영어점수 그리고 수학점수가 입력되면
              성적을 평가하고, 과목별 평균을 구한다.
   입    력 : 학생들
   출    력 : 학생들, 국어평균, 영어평균, 수학평균
   *************************************************************** */
```

다음은 함수 머리를 만들어야 한다. 함수를 선언한 결과물, 즉 함수 원형을 이용하면 된다.

함수 원형을 그대로 옮겨 적는데, 줄의 마지막에 있는 세미콜론을 뺀다.

```
C코드
/* **********************************************************************
   함수 이름 : Evaluate
   기     능 : 5명의 학생의 성명, 국어점수, 영어점수 그리고 수학점수가 입력되면
             성적을 평가하고, 과목별 평균을 구한다.
   입     력 : 학생들
   출     력 : 학생들, 국어평균, 영어평균, 수학평균
   ********************************************************************** */
void Evaluate( Student (*students), float *koreanAverage,
        float *englishAverage, float *mathAverage)
```

```
                          start

                          stop
```

다음은 함수 몸체를 만들어야 한다. 처리 과정에서는 "7. 끝낸다." 처리단계와 나씨–슈나이
더만 다이어그램에서는 start가 적힌 순차 구조 기호에 대해 여는 중괄호와 stop이 적힌 순차
구조 기호에 대해서는 닫는 중괄호로 여닫아 블록을 설정하여 함수 몸체를 만들어야 한다.

```
C코드
/* **********************************************************************
   함수 이름 : Evaluate
   기     능 : 5명의 학생의 성명, 국어점수, 영어점수 그리고 수학점수가 입력되면
             성적을 평가하고, 과목별 평균을 구한다.
   입     력 : 학생들
   출     력 : 학생들, 국어평균, 영어평균, 수학평균
   ********************************************************************** */
void Evaluate( Student (*students), float *koreanAverage,
        float *englishAverage, float *mathAverage) {

}
```

여는 중괄호의 위치는 대부분 함수 머리가 적힌 줄의 다음 줄에 적히는 데, 그렇지 않고 함수
머리가 적힌 줄의 끝일 수도 있다. 어떠한 선택을 하느냐 하는 것은 프로그래머의 취향이다.

다음은 기호상수, 변수 그리고 배열을 선언하는 순차 구조 기호를 구현해야 한다. 앞에서
정리한 자료형을 참고하여 매개변수로 이미 선언된 것들을 제외하고, 나머지들은 자동변
수나 배열로 선언해야 한다. 매개변수같이 자동변수는 선언과 정의를 분리할 수 없으므로

선언한다고 하면 정의도 이루어진다는 것도 명심하자.

> STUDENTS = 5, students(STUDENTS), koreanSum = 0, englishSum = 0,
> mathSum = 0, koreanAverage, englishAverage, mathAverage, i

STUDENTS = 5 기호상수부터 구현해보자. 여러분이 직접 매크로를 작성해 보자. 다음은 순차 구조 기호에서 매개변수들, students, koreanAverage, englishAverage, mathAverage 를 빼고, 남은 koreanSum, englishSum, mathSum, i에 대해서 자동변수로 선언 및 정의해야 한다. 또한, 초기화되어 있는 변수는 초기화해야 한다. 함수 블록의 시작 부분에 다음과 같은 형식으로 선언, 정의 그리고 초기화하면 된다.

C코드

```
auto 자료형 변수이름[= 초깃값];
```

앞에서 이미 정리된 자료형을 사용하면 된다. 한 줄에 하나의 변수를 선언하도록 하자. 반드시 줄의 끝에 세미콜론을 적어 선언문으로 처리되도록 해야 한다. auto는 적지 않아도 컴파일러에 의해서 자동으로 추가된다.

koreanSum, englishSum, mathSum은 자료형으로 UShort를 적고 공백을 두고 변수이름을 적고 뒤에 적히는 값이 초깃값이라는 것을 강조하기 위해 등호를 적어야 한다. 그리고 등호 뒤에 0을 적고, 세미콜론을 마지막에 적으면 된다. 그러나 i는 초기화하지 않으므로 자료형 UShort를 적고, 공백문자를 두고, 변수 이름을 적고, 마지막에 세미콜론을 적으면 선언 및 정의를 하게 되는 것이다.

C코드

```
/* *************************************************************
함수 이름 : Evaluate
기    능 : 5명의 학생의 성명, 국어점수, 영어점수 그리고 수학점수가 입력되면
          성적을 평가하고, 과목별 평균을 구한다.
입    력 : 학생들
출    력 : 학생들, 국어평균, 영어평균, 수학평균
************************************************************* */
void Evaluate( Student (*students), float *koreanAverage,
        float *englishAverage, float *mathAverage) {
    // 자동변수 선언, 정의 그리고 초기화
    UShort koreanSum = 0;
    UShort englishSum = 0;
```

```
        UShort mathSum = 0;
        UShort i;
}
```

다음은 모듈 기술서에 정리된 처리 과정을 한 줄 주석 기능으로 적어, 코드를 설명하는 글귀를 적자.

C코드

```
/* ************************************************************
함수 이름 : Evaluate
기    능 : 5명의 학생의 성명, 국어점수, 영어점수 그리고 수학점수가 입력되면
          성적을 평가하고, 과목별 평균을 구한다.
입    력 : 학생들
출    력 : 학생들, 국어평균, 영어평균, 수학평균
************************************************************ */
void Evaluate( Student (*students), float *koreanAverage,
        float *englishAverage, float *mathAverage) {
    // 자동변수 선언, 정의 그리고 초기화
    UShort koreanSum = 0;
    UShort englishSum = 0;
    UShort mathSum = 0;
    UShort i;

    // 1. 학생들을 입력받는다.
    // 2. STUDENTS만큼 반복한다.
        // 2.1. 총점을 구한다.
        // 2.2. 평균을 구한다.
        // 2.3. 평균에 따라 평가한다.
        // 2.4. 국어 총점을 구한다.
        // 2.5. 영어 총점을 구한다.
        // 2.6. 수학 총점을 구한다.
    // 3. 국어평균을 구한다.
    // 4. 영어평균을 구한다.
    // 5. 수학평균을 구한다.
    // 6. 학생들, 국어평균, 영어평균, 수학평균을 출력한다.
    // 7. 끝낸다.
}
```

처리 과정을 주석으로 처리해 놓으면, 다음에 무엇을 해야 하는지를 알 수 있어, 해야 하는 일에 집중할 수 있다.

처리 과정을 주석으로 처리한 것을 확인하면, 첫 번째로 해야 하는 일은 "1. 학생들을 입력받는다."에 대해 구현해야 한다. 나씨-슈나이더만 다이어그램에서는 입력하는 순차 구조

기호를 C언어로 구현해보자.

```
                    read students
```

함수 머리를 보면, 순차 구조 기호에 적힌 students는 매개변수로 선언되어 있다. 매개변수가 하는 일은 호출하는 함수에서 복사해 주는 데이터를 저장하는 것이다. 따라서 입력하는 순차 구조 기호는 C언어에서는 함수 호출 문장이다. 따라서 Evaluate 함수를 호출하는 main 함수에서 Evaluate 함수 호출 문장으로 구현되어야 한다.

다음은 처리 과정을 보면, "2. STUDENTS만큼 반복한다."이다. 나씨-슈나이더만 다이어그램에서는 다음과 같은 for 반복 구조 기호이다.

```
        for ( i = 1, STUDENTS, 1 )
```

C언어에서는 for 반복문을 제공한다. 따라서 for 반복문장으로 구현하면 된다. C언어에서 for 반복문의 형식은 다음과 같다.

C코드
```
for(초기식; 조건식; 변경식) {
     // 단문 혹은 복문
}
```

for 키워드를 적고 반드시 소괄호를 여닫아야 한다.

C코드
```
for()
```

소괄호에 첫 번째로 반복제어변수의 초기식을 작성하면 된다. for 반복 구조 기호에 첫 번째로 적힌 i = 1을 그대로 옮겨 적는데, 1을 0으로 바꾸어야 한다. 왜냐하면, i가 배열의 첨자로도 사용되고 있기 때문이다. C언어에서 첨자는 0부터 시작한다는 것을 기억하자.

```
for( i = 0 )
```

다음은 세미콜론을 적고, 조건식을 작성해야 한다. for 반복 구조 기호에서 STUDENTS
이다. C언어에서는 관계식으로 작성해야 한다. 반복제어변수 i가 STUDENTS보다 작은지
(<)에 대해 관계식 i < STUDENTS를 작성하면 된다. for 반복 구조 기호에서는 반복제어
변수 i가 STUDENTS보다 작거나 같은지에 대한 관계식이지만, 첨자로도 사용하므로 0부
터 시작해서 같은지 관계식을 빼야 하기 때문이다.

```
for( i = 0; i < STUDENTS )
```

마지막으로 세미콜론을 적고 변경식을 작성해야 한다. for 반복 구조 기호에서는 1이다. 반
복제어변수 i를 1씩 증가하는 식이어야 한다. 누적되어야 한다. 즉 i = i + 1이어야 한다. 누
적 표현식이 여러 개이지만 가장 많이 사용되는 식은 i++이다.

```
for( i = 0; i < STUDENTS; i++ )
```

반복해야 하는 제어 구조 기호가 여러 개이므로 제어 구조 기호 하나당 C언어에서 한 개
의 문장으로 구현된다. 따라서 복문으로 처리해야 하므로 중괄호를 여닫아야 한다. 제어
블록을 설정해야 한다.

```
for( i = 0; i < STUDENTS; i++ ){
}
```

여기까지 코드를 정리하면 다음과 같다.

`C코드`

```
/* ***********************************************************************
함수 이름 : Evaluate
기      능 : 5명의 학생의 성명, 국어점수, 영어점수 그리고 수학점수가 입력되면
            성적을 평가하고, 과목별 평균을 구한다.
입      력 : 학생들
출      력 : 학생들, 국어평균, 영어평균, 수학평균
   ************************************************************************ */
void Evaluate( Student (*students), float *koreanAverage,
        float *englishAverage, float *mathAverage) {
    // 자동변수 선언, 정의 그리고 초기화
    UShort koreanSum = 0;
    UShort englishSum = 0;
    UShort mathSum = 0;
    UShort i;

    // 1. 학생들을 입력받는다.
    // 2. STUDENTS만큼 반복한다.
    for( i = 0; i < STUDENTS; i++ ) {
        // 2.1. 총점을 구한다.
        // 2.2. 평균을 구한다.
        // 2.3. 평균에 따라 평가한다.
        // 2.4. 국어 총점을 구한다.
        // 2.5. 영어 총점을 구한다.
        // 2.6. 수학 총점을 구한다.
    }
    // 3. 국어평균을 구한다.
    // 4. 영어평균을 구한다.
    // 5. 수학평균을 구한다.
    // 6. 학생들, 국어평균, 영어평균, 수학평균을 출력한다.
    // 7. 끝낸다.
}
```

다음은 반복하는 내용에서 첫 번째로 해야 하는 것으로 "2.1. 총점을 구한다." 처리 단계를 구현해야 한다. 나씨–슈나이더만 다이어그램에서는 다음과 같은 순차 구조 기호이다.

```
students(i).sum = students(i).koreanScore +
        students(i).englishScore + students(i).mathScore
```

순차 구조 기호에서 첨자 연산자 소괄호 ()는 C언어에서는 대괄호 []로 바꾸어야 한다. 순차 구조 기호에 적힌 내용을 그대로 옮겨 적는다. 문장으로 처리되도록 줄의 끝에 세미콜론을 적어야 한다.

students 배열의 i번째 배열요소가 멤버를 갖는 레코드형이므로 멤버를 접근하기 위해 구조체 멤버 연산자(.)를 사용하여야 한다.

```
C코드
/* ******************************************************************
함수 이름 : Evaluate
기     능 : 5명의 학생의 성명, 국어점수, 영어점수 그리고 수학점수가 입력되면
           성적을 평가하고, 과목별 평균을 구한다.
입     력 : 학생들
출     력 : 학생들, 국어평균, 영어평균, 수학평균
   ****************************************************************** */
void Evaluate( Student (*students), float *koreanAverage,
       float *englishAverage, float *mathAverage) {
   // 자동변수 선언, 정의 그리고 초기화
   UShort koreanSum = 0;
   UShort englishSum = 0;
   UShort mathSum = 0;
   UShort i;

   // 1. 학생들을 입력받는다.
   // 2. STUDENTS만큼 반복한다.
   for( i = 0; i < STUDENTS; i++ ) {
       // 2.1. 총점을 구한다.
       students[i].sum = students[i].koreanScore + students[i].englishScore +
students[i].mathScore;
       // 2.2. 평균을 구한다.
       // 2.3. 평균에 따라 평가한다.
       // 2.4. 국어 총점을 구한다.
       // 2.5. 영어 총점을 구한다.
       // 2.6. 수학 총점을 구한다.
   }
   // 3. 국어평균을 구한다.
   // 4. 영어평균을 구한다.
   // 5. 수학평균을 구한다.
   // 6. 학생들, 국어평균, 영어평균, 수학평균을 출력한다.
   // 7. 끝낸다.
}
```

다음은 "2.2. 평균을 구한다." 처리 단계를 구현해야 한다. 나씨-슈나이더만 다이어그램에서는 다음과 같다.

```
students(i).average = students(i).sums / 3.0
```

순차 구조 기호에서 첨자 연산자 소괄호 ()는 C언어에서는 대괄호 []로 바꾸어야 한다. 순

차 구조 기호에 적힌 내용을 그대로 옮겨 적는다. 문장으로 처리되도록 줄의 끝에 세미콜론을 적어야 한다. 실수형 상수는 자료형이 double형이다. 그러면 식에 사용된 자료형은 float과 같지 않다. 식을 작성할 때는 식에 사용된 데이터의 자료형을 일치시키는 것은 프로그래머가 당연히 해야 한다. 따라서 실수형 상수 3.0을 float 형으로 바꾸어야 한다. 어떻게 할까? 간단하다. 실수형 상수 뒤에 f나 F를 적으면 된다. 대개는 대문자 F를 사용한다.

C코드

```
/* ***********************************************************
함수 이름 : Evaluate
기    능 : 5명의 학생에 대해 성명, 국어점수, 영어점수 그리고 수학점수가 입력되면
            성적을 평가하고, 과목별 평균을 구한다.
입    력 : 학생들
출    력 : 학생들, 국어평균, 영어평균, 수학평균
   *********************************************************** */
void Evaluate( Student (*students), float *koreanAverage,
        float *englishAverage, float *mathAverage) {
    // 자동변수 선언, 정의 그리고 초기화
    UShort koreanSum = 0;
    UShort englishSum = 0;
    UShort mathSum = 0;
    UShort i;

    // 1. 학생들을 입력받는다.
    // 2. STUDENTS만큼 반복한다.
    for( i = 0; i < STUDENTS; i++ ) {
        // 2.1. 총점을 구한다.
        students[i].sum = students[i].koreanScore + students[i].englishScore +
students[i].mathScore;
        // 2.2. 평균을 구한다.
        students[i].average = students[i].sum / 3.0F;
        // 2.3. 평균에 따라 평가한다.
        // 2.4. 국어 총점을 구한다.
        // 2.5. 영어 총점을 구한다.
        // 2.6. 수학 총점을 구한다.
    }
    // 3. 국어평균을 구한다.
    // 4. 영어평균을 구한다.
    // 5. 수학평균을 구한다.
    // 6. 학생들, 국어평균, 영어평균, 수학평균을 출력한다.
    // 7. 끝낸다.
}
```

다음은 "2.3. 평균에 따라 평가한다." 처리 단계를 구현해야 한다. 나씨-슈나이더만 다이어그램에서는 다음과 같다.

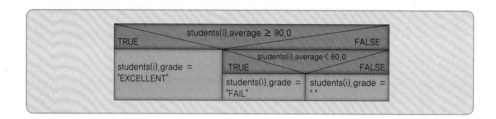

선택구조이므로 C언어에서는 if 문과 else 절로 구현되어야 한다. 다중 선택 구조이므로 C 언어에서는 if ~ else if ~ else로 구현해야 한다.

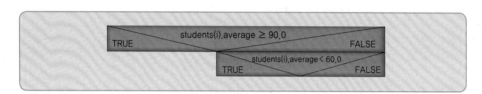

위쪽에 있는 큰 선택 구조 기호에 대해 if 키워드를 적고 소괄호를 여닫아야 한다. C언어에서 반복문과 선택문에 사용되는 조건식을 반드시 소괄호로 싸야 하기 때문이다. 소괄호에 조건식을 적으면 된다. 첨자 연산자는 대괄호 []로 바꾸고, 실수형 상수 90.0은 float 형으로 형 변환해야 하므로 상수 뒤에 대문자 F를 적도록 한다. 소괄호 뒤에 여는 중괄호를 적고 줄을 바꾸어 닫는 중괄호를 적어 조건식을 평가했을 때 참인 경우 처리할 문장들을 적을 제어블록을 설정한다. 다음은 조건식을 평가했을 때 거짓인 경우 처리할 문장들을 적기 위해서 else 키워드를 적고 여는 중괄호를 적고 줄을 바꾸어 닫는 중괄호를 적어 제어블록을 설정한다.

C코드

```
if( students[i].average )= 90.0F) {
    // 관계식을 평가했을 때 참이면 처리할 내용
}
else {
    // 관계식을 평가했을 때 거짓이면 처리할 내용
}
```

위쪽 선택 구조 기호에서 FALSE가 적힌 삼각형 아래쪽에 있는 작은 선택 구조 기호에 대해서는 다시 if 문장과 else 절로 구현해야 한다. 위쪽 선택 구조 기호에 대해 FALSE가 적힌 삼각형에 대해 구현된 else 절에서 할 수 있지만, 다중 선택 구조로 구현한다면 else 다음에 공백을 두고 if 키워드를 적고 소괄호를 여닫는다. 소괄호에는 조건식을 옮겨 적는데,

첨자 연산자는 대괄호([])로 바꾸고, 형 변환해야 하므로 상수 뒤에 대문자 F를 적도록 한다. 아래쪽에 하나의 else 절을 만든다. else 키워드를 적고 중괄호를 여닫는다.

```c
if( students[i].average >= 90.0F ) {
    // students[i].average > 90.0F 평가했을 때 참이면 처리할 내용
}
else if( students[i].average < 60.0F) {
    // averages[i] >= 90.0F 평가했을 때 거짓이고
    // students[i].average < 60.0F 평가했을 때 참이면 처리할 내용
}
else {
    // students[i].average < 60.0F 평가했을 때 거짓이면 처리할 내용
}
```

다음은 students(i).average $\geq$ 90.0 조건식을 평가했을 때 참일 때 처리해야 하는 내용을 구현해 보자. 나씨–슈나이더만 다이어그램에서는 다음과 같은 순차 구조 기호이다.

```
students(i).grade = "EXCELLENT"
```

순차 구조 기호이므로 적힌 내용을 옮겨 적고 줄의 끝에 세미콜론을 적어 문장으로 처리되도록 한다. 물론 첨자 연산자는 대괄호([])로 바꾸어 적어야 한다. C언어에서도 문자열 상수에 큰따옴표로 싸야 한다.

```c
if( students[i].average >= 90.0F ) {
    students[i].grade = "EXCELLENT";
}
else if( students[i].average < 60.0F) {
    // students[i].average >= 90.0F 평가했을 때 거짓이고
    // students[i].average < 60.0F 평가했을 때 참이면 처리할 내용
}
else {
    // students[i].average < 60.0F 평가했을 때 거짓이면 처리할 내용
}
```

C언어에서는 정확하게 문자열 상수 개념이 적용되지 않고, 문자열 리터럴(String Literal)이라고 해야 한다. 상수는 읽기 전용 코드 세그먼트에 저장되는 데이터이나 C언어에서는

문자열 리터럴은 코드 세그먼트에 저장되는 것이 아니라 DATA 데이터 세그먼트에 저장된다. 그래서 문자열 상수라고 하지 않고 문자열 리터럴이라고 하는 것이다. 큰따옴표에 싸인 문자들이 DATA 데이터 세그먼트에 저장되고 마지막에 문자열 표시인 널 문자('\0')가 저장되게 된다. 문자열 리터럴은 이름이 없는 문자 배열이다. 따라서 문자열 리터럴 자체는 주소이다. grade는 배열 포인터 멤버이다. 배열의 시작주소를 저장하는 멤버이다. 따라서 치환 연산자로 주소를 저장하는 정확한 코드이다.

다음은 averages(i) ≧ 90.0 평가했을 때 거짓이고 averages(i) 〈 60.0 평가했을 때 참일 때 처리할 나씨-슈나이더만 다이어그램의 다음 순차 구조 기호를 구현해 보자.

> students(i).grade = "FAIL"

첨자 연산자를 대괄호([])로 바꾸고, grade 멤버가 배열 포인터이므로 = 치환 연산자로 DATA 데이터 세그먼트에 할당된 문자 배열의 시작주소를 저장하게 한다.

C코드
```
if( students[i].average >= 90.0F ) {
    students[i].grade = "EXCELLENT";
}
else if( students[i].average 〈 60.0F ) {
    students[i].grade = "FAIL";
}
else {
    // students[i].average 〈 60.0F 평가했을 때 거짓이면 처리할 내용
}
```

다음은 students(i).average 〈 60.0 평가했을 때 거짓이면 처리할 내용으로 아래 순차 구조 기호를 구현해 보자. 스페이스 문자를 포함한 문자열을 만들지 말자. ""와 " "는 구분되어야 한다.

> students(i).grade = " "

```
C코드
if( students[i].average >= 90.0F ) {
    students[i].grade = "EXCELLENT";
}
else if( students[i].average < 60.0F ) {
    students[i].grade = "FAIL";
}
else {
    students[i].grade = "";
}
```

주의할 것이 있다. ""는 널 문자만 저장되는 것이고 " "는 스페이스 문자가 저장되고 널 문자가 저장되는 것이다.

널 문자('\0')와 NULL은 다른 개념이다. 널 문자는 문자열을 표기하기 위한 표식이고 NULL은 포인터 변수를 초기화할 때 사용하는 값이다. 그리고 NULL이 저장된 포인터 변수를 NULL 포인터라고 한다.

여기까지 작성된 Evaluate 함수 코드를 정리하면 다음과 같다.

```
C코드
/* ************************************************************
함수 이름 : Evaluate
기     능 : 5명의 학생의 성명, 국어점수, 영어점수 그리고 수학점수가 입력되면
           성적을 평가하고, 과목별 평균을 구한다.
입     력 : 학생들
출     력 : 학생들, 국어평균, 영어평균, 수학평균
************************************************************ */
void Evaluate( Student (*students), float *koreanAverage,
        float *englishAverage, float *mathAverage) {
    // 자동변수 선언, 정의 그리고 초기화
    UShort koreanSum = 0;
    UShort englishSum = 0;
    UShort mathSum = 0;
    UShort i;

    // 1. 학생들을 입력받는다.
    // 2. STUDENTS만큼 반복한다.
    for( i = 0; i < STUDENTS; i++ ) {
        // 2.1. 총점을 구한다.
        students[i].sum = students[i].koreanScore + students[i].englishScore +
students[i].mathScore;
        // 2.2. 평균을 구한다.
        students[i].average = students[i].sum/3.0F;
        // 2.3. 평균에 따라 평가한다.
        if(students[i].average >= 90.0F) {
            students[i].grade = "EXCELLENT";
```

```
            }
        else if(students[i].average < 60.0F) {
            students[i].grade = "FAIL";
        }
        else {
            students[i].grade = "";
        }
        // 2.4. 국어 총점을 구한다.
        // 2.5. 영어 총점을 구한다.
        // 2.6. 수학 총점을 구한다.
    }
    // 3. 국어평균을 구한다.
    // 4. 영어평균을 구한다.
    // 5. 수학평균을 구한다.
    // 6. 학생들, 국어평균, 영어평균, 수학평균을 출력한다.
    // 7. 끝낸다.
}
```

다음은 "2.4. 국어 총점을 구한다." 처리 단계를 구현해 보자. 나씨−슈나이더만 다이어그램에서는 다음 순차 구조 기호이다.

```
koreanSum = koreanSum + students(i).koreanScore
```

순차 구조 기호에서 첨자 연산자 소괄호(())는 C언어에서는 대괄호([])로 바꾸어야 한다. 순차 구조 기호에 적힌 내용을 그대로 옮겨 적는다. 그리고 줄의 끝에 세미콜론을 적어 문장으로 처리되도록 한다.

C코드

```
koreanSum = koreanSum + students[i].koreanScore;
```

식은 누적이다. 따라서 누적 관련 += 연산자를 사용하여 작성하면 다음과 같다.

C코드

```
/* **********************************************************************
    함수 이름 : Evaluate
    기    능 : 5명의 학생의 성명, 국어점수, 영어점수 그리고 수학점수가 입력되면
               성적을 평가하고, 과목별 평균을 구한다.
    입    력 : 학생들
    출    력 : 학생들, 국어평균, 영어평균, 수학평균
    ********************************************************************** */
void Evaluate( Student (*students), float *koreanAverage,
        float *englishAverage, float *mathAverage) {
    // 자동변수 선언, 정의 그리고 초기화
    UShort koreanSum = 0;
    UShort englishSum = 0;
```

```
UShort mathSum = 0;
UShort i;

// 1. 학생들을 입력받는다.
// 2. STUDENTS만큼 반복한다.
for( i = 0; i < STUDENTS; i++ ) {
    // 2.1. 총점을 구한다.
    students[i].sum = students[i].koreanScore + students[i].englishScore +
students[i].mathScore;
    // 2.2. 평균을 구한다.
    students[i].average = students[i].sum/3.0F;
    // 2.3. 평균에 따라 평가한다.
    if(students[i].average >= 90.0F) {
        students[i].grade = "EXCELLENT";
    }
    else if(students[i].average < 60.0F) {
        students[i].grade = "FAIL";
    }
    else {
        students[i].grade = "";
    }
    // 2.4. 국어 총점을 구한다.
    koreanSum += students[i].koreanScore;
    // 2.5. 영어 총점을 구한다.
    // 2.6. 수학 총점을 구한다.
}
// 3. 국어평균을 구한다.
// 4. 영어평균을 구한다.
// 5. 수학평균을 구한다.
// 6. 학생들, 국어평균, 영어평균, 수학평균을 출력한다.
// 7. 끝낸다.
}
```

● 처리 단계 "2.5. 영어 총점을 구한다."는 여러분이 직접 구현해 보자. 나씨-슈나이더
만 다이어그램에서는 다음과 같다.

```
englishSum = englishSum + students(i).englishScore
```

● 처리 단계 "2.6. 수학 총점을 구한다." 는 여러분이 직접 구현해 보자. 나씨-슈나이더
만 다이어그램에서는 다음과 같다.

```
mathSum = mathSum + students(i).mathScore
```

반복해야 하는 내용이므로 for 반복문의 제어블록에 구현되어야 한다. 제어블록에서 코드를 읽기 쉽도록 들여쓰기를 하여 작성하도록 하자.

```
/* *****************************************************************
함수 이름 : Evaluate
기     능 : 5명의 학생의 성명, 국어점수, 영어점수 그리고 수학점수가 입력되면
           성적을 평가하고, 과목별 평균을 구한다.
입     력 : 학생들
출     력 : 학생들, 국어평균, 영어평균, 수학평균
***************************************************************** */
void Evaluate( Student (*students), float *koreanAverage,
        float *englishAverage, float *mathAverage) {
    // 자동변수 선언, 정의 그리고 초기화
    UShort koreanSum = 0;
    UShort englishSum = 0;
    UShort mathSum = 0;
    UShort i;

    // 1. 학생들을 입력받는다.
    // 2. STUDENTS 만큼 반복한다.
    for( i = 0; i < STUDENTS; i++ ) {
        // 2.1. 총점을 구한다.
        students[i].sum = students[i].koreanScore + students[i].englishScore +
students[i].mathScore;
        // 2.2. 평균을 구한다.
        students[i].average = students[i].sum/3.0F;
        // 2.3. 평균에 따라 평가한다.
        if(students[i].average >= 90.0F) {
            students[i].grade = "EXCELLENT";
        }
        else if(students[i].average < 60.0F) {
            students[i].grade = "FAIL";
        }
        else {
            students[i].grade = "";
        }
        // 2.4. 국어 총점을 구한다.
        koreanSum += students[i].koreanScore;
        // 2.5. 영어 총점을 구한다.
        englishSum += students[i].englishScore;
        // 2.6. 수학 총점을 구한다.
        mathSum += students[i].mathScore;
    }
    // 3. 국어평균을 구한다.
    // 4. 영어평균을 구한다.
    // 5. 수학평균을 구한다.
    // 6. 학생들, 국어평균, 영어평균, 수학평균을 출력한다.
    // 7. 끝낸다.
}
```

반복해야 하는 내용에 대해 구현이 끝났으면 다음은 처리 단계 "3. 국어평균을 구한다."를 구현해야 한다. 나씨-슈나이더만 다이어그램에서는 다음과 같다.

```
koreanAverage = koreanSum / (MAX * 1.0)
```

순차 구조 기호에서 첨자 연산자 소괄호(())는 C언어에서는 대괄호([])로 바꾸어야 한다. 순차 구조 기호에 적힌 내용을 그대로 옮겨 적는다. 그리고 줄의 끝에 세미콜론을 적어 문장으로 처리되도록 한다. koreanAverage의 자료형이 float이므로 실수형 상수 1.0의 자료형을 float형으로 형 변환하도록 해야 한다. 상수 뒤에 대문자 F를 적도록 하자.

그리고 한 가지 주의할 것은 koreanAverage 는 출력 데이터이다. 그리고 Evaluate 함수에서는 출력데이터가 koreanAverage 만이 아니라서 매개변수로 선언되었고, 포인터 변수이다. 따라서 koreanAverage에 저장하게 되면 오류이다. 왜냐하면, koreanAverage 는 주소를 저장하는 포인터 변수이기 때문이다. koreanAverage에 저장된 주소를 갖는 변수, 다시 말해서 main 함수에 선언된 koreanAverage에 저장해야 한다. 그러기 위해서는 간접 지정 연산자로 참조하도록 해야 한다. 포인터 변수 koreanAverage 앞에 간접 지정 연산자 별표(*)를 적어야 한다.

C코드
```
*koreanAverage = koreanSum / ( STUDENTS * 1.0F);
```

● 처리 단계 "4. 영어평균을 구한다."는 여러분이 직접 구현해 보자. 나씨-슈나이더만 다이어그램에서는 다음과 같다.

```
englishAverage = englishSum / (STUDENTS * 1.0)
```

● 처리 단계 "5. 수학평균을 구한다."는 여러분이 직접 구현해 보자. 나씨-슈나이더만 다이어그램에서는 다음과 같다.

```
englishAverage = englishSum / (STUDENTS * 1.0)
```

```
/* ****************************************************************************
함수 이름 : Evaluate
기    능 : 5명의 학생의 성명, 국어점수, 영어점수 그리고 수학점수가 입력되면
           성적을 평가하고, 과목별 평균을 구한다.
입    력 : 학생들
출    력 : 학생들, 국어평균, 영어평균, 수학평균
**************************************************************************** */
void Evaluate( Student (*students), float *koreanAverage,
        float *englishAverage, float *mathAverage) {
    // 자동변수 선언, 정의 그리고 초기화
    UShort koreanSum = 0;
    UShort englishSum = 0;
    UShort mathSum = 0;
    UShort i;

    // 1. 학생들을 입력받는다.
    // 2. STUDENTS만큼 반복한다.
    for( i = 0; i < STUDENTS; i++ ) {
        // 2.1. 총점을 구한다.
        students[i].sum = students[i].koreanScore + students[i].englishScore +
students[i].mathScore;
        // 2.2. 평균을 구한다.
        students[i].average = students[i].sum/3.0F;
        // 2.3. 평균에 따라 평가한다.
        if(students[i].average >= 90.0F) {
            students[i].grade = "EXCELLENT";
        }
        else if(students[i].average < 60.0F) {
            students[i].grade = "FAIL";
        }
        else {
            students[i].grade = "";
        }
        // 2.4. 국어 총점을 구한다.
        koreanSum += students[i].koreanScore;
        // 2.5. 영어 총점을 구한다.
        englishSum += students[i].englishScore;
        // 2.6. 수학 총점을 구한다.
        mathSum += students[i].mathScore;
    }
    // 3. 국어평균을 구한다.
    *koreanAverage = koreanSum / ( STUDENTS * 1.0F);
    // 4. 영어평균을 구한다.
    *englishAverage = englishSum / ( STUDENTS * 1.0F);
    // 5. 수학평균을 구한다.
    *mathAverage = mathSum / ( STUDENTS * 1.0F);
    // 6. 학생들, 국어평균, 영어평균, 수학평균을 출력한다.
    // 7. 끝낸다.
}
```

다음은 "6. 학생들, 국어평균, 영어평균, 수학평균을 출력한다." 처리 단계를 구현해야 한다. 나씨–슈나이더만 다이어그램에서는 다음과 같다.

```
print students, koreanAverage, englishAverage, mathAverage
```

출력하는 데이터가 여러 개다. C언어에서는 출력 데이터가 여러 개이면 포인터를 이용하여 출력하게 된다. 다시 말해서 포인터형의 매개변수를 이용하게 되므로 포인터형 매개변수를 이용한 식 자체가 평가되면 출력이 된다. 따라서 따로 특별히 처리할 내용이 없다.

"7. 끝낸다." 처리단계는 함수 블록을 만들 때 이미 구현되었기 때문에 이렇게 해서 Evaluate 함수 정의를 끝내게 된다.

마지막으로 Output 모듈을 Output 함수로 정의해야 한다. Output 함수를 정의하기 위해서는 원래 화면 설계를 해야 한다. 화면 설계는 이 책의 범위가 아니므로 생략하도록 하고, 간단하게 처리할 내용만 정리하자.

```
❶ ================================================
❷   성명     국어     영어     수학     총점     평균     평가
❸ ------------------------------------------------
❹
❺ ================================================
❻ 국어 평균 :
❼ 영어 평균 :
❽ 수학 평균 :
```

Output 함수를 정의해 보자. 블록 주석 기능으로 함수에 관해 설명을 달도록 하자.

C코드

```
/* ****************************************************************
   함수 이름 : Output
   기    능 : 5명의 학생의 성적을 출력하고, 과목별 평균을 출력한다.
   입    력 : 학생들, 국어평균, 영어평균, 수학평균
   출    력 : 없음
   **************************************************************** */
```

Output 함수 원형에서 세미콜론을 빼고 적어 함수 머리를 만든다. 그리고 중괄호를 여닫아 함수 몸체를 만든다.

```
/* *****************************************************************
   함수 이름 : Output
   기      능 : 5명의 학생의 성적을 출력하고, 과목별 평균을 출력한다.
   입      력 : 학생들, 국어평균, 영어평균, 수학평균
   출      력 : 없음
   ***************************************************************** */
void Output( Student (*students), float koreanAverage,
        float englishAverage, float mathAverage ) {

}
```

다음은 다섯 번 반복해서 학생 성적을 출력해야 하므로 반복횟수를 저장하는 변수, 반복제어변수를 자동변수로 선언해야 한다. 반복제어변수의 자료형은 UShort로 하고, 반복제어변수 이름은 관습적으로 i로 하자.

```
/* *****************************************************************
   함수 이름 : Output
   기      능 : 5명의 학생의 성적을 출력하고, 과목별 평균을 출력한다.
   입      력 : 학생들, 국어평균, 영어평균, 수학평균
   출      력 : 없음
   ***************************************************************** */
void Output( Student (*students), float koreanAverage,
        float englishAverage, float mathAverage ) {
    UShort i;
}
```

모니터에 ❶번 구분선을 출력하자. C언어에서는 키보드 입력 기능과 마찬가지로 모니터 출력 기능을 제공하지 않는다. 대신 C 컴파일러 개발자에 의해서 제공되는 라이브러리 함수를 사용해야 한다. 가장 빈번하게 사용하는 라이브러리 함수는 printf 함수이다. 라이브러리 함수를 사용하는 절차에 따라 구현해보자.

첫 번째로 printf 함수 원형을 원시 코드 파일에서 printf 함수를 호출하는 문장이 적힌 줄보다는 앞에 복사하도록 해야 한다. 왜냐하면, C언어에서는 이름은 반드시 사용하기 전에 선언되어야 한다는 문법을 가지고 있기 때문이다. 대부분은 프로그램을 설명하는 주석 바로 아래쪽에 #include 전처리기 지시자로 함수 원형 복사를 지시하는 매크로를 작성한다. #include 전처리기 지시자로 매크로를 작성하기 위해서는 printf 함수 원형이 적힌 헤더 파일을 알아야 하는데, 라이브러리 함수 설명서를 참고해서 찾아야 한다. printf 함수 원형이

적힌 헤더 파일은 stdio.h이다. 따라서 다음과 같이 매크로를 작성해야 한다.

```
#include <stdio.h>
```

그런데 scanf 함수를 사용하기 위해서 이미 똑같은 매크로가 작성되었기 때문에 중복해서 작성할 필요가 없다.

두 번째는 printf 함수 호출 문장을 작성해야 한다. 함수 원형을 참고해야 한다. printf 함수 원형은 다음과 같다.

```
int printf( const char *format [, argument]... );
```

반환형은 정수형이고 반환되는 값은 정상적으로 출력되는 글자의 개수라고 한다. 반환되는 값을 사용하고자 한다면, int 형의 자동변수를 선언해야 한다. 그리고 치환식을 반드시 작성해야 한다. 반환되는 값을 사용하지 않는다면, int 형 자동변수도 선언할 필요도 없고, 치환식을 작성할 필요도 없다. 모니터 출력을 할 때는 관습적으로 사용하지 않으므로 우리도 사용하지 않도록 하겠다.

함수 호출식만을 작성해보자. 매개변수 format은 출력 서식으로 출력되는 데이터의 개수를 % 기호의 개수로, 출력되는 데이터에 대해서는 자료형 변환 문자로 구성된 문자열 리터럴을 만들어 지정해야 한다.

그러면, 모니터에 ❶번 구분선을 출력해 보자. 출력하고자 하는 데이터는 한 개이므로 %기호는 한 개이고, 출력하고자 하는 데이터의 자료형은 문자열이므로 자료형 변환 문자는 s이다. 따라서 서식 문자열은 "%s"이어야 한다. printf 함수 이름을 적고, 소괄호를 여닫아야 한다. 첫 번째 매개변수로 "%s"를 적고, 쉼표로 구분하고 두 번째 매개변수로는 문자열 리터럴로 "==============================="를 적자. 그리고 줄의 끝에 세미콜론을 적어 문장으로 처리되도록 하자. 줄을 바꾸는 엔터 키까지 출력하고자 한다면 두 번째 매개변수로 적은 문자열 리터럴의 마지막에 '\n'도 포함하면 된다. 따라서 모니터에 구분선을 출력하는 C언어 코드는 다음과 같다.

```
printf("%s", "======================================\n");
```

scanf 함수의 서식 문자열에는 공백문자, % 기호 그리고 자료형 변환 문자들만 사용해야 하지만 printf 함수의 서식 문자열에서는 어떠한 문자도 사용이 가능하다. 따라서 변수에 저장된 값을 출력하지 않을 때는 서식 문자열에 자료형 변환 문자를 사용할 필요 없이 출력하고자 하는 값을 서식 문자열에 적으면 된다. 따라서 다음과 같이 작성하는 것이 더욱 더 효율적이다.

```
printf("======================================\n");
```

데이터와 연산을 구분하여 코드를 읽기 쉽도록 Output 함수에서는 자동 변수 선언문 다음에 빈 줄을 넣고, 구분선을 출력하는 코드를 작성하자.

```
/* *********************************************************
   함수 이름 : Output
   기    능 : 5명의 학생의 성적을 출력하고, 과목별 평균을 출력한다.
   입    력 : 학생들, 국어평균, 영어평균, 수학평균
   출    력 : 없음
   ********************************************************* */
void Output( Student (*students), float koreanAverage,
        float englishAverage, float mathAverage ) {
    UShort i;

    printf("======================================\n");
}
```

다음은 ❷번 제목을 출력해 보자. 출력되어야 하는 데이터가 변수가 없으므로 제목 문자열을 서식 문자열로 작성하면 된다. 항목 이름 간에 8칸씩 띄우도록 하자. 8칸씩 띄우는 탭 키를 출력하도록 하려면 엔터키를 출력할 때 사용하는 기능인 확장 열 '\t'를 사용하면 된다.

```
C코드
/* ***********************************************************
   함수 이름 : Output
   기     능 : 5명의 학생의 성적을 출력하고, 과목별 평균을 출력한다.
   입     력 : 학생들, 국어평균, 영어평균, 수학평균
   출     력 : 없음
   *********************************************************** */
void Output( Student (*students), float koreanAverage,
        float englishAverage, float mathAverage ) {
    UShort i;

    printf("==========================================\n");
    printf("성명\t국어\t영어\t수학\t총점\t평균\t평가\n");
}
```

● ❸번 구분선은 여러분이 직접 구현해 보자.

다음은 STUDENTS만큼 반복하여 ❹번 학생 성적을 출력해야 한다. for 반복문을 작성해야 한다. for 반복문은 앞에서 이미 설명했다.

● 여러분이 직접 for 반복문을 작성해 보자.

```
C코드
/* ***********************************************************
   함수 이름 : Output
   기     능 : 5명의 학생의 성적을 출력하고, 과목별 평균을 출력한다.
   입     력 : 학생들, 국어평균, 영어평균, 수학평균
   출     력 : 없음
   *********************************************************** */
void Output( Student (*students), float koreanAverage,
        float englishAverage, float mathAverage ) {
    UShort i;

    printf("==========================================\n");
    printf("성명\t국어\t영어\t수학\t총점\t평균\t평가\n");
    for( i = 0; i < STUDENTS; i++ ) {
        // 학생 성적 출력 코드
    }
}
```

다음은 한 줄씩 ❹번 학생 성적을 출력해 보자. 서식 문자열부터 만들어 보자. students 배열의 배열요소의 일곱 개의 멤버에 저장된 데이터를 출력해야 한다. 따라서 % 기호를 일곱 개 적어야 한다. 그리고 첫 번째 데이터는 문자열이므로 s, 두 번째, 세 번째, 네 번째 그리고 다섯 번째 데이터는 정수이므로 d, 여섯 번째 데이터는 실수이므로 f 그리고 일곱

번째 데이터는 문자열이므로 s 자료형 변환 문자를 적어야 한다. 서식 문자열은 다음과 같이 작성되어야 한다.

"%s%d%d%d%d%f%s"

물론 8칸씩 띄어 출력하도록 하자. 변환 문자들 사이에 '\t'를 적자. 한 줄씩 출력하도록 하려면 엔터 키 '\n'도 포함해야 한다.

"%s\t%d\t%d\t%d\t%d\t%f\t%s\n"

정수 데이터에 대해서는 3자리로 오른쪽 정렬이 되도록 하고, 실수형 데이터는 전체 5자리에 소수점은 한 자리로 하자.

"%s\t%3d\t%3d\t%3d\t%3d\t%5.1f\t%s\n"

그리고 출력해야 하는 데이터를 %기호의 개수만큼 순서대로 자료형에 맞게 쉼표로 구분하여 적으면 된다.

students 배열에서 배열요소에 저장된 값인데, 배열요소는 멤버를 갖는 레코드형이므로 첨자연산자와 구조체 멤버 접근 연산자로 멤버 접근 식을 작성해야 한다. 따라서 printf 함수 호출 문장은 다음과 같이 작성된다.

C코드

```
/* ****************************************************************
함수 이름 : Output
기     능 : 5명의 학생의 성적을 출력하고, 과목별 평균을 출력한다.
입     력 : 학생들, 국어평균, 영어평균, 수학평균
출     력 : 없음
**************************************************************** */
void Output( Student (*students), float koreanAverage,
        float englishAverage, float mathAverage ) {
    UShort i;

    printf("=============================================\n");
    printf("성명\t국어\t영어\t수학\t총점\t평균\t평가\n");
    for( i = 0; i < STUDENTS; i++ ) {
        printf("%s\t%3d\t%3d\t%3d\t%3d\t%5.1f\t%s\n", students[i].name,
        students[i].koreanScore, students[i].englishScore,
        students[i].mathScore,
        students[i].sum,
        students[i].average, students[i].grade); // 학생 성적 출력 코드
    }
}
```

printf 함수 이름을 적고 소괄호를 여닫는다. 첫 번째 매개변수로 서식 문자열을 적고, 두 번째 매개변수부터 여덟 번째 매개변수는 첨자 연산자와 구조체 멤버 접근 연산자로 멤버를 참조하는 식을 적으면 된다.

먼저 첨자 연산자로 배열요소를 참조하는 식을 작성한다. students[i]이다. 첨자는 반복제어변수로도 사용되는 i를 사용하면 된다. 따라서 i는 0부터 시작하도록 해야 한다. 왜냐하면, C언어에서는 첨자는 0부터 시작하기 때문이다. 배열요소는 멤버를 갖는 레코드이므로 다음은 구조체 멤버 접근 연산자로 멤버를 접근하는 식을 작성해야 한다. 이름 name 멤버를 접근하는 식은 students[i].name이다. 다른 멤버들도 똑같은 방식으로 멤버를 접근하는 식을 차례로 적으면 된다. 그리고 마지막으로 줄의 끝에 세미콜론을 적어 문장으로 처리되도록 한다.

● ❺번 구분선은 여러분이 직접 구현해 보자.

다음은 ❻번 국어 평균을 출력해 보자. 출력 서식 문자열은 "국어 평균 : " 문자열을 적고, koreanAverage에 저장된 값을 출력해야 하므로 % 기호를 하나 적고, 자료형이 실수형이므로 자료형 변환 문자는 f를 사용하고, f 앞에 소수점을 적고 소수점 다음에 1을 적어 소수점 이하 자릿수는 하나로 설정하면 된다. 엔터키도 포함하자. 다음과 같은 서식 문자열이 작성된다.

"국어 평균 : %.1f\n"

printf 함수 이름을 적고 소괄호를 여닫는다. 첫 번째 매개변수는 위에서 작성한 출력 서식 문자열을 적고, 두 번째 매개변수는 변수에 저장된 데이터를 적어야 하므로 매개변수 이름 koreanAverage를 그대로 적는다. 그리고 줄의 끝에 세미콜론을 적어 문장으로 처리되도록 한다.

printf("국어 평균 : %.1f\n", koreanAverage);

● ❼번 영어 평균을 출력하도록 여러분이 직접 구현해 보자.

● ❽번 수학 평균을 출력하도록 여러분이 직접 구현해 보자.

```
/* ***********************************************************
함수 이름 : Output
기     능 : 5명의 학생의 성적을 출력하고, 과목별 평균을 출력한다.
입     력 : 학생들, 국어평균, 영어평균, 수학평균
출     력 : 없음
*********************************************************** */
void Output( Student (*students), float koreanAverage,
        float englishAverage, float mathAverage ) {
    UShort i;

    printf("====================================\n");
    printf("성명\t국어\t영어\t수학\t총점\t평균\t평가\n");
    for( i = 0; i 〈 STUDENTS; i++ ) {
        printf("%s\t%3d\t%3d\t%3d\t%3d\t%5.1f\t%s\n",
students[i].name, students[i].koreanScore, students[i].englishScore,
students[i].mathScore, students[i].sum, students[i].average,
students[i].grade); // 학생 성적 출력 코드
    }
    printf("====================================\n");
    printf("국어 평균 : %.1f\n", koreanAverage);
    printf("영어 평균 : %.1f\n", englishAverage);
    printf("수학 평균 : %.1f\n", mathAverage);
}
```

이렇게 하면 Output 함수까지도 정의했다. 다음은 운영체제에 의해서 호출되는 main 함수를 빼고 Input, Evaluate 그리고 Output 함수 호출 문장을 작성해야 한다. 그렇지만 이미 main 함수를 정의할 때 Input, Evaluate 그리고 Output 함수 호출 문장이 작성되었다.

따라서 프로그램을 구성하는 모든 함수를 선언, 정의 그리고 호출이 끝났다. 프로그램의 편집이 완료되었다는 것이다. 여기까지 원시 코드를 정리하면 다음과 같다.

```
// Evaluate.c
/* ***********************************************************
파일 이름 : Evaluate.c
기     능 : 5명의 학생의 성명, 국어점수, 영어점수 그리고 수학점수가 입력되면
           성적을 평가하고, 과목별 평균을 구한다.
작 성 자 : 김 석 현
작성 일자 : 2013년 8월 14일
***********************************************************/
// 매크로
#include 〈stdio.h〉 // scanf, printf 함수 원형 복사 지시 매크로

#define STUDENTS 5

// 자료형 이름 선언 및 정의
```

```
typedef unsigned short int UShort;

typedef struct _student {
     char name[11];
     UShort koreanScore;
     UShort englishScore;
     UShort mathScore;
     UShort sum;
     float average;
     char (*grade);
} Student;

// 함수 원형
int main( int argc, char *argv[] );
void Input( Student (*students) );
void Evaluate( Student (*students), float *koreanAverage,
     float *englishAverage, float *mathAverage );
void Output( Student (*students), float koreanAverage,
     float englishAverage, float mathAverage);

// 함수 정의
int main( int argc, char *argv[] ) {
     Student students[STUDENTS];
     float koreanAverage;
     float englishAverage;
     float mathAverage;

     // 함수 호출 문장
     Input( students ); // 성명들과 점수들을 입력받는다.
     // 성적을 평가하다.
     Evaluate( students, &koreanAverage, &englishAverage, &mathAverage);
     // 성적을 출력하다.
     Output( students, koreanAverage, englishAverage, mathAverage);

     return 0;
}

/* ***********************************************************
함수 이름 : Input
기    능 : 키보드로 학생의 점수들을 입력받는다.
입    력 : 없음
출    력 : 학생들
*********************************************************** */
void Input( Student (*students) ) {
     UShort i; // 반복제어변수

     // STUDENTS 5번 반복하다.
     for( i = 0; i < STUDENTS; i++) {
          // 키보드 입력 처리
          scanf("%s %hu %hu %hu", students[i].name,
          &students[i].koreanScore, &students[i].englishScore,
```

```
                &students[i].mathScore);
        }
}

/* **************************************************************
함수 이름 : Evaluate
기    능 : 5명의 학생의 성명, 국어점수, 영어점수 그리고 수학점수가 입력되면
           성적을 평가하고, 과목별 평균을 구한다.
입    력 : 학생들
출    력 : 학생들, 국어평균, 영어평균, 수학평균
************************************************************** */
void Evaluate( Student (*students), float *koreanAverage,
        float *englishAverage, float *mathAverage) {
    // 자동변수 선언, 정의 그리고 초기화
    UShort koreanSum = 0;
    UShort englishSum = 0;
    UShort mathSum = 0;
    UShort i;

    // 1. 학생들을 입력받는다.
    // 2. STUDENTS만큼 반복한다.
    for( i = 0; i < STUDENTS; i++ ) {
        // 2.1. 총점을 구한다.
        students[i].sum = students[i].koreanScore
        + students[i].englishScore + students[i].mathScore;
        // 2.2. 평균을 구한다.
        students[i].average = students[i].sum/3.0F;
        // 2.3. 평균에 따라 평가한다.
        if(students[i].average >= 90.0F) {
            students[i].grade = "EXCELLENT";
        }
        else if(students[i].average < 60.0F) {
            students[i].grade = "FAIL";
        }
        else {
            students[i].grade = "";
        }
        // 2.4. 국어 총점을 구한다.
        koreanSum += students[i].koreanScore;
        // 2.5. 영어 총점을 구한다.
        englishSum += students[i].englishScore;
        // 2.6. 수학 총점을 구한다.
        mathSum += students[i].mathScore;
    }
    // 3. 국어평균을 구한다.
    *koreanAverage = koreanSum / ( STUDENTS * 1.0F);
    // 4. 영어평균을 구한다.
    *englishAverage = englishSum / ( STUDENTS * 1.0F);
    // 5. 수학평균을 구한다.
    *mathAverage = mathSum / ( STUDENTS * 1.0F);
    // 6. 학생들, 국어평균, 영어평균, 수학평균을 출력한다.
```

```
    // 7. 끝낸다.
}

/* ************************************************************
함수 이름 : Output
기    능 : 5명의 학생의 성적을 출력하고, 과목별 평균을 출력한다.
입    력 : 학생들, 국어평균, 영어평균, 수학평균
출    력 : 없음
   ********************************************************** */
void Output( Student (*students), float koreanAverage,
        float englishAverage, float mathAverage ) {
    UShort i;

    printf("===============================================\n");
    printf("성명\t국어\t영어\t수학\t총점\t평균\t평가\n");
    printf("===============================================\n");
    for( i = 0; i < STUDENTS; i++ ) { // 학생 성적 출력 코드
        printf("%s\t%3d\t%3d\t%3d\t%3d\t%5.1f\t%s\n",
                students[i].name, students[i].koreanScore,
                students[i].englishScore, students[i].mathScore,
                students[i].sum, students[i].average, students[i].grade);
    }
    printf("===============================================\n");
    printf("국어 평균 : %.1f\n", koreanAverage);
    printf("영어 평균 : %.1f\n", englishAverage);
    printf("수학 평균 : %.1f\n", mathAverage);
}
```

컴파일, 링크를 거쳐 실행 파일을 만들어야 한다. 그리고 실행파일을 적재시켜 프로그램
을 실행시켜 보자. 다음과 같이 실행 화면이 출력되고, 왼쪽 위에 프롬프트가 깜박거리고
있을 것이다.

입출력 예시에서 제시된 데이터를 입력해 보자. 그러면 아래쪽 같은 화면이 출력된다. 모델 구축에서 작성된 표와 비교해 보자. 결과가 같다는 것을 알 수 있다. 정확하게 알고리즘과 프로그램이 작성되었다.

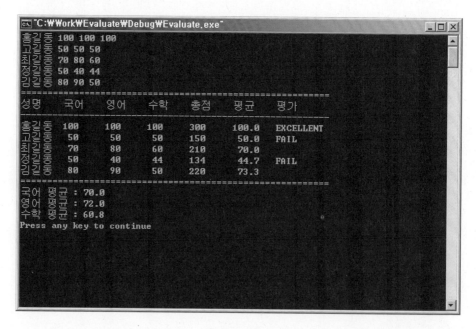

7 디버깅

물론 정확한 답을 구할 수 없었다면, 다시 말해서 논리 오류가 발생했다면, 논리 오류가 발생한 곳을 찾아야 한다. 그리고 논리 오류를 바르게 잡아야 한다. 이때 논리 오류가 발생한 곳을 찾아야 해서 디버깅해야 한다.

검토할 때 사용할 원시 코드를 준비하자.

C코드

```
001 : // Evaluate.c
002 : /* ***********************************************************
003 : 파일 이름 : Evaluate.c
004 : 기      능 : 5명의 학생의 성명, 국어점수, 영어점수 그리고 수학점수가
005 :              입력되면 성적을 평가하고, 과목별 평균을 구한다.
006 : 작 성 자 : 김 석 현
007 : 작성 일자 : 2013년 8월 14일
008 : ***********************************************************/
009 : // 매크로
010 : #include <stdio.h> // scanf, printf 함수 원형 복사 지시 매크로
011 :
012 : #define STUDENTS 5
013 :
014 : // 자료형 이름 선언 및 정의
015 : typedef unsigned short int UShort;
016 :
017 : typedef struct _student {
018 :     char name[11];
019 :     UShort koreanScore;
020 :     UShort englishScore;
021 :     UShort mathScore;
022 :     UShort sum;
023 :     float average;
024 :     char (*grade);
025 : } Student;
026 :
027 : // 함수 원형
028 : int main( int argc, char *argv[] );
029 : void Input( Student (*students) );
030 : void Evaluate( Student (*students), float *koreanAverage,
031 :     float *englishAverage, float *mathAverage );
032 : void Output( Student (*students), float koreanAverage,
033 :     float englishAverage, float mathAverage);
034 :
035 : // 함수 정의
036 : int main( int argc, char *argv[] ) {
037 :     Student students[STUDENTS];
038 :     float koreanAverage;
039 :     float englishAverage;
040 :     float mathAverage;
```

```
041 :
042 :    // 함수 호출 문장
043 :    Input( students ); // 성명들과 점수들을 입력받는다.
044 :    // 성적을 평가하다.
045 :    Evaluate( students, &koreanAverage,
046 :       &englishAverage, &mathAverage);
047 :    // 성적을 출력하다.
048 :    Output( students, koreanAverage, englishAverage, mathAverage);
049 :
050 :    return 0;
051 : }
052 :
053 : /***********************************************************
054 : 함수 이름 : Input
055 : 기    능 : 키보드로 학생의 점수들을 입력받는다.
056 : 입    력 : 없음
057 : 출    력 : 학생들
058 : *********************************************************** */
059 : void Input( Student (*students) ) {
060 :    UShort i; // 반복제어변수
061 :
062 :    // STUDENTS 5번 반복하다.
063 :    for( i = 0; i < STUDENTS; i++) {
064 :       // 키보드 입력 처리
065 :       scanf("%s %hu %hu %hu", students[i].name,
066 :          &students[i].koreanScore, &students[i].englishScore,
067 :          &students[i].mathScore);
068 :    }
069 : }
070 :
071 : /* ***********************************************************
072 : 함수 이름 : Evaluate
073 : 기    능 : 5명의 학생의 성명, 국어점수, 영어점수 그리고 수학점수가 입력되면
074 :        성적을 평가하고, 과목별 평균을 구한다.
075 : 입    력 : 학생들
076 : 출    력 : 학생들, 국어평균, 영어평균, 수학평균
077 : *********************************************************** */
078 : void Evaluate( Student (*students), float *koreanAverage,
079 :    float *englishAverage, float *mathAverage) {
080 :    // 자동변수 선언, 정의 그리고 초기화
081 :    UShort koreanSum = 0;
082 :    UShort englishSum = 0;
083 :    UShort mathSum = 0;
084 :    UShort i;
085 :
086 :    // 1. 학생들을 입력받는다.
087 :    // 2. STUDENTS만큼 반복한다.
088 :    for( i = 0; i < STUDENTS; i++ ) {
089 :       // 2.1. 총점을 구한다.
090 :       students[i].sum = students[i].koreanScore
091 :       + students[i].englishScore + students[i].mathScore;
092 :       // 2.2. 평균을 구한다.
```

```
093 :        students[i].average = students[i].sum/3.0F;
094 :        // 2.3. 평균에 따라 평가한다.
095 :        if(students[i].average >= 90.0F) {
096 :                students[i].grade = "EXCELLENT";
097 :        }
098 :        else if(students[i].average < 60.0F) {
099 :                students[i].grade = "FAIL";
100 :        }
101 :        else {
102 :                students[i].grade = "";
103 :        }
104 :        // 2.4. 국어 총점을 구한다.
105 :        koreanSum += students[i].koreanScore;
106 :        // 2.5. 영어 총점을 구한다.
107 :        englishSum += students[i].englishScore;
108 :        // 2.6. 수학 총점을 구한다.
109 :        mathSum += students[i].mathScore;
110 :    }
111 :    // 3. 국어평균을 구한다.
112 :    *koreanAverage = koreanSum / ( STUDENTS * 1.0F);
113 :    // 4. 영어평균을 구한다.
114 :    *englishAverage = englishSum / ( STUDENTS * 1.0F);
115 :    // 5. 수학평균을 구한다.
116 :    *mathAverage = mathSum / ( STUDENTS * 1.0F);
117 :    // 6. 학생들, 국어평균, 영어평균, 수학평균을 출력한다.
118 :    // 7. 끝낸다.
119 : }
120 :
121 : /* ************************************************************
122 : 함수 이름 : Output
123 : 기     능 : 5명의 학생의 성적을 출력하고, 과목별 평균을 출력한다.
124 : 입     력 : 학생들, 국어평균, 영어평균, 수학평균
125 : 출     력 : 없음
126 : ************************************************************ */
127 : void Output( Student (*students), float koreanAverage,
128 :     float englishAverage, float mathAverage ) {
129 :     UShort i;
130 :
131 :     printf("=====================================================\n");
132 :     printf("성명\t국어\t영어\t수학\t총점\t평균\t평가\n");
133 :     printf("-----------------------------------------------------\n");
134 :     for( i = 0; i < STUDENTS; i++ ) { // 학생 성적 출력 코드
135 :         printf("%s\t%3d\t%3d\t%3d\t%5.1f\t%s\n",
136 :         students[i].name, students[i].koreanScore,
137 :         students[i].englishScore, students[i].mathScore,
138 :         students[i].sum, students[i].average, students[i].grade);
139 :     }
140 :     printf("=====================================================\n");
141 :     printf("국어 평균 : %.1f\n", koreanAverage);
142 :     printf("영어 평균 : %.1f\n", englishAverage);
143 :     printf("수학 평균 : %.1f\n", mathAverage);
144 : }
```

입력이 있으므로 입력데이터들을 설계하자. 따로 데이터를 설계해도 되지만 모델 구축 단계에서 사용된 데이터들을 그대로 사용하는 것이 좋다.

성명	국어	영어	수학
홍길동	100	100	100
고길동	50	50	50
최길동	70	80	60
정길동	50	40	44
김길동	80	90	50

메모리 맵으로 디버깅해 보자.

프로그램을 실행시키면, 운영체제에 의해서 프로그램이 사용할 수 있는 주기억장치가 할당된다. 운영체제로부터 호출되는 main 함수부터 시작하여 함수 호출 순서로 코드 세그먼트가 주소가 낮은 쪽에서부터 위쪽으로 할당되고 명령어와 상수 데이터가 복사된다.

코드 세그먼트는 주소가 낮은 쪽에서 위쪽으로 일정한 크기의 사각형을 그리고 왼쪽에 함수 이름을 적고, 함수 이름으로부터 사각형의 낮은 쪽으로 가리키는 화살표를 작도한다. 같은 이름의 함수 호출 문장이 여러 개 있더라도 한 개의 코드 세그먼트만 할당된다.

● **여러분이 직접 코드 세그먼트들을 작도해 보자.**

다음은 마지막 코드 세그먼트 위쪽에 DATA 데이터 세그먼트가 할당되고, 문자열 리터럴마다 문자 배열이 할당되고 문자열 리터럴을 구성하는 문자들이 저장되고 마지막에 널 문자('\0')가 저장된다. 이름이 없는 배열이 만들어지게 된다. 따라서 문자열 리터럴 자체는 배열의 시작 주소이다.

● **여러분이 직접 DATA 데이터 세그먼트를 작도해 보자.**

이렇게 해서 정적으로 관리되는 코드 세그먼트와 DATA 데이터 세그먼트가 할당되고 명령어와 데이터가 복사된 후에 main 함수가 호출되어 main 함수 스택 세그먼트가 할당되고, 변수들과 배열들이 할당된다.

C코드
```
036 : int main( int argc, char *argv[] ) {
037 :     Student students[STUDENTS];
038 :     float koreanAverage;
039 :     float englishAverage;
040 :     float mathAverage;
```

argc, argv 두 개의 매개변수가 할당되고, students 배열이 할당되고, koreanAverage, englishAverage 그리고 mathAvergae 세 개의 자동변수가 할당된다.

students는 1차원 배열이다. 배열요소가 멤버를 갖는 레코드형이므로 다섯 개의 줄을 작도하고, 배열요소는 멤버를 가지므로, 칸을 일곱 개 만들고, 멤버 이름을 적기 위한 공간을 위해 위쪽에 가깝도록 줄을 긋도록 하자. 그리고 위쪽에 만들어진 공간에 멤버 이름을 적도록 하자.

argc와 argv는 1과 주소로 기본값으로 저장되었고, 변수와 배열은 초기화되어 있지 않으므로 쓰레기가 저장되게 된다.

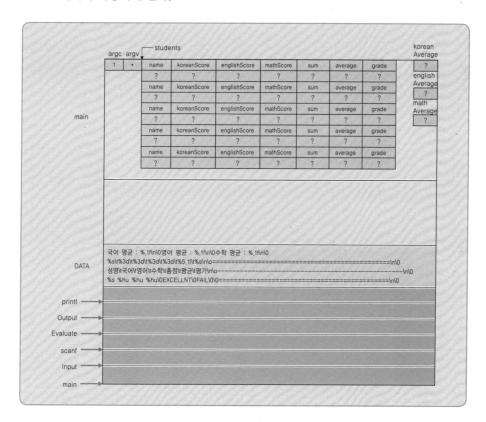

다음은 Input 함수 호출 문장으로 이동하여 Input 함수를 호출하게 된다.

C코드
```
042 :     // 함수 호출 문장
043 :     Input( students ); // 성명들과 점수들을 입력받는다.
```

Input 함수 스택 세그먼트가 할당되고, 변수들이 할당된 후 Input 함수를 호출할 때 복사하게 되는 데이터가 저장되게 된다.

```
C코드
059 : void Input( Student (*students) ) {
060 :     UShort i; // 반복제어변수
```

main 함수 스택 세그먼트 아래쪽에 일정한 사각형을 작도하고, 왼쪽에 함수 이름 Input을 적는다. 스택 세그먼트 영역에 매개변수와 자동변수의 개수만큼 작은 사각형을 작도하고, 매개변수부터 차례로 적당한 위치에 이름을 적는다. 그리고 매개변수는 함수 호출식을 참고하고, 자동변수는 선언문에서 초기화되었으면 초깃값으로 그렇지 않으면 물음표를 적는다.

함수 호출식을 보면, 배열 이름이 적혀 있다. 배열 이름은 배열의 시작주소이므로 students 매개변수에는 별표를 적고 별표로부터 시작하여 화살표를 그려 main 함수에 할당된 students 배열을 가리키도록 한다.

자동변수 i의 선언문을 보면, 초기화되어 있지 않으므로 i 자동변수에는 물음표를 적는다.

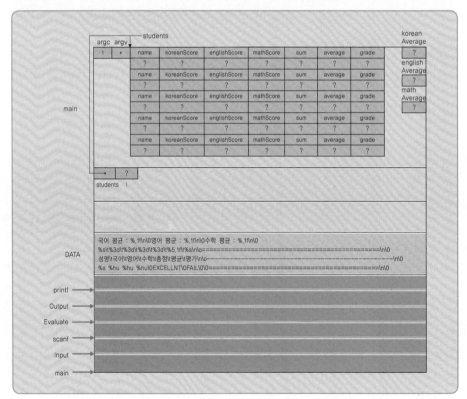

다음은 063번째 줄로 이동한다. 반복제어변수 i에 초깃값으로 0을 저장한다.

C코드

```
062 :    // STUDENTS 5번 반복하다.
063 :    for( i = 0; i < STUDENTS; i++) {
064 :        // 키보드 입력 처리
065 :        scanf("%s %hu %hu %hu", students[i].name,
066 :        &students[i].koreanScore, &students[i].englishScore,
067 :        &students[i].mathScore);
068 :    }
```

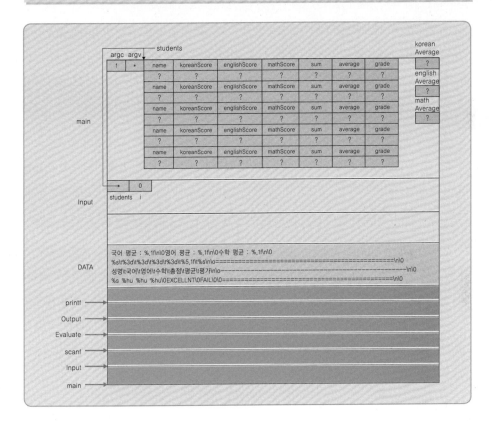

다음은 i < STUDENTS 관계식을 평가해서 반복할지를 결정해야 한다. i에 저장된 값 0과 STUDENTS 5를 읽어 0이 5보다 작은지를 평가하면 참이다. for 반복문은 조건식을 평가 했을 때 참이면 반복하고 거짓이면 탈출하는 진입 조건 반복구조이므로 반복해야 한다. 따라서 for 반복문의 제어블록으로 065번째 줄로 이동한다.

```
065 :    scanf("%s %hu %hu %hu", students[i].name,
066 :        &students[i].koreanScore, &students[i].englishScore,
067 :        &students[i].mathScore);
```

scanf 함수 호출 문장이므로 scanf 함수를 호출한다. scanf 함수 스택 세그먼트가 할당되고, 함수 호출식에 사용된 데이터들을 저장해야 하므로 기억장소들이 할당되고, 함수 호출식에 사용된 값이 복사되어 저장된다.

Input 함수 스택 세그먼트 아래쪽에 일정한 크기의 사각형을 작도한다. 왼쪽에 scanf 함수 이름을 적는다. 함수 호출 문장을 보면, 다섯 개의 값이 적혀 있다. 따라서 scanf 함수 스택 세그먼트 영역에 다섯 개의 작은 사각형을 작도한다. 라이브러리 함수이기도 하고, 가변 인자 개념을 적용하기 때문에 이름은 적지 않는다.

첫 번째 매개변수 "%s %hu %hu %hu"는 문자열 리터럴이다. DATA 데이터 세그먼트에 할당된 문자 배열이다. 배열은 시작주소를 의미하므로 주소이다. 첫 번째 사각형에 별표를 적고, 별표로부터 시작하여 문자열 리터럴이 저장된 DATA 데이터 세그먼트에 할당된 배열을 가리키도록 화살표를 작도한다. s 앞에 적힌 % 기호를 가리키도록 한다.

두 번째 매개변수의 students[i]는 Student 레코드형의 1차원 배열의 i번째 배열요소에 저장된 값을 의미한다. i에 저장된 값이 0이므로 첫 번째 배열요소에 저장된 값이어야 한다. 레코드형이라서 멤버를 가진다. name는 멤버 이름이다. name 멤버는 1차원 문자 배열이므로 배열 이름이다. 배열 이름 자체는 C언어에서는 배열의 시작 주소이다. 따라서 두 번째 사각형에도 별표를 적고, 별표로부터 시작하여 main 함수에 할당된 1차원 배열 students 의 첫 번째 배열요소의 name 멤버를 가리키도록 화살표를 작도한다.

세 번째, 네 번째 그리고 다섯 번째는 students 배열의 배열요소가 갖는 멤버들 koreanScore, englishScore 그리고 mathScore의 주소를 의미한다. & 주소 연산자를 이용하여 각 멤버의 주소를 구하는 식이다.

따라서 i에 저장된 값이 0이므로 첫 번째 배열요소가 갖는 멤버의 주소를 구하게 된다. 그렇게 구한 배열요소가 갖는 멤버의 주소를 복사하여 매개변수에 저장하게 된다. 따라서 세 번째, 네 번째 그리고 다섯 번째의 사각형에도 별표를 적고, 각각 main 함수 스택 세그먼트에 할당된 students 배열의 첫 번째 배열요소의 koreanScore, englishScore 그리고

mathScore를 가리키도록 화살표를 작도해야 한다.

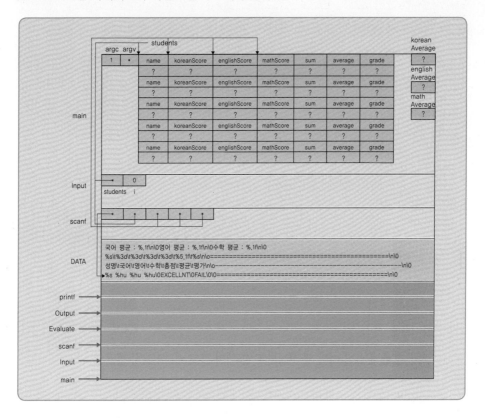

이러한 메모리 맵의 상태를 입력 대기 상태라고 한다. 사용자가 키보드로 입력할 때까지 기다리게 된다는 것이다. 사용자가 키보드로 스페이스 키로 구분하여 네 개의 데이터들을 입력하고 엔터키를 누르면, scanf 함수에 의해서 입력된 데이터들이 해당하는 주소를 갖는 기억장소에 저장되게 된다. 예를 들어 홍길동, 100, 100 그리고 100을 스페이스 키로 구분하여 한 줄에 적고 엔터키를 눌렀다면, students 배열의 첫 번째 배열요소의 name 멤버에 "홍길동"이 저장되고, 마지막에 널 문자가 입력된다. 이렇게 마지막에 널 문자가 입력되도록 반드시 자료형 변환 문자 s를 사용해야 한다. "왜?" 라고 질문을 하면 안 된다. 약속이다. koreanScore, englishScore 그리고 mathScore의 멤버에 각각 100이 저장되게 된다.

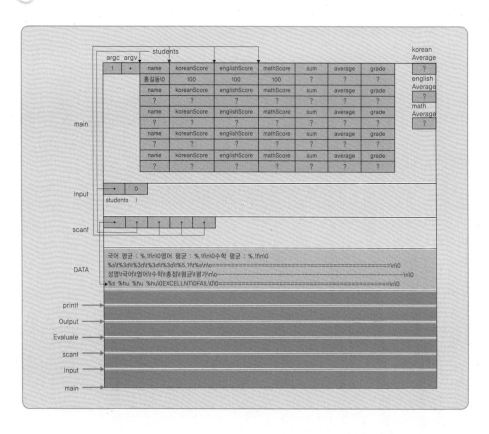

키보드 입력이 끝났으면, scanf 함수도 끝나게 되어 scanf 함수 스택 세그먼트가 할당 해
제된다.

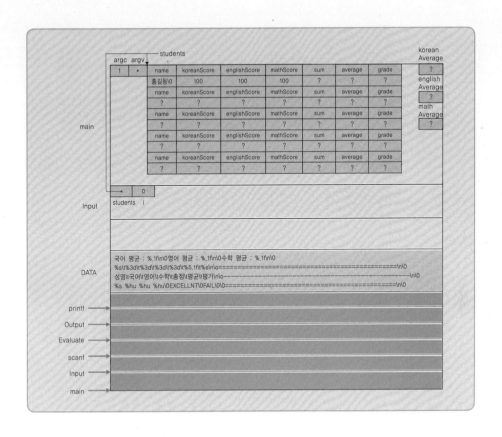

다음은 068번째 줄로 이동한다.

```
C코드
062 :    // STUDENTS 5번 반복하다.
063 :    for( i = 0; i < STUDENTS; i++ ) {
064 :        // 키보드 입력 처리
065 :        scanf("%s %hu %hu %hu", students[i].name,
066 :        &students[i].koreanScore, &students[i].englishScore,
067 :        &students[i].mathScore);
068 :    }
```

068번째 줄의 닫는 중괄호는 for 반복문의 제어블록의 끝을 나타내므로 다시 063번째 줄로 이동하여 i++ 식을 평가해야 한다. i에 저장된 값 0을 읽어 레지스터에 복사한 후 1을 더하여 값 1을 구하고, 구해진 값을 다시 i에 저장하게 된다. 따라서 i에 1이 저장된다.

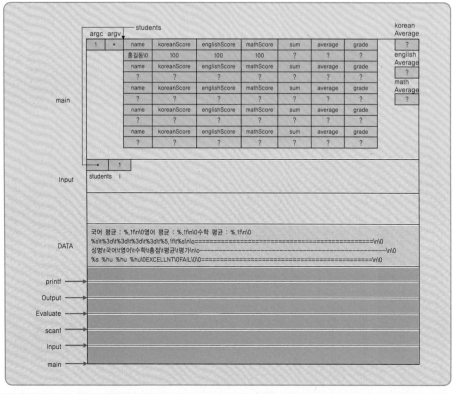

C코드

```
062 :    // STUDENTS 5번 반복하다.
063 :    for( i = 0; i < STUDENTS; i++) {
064 :        // 키보드 입력 처리
065 :        scanf("%s %hu %hu %hu", students[i].name,
066 :            &students[i].koreanScore, &students[i].englishScore,
067 :            &students[i].mathScore);
068 :    }
```

다음은 반복문이므로 i < STUDENTS 관계식을 평가해서 반복할지를 결정해야 한다. i에 저장된 값 1과 STUDENTS 5를 읽어 1이 5보다 작은지를 평가하면 참이다. 따라서 반복해야 하므로 for 반복문의 제어블록으로 이동하여 065번째 줄로 이동한다. scanf 함수 호출 문장이다. scanf 함수를 호출하게 되고, scanf 함수 스택 세그먼트를 할당하고, 호출 문장에서 사용된 데이터들을 저장하기 위해 기억장소들을 할당한다. 그리고 호출 문장에서 사용된 데이터들을 복사하여 할당된 기억장소들에 저장하게 된다.

scanf 함수 스택 세그먼트에 할당된 첫 번째 기억장소에는 문자열 리터럴 "%s %hu %hu

%hu"가 저장된 DATA 데이터 세그먼트에 할당된 문자 배열의 시작주소가 저장된다. 그리고 다른 기억장소들에도 주소가 저장된다. i에 저장된 값이 1이므로 students 배열에서는 두 번째 배열요소의 name 멤버가 문자 배열이므로 다시 말해서 배열 이름이므로 배열의 시작주소, koreanScore, englishScore 그리고 mathScore 멤버의 주소를 구하는 식으로 주소를 구해서 scanf 함수 스택 세그먼트에 할당된 두 번째, 세 번째, 네 번째 그리고 다섯 번째 기억장소에 저장하게 된다.

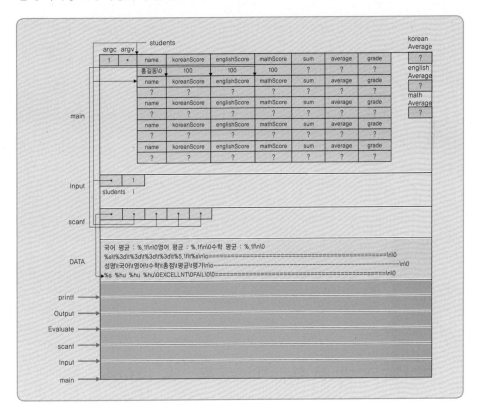

이러한 상태에서 키보드로 고길동, 50, 50, 50을 한 줄에 스페이스 키로 구분하여 입력하고 엔터키를 눌러 입력하자. 입력되는 데이터들은 각 배열의 두 번째 배열 요소에 저장되게 된다. name 멤버에는 입력되는 데이터만 저장되는 것이 아니라 마지막에 널 문자('\0')가 저장되게 된다.

● 두 번째 데이터가 입력되었을 때, 여러분이 직접 메모리 맵으로 디버깅해 보자.

● 세 번째 데이터가 입력되었을 때, 여러분이 직접 메모리 맵으로 디버깅해 보자.

● 네 번째 데이터가 입력되었을 때, 여러분이 직접 메모리 맵으로 디버깅해 보자.

● 다섯 번째 데이터가 입력되었을 때, 여러분이 직접 메모리 맵으로 디버깅해 보자.

다섯 번째 데이터 입력이 끝난 후, scanf 함수 스택 세그먼트가 할당 해제된 후 메모리 맵은 어떠할까? 여러분이 직접 작도한 메모리 맵과 비교해 보자. 다음과 같을 것이다.

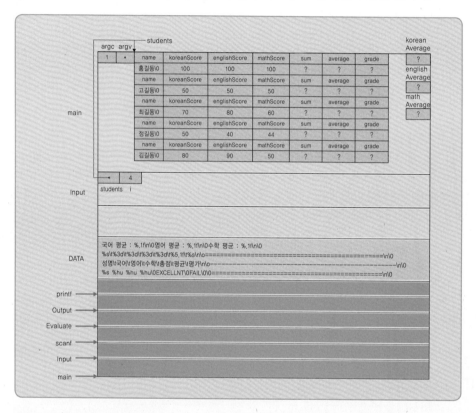

다음은 068번째 줄로 이동한다.

C코드

```
062 :    // STUDENTS 5번 반복하다.
063 :    for( i = 0; i < STUDENTS; i++) {
064 :        // 키보드 입력 처리
065 :        scanf("%s %hu %hu %hu", students[i].name,
066 :        &students[i].koreanScore, &students[i].englishScore,
067 :        &students[i].mathScore);
068 :    }
```

068번째 줄의 닫는 중괄호는 for 반복문의 제어블록의 끝을 나타내므로 다시 063번째 줄

로 이동하여 i++ 식을 평가해야 한다. i에 저장된 값 4를 읽어 레지스터에 복사한 후 1
을 더하여 값 5를 구하고, 구해진 값을 다시 i에 저장하게 된다. 따라서 i에 5가 저장된다.

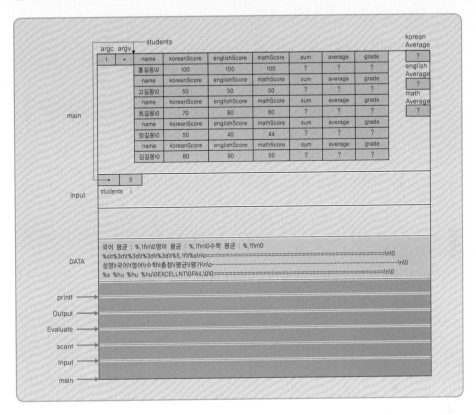

다음은 반복문이므로 i 〈 STUDENTS 관계식을 평가해서 반복할지를 결정해야 한다. i에
저장된 값 5와 STUDENTS 5를 읽어 5가 5보다 작은지를 평가하면 거짓이다. 따라서 반복
을 탈출해야 하므로 for 반복문의 제어블록을 건너뛰어 이동하여 069번째 줄로 이동한다.

C코드

```
059 : void Input( Student (*students) ) {
060 :     UShort i; // 반복제어변수
061 :
062 :     // STUDENTS 5번 반복하다.
063 :     for( i = 0; i 〈 STUDENTS; i++ ) {
064 :         // 키보드 입력 처리
065 :         scanf("%s %hu %hu %hu", students[i].name,
066 :         &students[i].koreanScore, &students[i].englishScore,
067 :         &students[i].mathScore);
068 :     }
069 : }
```

069번째 줄에서 만나는 닫는 중괄호는 Input 함수 블록의 끝을 나타내는 것이므로 Input 함수의 실행이 끝난다는 것을 의미한다. 따라서 Input 함수 스택 세그먼트가 할당 해제된다.

name	koreanScore	englishScore	mathScore	sum	average	grade
홍길동\0	100	100	100	?	?	?
name	koreanScore	englishScore	mathScore	sum	average	grade
고길동\0	50	50	50	?	?	?
name	koreanScore	englishScore	mathScore	sum	average	grade
최길동\0	70	80	60	?	?	?
name	koreanScore	englishScore	mathScore	sum	average	grade
정길동\0	50	40	44	?	?	?
name	koreanScore	englishScore	mathScore	sum	average	grade
김길동\0	80	90	50	?	?	?

korean Average: ?
english Average: ?
math Average: ?

DATA:
국어 평균 : %.1f\n\0영어 평균 : %.1f\n\0수학 평균 : %.1f\n\0
%s\t%3d\t%3d\t%3d\t%3d\t%5.1f\t%s\n\0==================================\n\0
성명\t국어\t영어\t수학\t총점\t평균\t평가\n\0--------------------------------\n\0
%s %hu %hu %hu\0EXCELLNT\0FAIL\0\0==================================\n\0

main 함수 스택 세그먼트만 남게 된다. 다시 말해서 중앙처리장치에 의해서 데이터 읽히고 쓰이는 스택 세그먼트가 main 함수 스택 세그먼트이다. 이것은 main 함수가 실행제어를 가진다는 것이다. main 함수에 정의된 함수 호출 문장들이 실행된다는 것이다.

다음은 main 함수에서 Evaluate 함수를 호출해야 한다. 왜냐하면, Input 함수 호출 문장의 실행이 끝나면, 순차 구조이므로 실행제어는 045번째 줄로 이동해야 한다. Evaluate 함수 호출 문장이다.

C코드
```
044 : // 성적을 평가하다.
045 : Evaluate( students, &koreanAverage,
046 :      &englishAverage, &mathAverage);
```

Evaluate 함수가 호출되고, Evaluate 함수 스택 세그먼트가 할당되고, 함수 스택 세그먼트에 변수들이 할당되고, 매개변수는 함수 호출식에서 사용된 데이터들이, 자동변수에는 초기화되었으면, 초깃값으로 그렇지 않으면 쓰레기가 저장되게 된다.

```
[C코드]
078 : void Evaluate( Student (*students), float *koreanAverage,
079 :     float *englishAverage, float *mathAverage) {
080 :     // 자동변수 선언, 정의 그리고 초기화
081 :     UShort koreanSum = 0;
082 :     UShort englishSum = 0;
083 :     UShort mathSum = 0;
084 :     UShort i;
```

Evaluate 함수 스택 세그먼트를 작도해 보자. main 함수 스택 세그먼트 아래쪽에 일정한 크기의 사각형을 작도하고, 왼쪽에 함수 이름 Evaluate를 적는다. 그리고 함수 스택 세그 먼트에 매개변수부터 시작하여 변수마다 작은 사각형을 그리고, 사각형 바깥에 적당한 곳 에 변수 이름을 적는다. 다음은 변수에 대한 작은 사각형에 매개변수는 호출식을 보고, 자 동변수는 선언문을 보고 데이터를 적도록 한다.

students 매개변수에 대해서는 함수 호출식을 보면, main 함수에 할당된 배열, students 배열 이름이 적혀 있다. 배열 이름은 C언어에서는 주소이다. 정확하게 말하면 배열의 시작 주소이다. 따라서 사각형에 별표를 적고, 별표로부터 시작하여 main 함수에 할당된 배열 을 가리키도록 화살표를 그려야 한다.

koreanAverage, englishAverage 그리고 mathAverage 매개변수는 함수 호출식을 보면, main 함수에 선언된 변수 이름 앞에 & 주소 연산자가 적혀 있으므로, main 함수 스택 세 그먼트에 할당된 변수의 주소를 저장하게 된다. 따라서 사각형에 별표를 적고, 별표로부터 시작하여 main 함수 스택 세그먼트에 할당된 변수를 가리키도록 화살표를 그려야 한다.

자동변수 koreanSum, englishSum 그리고 mathSum은 초기화되어 있으므로 초깃값을 적으면 되므로 변수 이름이 적힌 사각형에 0을 적어야 한다. 그리고 자동변수 i는 초기화 되어 있지 않으므로 쓰레기를 저장하므로 물음표를 적어야 한다.

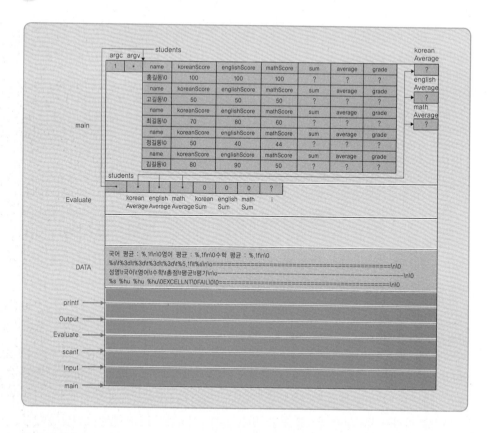

중앙처리장치가 데이터를 읽거나 쓸 수 있는 함수 스택 세그먼트는 Evaluate 함수 스택 세그먼트이다. 따라서 이제부터 실행제어는 Evaluate 함수 스택 세그먼트가 할당 해제되기 전까지는 Evaluate 함수가 가지게 된다. 따라서 실행 제어가 088번째 줄로 이동한다.

C코드

```
087 :        // 2. STUDENTS 만큼 반복한다.
088 :        for( i = 0; i 〈 STUDENTS; i++ ) {
```

for 반복문이다. 먼저 초기식으로 반복제어변수 i에 초깃값으로 0을 저장한다.

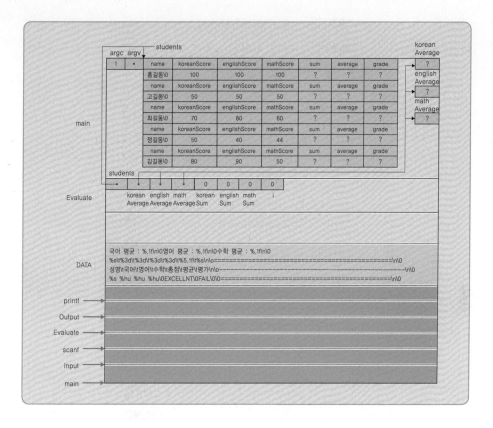

반복문이므로 다음은 조건식을 평가해야 한다. i에 저장된 데이터 0과 STUDENTS 5 읽어 0이 5보다 작은지를 평가해야 한다. 참이다. for 반복문은 선 검사 반복 구조이므로 반복해야 한다. 따라서 for 반복문의 제어블록으로 이동하여 090번째 줄로 이동한다.

C코드

```
089 :    // 2.1. 총점을 구한다.
090 :    students[i].sum = students[i].koreanScore
091 :    + students[i].englishScore + students[i].mathScore;
```

i에 저장된 값이 0이고 [] 첨자 연산자로 작성된 식이므로 students 배열의 첫 번째 배열요소에 저장된 값을 참조해야 한다. 배열요소는 멤버를 갖는 기억장소이므로 멤버를 접근하기 위해 구조체 멤버 접근 연산자를 이용하여 값을 쓰고 읽는다.

koreanScore 멤버에 저장된 값 100을 읽어 레지스터에 저장한다. 그리고 englishScore 멤버에 저장된 값 100을 읽어 레지스터에 저장된 값 100과 더하여 200을 구하여 레지스터에 저장한다. 그리고 이번에는 mathScore 멤버에 저장된 값 100을 읽어 중앙처리장치의 레지스터에 저장된 값 200에 더하여 300을 구하여 레지스터에 저장한다.

다음은 = 치환 연산자로 레지스터에 저장된 값 300을 students 배열의 첫 번째 배열요소의 sum 멤버에 덮어써서 쓰레기를 치우고 저장한다.

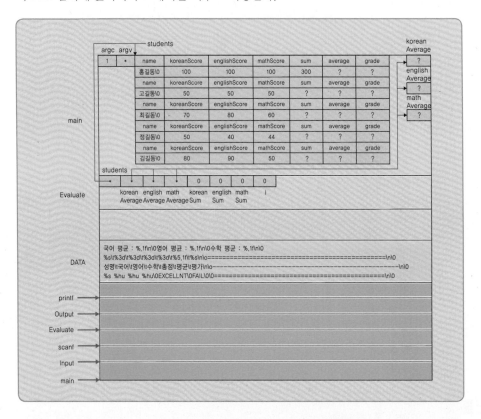

다음은 순차 구조이므로 아래쪽으로 이동하여 093번째 줄로 이동한다.

```
092 :    // 2.2. 평균을 구한다.
093 :    students[i].average = students[i].sum/3.0F;
```

i에 저장된 값 0을 첨자로 [] 첨자 연산자를 이용하여 students 배열의 첫 번째 배열요소를 참조하고, 배열요소가 멤버를 가지므로 구조체 멤버 연산자로 멤버를 참조해야 한다. students 배열의 첫 번째 배열요소의 sum 멤버에 저장된 값 300을 읽어 3.0으로 나누어 100.0을 구한다. 그리고 students 배열의 첫 번째 배열요소의 average 멤버에 덮어써서

100.0을 저장한다.

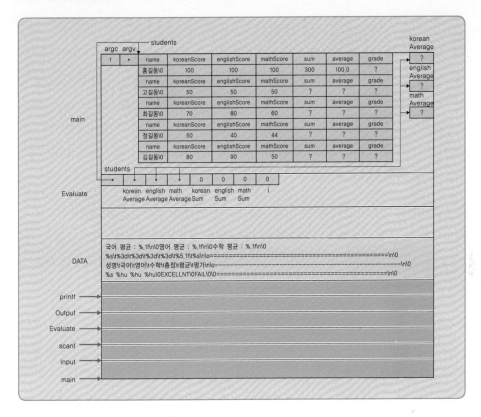

다음은 순차 구조이므로 095번째 줄로 이동한다.

C코드

```
094 :    // 2.3. 평균에 따라 평가한다.
095 :    if(students[i].average >= 90.0F) {
096 :        students[i].grade = "EXCELLENT";
097 :    }
098 :    else if(students[i].average < 60.0F) {
099 :        students[i].grade = "FAIL";
100 :    }
101 :    else {
102 :        students[i].grade = "";
103 :    }
```

선택구조이다. 조건식을 평가해야 한다. i에 저장된 값이 0이므로 students 배열의 첫 번째 배열요소의 average 멤버에 저장된 값 100.0을 읽어 중앙처리장치의 레지스터에 저장한다. 그리고 90.0을 읽어 100.0이 90.0보다 크거나 같은지의 관계식을 평가한다. 참이다. 그러면 096번째 줄로 이동한다.

i에 저장된 데이터가 0이므로 students[i]는 students 배열의 첫 번째 배열요소를 참조한다. students 배열의 배열요소는 멤버를 가지는 Student 레코드형이다. 따라서 grade 멤버를 접근하기 위해서는 구조체 멤버 접근 연산자(.)를 사용해야 한다. students[i].grade는 i에 저장된 데이터가 0이므로 students 배열의 첫 번째 배열요소의 멤버 grade를 참조한다는 의미이다. 멤버 grade의 자료형은 문자 배열 포인터이다. 배열의 시작주소를 저장한다는 것이다.

문자열 리터럴 "EXCELLENT"는 DATA 데이터 세그먼트에 할당된 문자 배열이다. C언어에서는 배열 자체는 정보 전달에서 사용될 수 없고, 단지 배열의 시작주소만 사용한다고 한다. 따라서 문자열 리터럴 "EXCELLENT"는 DATA 데이터 세그먼트에 할당된 문자 배열의 시작 주소이다.

students[i].grade = "EXCELLENT"는 students 배열의 첫 번째 배열요소의 grade 멤버에 DATA 데이터 세그먼트에 할당된 문자 배열의 시작 주소를 저장한다는 의미이다. 따라서 students 배열의 첫 번째 배열요소의 grade 멤버에 별표를 적고, 별표로부터 시작하여 DATA 데이터 세그먼트에 할당된 배열의 첫 번째 배열요소 'E'를 가리키도록 해야 한다.

C코드

```
094 :     // 2.3. 평균에 따라 평가한다.
095 :     if(students[i].average )= 90.0F) {
096 :         students[i].grade = "EXCELLENT";
097 :     }
098 :     else if(students[i].average < 60.0F) {
099 :         students[i].grade = "FAIL";
100 :     }
101 :     else {
102 :         students[i].grade = "";
103 :     }
```

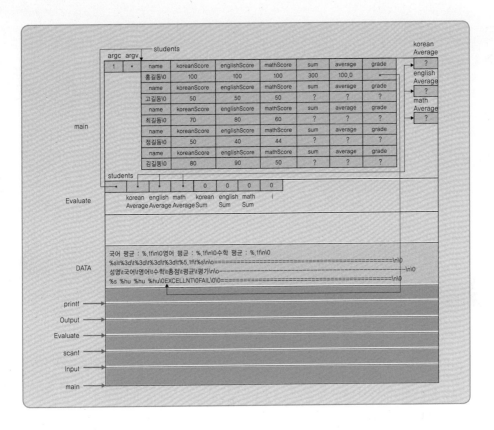

097번째 줄로 이동한다. 097번째에 만나는 닫는 중괄호는 if 선택문의 실행이 끝나는 것을 말한다. 따라서 선택구조이므로 else if 문과 else 절은 건너뛰어야 한다. 그래서 105번째 줄로 이동한다.

C코드

```
104 :    // 2.4. 국어 총점을 구한다.
105 :    koreanSum += students[i].koreanScore;
```

koreanSum에 저장된 값 0을 읽어 중앙처리장치의 레지스터에 저장한다. 그리고 i에 저장된 값이 0이므로 students 배열의 첫 번째 배열요소의 koreanScore 멤버에 저장된 값 100을 읽어 더하여 100을 구하여 레지스터에 저장한다. 그리고 레지스터에 저장된 값 100을 koreanSum에 저장한다.

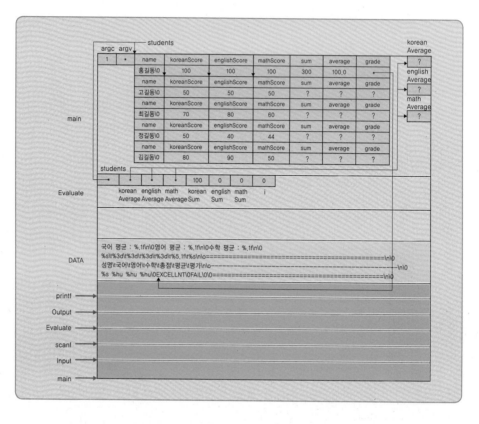

다음은 107번째 줄로 이동한다.

C코드

```
106 :    // 2.5. 영어 총점을 구한다.
107 :    englishSum += students[i].englishScore;
```

● **여러분이 직접 메모리 맵으로 디버깅해 보자.**

109번째 줄로 이동한다.

C코드

```
108 :    // 2.6. 수학 총점을 구한다.
109 :    mathSum += students[i].mathScore;
```

● **여러분이 직접 메모리 맵으로 디버깅해 보자.**

다음은 110번째 줄로 이동한다.

C코드

```
110 :     }
```

for 반복문의 제어블록의 끝을 나타내는 닫는 중괄호이다. 따라서 실행제어가 위쪽으로 이동하여 088번째 줄로 이동한다. 왜냐하면, for 반복문에서는 변경식과 조건식이 for 키워드 다음에 적히는 소괄호에 있기 때문이다.

C코드

```
087 :     // 2. STUDENTS 만큼 반복한다.
088 :     for( i = 0; i < STUDENTS; i++ ){
```

i++ 식으로 반복제어변수에 대해 값을 변경해야 한다. i에 저장된 값 0을 읽어 1을 더하여 1을 구하여 i에 다시 저장한다.

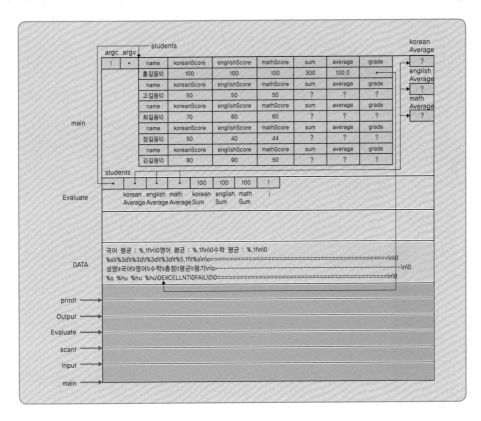

다음은 i < STUDENTS 조건식을 평가해야 한다. i에 저장된 값 1과 STUDENTS 5를 읽어

1이 5보다 작은지를 평가해야 한다. 참이다. 그러면 for 반복문의 제어블록으로 이동하여야 한다. 090번째 줄로 이동한다.

```
089 :    // 2.1. 총점을 구한다.
090 :    students[i].sum = students[i].koreanScore
091 :    + students[i].englishScore + students[i].mathScore;
```

● 여러분이 직접 두 번째 학생부터 다섯 번째 학생까지 메모리 맵으로 디버깅해 보자.

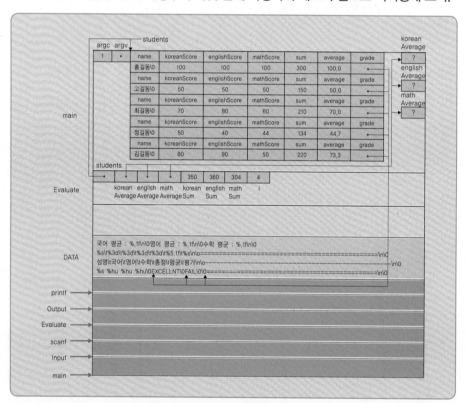

다섯 번째 학생의 성적이 처리된 다음은 110번째 줄로 이동한다.

```
109 :    }
```

for 반복문의 제어블록의 끝을 나타내는 닫는 중괄호이다. 따라서 실행제어가 위쪽으로 이동하여 088번째 줄로 이동한다. 왜냐하면, for 반복문에서는 변경식과 조건식이 for 키워드 다음에 적히는 소괄호에 있기 때문이다.

```
087 :    // 2. STUDENTS 만큼 반복한다.
088 :    for( i = 0; i < STUDENTS; i++ ) {
```

i++ 식으로 반복제어변수의 값을 변경해야 한다. i에 저장된 값 4를 읽어 1을 더하여 5를
구하여 i에 다시 저장한다.

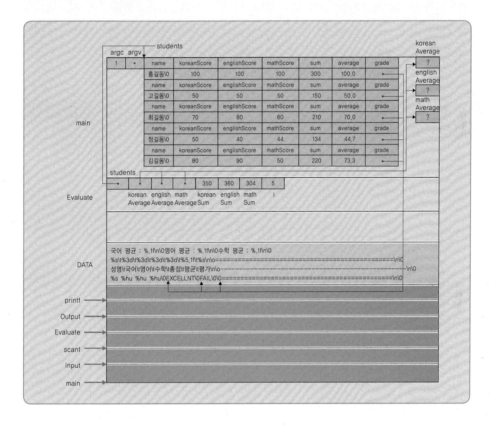

다음은 i < STUDENTS 조건식을 평가해야 한다. i에 저장된 값 5를 읽고 STUDENTS 5를
읽어 5가 5보다 작은지를 평가해야 한다. 거짓이다. 그러면 for 반복문의 제어블록을 건너
뛰어 112번째 줄로 이동한다.

```
111 : // 3. 국어평균을 구한다.
112 :    *koreanAverage = koreanSum / ( STUDENTS * 1.0F );
```

koreanSum에 저장된 값 350을 읽어 중앙처리장치의 레지스터에 복사한다. 그리고 5.0으로 나누어 70.0을 구한다. 70.0을 주기억장치에 저장하는 데 Evaluate에 할당된 koreanAverage에 저장하는 것이 아니다. 메모리 맵을 보자. Evaluate 함수 스택 세그먼트에 할당된 koreanAverage에 주소가 저장되어 있다. 따라서 포인터 변수이다. 포인터 변수에 70.0을 저장한다는 것은 말이 되지 않는다. 포인터 변수에 저장된 주소를 갖는 변수, 다시 말해서 main 함수 스택 세그먼트에 할당된 변수에 70.0을 저장해야 한다. 그래서 * 간접 지정 연산자가 koreanAverage 앞에 적혀 있다. 따라서 70.0은 main 함수 스택 세그먼트에 할당된 koreanAverage에 저장된다. 이렇게 해서 함수에서 출력해야 하는 데이터가 여러 개이더라도 출력할 수 있다.

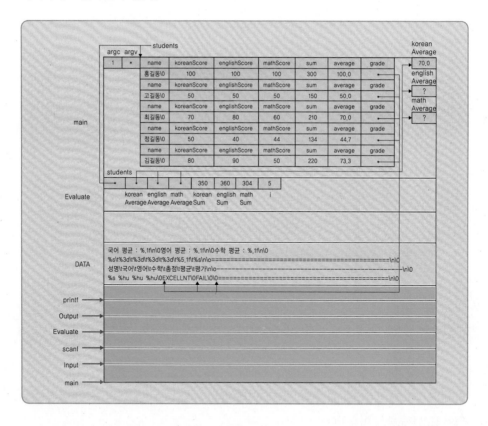

순차 구조이므로 다음은 114번째 줄로 이동한다.

C코드

```
113 : // 4. 영어평균을 구한다.
114 : *englishAverage = englishSum / ( STUDENTS * 1.0F);
```

● 여러분이 직접 메모리 맵으로 디버깅해 보자.

마찬가지로 순차 구조이므로 116번째 줄로 이동한다.

C코드

```
115 : // 5. 수학평균을 구한다.
116 : *mathAverage = mathSum / ( STUDENTS * 1.0F);
```

● 여러분이 직접 메모리 맵으로 디버깅해 보자.

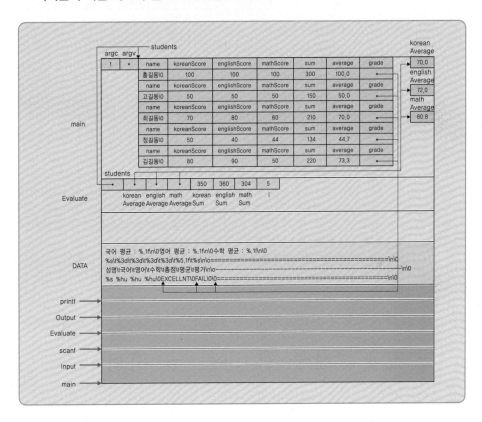

다음은 119번째 줄로 이동한다. 주석은 컴파일러하기 전에 원시 코드 파일에서 지워진다.
따라서 실행 파일에는 주석은 없다는 것이다. 그래서 117번째와 118번째 줄은 실행제어를
받지 않는다.

C코드

```
117 :     // 6. 학생들, 국어평균, 영어평균, 수학평균을 출력한다.
118 :     // 7. 끝낸다.
119 : }
```

119번째 줄은 Evaluate 함수 블록의 끝을 나타내는 닫는 중괄호이다. 따라서 Evaluate 함수의 실행이 끝난다는 것이다. 따라서 Evaluate 함수 스택 세그먼트가 할당 해제된다.

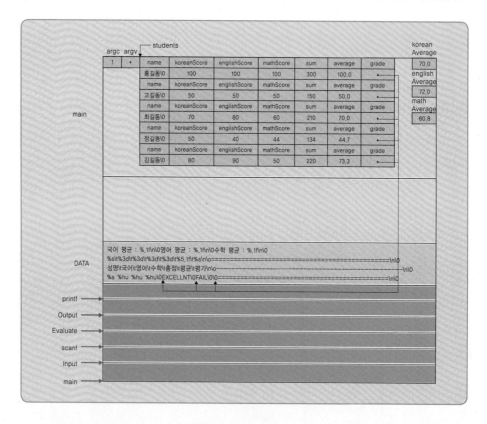

main 함수 스택 세그먼트만 남았다. 따라서 실행제어는 main 함수가 가진다. 실행제어가 048번째 줄로 이동한다.

```
047 : // 성적을 출력하다.
048 : Output( students, koreanAverage, englishAverage, mathAverage);
```

Output 함수 호출 문장이다. Output 함수가 호출된다. 함수 호출식에 적힌 데이터들을 저장하기 위해 Output 함수 스택 세그먼트가 할당된다. Output 함수 스택 세그먼트에는 데이터를 저장할 변수들이 할당된다. 그리고 데이터를 복사하여 매개변수에 저장할 것이다.

```
C코드
127 : void Output( Student (*students), float koreanAverage,
128 :    float englishAverage, float mathAverage ){
129 :    UShort i;
```

main 함수 스택 세그먼트 아래쪽에 일정한 크기의 사각형을 그리고, 왼쪽에 함수 이름 Output을 적는다. 함수 스택 세그먼트에는 선언된 변수들의 개수만큼 작은 사각형을 그리고 사각형 바깥쪽에 적당한 위치에 변수 이름을 적는다. 그리고 매개변수는 함수 호출식을 참고하여 데이터를 적고, 자동변수는 초기화되어 있으면 초깃값을 적고, 그렇지 않으면 쓰레기이므로 물음표를 적는다.

함수 호출식을 보면, students는 배열 이름이다. main 함수 스택 세그먼트에 할당된 배열 students의 이름이다. C언어에서 배열 이름은 주소이다. 첫 번째 매개변수에는 별표가 적히고, 별표로부터 시작하여 main 함수 스택 세그먼트에 할당된 배열의 첫 번째 배열요소를 가리키도록 화살표를 작도한다.

그리고 koranAverage, englishAverage, mathAverage는 변수 이름이다. 변수 이름은 변수에 저장된 데이터이다. 따라서 main 함수 스택 세그먼트에 할당된 koreanAverage, englishAverage 그리고 mathAverage에 저장된 값이다. 두 번째부터 네 번째 매개변수는 70.0, 72.0 그리고 60.8이 적혀야 한다.

자동변수 i는 초기화되어 있지 않으므로 쓰레기가 저장되어 있으므로 물음표를 적어야 한다.

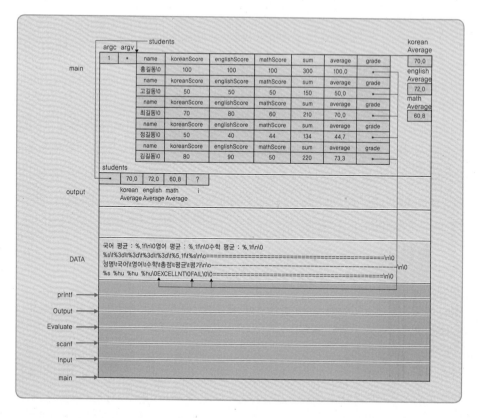

다음은 131번째 줄로 이동한다.

C코드

```
131:    printf("======================================\n");
```

● **여러분이 직접 메모리 맵으로 디버깅해 보자.**

printf 함수는 모니터에 구분선을 출력한다. 모니터에 구분선이 출력되면, printf 함수의
실행은 끝나게 된다. printf 함수 스택 세그먼트가 할당 해제된다. 그러면 가장 아래쪽에
있는 함수 스택 세그먼트는 Output 함수 스택 세그먼트이므로 Output 함수가 실행제어를
가지게 되고, 132번째 줄로 이동한다.

C코드

```
132:    printf("성명\t국어\t영어\t수학\t총점\t평균\t평가\n");
```

● **여러분이 직접 메모리 맵으로 디버깅해 보자.**

다음은 133번째 줄로 이동한다.

C코드

```
133 :    printf("──────────────────────\n");
```

● **여러분이 직접 메모리 맵으로 디버깅해 보자.**

다음은 134번째 줄로 이동한다.

C코드

```
134 :    for( i = 0; i < STUDENTS; i++ ) { // 학생 성적 출력 코드
135 :        printf("%s\t%3d\t%3d\t%3d\t%3d\t%5.1f\t%s\n",
136 :        students[i].name, students[i].koreanScore,
137 :        students[i].englishScore, students[i].mathScore,
138 :        students[i].sum, students[i].average, students[i].grade);
139 :    }
```

for 반복문이다. i = 0 초기식이다. 한 번만 평가된다. 반복제어변수 i에 0을 저장한다.

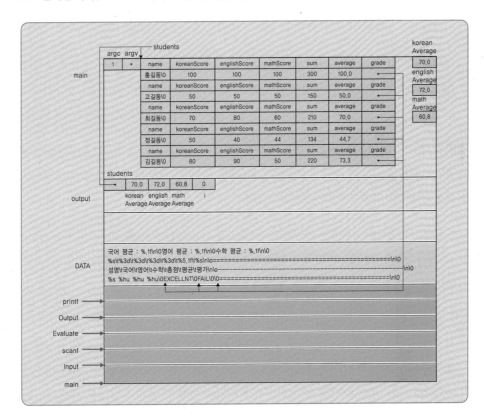

다음은 i < STUDENTS 조건식을 평가해야 한다. i에 저장된 값 0과 STUDENTS 5를 읽어 0이 5보다 작은지를 평가한다. 참이다. for 반복문은 조건식을 평가했을 때 참이면 반복하고 거짓이면 반복을 탈출하는 진입 조건 반복 구조(다른 말로는 선 검사 반복 구조)이다. 따라서 반복해야 하므로 for 반복문의 제어블록으로 이동하여 135번째 줄로 이동한다.

printf 함수 호출 문장이다. printf 함수가 호출된다. printf 함수 스택 세그먼트가 할당되고, 함수 호출 식에 적힌 데이터들을 저장하기 위해 함수 스택 세그먼트에 기억장소를 할당하고, 복사하여 저장한다.

Output 함수 스택 세그먼트 아래쪽에 일정한 크기의 사각형을 그리고, 왼쪽에 함수 이름 printf를 적는다. 함수 호출식에 적힌 데이터들의 개수만큼 printf 함수 스택 세그먼트에 작은 사각형을 그리고, 데이터를 적는다.

첫 번째 매개변수는 문자열 리터럴이다. DATA 데이터 세그먼트에 할당된 배열의 시작주소이다. 따라서 printf 함수 스택 세그먼트의 첫 번째 매개변수에는 별표를 적고, 별표로부터 시작하여 DATA 데이터 세그먼트에 할당된 배열을 가리키도록 화살표를 작도해야 한다.

두 번째 매개변수부터 여덟 번째 매개변수까지는 i에 저장된 값이 0이므로 [] 첨자 연산자로 식을 평가하면, students 배열의 첫 번째 배열요소를 참조한다. 배열요소는 멤버를 가지는 Student 레코드형이므로 구조체 멤버 연산자로 멤버를 참조해야 한다.

멤버 name는 배열형이다. 배열 자체는 주소이므로, 두 번째 사각형에는 별표를 적고, 별표로부터 시작하여 main 함수 스택 세그먼트에 할당된 studnets 배열의 첫 번째 배열요소의 name 멤버를 가리키는 화살표를 작도한다.

멤버 이름은 배열이 아니면 멤버에 저장된 값이므로 koreanScore, englishScore, mathScore, sum, average멤버에 저장된 값들, 100, 100, 100, 300, 100.0을 읽어 세 번째 매개변수부터 일곱 번째 매개변수까지 저장한다. 세 번째부터 일곱 번째까지 사각형에 100, 100, 100, 300 그리고 100.0을 적는다.

grade 멤버는 배열 포인터 변수이다. 따라서 멤버에 저장된 배열의 시작주소를 복사하여 저장하게 된다. 여덟 번째 사각형에는 별표를 적고, 별표로부터 시작하여 DATA 데이터 세그먼트에 할당된 배열로 "EXCELLENT"가 저장된 배열의 첫 번째 문자 E를 가리키는 화살표를 작도한다.

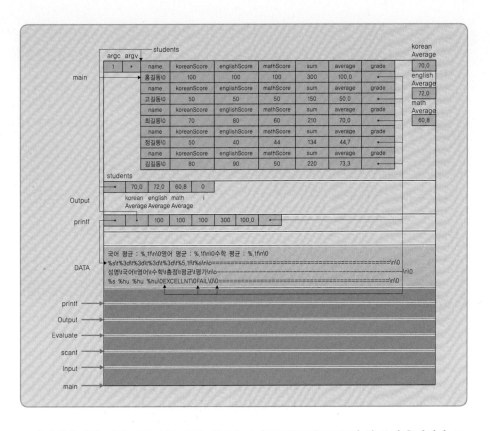

모니터에 홍길동, 100, 100, 100, 300, 100.0 그리고 EXCELLENT가 한 줄에 출력된다. 모니터에 성적을 출력한 후 printf 함수는 끝난다. 따라서 printf 함수 스택 세그먼트가 할당 해제된다. 그러면 가장 아래쪽에 할당된 함수 스택 세그먼트는 Output 함수 스택 세그먼트이다. 따라서 실행제어가 Output 함수로 이동하였으므로 실행제어가 139번째 줄로 이동한다.

for 반복문의 제어블록의 끝을 나타내는 닫는 중괄호이다. 따라서 실행제어는 다시 반복제어변수의 변경식이 적힌 134번째 줄로 이동한다. i++ 변경식으로 i에 저장된 값 0을 읽어 1을 더하여 구한 값 1을 다시 i에 저장한다.

```
134:    for( i = 0; i < STUDENTS; i++ ) { // 학생 성적 출력 코드
135:        printf("%s\t%3d\t%3d\t%3d\t%3d\t%5.1f\t%s\n",
136:        students[i].name, students[i].koreanScore,
137:        students[i].englishScore, students[i].mathScore,
138:        students[i].sum, students[i].average, students[i].grade);
139:    }
```

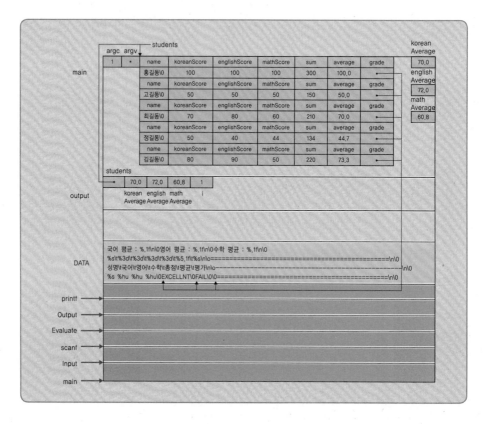

다음은 반복문이므로 i 〈 STUDENTS 조건식을 평가한다. i에 저장된 값 1과 STUDENTS 5를 읽어 1이 5보다 작은지를 평가한다. 참이다. 반복해야 한다. for 반복문의 제어블록으로 이동하여 135번째 줄로 이동한다. printf 함수 호출 문장이다.

● 여러분이 직접 두 번째 학생부터 다섯 번째 학생까지 메모리 맵으로 디버깅해 보자.

다섯 번째 학생의 성적을 출력하고 나면, 실행제어가 139번째 줄로 이동한다. for 반복문의 제어블록의 끝을 나타내는 닫는 중괄호이다. 따라서 실행제어는 다시 반복제어변수의 변경식이 적힌 134번째 줄로 이동한다. i++ 변경식으로 i에 저장된 값 4를 읽어 1을 더하여 구한 값 5를 다시 i에 저장한다.

C코드

```
134 :    for( i = 0; i 〈 STUDENTS; i++ ) { // 학생 성적 출력 코드
135 :        printf("%s\t%3d\t%3d\t%3d\t%3d\t%5.1f\t%s\n",
136 :        students[i].name, students[i].koreanScore,
137 :        students[i].englishScore, students[i].mathScore,
138 :        students[i].sum, students[i].average, students[i].grade);
139 :    }
```

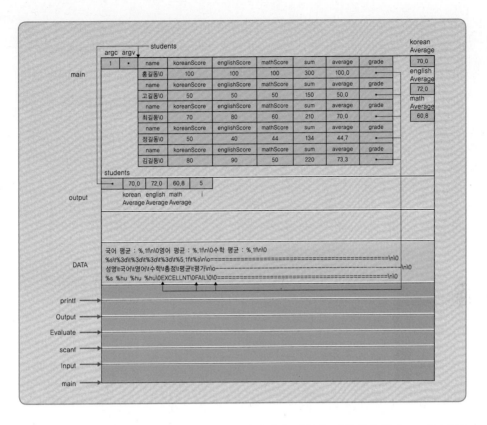

i가 5이면, for 반복문의 조건식을 평가하면, 거짓이다. 반복을 탈출해야 한다. 그러면 140번째 줄로 이동한다.

C코드

```
140:    printf("==================================================\n");
```

● **여러분이 직접 메모리 맵으로 디버깅해 보자.**

다음은 printf 함수 호출 문장으로 구분선이 출력되면, printf 함수가 끝나게 되고, 141번째 줄로 이동한다.

C코드

```
141:    printf("국어 평균 : %.1f\n", koreanAverage);
```

printf 함수 호출 문장이다. printf 함수가 호출되고, printf 함수 스택 세그먼트가 할당된다. 그리고 함수 호출식에 적힌 두 개의 데이터를 저장하기 위해 함수 스택 세그먼트에 두 개의 기억장소를 할당하고 복사하여 저장하게 된다.

Output 함수 스택 세그먼트 아래쪽에 일정한 크기의 사각형을 그리고, 함수 스택 세그먼트에 두 개의 작은 사각형을 그린다. 그리고 첫 번째 사각형에는 별표를 적고, 별표로부터 시작하여 DATA 데이터 세그먼트에 문자 배열을 가리키도록 한다. 물론 문자 배열에는 문자열 리터럴이 저장되어 있다. 두 번째 사각형은 koreanAverage에 저장된 값 70.0을 적는다.

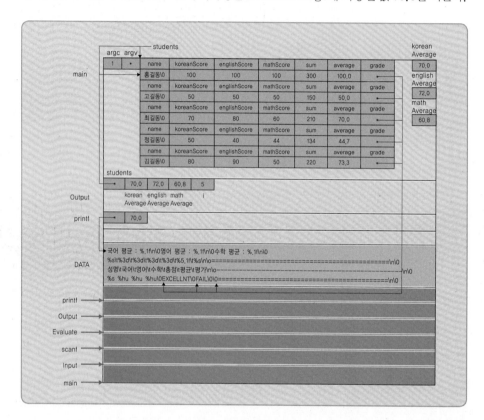

모니터에 "국어 평균 : 70.0" 메시지가 출력된다. 그러면 printf 함수가 끝나고, 142번째 줄로 이동한다.

```
142 :    printf("영어 평균 : %.1f\n", englishAverage);
```

● 여러분이 직접 메모리 맵으로 디버깅해 보자.

영어 평균을 출력한 후 143번째 줄로 이동한다.

```
C코드   143 :      printf("수학 평균 : %.1f\n", mathAverage);
```

● **여러분이 직접 메모리 맵으로 디버깅해 보자.**

수학 평균까지 출력되면, 144번째 줄로 이동한다.

```
C코드   144 : }
```

144번째 줄에서 만나는 닫는 중괄호는 Output 함수 블록의 끝을 나타낸다. 따라서 Output 함수가 끝난다는 것이다.

```
C코드   050 :      return 0;
        051 : }
```

Output 함수 스택 세그먼트가 할당 해제되면, 남은 스택 세그먼트는 main 함수 스택 세그먼트이다. 이러한 상태에서는 중앙처리장치에 의해서 데이터가 읽히거나 쓰일 수 있는 스택 세그먼트가 main 함수 스택 세그먼트이므로 실행제어는 main 함수가 가진다. 050 번째 줄로 이동한다. 프로그램이 정상적으로 끝난다는 의미의 값 0을 중앙처리장치의 레지스터에 복사하고, 051번째 줄로 이동한다. 051번째 줄에 만나는 닫는 중괄호는 main 함수 블록의 끝을 나타내는 것이다. 따라서 main 함수가 끝난다는 것이다. main 함수 스택 세그먼트가 할당 해제된다. 그러면 중앙처리장치에서 데이터를 읽고 쓸 수 있는 함수 스택 세그먼트가 없으므로 프로그램이 끝나게 되는 것이다.

모니터에 출력된 것을 확인해 보면 입력된 데이터에 대해 정확한 결과를 확인할 수 있을 것이다.

레코드 단위로 처리하는 것이 필드 단위로 처리할 때 보다 효율적이라는 것을 느끼고 이해했을 것이다.

8 정리

다양한 자료형의 데이터들이 많이 입력될 때는 데이터에 관해 의미를 파악하여 필드를 찾고, 서로 관련이 있는 필드들을 하나로 묶어 구분이 되는 레코드를 설계해야 한다. 이렇게 설계된 레코드를 이용하여 문제를 풀면, 효율적인 알고리듬과 프로그램을 만들 수 있다.

레코드를 설계해야 하므로 다음과 같이 절차가 정리되어야 한다.

1. 모델 구축
2. 레코드 설계
3. 배경도 작도
4. 시스템 다이어그램 작도
5. 자료명세서 작성
6. 처리 과정 작성
7. 나씨-슈나이더만 다이어그램 작도
8. 검토표 작성
9. 구현
10. 디버깅

9 연습문제

문제마다 차례로 먼저 필드를 이용하여 풀어보고, 다음은 레코드를 이용하여 풀어 보자.

1. 다섯 명의 사원의 성명, 작업시간, 코드가 입력될 때, 임금을 구하는 프로그램을 작성하라.
   코드에 따른 시간 수당은 다음과 같다.
   코드 : 1 → 2000원
   코드 : 2 → 2500원
   코드 : 3 → 3000원
   코드 : 4 → 4000원
   [입력]
   다섯 명 사원의 성명, 작업시간, 코드가 입력된다.
   [출력]
   다섯 명 사원의 성명, 작업시간, 코드 그리고 임금이 출력된다.
   [예시]

```
홍길동    10    4  Enter↵
김길동    11    1  Enter↵
고길동    15    3  Enter↵
최길동    19    5  Enter↵
정길동    13    2  Enter↵


======================================
성명      시간    코드    임금
──────────────────────────────────────

홍길동    10      4      40000
김길동    11      1      22000
고길동    15      3      45000
최길동    19      5      0
정길동    13      2      32500
```

2. 다섯 명의 학생 성명과 세 과목 점수가 입력될 때 개인평균들과 반 평균을 구하는 프로그램을 작성하라.

[입력]

다섯 명의 학생 성명과 각 학생의 세 과목 점수들이 입력된다.

[출력]

입력받았던 데이터들과 함께 개인 총점들, 개인 평균들, 그리고 반 평균을 출력한다

[예시]

```
홍길동  100  100  100  Enter↵
고길동  50   50   90   Enter↵
최길동  70   80   60   Enter↵
정길동  80   90   50   Enter↵
김길동  60   60   80   Enter↵
```

성명	과목1	과목2	과목3	총점	평균
홍길동	100	100	100	300	100.00
고길동	50	50	90	190	63.33
최길동	70	80	60	210	70.00
정길동	80	90	50	220	73.33
김길동	60	60	80	200	66.66

반평균 : 74.66

3. 10명의 학생의 성명, 키, 몸무게를 입력받아 처리 조건에 따라 신체 질량지수와 비만 정도를 판단하여 출력하는 프로그램을 작성하라.

신체 질량지수(Body Mass Index, BMI)는 체중(kg 기준)을 키(m 기준)의 제곱으로 나눈 수치이다. 신체 질량지수는 소수 첫째 자리에서 반올림한다.

비만 정도는 신체 질량지수를 사용하여 아래와 같이 판단한다.

① 비만(High) : BMI 〉 30
② 과체중(Over) : 25 ≤ BMI ≤ 30
③ 정상(Normal) : 19 ≤ BMI ≤ 24
④ 저체중(Low) : BMI 〈 19

[입력]
한 줄에 학생 한 명씩 성명, 키, 몸무게를 입력한다.

[출력]
① 번호, 성명, 키, 체중, 신체 질량지수, 비만 정도 순서로 출력한다.
② 마지막 줄에는 비만 정도별로 인원수를 출력한다.

[예시]
홍길동 141.8 49.9 [Enter ↵]
김정운 137.1 34.2 [Enter ↵]
김민수 127.7 40.6 [Enter ↵]

```
*************************************************************
번호 성명        키(cm)    체중(kg)  BMI      비만 정도
*************************************************************
01 홍길동        141.8     49.9      25       과체중
02 김정운        137.1     34.2      18       저체중
03 김민수        127.7     40.6      25       과체중

   ⋮  ⋮  ⋮  ⋮  ⋮  ⋮

10 황정미        141.1     36.8      18       저체중
*************************************************************
```

비만 : 3 과체중 : 2 정상 : 3 저체중 : 2

4. 어떤 가전제품 대리점에서 취급하는 품목은 20가지이다. 취급품목과 단가를 20개 입력받아 저장한다. 그리고 영업사원들이 당일 판매 자료를 입력받아서 취급품목이면 수량을 모두 합하고, 취급품목이 아니면 오류 메시지를 출력한다. 마지막으로 품목별 매출액을 계산하고 매출액 순으로 출력하라.

[입력]
취급품목은 품목명과 단가를 한 줄에 하나씩 입력한다.
판매 자료도 품목명과 수량을 한 줄에 하나씩 입력한다.

[출력]
① 번호, 품명, 단가, 수량, 금액 순서로 출력한다.
② 매출액 순으로 출력한다.

[예시]
냉장고   2120000 [Enter ↵]
김치냉장고 598000 [Enter ↵]
청소기   644000 [Enter ↵]

세탁기 366900 [Enter ↵]

...

세탁기 2 [Enter ↵]
청소기 5 [Enter ↵]
냉장고 1 [Enter ↵]
김치냉장고 3 [Enter ↵]

```
====================================================================

  번호    품명            단가        수량       금액

--------------------------------------------------------------------

  1      청소기          644,000       5       3,220,000
  2      냉장고        2,120,000       1       2,120,000
  3      김치냉장고      598,000        3       1,794,000
  4      세탁기          366,900       2         733,800

  ...

====================================================================
```

이렇게 하면 나도 프로그램을 잘 만들 수 있다

| 알고리듬 IV |

발행일 | 2016년 3월 1일
발행인 | 김석현
발행처 | 나아
      서울시 서초구 반포대로24길 12 태광빌딩
      Tel. (02)587-9424   Fax. (02)587-9464
      http://www.parkcom.co.kr

편집 · 인쇄 | 진프린트
        Tel. 02)598-3244 Fax. 02)598-3245
        E-mail : jinprint3244@naver.com

ISBN 979-11-952948-4-8
    979-11-952948-0-0(세트)
CIP 2016004695
    값 27,000원